李培俊纪念文集

主　编　楚　慊

副主编　徐法林

方艺颖

楚亚旭

河南文艺出版社

·郑州·

图书在版编目（CIP）数据

李培俊纪念文集/楚惬主编. —郑州:河南文艺出版社,2019.8(2022.5重印)

ISBN 978-7-5559-0872-2

Ⅰ.①李… Ⅱ.①楚… Ⅲ.①小说集–中国–当代
Ⅳ.①I247

中国版本图书馆 CIP 数据核字（2019）第 175945 号

Li Peijun Jinian Wenji

出版发行　河南文艺出版社
本社地址　郑州市郑东新区祥盛街 27 号 C 座 5 楼
邮政编码　450018
承印单位　河南龙华印务有限公司
经销单位　新华书店
纸张规格　890 毫米×1240 毫米　1/32
印　　张　13
字　　数　289 000
版　　次　2019 年 8 月第 1 版
印　　次　2022 年 5 月第 2 次印刷
定　　价　58.00 元

印厂地址　河南省获嘉县亢村镇纬七路 4 号
电　　话　0373-6308298

序 笔底波澜 百味人生

杨晓敏

　　我在翻阅20世纪80年代的《百花园》《小小说选刊》等期刊时，对当代小小说发轫之初大致有了一个确定看法。即在80年代早期乃至整个80年代，小小说这种精短文体，首先是以文学报刊的大力推崇并开辟发表园地，又由众多成名作家率先示范，得到读者市场热烈回应后，开始引起一拨拨文学青年雀跃欲试，又经有识之士的倡导规范，才逐渐使这一简约的文体日益繁荣壮大，成为一种以民间读写为主的体裁。

　　譬如《百花园》1985年以前的"小小说专号"，除了集结著名作家孟伟哉、南丁、母国政、肖复兴、赵大年、马未都、汪曾祺、林斤澜、刘绍棠、从维熙、航鹰、叶文玲、吴若增、毛志成、苏童、田中禾、刘庆邦、冯骥才、苏童、乔瑜、苗长水、姜贻斌等人的小小说作品之外，我在1983年的"小小说专号"上，还意外发现了李培俊的小小说《清清柳潭水》。而"小小说专业户"的提法，是在时隔七年后的1990年"汤泉池小小说笔会"之后才出现的。我和李培俊生活在同一个市区,认识虽久却来往不多,但我知道他是一位创作态度严谨、为人低调内敛的文友。因为这一意外发现,让我对这位当代小小说的先行者以及他的作品,平添了几分敬意。

李培俊是郑州荥阳人。他当过兵,当过工人,也做过企业的党委书记,后调入文化部门。自20世纪80年代以来,他就对小小说这种文体青睐有加。此后30余年来,虽生活数度有变,却一直不曾放弃对小小说的钟爱,工作生活之余,笔耕不辍,在中短篇小说领域收获颇丰的同时创作了600余篇小小说。他的小小说作品有多篇获全国优秀作品奖,并入选各种年度精华本,深受广大读者的喜爱。还著有《黑马》等小小说专集,另有70余篇作品被《小小说选刊》《读者》《小说选刊》等转载。因为常年的文学积累,也因为写作过程中的挥洒自如,所以他的小小说作品常常给人文笔老到、耳目一新的感觉。

李培俊的家乡在乔楼镇丁店村(原名为湖桥村),虽然他在那里生活了只有短短的十几年就到大西北参军了,但家乡的山水风物、故土人情,在他的生命版图上留下了浓墨重彩的烙印。读李培俊的小小说,会发现"湖桥村"三字总不时在文中出现。在湖桥村,不管是须发皆白的老翁,风华正茂的青壮,还是含苞欲放的闺女,鬓髻小丫、黄口稚儿……不论丑俊,不论贫富,不论贵贱,他们的一言一行,一颦一笑,都是乡村独有的幽默,都潜藏着一个个鲜活灵动的故事。那些便是李培俊取之不尽、用之不竭的素材宝库。为湖桥村的父老乡亲著书立传,描摹湖桥村的百姓人生——李培俊最初走上文学之路,就是怀揣这样一腔浓烈的赤子情怀。

《橘子》是李培俊小小说作品中的一篇佳作，曾数次被选入中、高考阅读试题题库。此篇作品讲述的故事并不甚曲折离奇：一个被警方通缉的嫌犯，在经历了连续的逃亡生活之后，走投无路，饥渴交加，一个善良的卖橘子的小贩无偿赠送的一个橘子，无异于雪中送炭，不但缓解了嫌犯的生理饥饿，也缓缓化解了嫌犯心间的冰冻。嫌犯停止了自己的逃匿生活，却给卖橘子的小贩带来两万元的悬赏金，作为对那一个橘子的真诚回报。一个小小的橘子，一个善意的举动，感化了一个僵死的灵魂。故事并未在此处结束，嫌犯在后来的劳改中勇敢冲向失火的储油仓库，救出狱友、自己却落下终身残疾，他的牢狱生涯也因此提前结束。再度出现在那个小商贩摊位面前，迎接他的是小摊主的妻子，那位摊主已经离世，那两万元的悬赏金却分文未动地送到他的手里——作为他重获新生之后的谋生资本。至此，一位平民小摊贩的高大形象才完全跃然纸上，一份人间真爱再次给读者带来心灵的震撼。能构思出如此缜密的故事，非有高超的技艺不可；能用文字刻画出如此深刻的人性，非有丰厚的人生阅历不可。其文其事味如橘子之酸甜入心，令人阅后百感交集。在这里，作品因为这一念善良延续的结局，使主题陡然升华，有了思想高度和深度。

　　我个人偏爱的《雪地上的鲜花》，也是一篇小小说佳作。作品没有刻意交代故事发生的背景，开门见山，直奔主题："于山没想到，他和徒弟金娃会在这里见面。"简单开头，悬念即起。一户人家为老人庆生，请了两个唢呐班子前去助兴，言下之意，不挑自明，是要两个班子摆开擂台进行一番厮杀。师徒恩情，现实生活的艰辛残酷，两股力量，在师徒二人的心里纠结。那方小小的舞台，成了师徒二人的战场，二人忍受着内心的矛盾与痛苦，却又都使尽浑身解数，想在技艺上盖过对方。那是一个精彩的过程，对那些前来欣赏唢呐表演的人来说，又是一场没有硝烟的生死博弈。故事的最后，徒弟为胜过师傅使出杀手绝活——鼻吹，那是一种极伤身体的吹法。于山"曾经告诉过他，不到万不得已绝不可用，因为时间稍长，很可能因气竭而倒……艺术生命也就随之终结。"徒弟最终口吐鲜血倒在雪地上，师傅也将伴随自己三十余年的唢呐置于脚下，慢慢踩扁，在雪地上留下一串歪扭踉跄的脚印……这是一篇读来让人荡气回肠又默然神伤的小小说作品，语言简洁有力，人物形象真实饱满，其中对师徒二人的心理描写尤其细腻。整篇作品的布局构思也十分巧妙，两位民间艺人的技艺博弈描写得相当精彩。读罢掩卷，不由一声长叹：人生啊人生！

李培俊作品中的市井人物多源于生活真实，人物形象朴素。譬如《父亲李向阳》中的主人公一生古板正直，当生产队长时每天清晨的敲钟，似乎都被其演化成了一种郑重的仪式。随着岁月的流逝，加之后来的分田到户，父亲在接受自身衰老的同时，还要接纳时代变迁所带来的思想冲击。而村里那口老钟即便早已不在，钟声依然萦绕在父亲的心中。为平凡人物立传，没有轰轰烈烈的事迹，只有细水长流般的琐事，看似细碎的生活片段却折射出一个人的一生，闪烁一个时代的缩影，似乎轻描淡写的文字却浸透人生岁月的无限沧桑。

我编《小小说选刊》杂志二十余载，读过的小小说作品数以十万篇计。那些小小说佳作，有重语言的，有重人物的，有重故事的，有擅长哲理思辨的，有喜欢结尾抖包袱的……究竟什么样的小小说作品才算是上乘佳作，其实并没有严格固定的模式标准。李培俊的小小说，构思朴拙却内藏玄机，语言平实却精练准确，叙述似娓娓道来，却透出从容淡定的姿态。他尤其长于人物刻画，文笔细腻，情绪、心理描写拿捏有度，于情于理入木三分，人物跃然纸上。用心在生活里进行深度挖掘，描写小人物的百味人生，李培俊颇有大智若愚、举重若轻的写作功力。

荥阳是历代兵家必争之地：春秋时晋楚争霸曾大战于此，吴广战秦死于荥阳，楚汉之争的鸿沟分界在荥阳，传说中的"三英战吕布"在荥阳，唐初秦王李世民的"虎牢之战"在荥阳……荥阳也是诗歌的发祥地之一。《诗经》的《郑风》和《小雅》，有诸多篇章都描述了荥阳的风土人情。大诗人王维、李白、白居易、韩愈、柳宗元、杜甫等都在荥阳留下足迹，中唐诗人刘禹锡和晚唐诗人李商隐都长眠于荥阳檀山原。

一方水土养一方人。李培俊在一篇随笔里写道："后来，我慢慢'走'出了湖桥村，我嫌那个依然散发着猪粪、鸡屎味的小村太憋闷，憋屈得有点喘不过气。于是，我'走'进县城、'走'进省城，'走'进官员、办事员、商贩、警察、老师的内心，'走'进他们的日常生活，或褒或贬，或抑或扬，尽己所能，让他们'走'进文学这块自留地。真正跳出了湖桥村，我恍然觉得：原来，世界并非如湖桥那么狭小，竟是如此之大，大得有些吓人，有些让人无所适从。那么，只好埋下头来，细细品味湖桥以外的人，湖桥以外的事。但有一点可以肯定，如果有谁让我忘记或者抛弃那个湖桥，我肯定跟谁急！"

我亦信然。

杨晓敏，河南省获嘉县人。中国作家协会会员，河南省作家协会副主席，河南省小小说学会会长。《小小说选刊》《百花园》原总编辑。

目　　录

小小说

短篇小说

纪念与回忆

小小说

1961年的爱情

苗长顺在路边的石头上已经坐了一些时候了，他的面前是条并不宽的土路，土路的一端联结着他们正在修建的一座中型水库。

八月十五的月亮从东边山影的深处钻出来，正在一寸寸地往天上爬升。苗长顺把目光投向土路的那一端，等候着张桂花的到来。

是这座正在修建的中型水库，成就了他和张桂花的爱情。像许多爱情故事一样，他们的相识相爱既简单又俗套。那天，休息的时候，张桂花一人靠着小树在纳鞋底儿。她不知道，就在这时，山崖上一块牛腰大的巨石，突然朝着她滚滚而来。

苗长顺离张桂花最近，发现险情，苗长顺一跃而起，把张桂花推离了那棵小树。她倒在新开挖的土塘里，他倒在她身上。

险情过后，张桂花仔细打量这个刚刚救过她的男人。她发觉，他长得还算顺眼，唯一的不足是嘴大了点儿。但这无关紧要，常言说，男人嘴大吃四方，说不定日后是个干大事的人哩。

于是，1961年的春天和夏天，苗长顺和张桂花便有了频繁的约会。刚开始的时候，他们的约会也就是谈谈理想，谈谈家庭，谈谈相互的兄弟姐妹。看看天色晚了，张桂花就会说："走吧，咱回去吧？"苗长顺说："走呗，回去呗。"张桂花又说："明儿还得挖土方哩。"苗长顺说："就是。"于是就分手，回民工们居住的工棚，连手都没有碰一下。

但他们都知道，他们实际上爱得很深很缠绵，他们嘴里说"回去吧"，其实心里头已经难舍难分了。在那个静谧的小树林里，他们对望着，无星无月的夜晚，相互间都读懂了对方眼眸里闪动着的炽烈的火苗。

终于，张桂花被苗长顺抱在了怀里。这是他们恋爱过程中质的飞跃。之后，顺理成章地，约会一开始他们便抱在了一起。他们很少用嘴说话，他们所有的意思全部用肢体语言表达，那便是笨拙的亲吻和哆哆嗦嗦的抚摸。八月十五以前，青年男女应该发生的一切，他们都发生了。

中秋节这天早上，张桂花家里捎信，说母亲的心口疼，让她赶快回去看看。临走时，她对苗长顺说："长顺，听说今天咱水库工地发月饼，每人半个，你记住把我的领回来。我好几年没吃过月饼，都记不清月饼是啥滋味了。"

苗长顺把张桂花的月饼一起领了，两人合在一起领了一个整的，上面凸现的圆月和花纹，闪着油汪汪的光泽。月饼刚到手，苗长顺就被那久违的香甜所诱惑，淌下长长的口水。他把玩着月饼，看了又看，实在忍不住，便从衣服上抽下一根棉线，认真地量过直径，用刀从中线下切成两半。苗长顺切得很慢，很仔细。刀子碰到了硬物，他知道那是一小块冰糖。他把冰糖完整地留在属于张桂花的那一半，而属于自己的半块月饼的茬口上，便有了一个小洞。

苗长顺带着两块半月形的月饼来到路口，他等着张桂花到来，一起享用这天下美味。但直到皓月当空，张桂花仍未露面。苗长顺就想，看来桂花今晚是不会回来了。于是，他吃掉了属于自己的半块月饼。苗长顺是一小块一小块掰着吃的，放进嘴里，他却不嚼，让唾液慢慢地把月饼化开，让味觉尽可能长时间地享受这种香甜，直到口里的月饼被唾液充分地分解溶化，才猛地咽下去。

尽管如此，苗长顺的所有享受仍然显得短暂而不过瘾。他觉得，此时的他，一口气能够吃下至少10块月饼！如果有人此刻向苗长顺提出这么一个问题"什么是幸福？"1961年的苗长顺会脱口而出"吃月饼"。苗长顺就是这么想着，把他的右手伸向另一半月饼的。他掰下一小块，并且放进嘴里。他知道是不该这么做的，那另半块月饼的所有权，应该属于张桂花。但他想：我就掐这么一小块，就这一小块……

可悲的是，苗长顺所有的意识已不再听从大脑的指挥，他的嗅觉和味觉完全被月饼的香甜击垮。在他一小块一小块机械地掐吃月饼的过程中，他已经进入了不该进入的无知无觉的境界，彻底忘却了月饼的归属问题。直到他手心里剩下一摊月饼碎屑，张桂花气喘吁吁地出现在他面前的时候，苗长顺仍然没有醒过来，他把左手伸向张桂花："给，你的月……"

苗长顺彻底醒了，望着空空如也的左手，愣住了。

"长顺，我的月饼呢？"

"让……让我给吃了……"

张桂花以为他和她开玩笑，绕到苗长顺身后，抓起他的右手……接着，她翻遍苗长顺所有的口袋，之后，张桂花瘫倒了。她半夜三更跑回工地，形单影只，把年轻姑娘可能遇到的危险抛于脑后，为的就是要吃她那半块月饼呀！

"桂花，我……对不起你……"

"别说了！"张桂花发疯般地喊了起来，"你别说了！别说了！"

喊罢，张桂花失声痛哭，她的心被一种近乎绝望的情绪所笼罩。

苗长顺痛悔不已："桂花，别哭了，都是我不好……明年八月十五，我给你买整块的月饼。"

苗长顺说着便去拉张桂花，张桂花打开了苗长顺伸来的手，双手掩面，顺着来时的路跑走了。临走的时候，她告诉苗长顺："这辈子我再也不想看见你！"

第二天，出现在工地上的苗长顺，右手的拇指和食指都被自己咬破了，伤处还在不停地渗血。

（选自《短小说》2003年第3期）

杨部长的婚事

自从组织部杨部长的老伴死了以后，提亲说媒的踏破门槛，在众多的候选人当中，有三十出头的未嫁姑娘，也有结了婚又离婚的少妇。介绍人把女方领到家里，可是杨部长一个都看不上。

于是，就有人在姑娘群里开始物色人选，带给杨部长看。这左一个右一个的，看起来没完，实在逼急了，杨部长才说，他看上了县委门口看自行车的洪秀萍。

洪秀萍是从外地来的，四十多岁的样子。

有人对洪秀萍传达了杨部长的求偶信息，这么好的事，满以为洪秀萍会一口答应，可洪秀萍不急不躁，说了句："看看再说吧。"

不久，杨部长退了二线。人们就说，这下恐怕没戏了，杨部长和洪秀萍一定得"黄"。

就在杨部长退下来的当天，下班的时候，洪秀萍在县委大门口拦住了杨部长，羞涩地笑问道："下班了，杨部长？"

"下班了。"

洪秀萍又说："到你家坐坐可以吗？"

杨部长说："从今天起，我不是部长。"

洪秀萍说："我知道，刚才听他们说了。"

杨部长不解："那你还……"

洪秀萍淡淡一笑："这和当不当部长没什么关系，你说呢？"

在杨部长家客厅坐下以后，杨部长要沏茶，要拿水果，都被洪秀萍拦下了，她说："你别忙乎了，咱们有话直说吧。"

杨部长说："行，你有什么要求和条件，就说吧。"

洪秀萍的条件有三个，她说："第一，今后你的工资要交给我统一管理。菜我买，饭我做，电费水费我交。"

杨部长点点头："应该的，我从来不爱管钱。"

洪秀萍接着说："我不想住现在这套房子，你还有别的房子吗？"

杨部长说："没有。"

洪秀萍不信："你哄谁呀，当了这么多年领导，我不信你只有这一套房子。"

杨部长的脸色有些难看，他说："我骗你干啥，没有就是没有！"

洪秀萍放下第二个问题，谈了她的第三个条件："把你所有的存折也都交给我。"

杨部长真的不高兴了，但他还是拿出了他所有的存折，很不礼貌地扔到茶几上。

洪秀萍拿起那厚厚一沓存折时，手抖抖的，抖得存折哗哗作响。

看着洪秀萍理完存折，杨部长讥讽地笑了，说："太让你失望了，是不是？"

洪秀萍不解地问："怎么每张存折都是300元？"

杨部长反问："你希望是多少？告诉你，这是我每月从工资里抠出来的，本来有五万，老伴去世花了些，现在只有这么多了。"

洪秀萍仍不信，她说："人家都说，当官的没有不贪不占的，你干的又是发官帽的部长，鬼才相信你只存了这么一点钱。是不是还留了一手啊？"

杨部长火了，说："你愿信就信，不信我也没有办法，我就是这个人。"说着从沙发上站了起来，明显带有逐客的意思。

洪秀萍也站了起来，很认真地看着杨部长，然后把存折放回到杨部长手里，说："这我就放心了，我不愿再找个贪官做丈夫，我想过安生的日子。"

杨部长婚后才知道，洪秀萍的前夫就是因为受贿被捕的。

（选自《短小说》2003年第7期）

黑　白

　　一走进硬卧车厢，坐上这趟西去的特快列车，黑白的命运从此便被彻底改变了。

　　黑白是位警官，年纪轻轻已经混到分局副局长的份儿上，在他们这一茬儿的年轻人里可谓凤毛麟角。黑白的工作干得顺风顺水，两年之内，连着破了几个大案，市局领导对他青睐有加，提拔已是指日可待。

　　偏偏这个时候黑白就出了事。

　　上午十点，黑白和分局的几个领导一起研究分局机关的人员调配，突然接到家里的电话，说是父亲脑溢血住进了医院，要他火速回去探望。

　　父子情深，黑白的泪水当时就下来了。他匆匆请假，又匆匆收拾行装，于午后一点半上了这趟西去的特快列车。

　　走进硬卧车厢，在上铺放下行包，黑白才发现，走得匆忙，连便装都忘记换了，依然穿着那身挺括的警服。

　　刚刚吃过午饭，人们大都在铺上睡觉，只有黑白的下铺和他坐着聊天。这是一个年近六十的老人，是一家期刊社的资深编辑。黑白在他对面坐下的时候，老人正就着鸡蛋喝酒。

　　"你也来一点儿？"老人笑着让黑白。

黑白摇摇头，还给老人一个笑，说："谢谢老伯，我不会喝酒。"

老人把酒瓶推给黑白，说："小伙子，我可不是虚让你，是实心实意的，能喝就喝点儿吧。"

"我真的不会喝酒。"黑白再次推拒了，"干我们这行的，喝酒容易误事。"

"说得也是。"

于是，两个人便聊起家常。老人聊他的刊物、稿件、作者。黑白聊他的分局、战友和案件。列车在他们的闲聊中驶过一个大站，进入了山区，穿越连绵不断的隧洞的时候，车厢里一会儿暗了，一会儿又亮了。

就在这时出了事儿。

刚开始，黑白听到从车厢两头同时传来人们的惊叫和喧哗，接着便没了声音，再接着，一群蒙面劫匪便逼近了黑白所在的卧铺。

黑白霍地站了起来，伸手便去掏枪，但他失望地把手收了回来——他没带枪。

劫匪一共六人，分别持有两支猎枪，四把尖刀。看到身着警服的黑白，似乎惊愕片刻，见黑白手无寸铁，很快又镇静下来。其中一个把黑黑的枪口对准黑白的太阳穴，说："小警察，你给我站开，咱们井水不犯河水。如果你硬要出手架梁子，我先让你脑袋开花！"

黑白的双手紧紧抓住两个铺位之间的支柱，一动不动地面对枪口，腮帮上的肌肉剧烈地痉挛着。他知道，他不是害怕，作为警察，黑白从没害怕的时候。他是在抑制愤怒和冲动。

黑白说："这几个铺位的人都是我的亲戚，你们不能动他们！"

劫匪说："你是在和我们讲条件？"

黑白再次说："我再说一遍，你们不能动他们！"

劫匪的目的是钱物而不是杀人，也不想把案件搞大，他们果然放过了黑白所在的六个铺位的旅客。

劫匪下车以后，旅客把失去钱物的怨气发泄在身穿警服的黑白身上，他们把鸡蛋、水果、饮料瓶狠狠地掷向黑白。

"国家养你们这些警察有什么用？关键时刻只知道保护你的亲戚！"

"打这个没种的软蛋！打这个胆小鬼！"

黑白站着没动，一任污言秽语和乱七八糟的什物打在头上脸上。

老人扑向黑白，用他精瘦的身子护住黑白。他对愤怒的旅客说："别打了，你们别打了！他也是血肉之躯呀！"

就是这件事毁了黑白。

如果黑白自己不说，局里不会有人知道。劫案发生在邻省，又是在火车上，下了车各奔东西，谁还认识谁？

是黑白自己向市局和分局领导汇报了事件的经过。他觉得，无论从哪个角度说，发生这样的事都应该让领导知道。

后果可想而知。

一年以后，黑白和那位老编辑在一个小酒馆再次相遇。当时，黑白正在喝酒，侧身倚着柜台，右手的三根指头卡着小酒碗，喝下一大口，把眼闭上，似乎在回味什么。老人分明看到，黑白脸上的肌肉所展示出来的是一种不胜辛辣的苦痛。他的年轻的没有皱纹的眼角慢慢浸出两滴泪珠。那两滴晶亮的东西悬垂许久，直到他哈出一声粗浊的气流，猛地睁开眼睛，那泪便浸润在眼角的肌肉里。

老人说："你不是不会喝酒吗？那次在火车上，你说你不会喝酒。"

黑白的脸便阴了下来。

老人知道，他不该提起那次火车上的事儿，那是他永远的伤痛。

黑白及时挤出一丝苦笑，说："那时我的确不喝酒，我想当个好警察。可现在我会喝很多酒，八两一斤是小菜一碟……因为我不是警察了……"黑白接着补充说："我自己没脸再干了。"

老人说："孩子，你其实是个好警察。"

"不！我不是！"黑白又猛灌了一口酒，把酒碗放在桌子上，"老伯，你说，当时我为什么不挺身而出呢？我怕死吗？不怕！"

老人说："孩子，那没用。他们六个人，两支枪，还有四把刀。你能制服六个歹徒吗？"

"不能。"黑白承认，"可警察应该挺身而出呀，牺牲了也就算了。"

"可你想过结果吗？几乎可以肯定，你将倒在血泊之中。但是，你的牺牲只能换来虚名。歹徒会中止抢劫吗？不会！从这个意义上说，你并没有做错什么。"

听了老人的话，黑白似乎好受了些，深深地叹了口气，自怨自艾地说："假若我不是那天探家，或者探家没坐那趟列车，或者没穿警服……"

"孩子，没有那么多的假若。"老人说，"世间一切，生命是最宝贵的，在没必要付出生命代价的时候，绝不付出！可惜有些人还不懂得这个道理呀！"

黑白问："你是说，那天，我没有必要付出生命？"

"没有必要！"老人肯定地回答，"完全没有必要！"

"可……现在我是生不如死啊……"黑白哭了，"没人能够理解我呀……"

"不，孩子，请你相信，你将越来越被理解的。"

黑白迷惘地看着老人真诚的脸，喝下了碗中最后一口酒。

（选自《小小说读者》2003年第12期）

雪地上盛开的鲜花

于山没想到，他和徒弟金娃会在这里见面。要知道主家同时还请了另一家唢呐班子，自己说什么也不会接这趟生意。

见了师傅，金娃也很惊奇。问过师傅的身体，家里情况，便没话说了。两个人猜出了主家今天的用意，心里都像灌了铅一样沉重。

师徒二人是远近闻名的金唢呐，原来都在县剧团供职。那时候，师徒可谓春风得意，省里、市里有重大活动，如果少了于山和金娃的唢呐演奏，简直就像塌了半边天，留下不少的遗憾。可剧团说不行就不行了，于山和金娃便从山巅一下子跌进了深谷。他们都知道，不是哪个人的过错，也不是他们的技艺不行了，吹不好了。

于山和金娃各自拉起原来剧团的人马，成立了草台班子，挣几个吃饭钱勉强度日。由于各忙各的生意，师徒二人便少了来往。谁知今天在湖桥镇上见了面。

上午九点，一位三十多岁的汉子走出大门，对于山和金娃说："今天这阵势你们已经看到了，两家班子同时搭台演出，目的只有一个，唱对台戏。"汉子说着拿出一卷钞票，足有五千元，啪啪地在左手心甩打几下，说："谁赢了呢，这钱就是他的了。"

于山看看金娃，金娃也看看师傅。他们从对方眼中都读出了对方的意思：谁都想得到这笔钱。这与对金钱的占有无关，也与师徒的情意无关。年到月尽，都想给穷了一年的伙计们多发几个，能让他们过个有滋有味的年。事情就是这么简单。

金娃对师傅不好意思地点点头，那意思很明显：师傅，原谅弟子吧。

于山也对徒弟点点头，意味却有点苦涩，说不清是什么意思。他们的对台戏从上午十点开始，一直持续了七个小时。中午吃饭时，金娃端着一盘炒肉丝来到师傅的桌上，和师傅挨坐在一起，很是关心地看了看师傅的脸色，小心地问："师傅，您老没事儿吧？"

"没事儿。"于山说，"只是感到有点累。人老了，不比当年气脉足了。"

金娃脸上讪讪的，有两滴清泪落了下来："师傅！我……"

"金娃，什么都不要说了，师傅知道你的难处，放心大胆地吹吧，师傅也会尽力的。"

金娃哽咽着，把那盘肉丝往于山面前推推："师傅，您多吃点，身上才有劲。"于山把手搭在金娃的肩膀上："师傅吃饱了。"

饭罢，于山和金娃各自走向自己的位置，遥遥相对，展开了技艺的争夺。金娃的一曲《百鸟朝凤》，高亢明亮，欢快而流畅，恰如行云流水，把于山这里的观众拉走了不少。于山颇为赞赏地点了点头，然后把唢呐在空中画了一个大大的圆弧，凑到唇边，仰对着空中，裂帛声闪过，留下一大块的空白。

之后，他的唢呐又在空中画了一个圆弧，他吹起了《十面埋伏》。曲音委婉低沉，犹如隐伏了万千军马，把观众逼得透不过气来，却又让人越听越想听，不忍离去。

这时候，天空下起了纷纷扬扬的大雪，大如棉朵的絮状雪花铺天盖地落下来，不一会儿便在地上铺了绒绒厚厚的一层。人们似无觉察，仍然沉浸在于山的唢呐声中。

其实，这时候于山已经进入了他所创造的艺术氛围，也融入了楚汉相争的那段悲壮的历史，无知无觉，专注而忘我。他根本不知道，金娃那里的观众几乎被他那支唢呐拉走完了。

于山的唢呐声是在突然之间停下来的。他突然听出对面传来一阵近乎绝望的悲音，抬头望去，金娃已经把唢呐从嘴里移向鼻子。

鼻吹！于山待要制止，已经来不及了，金娃的第一个音节就在这个时候流向了人群。

这是一种极伤身体的吹法，他在教金娃的时候曾经告诉过他，不到万不得已绝不可用，因为时间稍长，很可能因气竭而倒，轻者躺上十天半月，重者导致肺脏受损，艺术生命也就随之终结。

于山决定停下来，不吹了，他不能眼看着他的徒弟给毁了。他把唢呐轻轻地放到桌子上，这是认输的表示。

金娃也曾朝他这里看过几眼，他以为金娃会停下。但金娃没有停，他站在桌子上继续呜啦呜啦地吹下去。于山走向金娃的场地，在桌子前站下，仰脸看着金娃，他的眼神里含满了乞求和抱怨：金娃，孩子，你就停下来吧，师傅不和你争了……

直到一曲吹奏完毕，金娃才含着泪跳下桌子，摇摇晃晃地抱住了于山，叫了一声："师傅，我老婆还在医院躺着，她需要钱哪……"话没说完，一大口鲜血喷涌而出，飞溅在他面前的雪地上，像盛开了几朵血红的鲜花……

于山雇车把金娃送走以后，他把跟随他三十年的唢呐放在一块石头上，大脚踩了上去。他踩得很慢很慢，仿佛怕惊吓了它似的，但他还是把它踩扁了，然后扭头走了。茫茫雪地上，留下他一溜歪歪斜斜的脚印。

（选自《小说界》2004年第3期）

我不愿失去你

当我的父亲走进这篇小说的时候，已经居于高位，是我们所在的这个地级市的一把手，位于权力的宝塔尖。在这里叱咤风云八年之后，被人告发收受贿赂，省纪检部门对他实施秘密隔离审查。所幸还不是"双规"。"双规"是罪证基本到手之后上级纪检部门采取的强制性的一种手段。干部一被"双规"，他一生的仕途也就随之完结。

即便是审查，也足以令我们这个家庭惊慌失措了。

事前没有一点征兆，起码在我看来是这样。那天晚上，我们家像往常一样坐在一起吃晚饭，突然就有三个人出现在我家的客厅里，一下子把客厅挤得满满的。一个夹着精致小包的瘦高个冲父亲笑了笑，说，老李，咱们到宾馆聊聊吧。

我记得很清楚，那个瘦高个的笑容很不自然，又带有一种嘲讽的调侃。父亲的脸当时就白了，竟坐着没动，筷子也没有放下，就那么傻呵呵地看着来人，连起码的招呼都没打。父亲平时不是这样的。父亲个子虽然不高，还有点胖，可无论是台上或是台下，始终有种人见人怕的威势，轻轻地"嗯"那么一声就够他的部下琢磨半天了。

父亲被母亲搀着站了起来，终于挤出来一丝笑容。不过那笑容很难看，有一点想哭的意思。还冒出一句极其不合时宜的发问：你们是省纪委的？

父亲跟在他们身后走了，不知道去了哪家宾馆。人出房门的时候，我看到，父亲和母亲对视了一下，表情很复杂，说不清是悔是怕。直到事后，重新回忆那幕的时候，我才用两个字给父亲那时的表情进行了准确定位：绝望。

母亲虽是农村出来的，却有着处变不惊的大家风范。在父亲离去的那刻，她迎着父亲复杂的目光还那么悠然地笑了一下，之后，便像没事儿人一样坐了下来，招呼我们兄妹说，来吧，咱们继续吃饭吧。

我和妹妹都是老大不小的人了，再糊涂也知道父亲被叫走意味着什么。这不但是一个高官仕途的永远终结，同时意味着一个家庭幸福的终结，妻子儿女为此蒙羞。

我承认，父亲是个贪官，他从一个小乡长做起，步步爬到了如今这个位置。风风雨雨二十余年，在他为官的过程中，不收受贿赂几乎是不可能的。我给父亲算了一笔账，按照每年收受两次贿赂，每次三到五万计算，数量已经十分可观了，更何况，远远不止这个数。那次父亲母亲同时去送客人，我打开了客人留在茶几下面的牛皮袋，顿时目瞪口呆了，乖乖！整整十万！

即便如此，可他毕竟是我的父亲。再说，父亲从来不摸钱。母亲是我家的财政部长，进项开销是母亲一个人操作的。她应该知道，收受如此巨大的数目，对于父亲来说意味着什么。仅仅是丢官就可以了结的吗？

可母亲竟像没事儿人一样，她还有心说"继续吃饭"，还会对着即将赴难的父亲"悠然一笑"！如果单单是为了抚慰我们兄妹俩，那么，她是善良的。而如果真的不把父亲的事放在心上，就显得过于没心没肺了。

父亲接受了整整12天的审查。在这12天当中，母亲该上班上班，该做饭做饭，一副不急不躁的样子。可惜她做的饭没有人吃，做得再好我们也不吃，没胃口。一方面为父亲焦心，另一方面也为母亲稳坐钓鱼台生气。终于有一天我忍不住了，我说，妈，你赖好也去给我爸跑跑，找找省里的老领导，你就忍心……

母亲不让我再说下去，她说，跑什么？事情该怎么样就会怎么样，跑跑就没事儿了？

我没想到母亲竟是这种态度！我说，他是我们的父亲，同时也是你的丈夫！

大人的事儿不用你们多嘴！

…………

（选自《金山》2004年第9期）

后　事

　　赖处长是累死的。

　　赖处长死的时候正在起草靠山寨的扶贫方案。扶贫方案写到扶贫措施的第六条：发动处里所有干部外出筹措资金，为靠山寨修一条砂石公路，把积压的山货运出来，让靠山寨的乡亲富起来。

　　就是写到这里，赖处长一头趴在他写的长达12页的扶贫方案上，与世长辞了。

　　平时，赖处长起床起得很早，早上6点不到，赖处长已经站在小院里了，咳嗽几声，做几下扩胸运动，然后便在绿化带间慢跑起来。再然后，拿着饭碗，一路敲打着走进食堂，去吃油条稀饭。

　　但是，这天早上，直到八点钟上班，赖处长还没有起床，房门锁得紧紧的。处长工作忙，往往要熬到午夜以后才睡，有时一熬就是一个通宵。大家以为处长累了，想多睡一会儿，也就没怎么在意。直到县里来了通知，纪委要来检查干部廉政建设情况，办公室的人才不得不去唤处长。

　　赖处长的灯亮着，喊了半天没人应。人们便觉出了异常情况。副处长们经过短暂的商量，撬开了赖处长的房门，于是便

　　　　　　　　　　　　　　　李培俊纪念文集

看到如下感人的一幕：处长趴在桌上，钢笔还在手里握着，笔尖在洁白的稿纸上戳出一大团洇开的墨渍。

副处长们哭了。

同志们哭了。

在场的人都哭了。

赖处长火化那天，小县城可谓万人空巷，偌大的火化场里人头攒动，黑压压的，站成了人的海洋。殡仪馆的院子盛不下，就有许多人站在大门外的停车场上。据火化场的人说，建场20年以来，还没见过如此隆重的告别仪式。他们感叹说，可见群众心里都有杆秤啊，老百姓喜欢的是像赖处长这样勤政廉政的好官哪。

靠山寨的村民来了不少，400来口人的村子，凡能走动的一个都没有落下。他们头天半夜动身，走了30多里山路，天不明就赶到殡仪馆。哭着叫着喊着赖处长的名字，在灵前跪倒一片。

赖处长啊，你咋就走得这样早啊！

处长啊，你是为俺老百姓生生累死的呀！

他们大骂苍天不公，好人不得长寿。

一个80多岁的老汉用头磕着玻璃棺，哭得昏死过去，连忙被拉到医院进行抢救。

赖处长的事迹上了省报，上了电视。很快，市里就作出决定，授予赖处长"勤政廉政的人民公仆"称号，在全市范围内掀起向赖处长学习的高潮。

大会在县委礼堂召开，庄严而且隆重。

考虑到赖处长的妻子身体不好，就没让她参加，把她支去整理赖处长的遗物。

赖处长的办公室摆设十分简单，一张桌子，一个旧柜木箱子，一个小书架。箱子里放着他平时的换洗衣服，衣服不多，也都很平常。他床边的小书架上，摆满了他平时爱读的书籍，大部分是专业和政论方面的，也有几本中外文学名著。妻子把衣服整理好，收进一个带来的提包里，把书捆好，然后开始整理抽屉。

赖处长的抽屉只有最下面的一个上了锁。找不到钥匙，妻子让办公室的人找了把钳子，把锁打开了。抽屉里也没放什么东西，一本相册，两个黄灿灿的打火机，一本马克思的《资本论》。相册里夹着的也是平常的照片，有赖处长的单人照，有一家三口的合影。妻子拿起了那本《资本论》，翻开扉页，扉页上印着马克思的黑白照片，表情相当严肃，却于严肃之中透着导师的和蔼与大度。

妻子翻着书的时候就觉得奇怪，丈夫那么多书都是放在书架上的，为什么单单把《资本论》锁进抽屉里呢？这样想着，她就把这本《资本论》一页一页地翻下去，翻得认真而仔细。

翻着翻着，妻子的眼睛便直了：这本缺角少棱、其貌不扬的《资本论》里，掉出来十几张存款单，她算了算，不下50万！

50万哪！妻子知道，那不是丈夫的，也不是他们家的，凭着两口的正常收入，一辈子不吃不喝也存不下这么多钱。那么，只能有一种可能：这钱是不义之财，是丈夫贪来的。他在乡镇当了五年党委书记，又先后在三个局当过一把手，弄这点钱是不费吹灰之力的。

妻子重把存单放进《资本论》，轻轻地合上，走出了赖处长的办公室。

妻子只拿走了属于赖处长的私人衣服、书籍、相册，把《资本论》重放回抽屉，轻轻地合上。她想，不是自家的东西，自己就不能要。

事隔不久，报上刊登出一条新消息：一女士匿名为扶贫工程捐赠50万。

（选自《小小说读者》2005年第2期）

盗　案

　　金老师被公安局的人带走了。

　　金老师是在百货商场为他班上一个学生买棉鞋的时候被带走的。据商场那个年轻的女营业员说，从金老师一进商场，她就发现这个人不对劲，不论动作还是眼神，都多多少少带点很不自然的味道。挑好鞋付款的时候，他东瞟一眼，西望一阵，神色显得异常紧张慌乱，就是不敢把钱掏出来。于是，她认真检查了金老师递上的百元大钞，果然，钱不地道，与前天公安局发下的协查通报上的号码正相符合。她叫来两个商场保安，控制住正要提着鞋盒离去的金老师，拨打110报了警。

　　此前，和金老师家相邻的地税局家属楼发生了一起入室盗窃案，失窃现金一万元。地税局的出纳从银行把钱提出后放在家里，小姑娘临时出去办了点事儿，一眨眼的工夫，钱就不见了。被盗的是未拆封的新钱，号码连着，这就为公安局破案提供了至关重要的线索。这不，协查通报发出不久，金老师就撞到了枪口上。

　　熟悉的人都不相信金老师会做贼，更不相信手无缚鸡之力的老师会扭断防盗网入室行窃。在这个不大的小县城，金老师的人格品行有目共睹，不但课教得好，还经常替农村的穷家孩子垫付学费，接济学生饭票。就说今天这事儿吧，他见班上有一个叫刘阳的同学，数九寒天还穿着一双解放鞋上课，鞋上还有一个破洞，黑脏的袜子露在外面，脚指头冻成了小棒槌。金老师知道，刘阳父母离异，一直跟着年迈的爷爷奶奶生活。他暗自叹了口气，说声，好可怜的孩子呀。吃过午饭，金老师揣上钱走进商场，来为刘阳买棉鞋。谁知却被民警给带走了。

这样的人会做贼？说到天边也没人相信。

可人赃俱获，不信又有什么办法？

警方抓获金老师后，大喜过望，通过对案情进行反复研究，一致认为，金老师作案的可能性极大。一是有作案动机。金老师家境贫寒，老婆于前年下岗后一直工作无着，每月靠金老师那上千元的工资过活，还要供一个上大学的女儿，家境可想而知。二是金老师具备作案时间。地税局家属楼和学校家属楼近在咫尺，相隔只有十几米远。案发当天，金老师因没课也没到学校去。警方询问时，金老师说他那天去了三十公里外的省城，且没人可以证明。又问他去省城干什么，金老师苍白的脸红了红，欲言又止，说不出子丑寅卯。自始至终，老是重复一句话：请相信我，我没有偷，我这样的人怎么可能去偷呢？

警察说，林子大了什么鸟都有，偷东西的人谁会承认自己是贼？那么我再问你，你手里那100元赃款是怎么回事儿？

是我捡的。金老师说。

捡的？在什么地方捡的？

假若金老师随便编个捡钱的地点，比如说大街上，比如说公园里，说什么地方都可以，死无对证，事情也许就变得简单了。可金老师天生不会撒谎，他想也没想，说是在他家客厅里捡的。

警察就笑了起来，对一边的人说，听听，听听，他说那钱是在他家客厅里捡的。旁边的人就跟着大笑起来。金老师说，这是真的，真是在我家客厅捡的，而且不是100，是1000。

警察马上止住笑，当即开了张搜查证，对金老师家里里外外进行了搜查。战果却不如预期的那样辉煌，除了在金老师家起获900元失窃的钱款，还从金老师书桌的抽屉里翻出了400元钱。不过，那400元钱很破很旧，和失窃的一万元根本挨不上边。当民警要把那400元钱也一起拿走时，金老师疯了一样扑上来，劈手夺回了那笔钱，他说，这钱你们不能拿走，这是我在省城卖血的钱，是准备寄给我女儿的当月生活费。

民警挽起金老师的袖子，认真察看了金老师胳膊上刚刚平复的针眼，又看看金老师虚弱苍白的脸色，不知怎么，眼圈就有些发红。民警说，这么说，案发当天你是去省城卖血了？

金老师不好意思地笑笑，点了点头，他说，眼看该给女儿寄生活费了，可工资还没发下来，我就……

由于在金老师家搜出了1000元的失窃钱款，金老师的盗窃嫌疑就很难排除，但按照无罪推理原则，找不到确凿的证据，公安局也没法对金老师实施拘捕，让他一边教学，随唤随到，接受案件的进一步调查。

案件就一直拖了下来。

事情的转机出现在不久后另一宗盗案的破获。窃贼为了争取宽大处理，主动交代了地税局家属楼的盗窃案。窃贼说，他在地税局家属楼轻易得手后，紧接着进入了金老师家。捅开门锁后却令他大失所望，沙发是20世纪80年代的那种，弹簧几乎顶出了人造革面；电视机还是黑白的，小得像个小孩子玩具；

饭桌上中午的炸酱没有吃完，红白萝卜丁，连点肉星都不见。窃贼说，失望之余，我进入了他家的卧室，突然间，我就看到墙上挂着的照片，我才知道房主人是我过去的老师，上初中时金老师教过我数学。我没想到我的老师会过成这个样子，会穷困到这种地步。我就把到手的钱放在金老师家的沙发上1000元，也算是昔日的学生对老师的一点心意吧。窃贼不无遗憾地说，谁知道没帮上他的忙，倒给他惹出了这么大的麻烦。

释放金老师的时候，金老师本想说点难听话，还没张口，民警就把他的嘴堵死了。

警察说，对不起金老师，委屈你了。办案的年轻民警道过歉，话锋一转又说，其实，你金老师也不是没有一点错误，为什么不把1000元赃款及时上交？交了不就没事儿了？害得我们错过了破案的大好良机。

金老师想想也是，也就不说什么了。但他嘱咐办案民警，不要把他卖血的事儿说出去，免得学校知道了为他家操心。

（选自《短篇小说》2005年第6期）

老　毕

在县剧团，瘸子老毕最不起眼。工作不起眼，人也长得不起眼，没人拿老毕当回事儿，老毕也不把自己当回事儿。不论男女，不分老少，都可以把老毕呼来喝去，使唤得滴溜溜转。这个说，老毕，去，把我的茶杯端来。老毕就去端茶杯。那个喊，老毕，把我的手绢拿去洗洗。老毕就去洗手绢。

老毕是剧团的杂工，在后台帮忙，拉拉幕布递个道具什么的。换场时，前台大幕一拉，老毕瘸着踮着，忙着撤换布景。动作稍慢一点儿，还要招来同事一顿训斥：咋搞的老毕，你动作快点儿不行？老毕笑笑，说，就好就好，不误事儿的。演出结束，也就到了晚上十一二点，演员把或红或白或绿的戏装一脱，摘下头盔头套，往老毕跟前一撂，便忙着去洗脸上的油彩。老毕也不说啥，一件件提起，理顺，照原缝叠好，放进戏箱。演员们洗着脸的时候老毕在叠，演员们一个一个走光了，老毕还在叠。空空荡荡的剧院里剩下老毕一个人，灯光把老毕的剪影映在幕布上，人也显得高高大大的。

早年，老毕的腿还没有瘸，刚从部队下来，是个挺精干的小伙子。演丫鬟的红菱看上了还是小毕的老毕，三谈两谈，两人就好上了。谁知红菱一出《香囊记》唱红，成了剧团的台柱子。

听的掌声多了，找红菱的男人也多了。一天夜里，在一条小巷里，老毕的腿莫名其妙地被人打断了，再也没有接上。后来，省戏院把红菱调走了。走前，红菱找到老毕，说，咱俩的事儿算了吧。老毕就算了。但挡不住老毕伤心。伤了心的老毕一直未娶，老毕寒了心。

老毕的宿舍在财务科隔壁，屋里一桌一椅一床，还有一锅一碗一酒杯，日子清苦，他却自在惬意。别人下班走了，老毕搬把椅子，放在剧团院里，就着炒黄豆抿二两小酒，然后往椅背上一仰，悠然哼起了《香囊记》，腔调委婉悠长，又含了些许的苦味。

这都是以前的事儿了。到了20世纪90年代，剧团的日子江河日下，一日不如一日，连工资也开不出来了，和散了差不多。剧团的演员自愿结合，十个八个人组成小戏班，专凑婚丧嫁娶的热闹场挣口饭吃。剧团偌大的院子，便只剩下老毕孤零零一个人，连说话的人都没有。

老毕闲不住，把院子里的空地开出来，种上各色蔬菜，施肥浇水上粪。那些茄子、辣椒、黄瓜、番茄，红红白白，青青绿绿，繁茂旺盛。早上，老毕摘下一担，挑到对面菜市场，三分不值二分地卖了，倒也没有饿着，余下闲钱，还能买点儿猪头肉，打几两小酒。

连绵的秋雨一过，老毕便把戏箱一个个打开，把演出服装拿出来，搭到院里的铁丝上晾晒。还用布条绑成的掸子抽打着上面的霉气和灰尘，边抽边说，这些东西总有一天会用得着的。看着一院子的花红柳绿，老毕就回到了从前，回到剧团兴盛的时候。老毕就笑了，那笑容就在阳光里灿烂起来。

春节快到的时候，剧团领导要请省城的歌舞团来剧院演出，挣几个给剧团的人发些零花钱。歌舞团开价五万，还是税后，并且言明，先交钱后演出。领导们牙痛似的算了一笔细账，除去各种费用，还能有三万多的盈余。起码能让大家割几斤肉，吃上顿饺子。

省歌舞团来前，老毕把剧院打扫得干干净净，一尘不染，又把自养的几盆花摆在门口，弄出一派喜庆气氛。谁知，歌舞团未到，剧团却先出了事儿：财务室失火。天干物燥，火一着起来就无法控制。团长一下子瘫倒在门口哭起来，说，完啦，完啦，筹来的五万元钱可都在抽屉里放着哩。老毕一听，飞身蹿进火海里。

钱抢出来了，老毕却被烧成重伤。

省歌舞团的车和120急救车同时开进剧团院内。昏昏沉沉的老毕听到有人喊他的名字，艰难地睁开眼，他便看到了泪水涟涟的红菱。

红菱是随歌舞团的车回来看看的。红菱老了，她说，老毕，我是红菱啊……你咋那么傻，五万元钱值个啥……老毕说，那不是普普通通的五万元钱，是团里的财富……红菱说，可那毕竟是钱，钱比命还金贵？红菱又说，老毕，咱俩好了两年，你老想亲我一下，我没让。现在你亲吧……

老毕的伤脸似乎红了一下，泪便流了出来。红菱俯下身子，把脸贴到老毕的腮上……老毕便幸福地闭上了眼睛。

（选自《百花园》2005年第11期）

复　读

　　天还没亮，父亲就把我叫了起来。父亲站在窗外说，该下地了，把架子车套上，今天往东岗送粪。

　　我实在不想起床。昨晚睡得太晚，也可以说几乎是一夜未睡，老想着高考落榜的事儿。不知是命运使然，还是真的太笨，复读了一年仍然名落孙山，跨不进大学校门。如果分数差得太多，知道自己不是那块料，也就不做大学梦了，可两年了，玩笑似的，每次只差几分。是读下去，还是就此放弃？我没了主意。

　　无精打采走出房门，父亲已经开始吃饭，站在猪圈边，饭碗和盛咸菜的小碟放在猪圈墙上，看着滚成泥蛋似的肥猪，呼呼噜噜喝几口稀饭，咬一口手里的烙馍。父亲吃罢，把饭碗撂给母亲，黑着脸看也不看我，掂起粪权跳进猪圈，一权一权，把腥臭无比、酸腐难闻的黑色猪粪扔出猪圈。

　　父亲说，愣着干啥，还不装车！

　　我把车子装好，父亲嫌装得不满，说，来回四里地，装那么一点跑空趟哩？说罢，自己掂起粪权，嘿一声一权，嘿一声一权，把车子装成一座小山。

　　我家的地在岗上，一路上坡，没走一半路，衣服全被汗水溻湿，连裤头都没剩下一片干的。好不容易把粪拉到地头，早已筋软骨麻，车子一扔躺到地上，一动也不想动了。

起来！不知什么时候，父亲站到我身边，说，这就是你今后要过的日子，和土地，和耧犁锄耙，和这辆架子车一起过了。父亲还说，这怨不得别人，要怨只能怨你自己不争气！

我恨父亲，明明知道我没干过农活，还逼着我往岗上拉粪。这还是爹吗？谁家的爹这样对待儿子！

后来，我重新走进校园复读，而且考进了北京一所名牌高校。临走的那天晚上，父亲遍请了村里的老少爷儿们，在我家院子里摆了六桌，父亲挨桌给人敬酒。这个说，你老李家算是烧了高香，出了咱村第一个大学生，你得喝了这杯。父亲就喝了。那个说，孩子上了大学，出来可就是干部了，这杯酒你得喝。父亲又喝了。三喝两不喝的，父亲就喝多了。喝多的父亲显得容光焕发，一张脸红得像猪肝。母亲说，别喝了，再喝可就醉了。父亲说，我儿考上了大学我高兴，醉就醉吧。

把父亲扶到房里睡下以后，母亲说，恨你爹吗？我没吭声。母亲说，你个没良心的，为了让你复读，你爹可是狠着心逼你干活的，你睡下以后，你爹在你窗下蹲到半夜，一支接一支吸烟，听到你累得直哼，他心疼得直掉泪。为了给你攒钱上大学，你爹把烟都戒了。

我默然。

第二天一早，父亲又在我窗外喊我，起来吧，该上路了。走出房门，父亲已经套好了架子车，上面放着我的行李，还铺了一条褥子。父亲说，上车，爹要把你拉到车站。我说我不坐，我走路。父亲说，那怎么行呢？那可是三十几里的山路啊，把脚走肿了还不让同学笑话？

我执意不坐，父子俩一同拉着车子出村。上了通向县城的石子路，我说，爹，你坐上，我拉你一回。父亲先是不坐，经不起我再三哀求，父亲坐了上去。父亲是在下坡的路段坐上去的，下了坡，父亲就从车子上跳了下来，他说，拉惯车的人坐车不习惯，还不如走路得劲。

　　我就这样走出了大山，走入了大学校门。回头望去，父亲向我招手，他的身影和他周围的大山融为一体。分不清哪是大山，哪是父亲。

（选自《小小说读者》2005年第12期）

过　程

　　当那位胖墩墩的年轻警官再次走进病房，于超就有一种不祥的预感，她知道要出事儿，但她无能为力。年轻的警官昨天已经来过一次，做了三页笔录，该讲的，能讲的，于超都讲了，还在笔录纸上按下一个鲜红而秀气的指印。

　　年轻的警官进来以后坐在丈夫进喜的旁边，对躺着的于超笑了笑。警官确实很年轻，于超估计，他最多不超过二十二岁。他问于超，好点了吗？于超点点头。年轻的警官把笔录纸摊在膝盖上，打开了笔帽。他问于超，昨天做笔录时你是不是隐瞒了什么？于超说，没有，怎么可能呢？年轻警官说，可那个嫌疑犯已被我们抓住了，他把什么都交代了。于超心里一震，她宁愿警察永远都不要抓到那个企图杀死自己的人。可他们还是抓到了。

　　于超是个出租车司机。一个星期前，于超在中午准备收车回家吃饭时接了个活儿。于超是女的，听说要跑偏远的湖桥镇，心里就有些发怵。打车的小伙子看她犹豫，忙赔上一张愁苦的笑脸，说，大姐，你就行行好跑趟吧，我妈快不行了，不见我一面，她闭不上眼哪！再说，我看着像个坏人吗？

　　于超再次打量小伙子一眼，的确不像，坏人会有一张圆圆的娃娃脸？坏人会这样真诚的乞求？甚至，他的眉宇间透着一种被称为善良的东西。再说，这是一趟好活儿，跑下来总有五六十元的进项。于超说，上车吧。

车到野猪坡，小伙子让她把车靠路边停下，说是要下车"办事"。于超知道他要解手，便减了车速，车徐徐停在路边。

在这种荒僻的地方停车是于超的致命错误。下了出租车的男人迅速打开车门，把于超拖进了附近茂密的树林……接下来发生的事，对于于超来说，完全是一场噩梦。男人脸上还是挂着笑，只是变得狰狞恐怖，他塞上于超的嘴，反绑了她的双手，在铺满落叶的地上把于超强奸了。而且不是一次，是两次。其间不足一个小时的时间。然后，从于超身上搜出车钥匙，把一把锋利的尖刀插进了于超的胸膛。

这段经历，于超一直不愿面对，不愿示人，也瞒着丈夫进喜。她想，就让它烂在心里吧。

可现在，胖墩墩的小警官，让她当着丈夫进喜的面把它们摊开晾晒，翻个底朝天。做完笔录，进喜不顾警官的拦阻，冲到于超病床前，一巴掌扇到于超的脸上，吼道，你竟然是这种女人！年轻警官说，你干什么？她是被刀逼着，被捆了双手，不是自愿的。可结果呢，还不是一样？她成了一个脏女人啊……进喜捶胸顿足，疯了似的跑出病房。

出院以后，丈夫进喜便和于超分居了。他买来一张简易小床，往上扔条被子，又扔个枕头，扑通一声躺上去，仰望着屋顶唉声叹气。

而在他们住的小区，于超的这段经历被人们演绎出多个版本，又经过综合归纳，早已面目全非。最为人们接受的说法是，于超那天是去和情人幽会，发生了争执被情人刺伤。他们的依据，便是次数和时间。他们说，两次，两次呀！短短一个小时就来了两次，不是情投意合，不是激情如火，可能吗？

县城显然待不下去了，于超去了乡下娘家。她想，在娘家住上三五个月，时间长了，县城自然也就没有人再议论了。于超中午到的娘家，吃晚饭的时候消息便如影随形也到了娘家的村子。嫂子端着碗，笑眯眯地说：妹子，那小子是咋回事儿？你们中间有啥矛盾？和你好着，咋就起了杀心呢？于超说，不是，真不是那么回事儿……是……嫂子又笑笑说，城里人喜欢浪漫，这也没啥，关键是别弄出事儿呀！晚上，娘和于超睡在一张床上，娘说：我说小超，这做女人的，要本分规矩，你咋那么不长心眼！找个野男人还差点儿要了你的命。于超说，娘，真不是那么回事儿，是他……

别说了。娘说，你也快三十岁的人了，就别让娘跟着操心了，以后可得好好过日子，别再狗扯连环闹不清。

这时候，于超就想到了死。她就是不明白，明明是歹徒强奸了她，可屎盆子却扣到她的头上。她不仅没得到受害者应有的同情，反倒成了放荡的女人。看来，除了死，身上的污水是难以洗清了。

于超悄悄爬起来，走向村西的水库，站在碧波荡漾的水库边，望着黑黝黝的天空，一串泪水从于超的眼眶流出了。

（选自《作家天地》2006年1月上旬刊）

干　部

　　干部一出生就是干部。他的名字打破了家乡茅缸、茅池、留根、毛孩的粗鄙习俗，起了个高贵得足以让人仰视的名字：干部。

　　干部都满月了还没有名字，上级真正的干部小赵吃派饭吃到干部家里，娘一手抱着干部，一手给赵干部做饭烙馍。烙的是玉米饼子，黄灿灿的，上面被鏊子烫出一片片褐色的"花儿"，喷香喷香的，十分诱人。饭是杂面条，擀得薄薄细细，再扔进去一把萝卜缨，花红柳绿的，好看，也好吃。赵干部吃出了一头微汗，擦擦嘴，放下一斤二两粮票、三毛六分钱，走了。

　　赵干部前脚出门，干部的爹后脚进来，拿起桌上的粮票和钱，在左手掌里啪啪摔打两下，说，当干部真好，国家每月都给他们发钱发粮票。说着抱起儿子，点着他的小鼻子，说，长大了你也弄个干部当当，叫你爹你娘也跟着沾沾光。

　　娘说，那就叫你儿子叫干部得了。

　　爹说，那就叫干部吧。

　　干部读书不开窍，把乌鸦读成"鸟鸦"，把玉石写成"王石"。更气人的是，把他爹王必成的"必"字那一撇常常弄丢，王必成就成了王心成。村里人便王心成王心成地喊开了。要说，把王必成叫成王心成，反而好听一些，顺口一些，意思也上了一个台阶，心想事成嘛。问题是大家背后的意思让王必成受不了：这不是讥讽干部学习太差劲吗？所以，白天有人喊他一次王心成，晚上他就在干部身上练一顿拳脚。干部肉乎乎的小屁股时常印着五根红色的指头印，直到干部长成五大三粗的小伙子。

干部没当过一天干部，连不在品的小组长也没当过，但干部在村里却是不可小视的人物。他能给村里真正的干部们带来荣耀，也能给真正的干部们带来麻烦。

那一年有志家房子失火，砖瓦房，木材顶，火一着起来，梁檩椽子就被烧得噼里啪啦响，红了半边天。有志家三岁的小儿子还在屋里，哭爹叫娘的。谁也不敢进去，怕被捂在火堆里出不来。干部拉了一条棉被，在水缸里蘸蘸，披着钻进火海里，把有志的孩子抱了出来。之后的三年间，有志的老婆逢人就说，俺这孩子呀，是干部救下的，是干部又给了他一条命啊。本村的人都知道是咋回事儿，外村的就不知道了，都以为是村干部舍命救了他儿子，都说，看看人家村里的干部，多知道爱护百姓。村干部们就美滋滋的，也不说透。

干部这名字也会给真正的干部们添麻烦。干部的爹娘下世以后，干部没娶上媳妇，他一个人艰难地过日子，想吃肉又没钱买，免不了干些偷鸡摸狗的勾当。村里谁家丢了鸡，都知道是干部干的，可怜他鳏寡孤独的不容易，大多不声不响地算了。春上，满圈家丢了狗，这下捅了马蜂窝，满圈的老婆特不省事，丢根柴火也能跳着脚骂上三天，更何况是丢条心爱的狗。满圈的老婆叉着腰往村头上一站，全村人便围了上去。满圈的老婆骂人相当有水平，前八辈、后八代，死了的、活着的，全部翻出来晾晒一遍。指名道姓骂干部：断子绝孙的干部！缺了八辈子德的干部！乌龟王八蛋干部！一直骂到落日西沉，没入山后。

第二天再接着开骂。

骂到第三天，支书和村主任吃不住劲了，在一起商量说，知道的呢，说那婆娘是骂干部，不知道的呢，还以为是骂咱这帮干部哩，这不有枣没枣一竿子打了吗？这不败坏当干部的名头吗？

当天晚上支书和村主任一起去找干部，说，干部，你把名字改了吧，哪怕你改成省长、县长哩，别再叫干部了，你干点烂脏事，把我们这些人全扯进去了，害得我们也跟着挨骂。

干部说，支书，我这个名字可是爹娘给的，你叫改我就改了？其实呢，我还真不想叫这破名字哩，你以为干部这名字多响亮，多好听？你们不干好事我还替你们背着黑锅哩，老百姓骂你们不也把我捎带了？咱到底谁亏？

干部的名字没改，还叫干部。支书和村主任找他不久，干部铺盖卷一卷去了广东打工。听说先是在一家皮鞋厂粘鞋底，受不了那呛人的气味，又跳槽到一家玩具厂当保安。夜里干部在厂门口值班时，碰到有人打劫一个女人，干部出手相救，被歹徒捅了四刀，刀刀见红，深及脾脏。干部回来时，就成了一个红绸蒙着的骨灰盒。

从此，村里没了干部。

（选自《百花园》2006年第5期）

你不要离婚

你不要离婚。

这句话是街道办事处那个精瘦得像麻秆一样的大嫂给淑秀说的。当时，她挨着要和丈夫离婚的淑秀坐在一张沙发上，搂着淑秀的一只肩膀，抓着淑秀一只手，两个人形同亲密无间的姐妹。淑秀的肩膀和手就都有点热乎乎的，像是一脚跳回了娘家门，钻进了亲娘怀里。

淑秀一大早便跑到街道办事处，一进大门，就气冲冲地高腔亮嗓地喊起来：这日子没法过了，真没法过了，一天也没法过了！非和那不是人的东西离了不可！麻秆大嫂连忙从一个房间里飞跑出来，惊慌失措地把淑秀拉进她的办公室，说，你别这样喊，千万别这样喊。把淑秀安顿到沙发上坐下，麻秆大嫂这才放开她，从饮水机里接了一杯开水，放到淑秀面前的茶几上，笑眯眯地说，说说，为啥要离婚？

淑秀的离婚理由其实很简单，却又一时不知从何说起，闷着头想了一会儿才说，他老打我。麻秆就笑了，说，我还以为啥大事儿哩，就为这？

就为这。淑秀说，这还不够啊？你知道他怎么打我吗？脱光了打，往死里打，还拿脚朝我心窝上踢。淑秀说着，掀起上衣给麻秆看一块块青紫。麻秆倒抽一口冷气，眼里便有了雾蒙蒙的湿润，把淑秀的手抓得更紧了。麻秆说，要说，你丈夫这人太不像话了，也真够狠的。麻秆叹口气又说，可你知道，现在咱街道办事处正创精神文明单位，离婚也是反映精神文明的重要方面，也规定有指标，控制得很严，这个季度的指标已经用完，再办就超了。

淑秀说，可我实在过不下去了呀，一天也过不下去了。

麻秆说，过不下去也要捏着鼻子过，为咱办事处想想嘛，要是验收过不了关，会造成多大的损失。

人家把话说到这份儿上，通情达理的淑秀也就算了。总不能因为自己拆办事处的台，影响精神文明建设。可在出门的时候，她还是留给麻秆一个话尾巴，她说，这个季度离不了我也不再强求，不过咱先说好，下季度的离婚指标下来，你一定要给我留一个啊。

淑秀第四次走进街道办事处已是三个月以后，她是架着单拐走进麻秆办公室的，让座也不坐，倒水也不喝，她说，你也别再劝我了，也别再给我说指标的事儿，这回我是铁了心非离不可了，离定了！麻秆还是笑眯眯的。安抚、倒水、搂肩膀、抓手，她告诉淑秀，这个月正是验收的关键时刻，离婚指标不下了，恐怕要等到明年颁证后才能下来，先回去等着吧。她说，其实呢，谁家夫妻没点磕磕碰碰的，遇到铁勺碰了锅沿就闹离婚，这个世界还会有一对一对的夫妻吗？

淑秀说，我知道你是好意，可你看看我这条腿，他知道了我要和他离婚，硬生生用凳子敲断了我的腿呀，你说这日子还有法过吗？再过下去，我非死到他手里不可！

我知道了。麻秆又是两眼雾蒙蒙的，扯住淑秀的手说，上头不下离婚指标，我也无能为力呀，只能等到明年了。

　　事隔不久，市里发生一起凶杀案，妻子把一包毒鼠强掺进一碗做得香喷喷的面条里，谋杀了亲夫。

　　嫌犯是淑秀。当麻秆拿着当天的报纸，在报缝里看到这则字号小得可怜的社会新闻时，不自觉地捋起衣袖，她的胳膊上也有一道道紫色的瘀痕。

　　　　　　　（选自《文艺生活·精品小小说》2007年第6期）

第三十三位战友

马富山当过团参谋长，转业到地方任过副县长、人大常委会主任。呼风唤雨几十年，猛地退下来，便觉得手脚没处放，没捞没摸的，就寻思着找点事儿干。那天在公园里晨练，打完一套太极，拾起衣服，踅摸到我跟前，说，老李，咱们一起入伍的战友聚一下怎么样？我说，怕不容易，天南海北，天各一方，有的几十年没有联系，能组织起来？他说，这你不用担心，我来办。

马富山的组织才能超乎我的想象，不到半月时间，他竟把当年一起入伍的战友——除三个已过世以外——全部约齐。

聚会在皇后饭店举行。我曾建议马富山，战友聚会没必要选在这么高级的地方，随便找个中等饭店就行了。马富山不同意，他说，我们这批战友大部分头上都戴过帽翅，正处居多，还有两个副厅，档次太低了说不过去。皇后饭店是县里唯一带星级的酒店，在城南，距汽车站约有两公里。

最先来的是大个子赵向东，在乡里当过书记，退二线后在家照看孙子。一进门，赵向东对着马富山嚷了起来，他说，亏你还当过人大常委会主任，也太瞧不起老战友了，怎么派辆脚踏三轮去车站接人？是不是故意寒碜人哪？马富山说，我没派车接站呀，出租车满街都是，三块钱到了，接什么？赵向东说，咋没接，我一下汽车一辆三轮车就停在我面前，问我是不是到皇后开会，我说是呀，他就让我上车，一直拉到这里。马富山大笑起来，说，你个土包子上当了，那是人家三轮拉生意，谁叫你不问清楚呢。赵向东说，不对，人家把我拉来，根本就没收钱。正说着，刘向阳也来了。也说是一辆三轮车把他拉来的，也说没收一分钱。

这就怪了，怎么会出现这样的怪事儿？我连忙跑出去，三轮车正往下卸人，也是战友。车夫是个大个子，皮帽子摘下拿在手里，头上冒着腾腾热气。我正要过去问清楚，车子已经启动，他蹬得飞快，又朝车站方向去了。

中午11点，战友大部分到了，这些四十年前风华正茂的年轻小伙子，现在一个个都是到甲子的人了，头上添了白发，脸上刻了皱纹，除了在县城工作的相熟之外，大多变得不敢相认。每到一个人，大家都要端详半天，提示些当年大家印象较深的片段才能确认。然后是握手，拥抱，喝茶，坐下寒暄。

12点正，马富山数了一遍，32个，再数一遍还是32个，打开名单核对，缺了魏志平。这时候，一头大汗的三轮车夫走进宴会厅，小心翼翼，脸上现出一抹讨好的笑容，在角落里找个地方坐下，撩起衣服下摆，擦拭着头上的汗水。马富山问他，你可真会做生意，来要车钱的吧？车夫说，要啥钱呢，接战友还要钱？我是魏志平呀！

你是魏志平？大家不信，魏志平在我们那批兵里最帅，模样个头都是出挑的，这个佝偻着腰、皱纹叠了一层又一层的三轮车夫是魏志平？

三轮车夫说，我真是魏志平，都是让苦日子闹的，老婆没了，三个孩子把身上的血都榨干了，人就老得快呀。见大家还是不信，三轮车夫说，我真是魏志平，新兵连我们都住在喀什河边的弹药库，大清早我给大家打水，扫营房的院子，你们就没一点印象？

当钳工的代喜长长哦了一声，说，想起来了，那年上山守卡，在三十里营房我出现了高山反应，是你把我背到了卫生队。

代喜起了个头，大家回忆的闸门一下子打开了。赵向东说，我也想起来了，志平扫院子起得太早，把我们的好梦都搅了，我还骂过他呢。魏志平终于得到战友们的确认，腼腆地笑了，说，都是过去的事儿了，不说了不说了。马富山说，我也想起来了，你在三营机炮连的时候，那年部队换军装，以旧换新，你说你的毛皮鞋丢了，没交。后来你们班长从你的包袱里翻了出来，全营开会，让白营长狠狠批评了你一顿，还让你在全连大会上公开检讨。

魏志平的笑容顿时僵在脸上，脸色变得煞白煞白，比哭还难看。我不满地盯着马富山，真是哪壶不开提哪壶！你这不是当众扇人家的脸嘛！代喜不满地说，志平办的好事你怎么没记住一点儿？

合影时怎么也找不到魏志平。魏志平走了，他借口上厕所，没吃饭就走了，和他一起走的还有代喜。那时大家聊兴正浓，谈论宦海浮沉，孩子、车子、股票，早把接他们的三轮车夫扔到一边。可我注意到了，透过窗户玻璃，我看见，代喜亲热地搂着魏志平的脖子，慢慢走出酒店大门，走向角落里的一个烩面馆。

（选自《文艺生活·精品小小说》2008年第5期）

玩　家

　　西山县的玩家不少，那都是小玩儿，弄你二两小酒喝喝，涮你两盒"帝豪"烟抽抽，智商含量不是太高，也玩儿不出多大气魄。

　　代理县长邹山才是真正的玩家。

　　邹山初试锋芒，是在乡党委书记任上。上任没多长时间，碰上"三夏"大忙，邹山要求政府大院的人全下去，分村包片，一个不留。老资格的王副乡长却找邹山请假，要进城装修新房。邹山没说不批准，对王副乡长说，伙计，打个赌怎么样？你输了就老老实实下去；我输了，你进城搞你的装修，仨月俩月的，我屁都不放一个。王副乡长也不是一盏省油灯，是那种从小卖蒸馍啥事儿都经过的油子，当即咧嘴一笑答应下来。听说书记和王副乡长打赌，大院的男男女女都跑了出来，把两个人围得水泄不通。邹山让人拿来一截粉笔，在当院水泥地上画了个圆圈，让王副乡长站进去。邹山说，你信不信，我喊一、二、三，你一定从圈子里走出来？不出来就算是我输了。王副乡长神闲气定，心里暗自发笑：别说三个数，你就是喊破喉咙，我不出来你又能奈我何？

　　邹山喊声一，王副乡长没动。邹山喊声二，王副乡长还没动。

邹山丢下他就走。王副乡长说，哎，你回来，咱们还没赌完呢。邹山回头嘿嘿一笑，径直回了办公室。

王副乡长这才知道上当，那个"三"，邹山怕是一辈子不会喊出来。

邹山在乡党委书记任上一干就是六年，把个穷乡治理得山清水秀，花红柳绿，从末位排名一下子跃到前二，县里把他提起来当了副县长。

上任没几天，有人把状告到市里，说邹山的提拔是送礼送出来的，某月某日某时，给县委高书记送过一笔钱，且数目巨大。时间、地点清清楚楚，有鼻子有眼，市纪委当然不能不查。可邹山打死也不承认，他说，我是那样的人吗？高书记是那样的人吗？纪委的人说，可关键的是证据，怎么证明你没送呢？邹山想了想，回单位拿来一沓票据，翻拣出几张车票、住宿票，放到办案人员面前，说，那天我到省城招商引资，根本没在家，怎么去送礼呢？

事后有人怀疑，这个写举报信的人可能就是邹山自己。有人不信，说，那不是引火烧身，端起屎盆子往自家头上扣吗？怀疑的人说，这家伙能就能在这里，这么一查，他和高书记不都成了出水萝卜，清清白白，干干净净？等着瞧吧，邹山这家伙还得进步。

果不其然，不长时间，邹山来了个三级跳，当上了代理县长。

没事儿的时候邹山爱到乡下转，三转两转地就到了沙坑口小学。站在教室前，邹山不禁打了个寒战：40多个孩子挤在三间破败不堪的三官庙里，窗户上的塑料布已经开裂，在寒风中扬起落下，呼啦呼啦，响得人心里不是味儿。他问一旁的村支书九叔，这就是你们的学校？这是学校！扯淡！

也许是冻着了，也许是累着了，从沙坑口回来邹山就病了，在医院要个单间住了进去。不到半天工夫，邹山住院的消息便传得沸反盈天，先是各局、委、办的头头脑脑，接着是乡镇的一、二把手，争先恐后赶往医院探望。当然都不会空手，鲜花一束，外加一个红包。

这些头头脑脑都是油子，单独来，没人的时候来，谁和谁都不碰面。放下鲜花，把红包塞到邹山枕头底下，悄没声息地退出病房。

邹山病了五天，各局、委、办和乡镇车轱辘似的来过一遍，邹山便在一个阳光明媚的日子走出医院。

时间不长，邹山接到市委办一个朋友的电话，说他的"代理"要去掉了，不过不是转正，是调到另一个县，继续当他的副县长。朋友打来电话责怪说，你这人也太那个了，正在节骨眼上，你怎么敢借住院敛财？有人把状告到省纪委，让市委书记给压下来了。

邹山苦笑着摇摇头，刚要解释什么，朋友把电话撂了。

邹山上任那天是一个人走的，没人来送。自己掂着行李，默默钻进接他的车子。

两个小时后，邹山出现在沙坑口小学。三官庙变成了三层教学楼，窗明几净，教室前种着月季。正是阳春三月，月季花冒出了嫩红的尖芽，每片嫩红上都有一束阳光，闪闪烁烁，摇曳不定。

邹山房前屋后转了一圈儿，又挨个看了看教室，笑着点了点头。他把支书九叔找来，指着学校门口的一通石碑说，把它推倒吧。九叔抢前一步护住石碑，说，邹县长，你就给我们留点念想吧，这可是全村人的心意呀。邹山说，听我的没错，推了吧。

　　九叔哭了，像个孩子。他说，那俺们就把碑立在心里……

（选自《百花园》2008年第10期）

夜半门吱咛

　　江子豪收车总是很晚，有时是凌晨一点，有时是两点。把钥匙插进锁孔，咔吧一声，门开了，推门时，那扇老得掉牙的木门便发出吱咛一声响。那响声，显得悠远绵长，还在尾处拐了一个向上的小弯，接着是嘭的一声，关门时像跟谁撒气，在夜深人静的时候有一种惊天动地的味道。

　　江子豪不想回家太早，甚至不想回到像坟墓一样的家。半年前，那个长得细皮嫩肉的媳妇跟人跑了以后，家便没了丁点生气，死气沉沉，形同坟墓。回家干什么？同事收车了，他还开着出租车在大街小巷转，拉一个算一个，拉不上也绝不懊恼，笑笑也就算了。

　　可家毕竟是家，他不可能不回去。吃饭在家，睡觉也在家，老不回去，家也就不是家了。

　　当他赌气一般甩手关上房门，随着那嘭的一声响，对门张大妈就被惊醒了，睁眼看看墙上的挂钟，嘟囔一声：这孩子，回来这么晚！翻身又睡了过去。

　　江子豪开门的吱咛声，嘭的一声关门声，张大妈早已习惯。听到这两个连在一起的声音，张大妈睡得相当踏实，一觉醒来，已是红日东升。这天，张大妈等到凌晨一点，没听到江子豪的门响。又等到凌晨两点，江子豪的门还是没响，张大妈心里不安，趿拉着拖鞋下床，对儿子张为说，对门咋还没回来呢？张为以为江子豪吵了妈的觉，第二天拦住出车的江子豪，说，子豪哥，我妈年岁大了，听不得夜里响动，老是被你开门的吱咛声惊醒，我这儿有瓶润滑剂，往门上抹点吧。

江子豪就抹了。开门关门小心翼翼，尽量不发出声音。远亲不如近邻，得相互关照一点不是。

可张大妈更睡不着了，听惯了对门的吱咛声，对门门不响，她就一夜一夜地睁着眼，来来回回翻身。她把儿子张为叫醒，说，儿子，你把妈坑苦了，听不到对门的吱咛声，我心里老不踏实。他是个出租车司机，万一有个闪失，人没回来也没人知道。你去对子豪说说，让他回来的时候把门使劲碰一下，听到声音我就知道他平安回来了。

张为等着了江子豪，江子豪说，张为，我这阵子回来，可都是轻手轻脚的，生怕惊了老太太，关门时把门往上提着，怕发出声音啊。张为说，江大哥，是这样的，我妈说，听不到你的门声，她睡不着，心里不踏实。你半夜回来时把门开响一点行吗？好给我妈报个平安。

江子豪点点头，眼睛有点湿润。

半年后的一天晚上，张大妈一直等到凌晨两点也没听到对门的吱咛声，心里惶惶的，叫醒了张为，她说，子豪今晚是怎么了，咋到现在还没回来呢，不是出了啥事儿吧？你打打他的手机看看。张为拨通了江子豪的手机，通了，却没人接。张大妈更加担心了，说，要不，你到他们公司去一下，看看怎么回事儿？

听了张为的担心，公司发动没收车的司机全部出动寻找，最后在城外一条公路边找到了出车祸的江子豪。他躺在一条水沟里，已经昏迷两个小时了。大家急忙把江子豪送进医院抢救。一个小时后江子豪才醒了过来，他从身上摘下钥匙串，递给护理的同事，说，麻烦你到我家去一趟，开一下门，再使劲关一下门，尽量把声音弄得大点。同事吃惊地说，你疯了吧。他说，我没疯，我要向张大妈报个平安，免得她老人家睡不着。

　　　　　　　　　　（选自《天池小小说》2008年第10期）

橘　子

　　他上衣破了，裤子也撕开了一道不小的口子，脸上还有几条浅色的灰道子，其中一条越过眉梢，在腮帮上拐了个S形的小弯，一直延伸到嘴角那里，显得异常狼狈。天快黑时，他出现在卖橘子的小摊前。橘子又香又甜的滋味，对于又渴又饿的他具有致命的诱惑力，他恨不得立即拿起一个，剥去外皮，塞进嘴里！但他没有。他用力咽下一口口水，手下意识地伸进上衣空无一物的口袋，最后又犹豫着把手伸向鼓鼓的裤袋……

　　这时，摊主拿起一个又圆又大的橘子递到他手上，那个橘子是摊子上最为鲜亮的一个。摊主笑笑说：忘记带钱了吧？以后记住，男人出门，口袋可不能空。吃吧，吃吧，自家树上长的。

　　他说了声谢谢，拿着橘子离开了。

　　两天后，他又一次出现在那个卖橘子的小摊前。没等他开口，摊主就拿起橘子塞给他，不是一个，而是四个。他张张嘴，想对摊主说些什么，可他欲言又止，终于什么也没说，把一份折叠起来的报纸放到大堆的橘子旁，走了。晚上摊主收摊，发现了那份报纸，打开一看，摊主惊呆了，上面有一则公安部门的悬赏通缉令，照片上那个通缉犯，竟是他！自己竟两次送橘子给他吃！几经犹豫之后，摊主还是拨通了报警电话。

公安部门调集警力，在小摊周围设伏，静等着嫌犯的再次出现。三天后的中午，嫌犯果然出现了。他没有马上进入警方的埋伏圈，而是远远站着，朝四周张望一阵之后，做出了一连串令人费解的动作：他先从裤袋里掏出一把尖刀，举得高高的，在空中晃动几下，然后五指一松，尖刀在阳光下画出一缕寒光，哐当一声落到地上。随即，他举起双手，走进警察的埋伏圈。警察一拥而上，给他戴上手铐，推进远处的警车。他说，请等一下，能让我和卖橘子的老板说句话吗？带队的警长犹豫片刻答应了，两个警察架着他，来到卖橘子的摊主面前。他对摊主说：那张报纸是我故意放在你这里的。说完，嫌犯如释重负地吐出一口长气，跟着警察上了警车。

摊主连忙找出那份报纸，发现背面有几行用铅笔写下的小字：长期以来，我像一只被猎人追赶的兔子，东躲西藏，白天钻进不见天日的密林，晚上睡在阴暗潮湿的山洞，吃没吃的，喝没喝的，我都快疯了……当我为选择怎样结束自己的生命犹豫不决时，你送给我橘子吃，还对我微笑。老实说，是你的善良感动了我。对你，我无以为报，举报不是有2万元的赏金吗？权作是我对你善良的报答吧。

公安部门按照通缉令的承诺，第三天便把2万元赏金送给摊主。摊主接过钱，颤抖着打了一张收条，把钱揣进内衣口袋。

8年之后，劳改农场的储油仓库发生火灾，危急关头，他冲进火海，搬出了8桶汽油，避免了一次灾难性的事故发生，又因一辆失控的卡车冲向一个狱友的时候，他及时推开狱友，却永远失去了左腿。

他获准减刑4年。出狱那天，他没有回家去见妻子、儿子，而是拄着双拐去了那个小镇，去找送他橘子的摊主。摊主的妻子红着双眼告诉他，丈夫已经在两年前去世了。说着，她递给他一个沉甸甸的纸包，对他说，我丈夫临死前让我把这包东西交给你，说你用得着。他让你也摆个水果摊，挣钱虽然不多，可那是自己挣的，花着踏实。他打开纸包，里面是那2万元钱的赏金，分文未动。包钱的报纸，也是他当年留给摊主的那张。

　　几年时间，纸张已经发黄，通缉令上的照片也已有点模糊不清。

（选自《短小说》2008年第10期）

教　练

　　一般来说，女人办事比较容易，而年轻漂亮的女人办事更容易。比如我。

　　二十六岁那年，我天不怕地不怕地扔下"孩子王"的工作，一头扎进商海里。扑腾扑腾呛了几口水，却没伤筋动骨，吐出咸涩的"海水"，再一个猛子扎下去，就变得如鱼得水了。说实话，我生意上的成功，一半靠智商，一半靠得天独厚的身材和脸蛋儿。商海里男人多，脸皮又特厚，你给他来一声大哥，再抛个媚眼过去，还有做不成的生意？这不，不上十年，手里就攥了几百万。

　　生意做大了就想买车，想买车就得有驾照。我和黄河驾校的刘校长认识，在一起吃过两次饭，我说，你可得给我安排最好的教练啊。他说，那是自然。可我和他安排的教练一见面，心先凉了半截。教练姓毛，五十二三岁的样子，脸上的肌肉又冷又硬，一块块刀劈斧凿一般，额头上还有一道疤。刘校长把我领到他面前，他问，学车？

　　这不废话吗，不学车来驾校干什么？我朝他笑笑，尽力把笑弄得灿烂一些，可爱一些。我这招在生意场上很有杀伤力，可以说无往而不胜。谁知，毛教练拉着脸不放，像谁欠了他二百吊钱没还，冷冷地说，把高跟鞋脱了！我撇了一声娇，说，脱了鞋人家穿什么呀，下回换鞋还不行吗？

不行！他说，干哪行就得守哪行的规矩！

我生意做大了，脾气也跟着大，生意场上，谁挡我的路我就灭谁。做服装生意的虎三够能的吧？三下五除二，照样让我挤得收了摊。黑皮光棍吧？经不住我哥们儿三天两头闹腾，夹起尾巴躲了。你个破教练算老儿？一上来就给我个下马威？

看我要发作，刘校长忙劝毛教练，老毛，算啦，今天先练着，下次再让她换鞋吧。

毛教练手一甩走了，临走撂下一句，她爱换不换。

我还是跟了毛教练，因为他是黄河驾校最好的教练。

捏着鼻子跟毛教练学了半个月，这是我一生中最难过的一段日子。别的女人学车，跟教练撒娇调情开玩笑，蹭碗凉皮吃。可他那张破脸老吊着，对我驯狗一样呼来喝去。好在已经开始上路练习，再有个把月也就大路朝天，拿了证，谁还认识谁呀！

上路第一天，刚把屁股搁到座儿上，助手来了电话，说一个同行和我们抢生意，拉走三个客户了。我一听就上火，对助手说，我不管你想什么法子，必须把客户给我夺回来，而且，要让他付出两倍的代价！要不，我开了你！

我说这些话时毛教练在副驾驶位上坐着，脸黑得很难看，很吓人。不等我收线，他就吼了一声：开车！

车子开出去两公里，前方一辆农用三轮儿挡住了去路，正要超过去，对面却驶来一辆康巴斯。我松了油门，想等康巴斯过去再超那辆农用三轮儿。可毛教练命令我：超过去！我目测了一下路面宽度，应该能过去，可我是新手，第一次上路，不想冒险。毛教练看我犹豫，再一次发出命令：你没听到吗？超过去！我把方向盘朝左打了一把，油门一轰，车子就蹿了出去。

对面康巴斯见我要超车，连忙朝路边避让，可他车子右侧有两个行人，无法再让了。眼看两辆车要迎头相撞，毛教练把手搭上方向盘，拉了一把，车子几乎擦着康巴斯疾驶而过。

我吓得脸色煞白，把车停在路边。毛教练说，你知道刚才犯了什么错误吗？我火了，泪也跟着下来了，说，是你硬要我超的！他说，不错，是我让你超的，可我没有让你强占别人的道！他缓和一下又说，以后开车，一定要替对方想想，看他有没有路走，两个人互不相让，不出事故才怪呢。就说刚才吧，你只考虑着让你一侧的三轮儿，让得太多，却占用了对方的道。你就没想想，当对方无法再避让的时候，事故不就发生了？

怕我情绪不稳定，回去的路上车是毛教练开的。我掏出手机，接通助手，我说，要不，那三个客户让给他们算了。助手觉得很奇怪，问我，为什么要让？我已经动用了各种关系，马上就有他们的好看了。我说，还是算了吧，不要赶尽杀绝了，给他们让条路，懂吗？助手说，不懂。我说，你慢慢就会懂了。

开车的毛教练朝我看了一眼，偷偷笑了一下，马上又把脸拎了起来。这时，正好有一缕阳光照过来，把那老小子的脸弄成了金黄一片，怪好看的。

（选自《微型小说》2008年第12期）

8月8日实施抓捕

今天的抓捕行动太顺利了，顺利得让人有点难以置信。

晚上7点40分，我接到线人打来的电话，说边文远改装易容，已于昨夜悄悄潜回家里。我招呼上刘副队还有小张，直扑30里外的边村。悄悄摸到边文远家，我让刘副队守住他家后窗，我和小张则翻过红砖院墙，堵在屋门口。这时，我才松了口气，边文远呀边文远，这次你小子成了瓮中之鳖，笼中之鸟，长了翅膀也别想飞出去了！

边文远已经从我手里逃脱两次了。不是本人无能，而是这小子警惕性太高，稍有风吹草动就鞋底抹油，跑得无影无踪。第一次是春天，在湖桥镇东南角的大排档，我离他只有10米远了，正要招呼同伴动手，那小子不知怎么就嗅出味道不对，一抬手把啤酒瓶扔了过来，趁我躲避之际，他跳过桌椅板凳，撒腿钻进人群，跑进一条深黑的小巷不见了。第二次最亏，我们把他堵在他二姨家，眼看就要得手了，那小子还真有两下子，从二楼窗口飞身而下，一头钻进了连绵起伏的玉米地溜了。为这事儿，局长没少训我，在队里弄得灰头土脸的很没面子。

其实，边文远犯的案子不属于重案大案，两伙年轻人在饭店喝酒，喝着喝着就喝高了，一语不合，双方动了手。素不相识，人家打架，关你什么事？那小子不知犯了哪门子神经，一砖头就拍在一个黑脸大汉的后脑勺上。人送到医院，缝了12针。

抓不到边文远就没法结案，伤者的医药费在他身上呢。这一段，我基本都忙在这小子身上了。

这次，我看你小子还往哪儿跑！

隔着门玻璃，我看到边文远正在看电视，茶几对面是他老婆。他6岁的儿子坐在他旁边，小家伙趴在他腿上，一副小鸟依人模样。儿子仰着头问他，爸，你为啥老不在家陪我玩儿？他说，爸忙。儿子又问，你忙啥呢？人家的爸咋都不忙呢？边文远没有回答儿子，也没法回答。他说，看电视，看电视。

边文远眼在电视上，手却在儿子头上一下一下来回摩挲。抚摸了一会儿，便把下巴搁在儿子头上，深深地吸溜几下鼻子。再抬起头时，那小子的眼圈有些发红，湿漉漉的。我想，现在后悔了？早干什么去了？

8点整，电视画面出现了"鸟巢"，接着是绚丽多彩的焰火，轰轰烈烈的。我这才想起来，今天是北京奥运会开幕的日子。

小张扯扯我的衣服，打手势说，该动手了，免得夜长梦多，那小子要是闻出啥味儿，又是竹篮打水一场空。当时我不知怎么想的，眼盯着看电视的边文远，朝小张摆了摆子，示意他再等一会儿。

我不知道我在等什么。

我和小张就这么站在门外，几只蚊子嗡嗡飞过来，悄没声息地叮在身上，狠狠地来了两口，我的手背上立时起了红疙瘩。小张也同样遭难，他挥手赶开蚊子，又来扯我的衣服。我推开小张的手，朝他瞪了一眼。这时候，奥运会开幕式接近尾声，李宁在空中大步跨越，绕场一周，接近了主火炬。此刻，边文远的儿子在他怀里睡着了，边文远俯下身，脸贴在儿子的小脸上，很久很久。然后他把儿子递给老婆说，我走了。他老婆看看悄无声息的屋门，显得有点慌张，快速绕过茶几堵在门口。她问边文远，你去哪儿？还想过那种东躲西藏的日子？你犯的又不是死罪，去找公安自首吧。我托人问过法院的人，像你这种事不会判很重。

边文远叹了口气，说，来不及了。

他老婆说，来得及，咋来不及呢？

边文远拍拍老婆的肩膀，说，你个傻老婆呀，警察就在门口守着呢，他们来了好长时间了。说实话，最初我是想跑的，可他们打消了我继续逃跑的念头。你知道为什么吗？他老婆摇摇头，说不知道。他说，我猜，他们是想让我看完开幕式，这是百年一遇呀！还有，给警察打电话的人是你吧？他老婆犹豫着点点头说，是我，我不想让你再过惊弓之鸟一样的日子……边文远说，我知道你是为我好。他老婆说，知道就好，我和孩子会等你回来的。

边文远点点头说，我信。说着打开房门，走了出来。他走得很慢，双手并拢着伸到胸前。

（选自《传奇故事》2009年第5期）

父亲李向阳

我父亲也叫李向阳。我之所以在这里用个"也"字，是想说明，我父亲和电影里那个李向阳毫不沾边。那个李向阳是大英雄，使双枪不用瞄准，指哪儿打哪儿，打得鬼子哭爹叫娘。

我父亲没使过枪，20响盒子见也没见过，可这挡不住他叫李向阳。名字是爷爷给的，谁也没法。

我父亲在三里五村也是个叮当响的人物，上小学、上初中，我没少沾父亲名字的光。选班长，选团支书，老师们坐一块商量，刚提个头儿，就有人说，还商量个啥？让李向阳的儿子当呗。

我父亲是生产队队长。每天，父亲都要早早爬起来，捧几捧井水，哗哗撩到脸上，嘴里噗噗几声，再在猪圈墙边咳嗽几声，而后斜披着褂子去西大场。西大场有棵一搂粗的国槐，枝叶茂盛，像把大伞立在那儿。树枝上一口铁钟悬着，钟绳经了汗水和雨水，变得黑油油的。父亲双脚一跳，站到石碌上，握住了钟绳。他没急着敲钟，而是先对着东方的鱼肚白，默站两三分钟，郑重得像举行古老的仪式。然后，仰起头，大手臂一挥，村子上空便弥漫出清脆悦耳的当当当声。

不论三九严冬，还是酷暑炎夏，那根黑油油的钟绳在父亲李向阳手里攥了二十多个春秋。那年父亲患感冒，头天晚上烧得迷三倒四，说了一夜胡话，可第二天清晨，父亲李向阳依然把铁钟敲得哐哐响。

父亲李向阳一生古板直正，眼里揉不得一粒沙子。那年月家里都缺吃的，肚子饿得扁扁的。二哥饭量大，下地割草时，钻进玉米地掰了两穗玉米，埋进青草里拿回了家。我们哥儿俩躲进后院破窑里，笼了一堆火，把玉米连皮投进去。刚刚闻到玉米的香味，父亲李向阳就黑着脸闯进来，一脚踢灭火堆，大耳刮子不由分说扇向二哥，二哥脸上立时起了五个指头印。父亲李向阳要把二哥和玉米带到群众会上展览，我娘给父亲跪下了，她说，你这样做倒是落了好，可孩子还有啥脸见人？他16岁了，日后还要说媳妇的……父亲李向阳这才作罢，但他警告二哥和我：以后，再偷集体的东西，看我不把你们的手剁了。

父亲李向阳的队长一直干到分田到户。地一分，父亲李向阳没捞没摸的，浑身不自在，从东屋钻到西屋，再从西屋钻出来进到北屋。实在憋得慌，他掂起粪权跳进猪圈出粪。我娘说，前几天才垫的圈，现在起出来还不是一堆黄土？父亲李向阳好像没听见，一权一权，猪粪撂得满院都是。直到月上树梢，父亲李向阳手扶围墙，嘿一声跳出来，擦了把汗，又一权一权把粪撂回猪圈，然后躺到当院的石板上睡着了。

睡到半夜，我想起父亲李向阳还在石板上睡，石板太凉，容易伤身。我拿了一条褥子，想让他铺了睡。可父亲李向阳正朝大门口走去，一直走到西大场，走向那棵国槐，然后跳上石碾，攥住那根钟绳。就在他手臂将要挥起的那一刻，父亲李向阳猛醒过来，恋恋不舍地丢下钟绳，仰头去看那口黑黑的铁钟。月光皎洁，父亲李向阳眼睛那儿湿亮湿亮，映出两轮圆月，一跳一闪的。

父亲李向阳68岁那年害了一场大病，我和两个哥哥赶回家时，父亲李向阳已经只有出的气，没有进的气了，喉咙那儿嘶哑响，游丝一般，可那口气就是断不了。

大哥说，爹，你还有啥放不下的事就说出来吧。二哥也说，放心吧爹，我哥儿仨会照顾好娘的……

这时，外面突然刮起一阵狂风，地动山摇的，风声中隐隐约约传来钟声。父亲李向阳一下子就醒了，像刚刚经历过一番长途跋涉，缓缓吐出一口长气，慢慢坐了起来，对娘说，我饿了，想吃面条。

我娘过后问他，走了走了，咋半路又拐回来了？

父亲李向阳不好意思地笑笑，说，说来也怪，走到半路上，听到大槐树上钟响，身子好像通了电，不知怎么就坐起来了。

87岁的父亲李向阳，对现在的日子十分满意。种着二亩地，三个儿子都在外面工作，日子跟神仙似的。没事了也到西大场转转，仰头朝国槐上看，树枝上空空的，那口铁钟早不知被谁拿走卖了废铁。

（选自《小说界》2009年第6期）

少林司机

　　五一小长假，8岁的儿子把我缠上了，非要去少林寺不可。儿子说，这是我早答应过他的。我说，啥时候答应你了，我怎么不记得？儿子叫了起来，说，爸想要赖啊！儿子把地点、时间说得一清二楚，怕我不信，拉出妈妈做证：我爸是不是答应过我？妻子笑笑说，你是答应过儿子的，我明天单位有事，你爷儿俩去吧。

　　答应了就得兑现，不就是少林寺吗？不就是千把块钱吗？

　　出游得有出游的样子，长途客车不能坐，撵鬼似的玩不痛快。我在县城包了一辆出租车，少林公司的红色捷达，挺干净的。司机是个30多岁的年轻人，面相憨厚，却又不乏职业的狡黠。他张口要价400块一天，我还价到300块。我说，去就去，不去就不去，一分我也不想多出。他想了想，无奈地笑笑说，300就300吧，上车。

　　按照我和儿子的计划，上午游少林寺，下午到中岳庙玩儿。车到少林寺，我问司机，要不要先预交点钱？司机说不用，回到县里一块给。

　　玩过少林寺、塔林，我和儿子上了初祖庵，去看面壁石。下山时却走错了道，拐到了另一个停车场，忙打司机的手机。

他说，大哥，你别急，我这就过去。坐上车，我说，对不起啊，走错道了，害你多跑了几公里。他却连声谢我。我说，你谢我什么？他笑笑，没说话。不过，我很快就悟出来了，假若我打了别的车走，他可就亏大了。

下午在中岳庙玩儿了三个小时，出来时，停车场有两辆直接发往我们县的长途客车，其中一辆正要起动。我想，假若我带着儿子跳上车直接走了呢，那个司机可就惨了，茫茫人海，他到哪找我去？我看看儿子，儿子也正看着我，一双大眼睛，清澈得如同一汪清水。我为这种想法脸红，我说儿子，咱找咱的车去。

坐上车，司机问我，玩得还好吧？咱回去？

我说回去。我又说，你这样干可不行，就像今天，我起码有两次机会把你撂下，改乘别的车走，你一天不就白干了？你得让乘车的人先付你点押金才行。

他还是那个憨样，反问我，有这个必要吗？

我说，你就没碰到过骗你的人？他说，天天和人打交道，各色各样，咋会没有呢。去年我就让人耍了一把，贴进去一百多块油钱外带一天的工夫。

我说，那你还这样干？他说，像那样的人能有几个？世上还是好人多，再说了，大哥不是那种人。

我问为什么，他指指我儿子，说，大哥会当着孩子的面骗别人？你真要那么做了，孩子怎么看你？说句大哥不爱听的话吧，今天与其说我相信你，不如说我相信你儿子。早上我俩砍价时你儿子拿着一块香蕉皮，一直捏在手里，直到找到垃圾桶，才扔了进去。就冲这点，我相信这孩子，当然也相信你，孩子好赖，都是大人教出来的，能把孩子教育好的人怎么会骗人呢？

回到县里付钱时，我给他两张100的，两张50的，都是大票。他把钱对着天空照，连照三遍。突然，他意识到这样不礼貌，收起钱，不好意思地笑笑，说，对不起啊，习惯了。

（选自《天池小小说》2009年第11期）

教授的博客

　　进入教授的书房以后，他发现，桌上的电脑没关，屏保图案在屏幕上来回飘动。那是一只奔跑着的黄牛，一会儿从左上跑到右下，一会儿又从右下跑向左上。他笑了一下，想，这只笨牛，跑来跑去不嫌累呀。他轻轻移动了一下鼠标，竟进入了教授的博客。他再次笑笑，不忙办自己要办的事，浏览一下高层次文化人的博客肯定是一件有意思的事。他无缘进入高等学府，不是他学业不好，而是家里太穷，穷得墙皮往下掉渣，不得不在高考前夕卷铺盖回了小山村。尔后，他四处流浪，自学成才当上了"钳工"，靠两根指头过日子。

　　教授的博文写得很芜杂，生活，工作，教学，以及对人生和社会的诸多思考。甚至，教授在一篇博文中流露出对一个女弟子的思慕之情。这篇博文很长，亦文亦白，在数千字的行文中，不时地插入几行诗歌。这些诗，他大都读过，徐志摩、海涅，还有泰戈尔。教授以 L 称呼女弟子，那么这位女孩儿应该姓李、姓刘，或者姓楼、姓郎、姓廖什么的。姓氏，在他眼里并不重要，他感兴趣的是，教授在博文中传达出的那份殷殷之情。他环顾了一下教授的房间，床铺没叠，床角扔着待洗的衣物，一双已经微微发酸的袜子搭在床头上。他断定，教授应该是独身，如果有老伴儿，绝不至于弄成这副兵荒马乱的样子。那么，独身的教授思慕女弟子也在情理之中。

看着教授的博客，他从桌边的烟盒里取出一支香烟，悠然自得地抽起来。烟不错，软玉溪，符合教授这个层次的人的品位。只是教授太懒了，烟灰缸里积了太多的烟蒂烟灰，宽大的烟灰缸边沿，渍着一层长年未清的灰尘，脏兮兮的，让人不舒服。他是个有审美眼光的人，即便是"做活"，从来不用刀片之类，只用两根指头，他不忍用金属去破坏整体美感。

他起身倒掉烟蒂. 把烟灰缸放到洗菜池里洗净，放回原处。

看了一半儿博客，他听到一阵脚步声，接着是门锁的响动。他知道教授回来了。他不慌不忙从书房走出来，伸个懒腰，笑眯眯地望向教授，说，您回来了？教授没看他，一边换拖鞋一边回答：眼看要大考了，怎么不抓紧复习，跑我这儿干什么？老实告诉你，这次大考内容我一个字也不会透露的。

教授把他当成了自己的学生。

两个人坐着聊了好一阵他才起身告辞，一身轻松地走出教授家。教授没问他是谁，他也忘记了自己是谁，到教授家去干什么。

自此，他已无心"钳工"本业，老想着教授的博客。教授的博客太有味道了，像是和他面对面坐着谈话，没什么大道理，却又句句入心，雨露甘霖般滋润着他这棵野地里的青草。

终于，他又一次进入了教授的书房，打开电脑，轻车熟路便进去了。没想到，教授却在第一页给他留言：

我不知道你是谁，但我知道你进入我家的目的，可你却干干净净地走人，这很难得。从你光顾的各种迹象显示，你是个聪明人，也是个细心人，你抹净了桌上的灰尘，倒了烟灰缸，还进行了清洗。于是我就想，假如你能做点别的，一定是个可造之材。

希望你能看到这条留言。

看完教授的留言，他就走了。走前，他再次为教授洗了烟灰缸，清理了桌子，把床头上发酸的袜子泡进水盆。他得意地笑笑，这回，我看你还怎么来回换着穿。

走上大街，春天的阳光有些刺眼，却很暖和。路边的行道树已经冒出了嫩芽，黄黄的，闪着金子一般的光泽。初时，他的脚步有些沉重，不久就变得扎实起来。

5年后，教授莫名地收到一部崭新的手提电脑，是南方一个老总寄来的。教授接通电源，打开电脑，一封长达3000余言的信件出现在彩色屏幕上。里面写的什么，没人知道。不过，从教授看那段文字时欣慰的笑意判断，这是个和教授曾有过交往的人。

（选自《百花园》2010年第4期）

夜晚升起的太阳

小军是在课间操弄丢那只篮球的。

当时，小军和几个同学在球场上练习投篮。说球场有点夸张，不过是三年前秀老师带着学生们平出的一小片空地。拔去葱茏杂芜的青草，捡走砖瓦石块，低洼处用黄土垫平，篮筐也非铁制，是用山里青藤编成的。秀老师按照正规的篮筐尺寸编好，放到太阳底下晒干，固定在一棵椿树半腰。秀老师很喜欢这只篮球，球传到秀老师手里，她抱了，放到眼前，端详一下，直到大家催她快传，她才淡淡一笑，不舍地传给下一个同学。

篮球是秀老师的男朋友从城里带来的。三年了，球早玩得少皮没毛，破旧不堪。学生们请求秀老师：老师，让你男朋友再给咱带个来吧。正笑着的秀老师不笑了，好看的脸有了云彩。同学们这才想起来，秀老师的男朋友好久没来了，一年？两年？哦，整整三年。大家无声地看着秀老师。秀老师叹一口气，吃力地把球投向篮筐。

玩球是山村小学唯一的乐趣，大家把这只篮球视若珍宝。可篮球却让小军给弄丢了。其实也不是丢，是掉到球场外山涧里去了，山涧深不见底。当时，小军来了个投篮动作，可不知怎么的，球像长了翅膀似的，飞越一米高的围墙，蹦跳着滚进山涧。同学们立马把小军围了起来,七嘴八舌,嚷着让他赔篮球。小军也心疼得哭了起来,要下山涧找回篮球,被秀老师阻止了。秀老师说,坡陡路窄,万一摔伤怎么办?旧的不去,新的不来,过几天我回趟城,再给大家买一只新的。

中午回家吃饭,小军问奶奶,奶奶,你有多少钱?奶奶说,要钱干啥?又要去买小画书啊?小军说,不是,我把学校的篮球弄丢了,要赔给大家。奶奶说,我没钱,你爹妈出去打工,把你撂给我,也没见拿多少钱回来。奶奶说着,把身上的口袋掏了一遍,只有六块五毛钱。小军泄气了,这点钱够干什么?差老鼻子了。

整整一下午,大家沉浸在丢失篮球的失望中,上着课,不时拿眼光去剜小军。谁的目光盯过来,小军身上的肉便像针扎一般难受,他趴在桌子上抬不起头。秀老师走到小军身边,摸着小军乱蓬蓬的头发,悄悄说,小军,把头抬起来,老师知道你不是故意的,是意外。明天,我保证让大家玩上球,好吗?

下午送走学生,秀老师开始做饭,柴火有点湿,弄出一屋子的烟。那烟从窗户眼儿钻出去,弥散在山野和丛林间,久久缭绕不散,像一顶纯白的帽子扣在山上。秀老师握着手电筒走出了校门,沿着曲折狭窄的小路走向山涧。

秀老师是在天黑后看到那只篮球的。手电黄色的光晕中,它像个无依无靠的孩子,静静地躺在崖壁上一蓬黄栌丛中,距地面约有三米高。秀老师拿两块石头夹住手电,照着那只篮球,然后,身子紧贴崖壁,向上攀爬。

这段不长的距离,秀老师整整爬了20分钟,在整个攀爬过程中,秀老师始终处于兴奋状态,她想象,明天孩子们看到这只失而复得的篮球，不跳三尺高才怪呢。终于够到了那只篮球，伸出左手，指尖轻轻一挑，篮球蹦跳着滚了下来，无声地落入乱石杂陈的地面。

也就是这时，秀老师脚下的风化石发出一声不堪重负的呻吟，碎裂成一堆粉末，秀老师来不及反应，便从崖壁上摔了下去……

秀老师侧身躺在地上，手电被她下落的身子砸倒，恰好照着地上的篮球。篮球在手电黄色的光晕中，边沿闪烁着金色的光芒。秀老师以为，那是一轮大山里刚刚露头的太阳，湿润而又温暖。秀老师有些发白的嘴唇抿了抿，脸上浮出一抹笑意。她想，这不是晚上吗？太阳怎么在晚上出来了？

（选自《天池小小说》2010年第5期）

华丽转身

　　单位里没人喜欢老齐。老齐这人太抠门儿，抠到了无以复加的程度。

　　老齐所在的单位是闲散单位，说句不好听的话，是大年初一逮只兔——有它过年，没它也过年。除了年节偶尔派派用场，大多时间都歇着。近年城市框架不断拉大，不断东扩，局委办大多搬往新城。老齐的单位撂在老城没人管，成了娘不疼舅不爱的孤儿。

　　大家都在新城住，距老城5公里，骑车需要30分钟，不到万不得已，一般没人回家吃午饭——吃顿饭跑那么远，傻呀！可饭还得吃，不吃肚子不愿意。11点多点儿，单位的人聚到一块儿，有人找来稿纸，裁出10张纸条，分别写上10元、8元、5元、白吃字样，团好，扔到桌子上，让抓阄儿。抓到10元掏10元，抓到8元掏8元，抓到白吃的，两个肩膀抬张嘴跟着去吃就是了。

　　每逢抓阄儿，老齐就不见了，不是上厕所，就是有事外出，一次也没抓过。到了吃饭时间，有人说，老齐，一块儿去？不是邀请，是客套。巧让客碰上热粘皮，老齐不好意思地笑笑，说，去就去。跟上大家走了。

　　小喜和老齐坐对面，大学刚毕业，性子直，心里藏不住事，见老齐老这样跟着蹭饭，憋不住了。一次，老齐正要随大伙儿去吃饭，小喜嘻嘻一笑，问老齐，老齐，你家存款该上6位数了吧？老齐说，存款？下辈子吧……老齐突然打住话头，不说了。四十大几的人，哪里听不出弦外之音？老齐脸上讪讪的，把迈出的脚收了回来，坐回自己座位。

第二天，大家又凑在一起抓阄儿，老齐也把手伸了出来，抖着，紧张得不行。小喜说，老齐，不就抓阄儿吗，怎么上刑场似的？来，我替你抓吧。小喜顺手拿个纸团，交到老齐手里。老齐颤颤抖开，竟是10元大额！老齐脸色就不那么好看，说，不算，不算，这是小喜抓的，不是我抓的。大家虽然不满，可也没法。于是重写，重新抓。可老齐抓到的仍是10元。

出门时，老齐把小喜叫住，小声说，小喜，借我10块钱，明天还你。小喜说，我说老齐，嫂子管得可真严，一个大男人，口袋里不让装一个钱？老齐"我我我"半天，说不出一句囫囵话。

自此，老齐不再参与抓阄儿。结伙吃饭，也没人再让老齐，连那句客套话也不说了。老齐午饭怎么解决，没人知道。大家吃饭回来，见老齐还在位子上坐着，翻报纸。

九月间，一上班老齐就打来电话，说是偶感风寒，要请两天假。电话是单位领导接的。放下电话，领导对大家说，老齐病了，下午去看看他？

没人响应，都趴在桌上看报纸。

领导又说，老齐做事是不地道，可他还是咱一个单位的同事，不去看看恐怕说不过去。

于是大家去看老齐。

老齐家住在城乡接合部，费了不少周折，才在一所老式砖房里找到老齐的家。老齐不在，老齐老婆——一个黑瘦的女人接待了大家。问起老齐的去向，他老婆不说，大家也不好再问，坐一会儿就走了。

晚上看新闻，大家却在电视里见到了老齐。一辆面包车载着老齐，正向远处奔驰。他旁边是位70岁上下的老太太，面色红润，神采飞扬，一只手拉着老齐，一只手指着车窗外，絮絮叨叨说着什么。主持人指着老太太说，这位老太太5年前得了健忘症，流落到我县，被这位姓齐的大哥收留，供她吃喝穿戴，还请名医为老太太治病……主持人说着哽咽了，5年啊，观众朋友，1800多个日日夜夜呀……为给老太太治病，这位齐大哥花光了家里所有积蓄……现在老太太的病终于治好了，知道家在湖北孝感，我们现在就是送老太太回家……

第三天，老齐来上班了，坐在座位上，背挺得很直，给人一种如释重负的感觉。见到老齐，小喜大喊一声，家伙！是个爷们儿！而后小脸一伸，和老齐贴了一下脸。领导笑模笑样地站在老齐跟前，双手搭在老齐肩上，使劲按按，什么也没说。

又到吃午饭时间了，照例裁纸条抓阄儿，纸条还是9个，没有老齐的。写好摊到桌子上，老齐不声不响走过去，双手一搂，把纸团全部抓在手里，说，这顿饭，我埋单。

（选自《小小说选刊》2010年第7期）

二叔的旗帜

二叔迈出家门那一刻，天还没完全亮，不过，东边的云彩缝隙里已经露出了微黄，远处大山的阴影似乎也不那么浓重了，占据了半个天空。二婶听见门响，在里间嘟囔一声，说，你呀，就是一根筋，没看见下雪了，还去？

二叔这才发现。昨夜下了一场雪。屋顶、地面、鸡窝、猪圈，都被盖得严严实实，漫天漫地全都变成了白色。二叔一只脚门里一只脚门外，回答二婶说，去，咋能不去呢。二婶叹了口气说，去吧，去吧。接着叮嘱二叔，记着把围巾围上啊。

二叔折进一条小巷，走出二三十步，便站在一堵矮墙前。二叔喊道，大富，大富，咱走哇，升旗去呀。瓦屋里长长地哎了一声，大富胖胖的身子便从木门里挤了出来，一边走一边揉着眼睛。

两个人，一大一小一前一后，朝村外的小学走去。走完一段不长的平路，先是下坡，接着是上坡。沟坡有点陡，二叔爬起来相当吃力，厚底棉鞋踩在积雪上，弄出咯吱咯吱的声响。不大工夫，二叔出一身汗，热气雾一般地从领口冒出来。

二叔是代课老师，一代就是三十多年，把个活蹦乱跳的小伙子"代"成了60岁的老人。没人想过给二叔转正，二叔也没提过这事儿。这个叫作靠山寨的村子太偏远了，偏远得让人揪心：距县城80里，距乡政府所在地40里。打二叔记事起至今，到过靠山寨的最高行政长官是乡民政干事，是为大娃家的老三送立功喜报的。那天就像过年，大人小孩儿换上新衣新鞋新帽，齐刷刷站在村口迎候。民政干事刚一露面，村主任点燃了3000头的鞭炮，炸出一地的花花绿绿。

这种地方谁愿来？可村里孩子得上学，上学就得有老师。村主任老套找到二叔，说，老二，你给咱当老师去。二叔上过高小，是村里的文化人。二叔指着自己鼻子问：我？当老师？老套说，不但当老师，你还得当校长。

当老师就得有当老师的样子。上任当天，二叔吩咐二婶，去，把好衣裳给我找出来。二婶把箱底的中山装翻了出来。这是早些年的衣裳，瘦了、小了，穿在身上有点滑稽可笑。二叔在口袋上别了三支钢笔，二叔成了李老师。

上任不久，二叔刨了自家门前那棵碗口粗的桐树，砍去枝丫，栽到校园正中，在顶端安个滑轮，绑上红旗。每天早上，二叔的一十二位弟子，在旗杆前站成两排，二叔按下录音机按钮，再连忙跑到队列前，肃立站好，大喊一声：升——旗——喽——二叔的嗓门儿特大，那声喊穿云破雾，直上九霄。红旗缓缓升入空中，被阳光照着，把整个靠山寨映得红彤彤一片。

二叔平静的日子是被并校打破的。孩子们走了，到中心学校上学去了，小学霎时空了，空得二叔揪心痛。没几天，二叔瘦成了一张纸，头发也白了，但没全白，后脑勺那儿还有一块黑。二叔围着小学校转了三圈，然后走进教室，坐在讲台上，看着下面空无一人的座位发呆。这时候，大富来了，看一眼二叔，在座位上坐了下来。大富有智障，13岁还上一年级，并校时就没谁要他。大富成了二叔唯一的学生。大富问二叔：二叔，他们咋不来呢？二叔首先纠正大富，说，大富同学，我给你说过多少遍了，在学校不能叫二叔，要叫老师。然后回答大富：他们不来了，再也不会来了……二叔说时十分伤感，两行泪偷偷落下来，把中山装的衣襟弄得湿漉漉的。

每天早上，二叔照常出门，然后去喊大富，然后走进学校，然后升旗，一天也没落下。老套说二叔，老二呀，有时间去把地侍弄侍弄吧，草都把庄稼吃了。以后别再神儿八经地升旗了。二叔乜一眼老套，说，我升我的旗，碍你啥事了？老套说，没有，这会碍我啥事呢？我是说，学校没了，学生走了，你升给谁看哪？二叔说，我升给我看行不行？升给大富看行不行？

神经病！老套丢下这句话走了。

天色终于放亮时，二叔和大富来到学校。二叔让大富先在旗杆前站好，回屋掮出录音机，把旗绑好，按下了录音机的按钮。伴着雄壮的国歌，一抹红色缓缓升入空中。雪中的红色分外耀眼醒目。这时，一阵山风吹来，二叔的一头白发被旋了起来，像他头顶的旗帜一样，执着地飘荡。

这时候，二叔的眼睛水洗了一样湿。

（选自《小小说选刊》2010年第7期）

关　博

　　关博，就是关闭自己的博客。这事大作家池莉干过。本来，写博客是为了抒发自己的情感，记录自我的心路历程，可一旦自己的情感、自己的心里历程被人曲解，被人指着鼻子说三道四，写博的本意就变味了。无怪池大作家一怒之下关闭了自己的博客。想想也是，我的情感，我的心路历程，凭什么让你评头论足，飞短流长！

　　清水谣的博客也关了。

　　清水谣关博是因为那篇《富有者》的博文，或者说，是因为自己的一通胡说八道。清水谣在博文中写道，他是个富有者，拥有别墅两套、大奔两辆、老婆两个，早上去吃早餐，买两碗胡辣汤，喝一碗倒一碗……

　　这篇博文在网上很是热炒了一番，这就炒出了麻烦，炒出了是是非非。

　　最早来找清水谣的是大舅的儿子。表弟也在省城，上大学。表弟家穷，条件太一般，靠亲戚朋友接济着才能勉强把书读下去。既然表哥发了，打打秋风是很自然的事。表兄表弟几年未见，清水谣不好在工棚里接待他，怀里揣青草，充了一回大肚汉，学着城里人的样子，把他带到咖啡馆。听着轻柔的音乐，喝着苦不拉叽的咖啡，表弟说明了来意：能不能每月资助他几百块钱，让他把大学念完，三百二百也行，五百六百也可，吃饱肚子就行。清水谣想也没想就应下了。清水谣知道自己几斤几两，他的富有只是精神层面，手里没几个银角子，之所以这么痛快地答应表弟，是他觉得，资助表弟上大学是好事。他大气地拍了拍表弟的肩膀，说，就这么定了，把汇款地址留下，明天你就有300块钱入账。

表弟走了以后，清水谣赶往一家中介，另找了一份工，得把这300块钱挣回来不是。

表弟把表哥的发达和慷慨打电话告诉了家里，一传十，十传百，清水谣大发的消息在家乡不胫而走，传得沸沸扬扬。没人问清水谣怎么发的，发了多粗多长，这年头，昨天还是不名一文的穷光蛋，一抹眼腰缠万贯的事并不鲜见，发财的途径多了去了，比如买彩票，比如一锹下去挖着个藏金装银的陶瓷罐。

不久，村主任麻叔辗转三百余里找到了清水谣。当时，清水谣已不在工棚住，老板看他会电脑，人又机灵，让他帮着策划楼盘销售，在总部大楼给他一个单间。麻叔来时，清水谣正在设计销售方案，键盘敲得呼呼啦啦响。麻叔一进门就傻了，嘴巴连着喷了几声，说，你小子这几年弄住事了啊，瞧这房子，瞧这气色，比咱乡长强多了。接着麻叔单刀直入，说，给村里拿点？上级让咱们建个文化大院呢，资金还有点缺口，给咱补上咋样？清水谣随口问道，缺口有多大？麻叔说，不多，也就3万的样子。

清水谣的脸一下子绿了，说，我说麻叔，你以为我会印钱哪，实话说吧，别说3万，3000我也拿不出来。麻叔脸上的麻坑深了，紫了，不好看了，说，你小子忘了，那年你家水开了没有米下锅，是谁送去10斤面？大冬天穿个单布衫，是谁给你一件棉袄，嗯？一有钱脸就变了？忘了本了，嗯？

清水谣说，麻叔的大恩怎么会忘呢，不是麻叔你接济，我活不到现在，可我真的没钱呀。麻叔鼻子里哼了一声，说，没钱会买两套别墅？没钱会有两辆大奔？没钱胡辣汤会喝一碗倒一碗？

清水谣笑了，知道是那篇博文惹出来的，就说，麻叔，那是我写着玩的，网上的东西都是虚拟的，就像咱看《西游记》，你怎么胡嘞嘞都行，没人较真的。

麻叔说，看来这个忙你是不想帮了？清水谣说，不是不想帮，而是帮不上，我自己还在刀刃上过呢。

骗鬼去吧！麻叔丢下这句话走了。

表弟和麻叔只是开头，接下来，清水谣的日子更为难过，每天电话不断，破手机差点被打爆。电话大多是女孩子打来的，约他见面，谈朋友。手机关了，便狂轰滥炸博客，每天留言不下百条。一个记者骂他说，你他妈的有钱就了不起了？有钱就可以娶两个老婆？就可以挑战法律？就可以挑战社会？

如是三个月下来，清水谣被搞得筋疲力尽，灰头土脸，烦不胜烦，一个销售方案两个月仍无影踪，老板重把他攥回了工棚，掂砖和泥去了。

回到工棚，思来想去，前因后果，都是那篇博文惹出来的！于是，清水谣坐下来，打开电脑，写了个关闭博客的声明。他没写关博的原因，没法写。

接下来的日子，清水谣变得无精打采，少气无力，他觉得，此时，自己成了名副其实的穷光蛋，一无所有了。可他就是想不通，是谁让他成为穷光蛋的？

（选自《金山》2010年第8期）

迟到的电话

上午九时，年轻的中尉正在妇幼保健医院里忙碌，妻子的预产期是今天。一大早，中尉把妻子送进医院，办完住院手续，望着妻子高高隆起的肚子，中尉和妻子相视一笑，极是幸福。婚后两年，小夫妻天南海北，很少能这么轻松愉快地守在一起，每次探家，床铺还没暖热，又得匆忙上路。

这次，中尉和指导员调换了休假时间，回家照顾即将生产的妻子。他要听听孩子来到这个世界的第一声啼哭，要让孩子第一眼看到他这个当消防兵的爸爸。

检查结果出来了，一位胖胖的女医生告诉中尉：一切正常，如果顺利的话，孩子可能在明天这个时候降生，你就要当爸爸了。

真的？中尉那个高兴啊，跟着又问一句，我真的要当爸爸了？

当然。医生说，第一次当爸爸一定十分激动吧？

中尉点点头。怎么会不激动呢！中尉兜里的电话就是这时响起的。指导员告诉中尉，部队驻地连降暴雨，河水猛涨，淹没了不少农田和村庄。支队领导命令，所有官兵中断休假，立即返回部队抢险救灾。指导员又说，弟妹不是要在这两天生吗，要不，我和支队领导说说？中尉看了一眼妻子，妻子也正在看他。她大约猜到了电话内容，眼睛有些湿润，睫毛上似乎挂了泪珠。中尉举着电话的手有些颤，犹豫片刻，中尉对指导员说，不用了伙计，我保证按时归队。走时，中尉对依依不舍的妻子说，咱们的孩子降生后，你一定要给我个电话，让我听听小家伙的哭声，好吗？妻子点点头。

中尉他们的任务是搜救被洪水围困的一个村庄的群众。那个村子早已成为孤岛，在茫茫洪水中像个模糊不清的小黑点，情况相当危急。中尉他们的冲锋舟赶到时，上百口人存身的地方仅有篮球场那么大，然而，洪水仍在以每秒5厘米的速度快速上涨。

中尉和指导员分工，由指导员率战士驾冲锋舟转移群众，送往安全地带，中尉留在孤岛上安排善后，安抚人心。

四艘冲锋舟来往数趟，最后只剩下中尉他们8个人了。他们赖以存身的地方已被洪水淹没，水面已漫过膝盖，发出哗啦啦的急响。冲锋舟终于拐了回来，中尉和7位群众匆忙爬上了冲锋舟。可中尉发现，舟小人多，小舟不堪重负，越过了吃水线。中尉跳下橘黄色的冲锋舟，朝驾驶员挥挥手说，我等下一趟。驾舟的战士急了，说，不行，你必须上来，要不就来不及了！中尉没有上，他把冲锋舟推向波涛汹涌的洪水……

岸边，上百名被救的群众静静地站着，望着浑浊的洪水，望着原来村庄的位置，任由鞭子似的雨水抽打着身子。人们旁边有一个小巧的帐篷，是战士们用衣物为一位孕妇临时搭建的产房。上午九点，受到惊吓的孕妇顺利产下一个男婴，一声响亮的啼哭划破阴霾，飘向滔滔洪水。

恰在这时，大家堆放的衣物中传出手机的彩铃声，是那首红遍大江南北的《说句心里话》。指导员红着眼扒出手机，是中尉的，按了接听键，中尉妻子兴奋的声音传了过来：生了，咱们的孩子生了！是个漂亮的女孩儿！鼻子眼长得像你……你怎么不说话？你不喜欢女孩儿吗？

　　指导员的手颤抖起来，他迅速关掉手机，哇的一声哭了起来。

　　岸边的人都哭了。

（选自《故事家》2010年第8期）

一个人的身份

我和老刘开了个玩笑，没想到他却弄得我下不来台。

老刘原是一个乡的副乡长，去年县里为了缩小编制，给年轻干部腾位置，组织部出台一个规定，副科级干部只要达到一定工龄、一定年龄，可以提前退居二线，正科级待遇。得到消息，老刘如获至宝，欢天喜地办理了退居二线手续。不是老刘觉悟高，响应县里的号召，老刘看中的，是工资可以上去一截。老刘家境一般，老婆没工作，在家闲着，孩子正读大二，三口人啃的都是老刘那点钱。

老刘才46岁，正是能杀能拼的年龄段，猛然退下来，便觉得无聊了，觉得无所事事了，整天没捞没摸的不是滋味。于是，找了过去的同事，挤到我们这个内部刊物当编辑。

平时，老刘的架子端得很足，坐着，腰杆笔挺，目不斜视；衣服穿得正儿八经，灰蓝色西裤，熨得平平整整，裤缝能当刀使。那天下了点小雨，过马路被汽车溅上豆大个泥点子，老刘不愿意了，把车拦下，把司机狠狠吵了一顿，非要人家赔他一条裤子不可。老刘平时不苟言笑，来编辑部小半年了，老刘只笑过两次半，那半次，是笑到一半，老刘觉得有失身份，连忙把嘴捂上，低头写自己的稿子。如果你到编辑部找老刘，千万别喊老刘，喊，他也不会理你。你得喊刘乡长，那声"唉——"足足高了八度。

那天，我们三个人讲手机段子，笑得一塌糊涂，我觉得把他一个人晾在一边不合适，也怕别人说我们编辑部的闲话，于是就和他开了个玩笑。我说，老刘，中午饭怎么打发？去老二那儿吃还是去老三那儿吃？这是男人间的行话，老二也好，老三也罢，指的是情人。老刘正看稿子，拿白眼朝我翻翻，没接腔。当时小梁也在，小梁是个姑娘，还没结婚，低了头抿着嘴偷笑。

见老刘不接腔，我就讪讪出去了，到外边吸根烟，顺便缓解一下适才的难堪和尴尬。我前脚出门，老刘后脚跟了出来，小声对我说，以后别和我开这样的玩笑，有失身份。老刘没说有失谁的身份，他的，还是我的？我想是他的。我鼻子里嗤了一声，心里说，什么身份？不就是个退下来的副乡长嘛，这也叫身份？

过后想想，你不在乎可以，可人家在乎呀，要不，怎么会落个狗咬吕洞宾的下场呢。

事后不久，有人请我们编辑部的人吃饭，借酒盖脸，我旧事重提，说老刘，你这样活着累不累？老刘很惊讶，说，累？累什么？老刘大概也喝多了，没了顾忌，大着舌头说，你没当过领导，哪里知道官场的尊卑秩序，你老刘老刘地叫，咋听咋不是味，可你要叫声乡长呢？知道我心里咋想吗？就找回了在任上的感觉，心里像扇子扇一样舒服。我说，可你现在不是乡长了呀。老刘说，不错，现在不是了，可我曾经是！当过了就是身份！

今年三月，老刘到乡下串亲戚，被一辆农用三轮撞了，住在县医院。我和小梁去看他。一进病房我就晕了，人家老刘把病房打扮得像间办公室，床边放着一把高背椅子，是他让老伴从家里搬来的，说是来个人啥的好接待。我们去时，老刘正躺着，一副要死不活的痛苦状，见了我和小梁，立马从床上爬起来，端端正正坐到椅子上。小梁一时心急，忘了老刘的忌讳，颤着声喊了一声老刘，说，我们来看你了。老刘眼都不睁。我把小梁拨拉到一边，说，刘乡长，你好点了吗？老刘一下子把眼睁开了，皱着的眉头也舒展得一马平川。虽然老刘很疼，很痛苦，可他还是咧着嘴笑了，大手一挥，说，同志们坐呀。

我想，老刘能挺过这一关，我就一天三遍喊他刘乡长，让他高兴，让他笑。老刘以后去世，悼词也一定由我来写，因为我最了解老刘，我会在他的悼词中不厌其烦地写上刘乡长、刘乡长、刘乡长、刘乡长……

因为，老刘是个有身份的人。

（选自《金山》2010年第9期）

被弄湿的夏天

夏天是最容易被弄湿的季节。大雨，小雨，阵雨，隔三岔五地来上一场，想不弄湿都不行。这不，昨晚又下了一场小雨，雨点太小，悄无声息地从天上飘下来，又悄无声息地钻进土里，偷似的，一点响声都没留下。所以，吴雨根本不知道昨晚下了雨。

一大早，丈夫就走了，到他的公司忙去了。订单一个接一个，疯了似的，不忙才怪。吴雨还在床上赖着，尤韵把电话打了过来。尤韵说，今天聚聚？吴雨懒懒地说，聚聚就聚聚。

她们都是全职太太，有闲阶层，手里有大把的空闲，或打麻将，或聊天喝茶。尤韵说的聚聚，就是喝茶。吴雨赶到龙湖村时，尤韵已经到了。茶也刚刚泡好，正宗的安溪铁观音，有点涩口，回味却绵香不绝。

女人坐在一起，聊的大多是无聊的话题，不外乎美容、时装、首饰，当然还有女人和男人。尤韵说，最近听朋友说了个段子，特有意思，听不听？吴雨说，听，有意思的东西谁不听啊。尤韵说，是验证男人有无外遇的法子，一验一个准。吴雨说，我以为是什么好段子呢，我用不着。尤韵说，先别忙着下结论，听了再说。

尤韵说起了那个段子：手机到家就关，短信看完就删，睡觉呼噜连天，内裤经常反穿。有意思吧？符合其中三条，是疑似有外遇。符合四条呢，便可以确认了。吴雨问她，你家那位是疑似还是确认？尤韵说，你家那位，要个儿有个儿，要样儿有样儿，生意做得风生水起，小心找个小三把你甩了。吴雨抿了口茶，笑笑，显得非常自信，说，我家那位是四等男人，下班回家，不会在外拈花惹草的。

屁！尤韵说，你以为你漂亮是不？男人都是见腥就沾的。尤韵说得愤愤的，好像要一口把人吞了似的。吴雨这才想起来，尤韵家那位公子哥是个花心萝卜，夜不归宿是常事，这是捅了尤韵的肺管子了。不过，这次喝茶，还是在吴雨心里留下些什么，疙疙瘩瘩的说不清楚。

吴雨开始留意，丈夫的手机是否到家就关。没有。短信也没看完就删，收到有意思的短信，还把手机举到吴雨脸前，两人一起看，说，太他妈的有意思了。可吴雨还是发现，睡觉呼噜连天倒是符合，丈夫每天九点到家，吃完饭，洗过澡，刚沾床上，呼噜便响了起来。

第二天，吴雨问丈夫，你哪来那么多瞌睡，沾床就睡？丈夫轻描淡写地说，忙呗，累呗，瞌睡自然多了。

发现丈夫内裤反穿是距那次喝茶不久。丈夫早早睡了，吴雨睡不着，一时心血来潮，揭开被子查看丈夫的内裤。那条黑底洒金点的内裤，是吴雨为他选的，丈夫肤色白，黑短裤衬着，让吴雨常有一种冲动的感觉。可现在，吴雨蒙了，丈夫的内裤反穿了！吴雨啪一巴掌下去，把丈夫拍醒了。丈夫十分不满，嘟囔说，你神经啊，深更半夜的！吴雨指指他反穿的内裤，问，这是怎么回事儿？被人捉奸了？丈夫笑笑，说，早上走得急，穿反了呗。吴雨说，说得轻巧！就这么简单？丈夫不笑，说，这能说明什么，你怀疑我？吴雨说，难道不值得怀疑吗？

两人爆发了婚后的第一次争吵。

夫妻吵架，有了第一次，难免会有第二次，第三次，跟上瘾似的。没过多久，丈夫洗澡，放在茶几上的手机响起了短信提示音。吴雨鬼使神差地把手伸出去。短信是一个客户来的，说打款的事。吴雨正翻看着，丈夫洗完澡出来，看着她，既惊讶，又不可思议，接着便是不悦和愤怒。但他什么也没说，从卧室抱出枕头，去了另一个房间。

夫妻关系紧张起来了。虽然丈夫照常下班回家，照常吃饭睡觉，对吴雨却带搭不理的。吴雨也端着架子，不理丈夫。吴雨心想，甩脸子给谁看呀，你内裤就是反穿了嘛，你就是呼噜连天了嘛，你就是疑似有外遇嘛。但她没说，你冷我也冷，看谁冷得过谁！

终于有一天，丈夫说，我们离婚吧。吴雨就问，为什么？在外边有女人了？丈夫说，没有，我不愿在猜忌中过日子，夫妻一旦失去信任，日子过着还有什么意思？你以前不是这样的。吴雨说，那是我傻。丈夫说，你现在更傻！

离婚以后的吴雨，常常反思这段婚姻，原先不是过得好好的吗？怎么说离就离了呢？

夏天的最后一天，尤韵打来电话，说，聚聚？吴雨想也没想，说，算了吧，没意思。尤韵说，我最近听了个段子，特有意思。吴雨说，一个夏天都被弄湿了，还喝的哪门子茶呀。

（选自《天池小小说》2010年第10期）

失意警官的郑城之旅

丁警官是在餐车吃饭时看到那个女人的。丁警官心里郁闷，吃饭时就想喝点酒。丁警官平时不喝酒，五条禁令管着，想喝也不敢喝，被督察揪住，警衔就打了水漂，划不来。

可丁警官今天敢喝。不在班上，又不执行任务，是在"流放"途中。丁警官决定，今天想怎么喝就怎么喝，想喝多少喝多少，喝他娘个一塌糊涂、天昏地暗。丁警官赌气登上开往郑城的列车，一直还在想着河沟里翻船的事：抓捕方案应该是万无一失的，从地形勘察、蹲守地点、时间的把握，丁警官都拿捏得很到位。出手之际，那个潜逃三年的劫匪黑皮，闻出味儿不对，一把勒住商店老板儿子的脖子，粗黑的手指掐进孩子细嫩的肉里，拖着，没入黑夜之中。

抓捕失败，令局长大为恼火，这个通缉三年无果的嫌犯，像一条脱钩之鱼，从此没入汪洋大海，消失得无影无踪。一个十分难得的抓捕机会，让丁警官给生生废了，全局上下一片哗然。平心而论，丁警官是个不错的刑警。从警16年，破过不少疑案难案，亲手抓获的罪犯成排成列。大江大海都过了，没想到却在小河沟里翻了船。这次失手，让丁警官付出了终生难忘的代价——一纸调令，被放到基层派出所当了内勤。

命令下达，丁警官气不打一处来，生自己的气，也生局长的气。他没有马上到任，赌气提出回郑城探亲。父母双双在堂，却有三年没有回去看望一眼。

丁警官要了一瓶二锅头、两个小菜，一个人自斟自饮，没多久，一瓶二锅头就下去三分之一。那个女人就是这时走近了丁警官的餐桌。正是用餐高峰，餐车上人满为患，只有丁警官这张桌上还有个位置。女人三十多岁，身段凹凸有致，精致而不妖娆。她挽着个老太太在丁警官对面落座。两人一照面，女人腮帮的肌肉不自觉地颤抖了几下，旋即恢复了常态，对丁警官微笑了一下。女人和老太太吃面时，丁警官老在想，这是个认识自己的女人，可遍搜所有的记忆，也没有想起来女人是谁。这种情况常有，你不认识人家，人家却认识你。可你就算认识我，脸上的肌肉颤抖什么呢？

丁警官又开始埋头吃饭、喝酒。想那么多干什么？你又不是刑警，一个流放到基层的小内勤，自己一屁股屎还没擦净呢，管这些闲事干吗？可丁警官就是管不住自己，就是要想，说是职业的敏感也行，说是警察的自然反应也未尝不可。

丁警官终于知道这个女人是谁了。但他不敢完全确定，于是"敲"女人一下，他霍地一下站起来，把右手伸向后腰……女人马上变得脸色煞白，伸手去抓领子下的纽扣。丁警官却不看她，举手招呼服务员，说，再来一盘猪肝。女人松了口气，恢复平静后莞尔一笑，把一块炒得焦黄的鸡蛋搛进母亲碗里。

饭后，丁警官尾随女人去了另一节车厢，在距女人不远处站下来，靠在椅背上，眼睛的余光死死地盯紧了女人。女人似乎浑然不觉，一边和母亲说笑，一边为母亲梳头，梳得认真而仔细。老太太花白的头发被她理顺，绾起，变成了一个白色的篡儿。

在一个四等小站，女人下车，丁警官也下车；女人要出租，丁警官也要出租，紧紧尾随不放。在一个小区门口，女人和老太太下了出租车，她对老太太说，妈，到家了，你先回去，我还有点事要办，不上楼了。老太太非常不满，埋怨说，你这闺女，长年在外面跑，到家门口了也不回去，啥事比妈还重要！女人笑笑，说，你就别问那么多了，记着按时吃药，还有，以后多活动活动身子，别老窝在家里啊。

老太太一步三回头进了小区，在楼角那边消失了。女人这才回头，面对丁警官，把双手伸了过去，说，谢谢你，为我保全了面子，没让我妈看到这一幕，她有心脏病。丁警官没有铐她，调侃说，这么漂亮的女人，戴个亮铮铮的铐子多难看啊。去公安局的路上，女人说，你是个好人，所以也是个幸运的人。说着，她拽下胸前第一枚纽扣，递给丁警官，说，假若你当我妈的面把我逮了，这枚纽扣就会被我当场吞下。你知道里面装的什么吗？丁警官说，你也太小看我了，剧毒，不到30秒即可致人死命。女人点点头，那你可就什么也得不到了。

丁警官说，我不会让一个无辜的老人为女儿的罪恶承担牺牲，只有你们这样的人才干得出来。两个人边走边说，像一对街上游逛的情侣。

一个巨大的贩毒网被成功摧毁，那个长得十分美丽的女人是上通下联不可或缺的角色，没她，整个链条便会啪的一声断裂，上家、下家，继续逍遥法外。

表彰会开完，局长说，还回你的刑警队吧。丁警官说，回去个鸟啊，在哪儿不一样？在哪儿不是当警察？

（选自《金山》2010年第12期）

一声娇嗔

现在时兴把漂亮女人叫花，学校叫校花，班级叫班花，政协叫协花，梅如诗是计财处的处花。平心而论，称梅如诗为花有点牵强，长相说不上多漂亮，鼻子稍微小了点，嘴巴大了点，可处里只她一个女人，不是花也是花了。当然，梅如诗也不是一无是处，她那双眼就长得很特别，大且圆，黑黑的，亮亮的，里面时常汪着一种男人百看不厌的东西，看过一眼，想看第二眼，看过第二眼想看第三眼。男人看她的时候，梅如诗自然是知道的，可她装作不知道，或埋头整理文稿，或啪啪啪敲击键盘，该干什么干什么，一无所知的样子。陡然间，梅如诗把头抬了起来，沿着钩子似的目光寻过去，便轻轻松松逮到了男人的眼风，看她的同事蓦然脸红了。梅如诗温软地一笑，接着一声娇嗔，说，让我猜猜，你是属鼠的吧？男同事一头雾水，纠正说，我1962年出生，属虎的。梅如诗说，不会吧，胆儿那么小，怎么会属虎呢？男人明白怎么回事儿了，脸就变得更红。

梅如诗时常有一种众星捧月的感觉，处长那个小老头子老绷着脸，严肃得像谁欠了他二斗黑豆钱，对谁都爱理不理的。可一见梅如诗，小老头阴天转晴，嘴角一咧，送上一抹可人的笑意：忙呢，如诗？

大崔和梅如诗坐对面，大饱眼福的机会自然最多，抬头低头的，就把处花看在眼里。不过大崔也最累，干到半晌，梅如诗捂起嘴打个哈欠，把手里的活撂给大崔，说，大哥，把小妹这份总结写完吧。大崔有自己的活，不太情愿，正犹豫着，梅如诗一声娇嗔，说，你有没有良心？大崔就问，我怎么没良心了？梅如诗俯下身，趴在大崔耳朵边说了句什么。大崔笑着，扔下手里的活，写起了总结。梅如诗呢，捧了茶杯踱出去，该下班了，才扭着腰肢回来，收拾起小包，走了。

夏天，局里组织到北戴河疗养，分给处里一个名额。处长去过了，不去；副处长去过了，也不去。张处就和大家商量，说，这次让小梅去？大家争先恐后地说，让小梅去，让小梅去。生怕说晚了似的。

疗养回来，大崔和梅如诗开玩笑，说，小梅呀，你走了一个星期，知道我是怎么过来的吗？度日如年，如隔三秋啊。梅如诗莞尔一笑说，有那么夸张吗？大崔煞有介事地说，真的，一点不骗你。梅如诗说，难得你这么想我，送你个拥抱，还是香吻？此时的梅如诗娇憨可爱，像个五六岁的小姑娘，张开双臂走向大崔，吓得大崔哇的一声跳开了。梅如诗一声娇嗔，说，我可是真心实意啊，过了这个村可就没这个店了。惹得大家捧腹大笑。

大家都愿和梅如诗聊天，有时在班上聊，有时在班后聊。下了班，把梅如诗约出去，散着步聊。梅如诗从不背着人，背上包，招呼老袁说，老袁，你这家伙还磨蹭什么，散步去呀。或者招呼大崔，你不是说去泡茶馆吗？走哇。

和梅如诗聊天都掏心窝子，竹筒倒豆子，倒给梅如诗。比如，老袁的小情人要求转正，老袁不答应，闹了矛盾；比如大崔32万股票被套死，解不了套；比如小刘老婆不打招呼做了流产；等等。聊天时梅如诗静静地坐着，听你说东道西，并不插言。你说得高兴了，她替你高兴，说到窝心事，她皱着眉头，来几句打抱不平，很贴心。当然，梅如诗也有不高兴的时候，那次，从张处办公室出来，就一个劲地抹眼泪，泪珠子掉得啪嗒啪嗒的。人们围过来，问她，咋回事儿？挨批了？梅如诗不接话茬，端起大崔的杯子，咕咚咕咚灌了几口，然后笑了起来，说，没事儿了。

年底，张处到届退休，副处上了处长，要提一个副处。论资历和能力，大崔和老袁半斤八两，不相上下，局里一番考察，上的却是梅如诗。局长说，老袁这同志生活小节不检点，难以服众；大崔不务正业，上班炒股，怎能领好一个处？

任命下来，大家祝贺梅如诗荣升，要她请大家撮一顿，梅如诗来一声娇嗔：不知道我几斤几两啊。

梅如诗搬出了大办公室，搬进隔壁副处办，老袁和大崔相视苦笑，跟着吼出一句京戏：这个女人不寻常哪——

这是《沙家浜》里刁德一的台词。

（选自《微型小说选刊》2010年第21期）

分　家

　　老爹的后事刚办完，况平、况凡兄弟俩分家的事便提上了议事日程。

　　况家祖上曾显赫一时，雍正年间在京做过一任工部侍郎，后被同僚参了一本，辞官回到湖桥闲居。况家后代子孙鲜有出息者，村主任也没出过一个，只是守在几亩地上刨食吃。况平、况凡兄弟俩平时处得还算和睦，分家是两妯娌的意思，一个锅里抢马勺，难免磕磕碰碰，一来二去便擦出了火花，擦出了矛盾。弟兄俩怕因此生分掰脸，老大况平说，老二，咱分开过吧？况凡说，那就分了吧。

　　分家必须叫老娘舅，这是湖桥一带的规矩。老娘舅的权威比村主任大得多，甚至比乡长还大，咳嗽一声屋梁上积灰哗啦啦往下掉。比如老娘舅说，你是老大，得让着你兄弟，这三间草房你住！老大连忙应了，说，行行，俺舅说了算。老娘舅又说，老二，你在镇上有房子，别和老三争了，让外人笑话。老二心里虽不愿意，却把头点得捣蒜一般，连说，行行行，俺舅说了算。

　　这是一般情况，也有不一般的。兄弟妯娌不和，锱铢必较，指头粗一根木棍也要一折两截，你一半我一半。遇到这种情况，老娘舅就得颇费周折。手心手背都是肉，向潘不是，向杨也不是，前来主持公道的老娘舅就难以下台了。

眼下况家两兄弟分家不存在这些事。事先，弟兄俩瞒着两妯娌讨论个分家方案，商商量量把资产分得一清二楚。叫老娘舅过来不过是应应景，走个过场罢了。如果老娘舅健在，分家不叫他老人家的话无论如何说不过去。

老娘舅一到，况平、况凡就把老娘舅让到堂屋上位，把兄弟俩商量好的分家方案作了汇报。老娘舅捋着花白胡子，挺满意地说，那就按你们说的办吧。正要摆桌子上菜，况凡媳妇突然指着条几上一个笔洗，问道：舅，这个归谁？况平媳妇也虎视眈眈地看着老娘舅藏在花白胡子间的嘴。嗨，弟兄俩百密一疏，啥都想到了，咋把这笔洗给忘了呢？

这个笔洗不是平常物件，是雍正年间的青花瓷，烧制相当精美，三二枝兰草叶子从笔洗底部淡然逸出，轻轻飘到边口上沿，米粒般小花，若有若无，晨星般撒在笔洗凸起的部位。前些年，游乡文物贩子曾找过况平、况凡兄弟，要出高价收买，弟兄俩说什么也不卖。他们知道只有败家子才会卖家传之物呢。

老娘舅先是一怔，把外甥、外甥媳妇扫了一遍，心里就明了了。哈，别看这会儿都笑眯眯的，心里都窝着把刀呢，只不过面上没有表露罢了。

老娘舅走南闯北一辈子，干的营生多了，啥阵仗没见过？眼睛滴溜溜转了几圈，转身把笔洗拿在手里，反复把玩起来。看过口沿看中腰，看过中腰，老舅把笔洗举过头顶细看底款。嘴里喃喃地说，这笔洗确实是个好东西，好东西呀！老娘舅说着，突然双手一松，笔洗啪一声落到水泥地上摔成了碎片，人也霎时脸色煞白，身子向后一仰，口吐白沫，嘴眼歪斜，躺倒在了椅子背上。

老娘舅中风了！

人们哪里还顾得上笔洗不笔洗的，手忙脚乱把老人送进了镇上卫生院。

躺在医院病床上，老人醒来的第一句话便是：笔洗没事儿吧？外甥、外甥媳妇都说，舅，这都啥时候了，还管啥笔洗不笔洗的，赶快治好病才是正事。

老娘舅家人来后，外甥、外甥媳妇才走。他们刚一出门，老娘舅突然从床上坐了起来，要穿鞋回家。家人说，你这是干啥呢，这是干啥呢？正病着，回哪门子家呀。老娘舅哧的一声笑了，说，我像有病的人吗？那是给几个小辈使的障眼法。我不忍让他们为个物件掰脸生分，坏了情分。物件再值钱也没有人的情分主贵。这下他们心净了，再没人牵挂啥子笔洗了。

（选自《传奇故事》2011年第9期）

春天的邂逅

五月二十四日，铁铮偶然间碰上了启华。铁铮之所以把时间记得这么准，是因为，铁铮二十三日到的长沙，参加了一个行业会议，次日一大早，所有参会人员直赴曾国藩老家，参观曾国藩故居。参观故居的人太多，队头在故居那里，队尾一下子甩到六百米外的停车场了。

那天是春天里罕见的热天，铁铮摇着临时购买的纸扇，呼嗒一下，呼嗒一下，有紧没慢地扇着，一扭脸，就看到了启华，他排在她后面十五米远的长队里。铁铮就很奇怪，这家伙怎么也来湖南了，事先一声没吭啊？她正要喊启华一声，让他夹个塞，突然瞥见启华身边的小姑娘，还有插在启华臂弯里那只细嫩的胳膊。铁铮下意识地捂住嘴，赶忙把头扭开，余光还在启华和小姑娘身上。启华显然也看到了铁铮，在小姑娘耳边嘀咕了点儿什么，扭头朝停车场方向走去。

铁铮和启华在一个单位，她在计财处，他在人事处，一前一后上的副处。两人的办公室挨着，没事了，常凑到一块疯聊。海阔天空，天南地北，儿子顽皮，姑娘乖巧，顺带也聊些单位里的事。他们聊天是真聊，深聊，掏心窝子地聊，从来不掖不藏。按照一般推论，男女间关系铁到这种程度就有点儿危险了，有些暧昧了，接下来就该上床了。可他们没有，纯净得像一条没被污染的山间小溪，一眼见底。铁铮丈夫在郊县挂职，三两个月回来一次，家里七事八事，男人的活儿铁铮都交给启华去做。一次，启华把米袋子搬进厨房，坐着喝茶时，启华说，铁铮，你该去锻炼锻炼了，三十多岁的女人最容易把肉长到肚子上。铁铮当即掀起上衣，把腹部亮给启华，说，你看好了，我胖吗？启华连忙扭开脸，说，姑奶奶，你这是干啥？我可经不起诱惑啊。铁铮说，小气！不就看看肚皮嘛，又不是拉你上床。

可近来两人的关系有点儿微妙，计财处老处长即将退休，空出来处长的位子，有资格上的恰好是铁铮和启华。两人的能力和水平难分伯仲，两个人都想上，这是明摆着的，也是显而易见的。职务变化，不仅仅是提升那么简单，从某种程度上说，是对一个人能力、水平、业绩的肯定。上了是肯定，那么没上呢？当然就是无言的否定了。

组织部门考察之后，两人的关系变得更微妙，变得更尴尬了。他们各自锁上房门躲着对方，走廊上无意间碰见，远远地，肌肉调整到位了，笑脸准备好了，一个说，忙着？另一个说，忙着。接下来再也没话了，于是，分手，各忙各的事。

平心而论，不管是铁铮还是启华，都不想为此伤害朋友。在湖南碰上启华，铁铮在心里狠狠地把启华埋怨了一通：你这个糊涂蛋，这个傻哥们儿，都什么时候了，还敢带小姑娘出来潇洒，真是的！

散会后铁铮回到单位，处里小艳把头凑到她耳朵上，悄悄地说，处座，这次，你的正处十拿九稳了。铁铮在小艳娇嫩的腮帮子上拧了一把，说，几天没见，是不是嫁给组织部部长的公子了？小艳说，明摆着的事呀，启华处长胆儿也太大了，玩小三玩到湖南去了，他还有戏？铁铮一惊：你听谁说的？不会有这种事的。小艳说，你开会去了，当然不知道，委里都传疯了，打开电脑看看，照片都发出来了。

铁铮突然觉得一身冰凉，官场险恶，半点儿不错，此人下功夫不浅，盯梢盯到湖南去了。转念一想，早前在曾国藩故居那儿我看见了启华，启华也看见了我，这个赃，启华一准安到我头上，泥巴糊到裤裆里不是屎也是屎。

铁铮转身走出办公室，去找启华。启华的办公室锁着。打他手机，不接，再打还不接。铁铮匆匆下楼，开车直赴启华家。

启华把门打开了。几天不见，启华像换了个人，瘦得只剩下两只眼睛了。他手扶门框，没有让铁铮进门的意思。铁铮用肩膀撞开他的胳膊，闯进了客厅。启华没让座，也没倒茶。铁铮说，启华，你以为是我干的是不是？我们是铁哥们儿，为个破处长，我有必要玩儿这种阴招儿？启华笑了，笑得很冷，很毒。他说，我听过这么一句话，伤害朋友的往往是最好的朋友！铁铮喊道，我没有！没有！信不信由你。启华说，咱党的政策怎么说？哦，对了，不冤枉一个好人，但也绝不放过一个坏人！话味决绝，有点儿咬牙切齿的味道。

回家路上，铁铮接到丈夫的电话，说些孩子、房供、天凉、地暖的家常琐事，之后问铁铮：铁处，啥时上任啊？铁铮一惊，你怎么知道是我上？丈夫说，我是神仙啊，世上还有神仙不知道的事儿？我还知道，你的铁哥们儿启华一个星期没上班了吧？铁铮问，这么说，这事是你干的？不是。丈夫说，是我长沙的一个哥们儿，本来……

卑鄙！铁铮爆了一句粗口，把电话掐了。

（选自《小说月刊》2011年第10期）

"非常"一词的重复用法

　　方文化写文章，善用"非常"一词，在西山县是出了名的。每篇文章，至少要用十个以上的"非常"，该用的地方用，不该用的地方也用。按说，不管是公文还是其他文体，重复使用同一个词语属于大忌，一般人不敢这样用。

　　可人家方文化就有这个本事，如若你硬把"非常"一词换成"十分""特别""尤其"这些词意相近的词语，整篇文章顿时风采皆无，黯然失色。

　　去年，檀山脚下发现一座古墓，形制和埋葬方式都十分特别，具有很高的考古价值。开掘前当然要写发掘报告，方文化是文物局办公室主任，报告自然由他来写。其中一段，他是这么写的：檀山附近发现的这座古墓，处于荆棘荒草之中，古墓的非常之处在于，形制和丧葬方式非常特别，这座古墓的抢救性发掘，具有非常重要的意义，势必在考古界引起非常轰动……短短一个几百字的报告，竟用了不下十个"非常"。

　　局长是新来的大学毕业生，文字功底十分了得。看了方文化的报告，笑了，掂起笔，把文中的"非常"一词全部换成了别的。换过再看，意思倒还是那个意思，可整个报告的文采却黯然失色，读起来味同嚼蜡。局长扔下笔叹了口气，自言自语说，看来"方式"行文的确不能随意改呀。

这便是本事，这便是能耐。方文化每年都要写不少杂七杂八的东西，考古报告、经费申请、工作汇报等。方文化的行文风格，得到了上级部门的肯定和认可。

今年汛期，黄河上游调水调沙，一时浊浪翻滚，滔天而下。方文化提醒局长，这么大的水，咱们恐怕得提前做些准备了。局长一时没明白，说，调水调沙，水大水小和我们文物局有什么关系？方文化说，关系大了，咱们汉王城不是在黄河边上吗？那可是国家级重点保护文物。黄河历来没正形，今儿滚到北，明儿滚到南，万一滚到汉王城这边来呢？

局长说，我对情况不熟悉，你安排一下吧。

果然不出方文化所料，正在靠北河道上运行的黄河，一时高兴，身子一卷，在河滩上撕开一道口子，气势汹汹直奔南岸的汉王城。一天一夜的工夫，汉王城的基础被涮走一大块。

方文化睡在汉王城边的土台上，蚊子在他身上咬出十几个红疙瘩，那痒劲一直钻进心里。天刚亮，方文化便坐在汉王城边上，一边挠痒痒，一边给县政府写《逼黄河改道抢救汉王城》的报告。

当然，方文化的报告依然沿用他独有的"方式"风格，其间使用了十二个"非常"。政府办刘主任原是乡镇书记，对方文化的行文风格有所耳闻，看了报告，一口茶水喷到桌面上。他想和方文化开个玩笑，打电话给方文化，说，方主任，你的报告恐怕得改，老"非常""非常"的，有你这么写公文的吗？

为了早点儿让报告送到县长手里，方文化顾不上"方式"风格，狠心删去了四个"非常"。刘主任不满意，让他再删。方文化站在刘主任办公室桌前，当即又划掉四个"非常"。

报告一连改了四稿，刘主任还不满意，弄得方文化很没脾气。他说，刘主任，我改不了，不让用"非常"，这报告我没法写。要不，你改一下试试？刘主任果真改了，划掉了最后两个"非常"。再读报告，刘主任觉得别扭了，拗口了，不是那回事儿了。

方文化问，刘主任，还要改吗？刘主任说，不改了，改不了了。方文化说，你这么折腾，我不恼你，可我心痛，你知道吗？不早一天送上报告，不早一天逼着黄河改道，我们的汉王城就完了，你知道不知道……

方文化说着，竟在政府办痛哭失声，泪水涟涟，如丧考妣。刘主任却笑了，说，走，我陪你到汉王城看看去。方文化去了。几天工夫，汉王城上游五百米处已经筑起了三道堤坝，都是用铁丝网绑着树枝，固定在滚滚黄河的南侧，河水又回原来的河道了。

刘主任说，说实话，你的报告一送来，我当夜就送给了县长，紧急调人做成了临时堤坝。我就是想看看，改掉你的"非常"一词，你的报告到底是什么样子。

事后不久，方文化退了。方文化一身都是病，关节炎、类风湿，还有严重的胃下垂。那种"非常"一词的重复用法，只有政府办刘主任还用，随着时日轮转，使用的频率越来越高，渐渐成为刘主任的行文风格，成为"非常"一词重复用法的唯一继承人。

（选自《小说月刊》2011年第12期）

秋天的红 T 恤

　　她非让男人穿那件红 T 恤不可。她说，我在梦幻茶楼等你，一定要穿那件红色 T 恤啊。她还说，知道吗，穿上那件红 T 恤，你简直帅呆了，酷毙了！

　　男人说，这都什么季节了，还穿哪门子 T 恤呀。她说，我不管，我就要你穿，看你酷毙了、帅呆了的样子。

　　男人是在洗手间接的电话，一道墙壁，一扇木门，隔开了客厅的妻子和儿子。

　　接完电话，男人开始洗脸、刷牙、梳理头发。男人的头发很好，稠密粗实黑亮，发梢带点自来卷，阿拉伯人似的。妻子问男人，又要去开会？你们公司也是的，哪来那么多会，下了班也不让人消停！男人说，谁说不是呢，我可能会回来得晚，不用等我。

　　妻子见男人穿着件 T 恤出门，就说，这都秋天了，怎么还穿 T 恤？换件衣服吧。男人朝窗外瞄了一眼，说，没事儿。妻子说，什么叫没事儿，感冒了还不得自己受罪？多穿点。

　　男人还是穿着那件红色 T 恤出了家门，一出门就打了个很响的喷嚏。男人知道自己体质差，经不得冻。可他还是穿了那件红色 T 恤，男人想打发她高兴。

男人和她的"地下活动"持续了一年有余，没事了，就在QQ（一种中文网络即时通信软件）上聊，聊天南海北，聊云里雾里，一聊上便是天昏地暗、日月无光。她很年轻，二十岁多点，和男人的年龄差了一大截。她的眼睛有点像宋祖英，眯眯的，有一种勾人魂魄的力量。可她有时有些固执，比如，上了一天班，累得一塌糊涂，可她，非要和男人在QQ上聊；从外地出差回来，男人想尽快赶回家，洗个澡，痛痛快快睡一觉，可她非让男人陪她吃饭。不满归不满，年轻女孩儿的魅力却是难以阻挡的，两人一直在玩儿着暧昧而甜蜜的游戏。

男人站在路口那儿等车时，天空飘起了细雨，落在身上凉丝丝的。男人掏出手机打给她，说，不行，太冷了，我得回家换件衣服。她说，你敢！我就要看你穿着红色T恤的样子。男人说，可，我会感冒的。女孩儿套用一句影视歌词：十娘为你熬姜汤……男人笑了，笑得十分僵硬。那句歌词是《杜十娘》的插曲，这场合显出的并不是幽默，是浅薄。妻子从不这样，从谈恋爱到现在，从不会拿男人的身体开玩笑，丁点病痛妻子都会如临大敌。

男人突然有些烦躁，别别扭扭的。甚至，他想放弃这次约会。

男人抹一把脸上的雨水，一扭头却看到了儿子。儿子抱着一件夹克，气喘吁吁朝他跑来。儿子说，幸好你没走，我妈让给你送件衣服。我妈说，你固执，像驴一样固执。我妈说，她让你一定要穿上这件夹克，感冒了你就有罪受了。

男人接过夹克，还没穿，身上突然就有了丝丝暖意。看来，没人比妻子了解自己，没人比妻子更心疼自己。男人想起方才关于红T恤的电话，还有她套用的那句歌词。男人仰起脸，让秋天的雨水落上去，浇着发烧的面孔。男人知道，妻子这样的女人，是不应该背叛的，不论是精神的，还是身体的。男人还知道，女孩儿也爱他，爱他的英俊帅气，潇洒幽默，谈吐不俗，以及他这个年龄的成熟稳重。可这种爱似乎少了点什么。是什么呢？

男人在赴女孩儿约会的路上，一直在想，可一直想不起来，直到走进梦幻茶楼：看到茶楼门楣上闪烁不定的霓虹灯，男人一下子明白了，是贴心贴肺的关爱，是牵肠挂肚的亲情，还有，是十几年磨砺出来的成熟情感。

男人在梦幻茶楼门口脱去夹克，搭在胳膊上，身上，是那件女孩儿喜欢的红色 T 恤。女孩儿如火般拥抱了男人，说，你真是帅呆了，酷毙了！男人回抱了女孩儿，轻轻地，怕碰碎似的。之后，男人说，对不起，我们结束吧。在女孩儿错愕之中，男人走出梦幻茶楼，穿上夹克，打车回家。

妻子还没睡，在看电视里的《爱情热线》，见男人回来了，连忙跑进厨房，端出一碗熬好的姜汤，说，趁热喝吧。

姜汤里放了红糖，冲冲的，却甜。男人接过来，放到茶几上，没头没脑地说了声：我爱你。

这句话说了十几年，但他觉得，唯有这次是用心说的。

（选自《百花园》2011年第12期）

卖报的男孩儿

男孩儿的报摊摆在红花巷一个楼梯旁边，狭小逼仄，夹在拥挤的商铺中间，不注意看，一转眼就错过去了。说是报摊，其实就是一块杨木铺板，一边摆着要卖的各种报纸，另一边是免费供人阅读的画报和杂志。早上8点，男孩儿来到报摊前，坐到老式木椅上。这时候，太阳正好越过东边的楼顶，唰一下扑到男孩儿身上，镀上一层黄金般耀眼的光。

男孩儿的生意挺不错。门板还没放下，报摊前早已人头攒动，热闹非凡。顾客们一边把油条包子往嘴里塞，一边把硬币纸币往铁盒里丢，然后，取报走人。

男孩儿一直不明白自己的生意为什么这样好。省城之大、报亭之多他是知道的，自己经营的报纸也和别人的一样，没什么特别之处——纸是一样的，字是一样的，图片也是一样的。咋都喜欢买自己的报纸呢？

这是男孩儿想了许久、想过很多次却始终没有想明白的问题。想不明白就不想了——想那些干什么呢？白费力气。只要多卖几份报纸、多挣几块钱，能给上大学的弟弟多寄点钱，让他顺利完成学业，就行了。

卖报时男孩儿并不动手收钱。他面前放着个方方正正的铁盒子，是前年中秋节二姑送他的月饼盒。谁要什么报纸，自己从铺板上拿，然后把钱丢进铁盒里。若是硬币，铁盒子便会发出叮当一声响，那声音极其悦耳，极其动听，男孩儿便微微一笑，欠身点头致谢。如是纸币，买报人会交代一声：我放的是纸币啊。男孩儿又是微微一笑，欠身点头，然后，冒出一句港台腔：谢谢——谢谢——名演员似的，透着20岁男孩儿的俏皮和可爱。

三年前，男孩儿眼里的世界五彩缤纷、光鲜动人。一场突如其来的高烧过后，世界在男孩儿眼里全变了，黑暗成为一切，一切成为黑暗。失落、绝望击倒了他。那天晚上，他从枕头下抽出藏刀，锋利的刀刃伸向手腕……

弟弟把男孩儿唤醒，或者说是弟弟一个梦呓把男孩儿唤醒了。藏刀触及皮肤，男孩儿感到丝丝冰凉。此时，对面房间睡着的弟弟在饮泣中发出一声轻唤：哥哥——他放下藏刀，摸索着走进弟弟房间，在床头坐了整整一夜。他说：弟弟，哥哥再也不干傻事了。哥哥要把你抚养成人，以告慰死去的父母……

于是，红花巷有了男孩儿的报摊。

靠着男孩儿的报摊，弟弟念完高中，弟弟走进了大学。

晚上，男孩儿盘腿坐在床上，把铁盒里的钱倒出来。先把纸币一张张码整齐，数上一遍，再把硬币拢到一起数，数完，便有一抹笑意爬上男孩儿的嘴角。男孩儿笑起来很可爱，眉梢上挑，嘴角成了一个圆弧，俏皮中带着点甜味。他说：弟弟，你知道今天哥哥卖了多少吗？你不知道。你没在家，当然不知道。告诉你吧，哥哥卖出去430份！弟弟说：我知道，我哥是最棒的，比明眼人卖得还多！男孩儿说：明天我就把生活费寄过去。一个人在外边，别太节省了啊！吃得多多的，身子养得棒棒的。弟弟带着哭腔说：哥哥，别太辛苦了，照顾好自己啊……

弟弟没在，弟弟的"声音"来自男孩儿的心里。

男孩儿睡了，睡着的时候，男孩儿还在笑。

又是一个阳光很好的早晨，男孩儿照例坐在报摊前，阳光照例把男孩儿染成了金黄色。一个小男孩儿来买报纸，他说：大哥哥，我要一份晚报。男孩儿问道：你看？你这么小。小男孩儿说：不是，是我爸让买的。男孩儿问：你家住在附近吗？小男孩儿说：不是，住在百花街。男孩儿说，你们那里不是有报亭吗？小男孩儿说：我爸昨天去上海了，临走前嘱咐我一定来买你的报纸。

买过报纸，小男孩儿没走，仍站在报摊前。男孩儿说：你还有事吗？小男孩儿说：我在看你背后那个纸板。男孩儿很奇怪：纸板？我背后有纸板？小男孩儿说：上面还有字。男孩儿说：能给我念念吗？小男孩儿说：我上二年级，有的字不认识。男孩儿说：拣你认识的念。小男孩儿念了起来，虽然念得磕磕巴巴的，但男孩儿还是听懂了意思：

"卖报的是个盲人，也是强大的人，靠这个小报摊，把弟弟送进大学。请您施以援手，送上一份关爱吧。"

男孩儿哭了，很感动。他不知道纸板是谁写的，又是什么时候钉上去的。

（选自《小小说选刊》2012年第4期）

老黑和老白

老黑

　　老黑虽然姓黑，人却长得很白，皮肤也十分细腻，嘴唇上一根胡子也不见，大远看去，那就是个正儿八经的娘儿们。到了跟前，看清人脸了，看清脖子上粗大的喉结了，这才长长地哦一声——是个爷们啊。

　　年轻的时候，老黑在前边走，屁股后总有姑娘跟着，三楼叶家的老大叶宜，四楼刘家的二姑娘小芬，还有邻边水文队楼上的三妮。叶宜说，黑哥，你这是去哪里呀？老黑说，买菜。叶宜说，正好，我也去买菜呢，一起吧。老黑想去看电影，刘家小芬慌忙跑到影院，把票买下，自己兜里装一张，悄悄塞给老黑一张，号是连着的。一楼的王老师曾经预言，老黑这小子命犯桃花，日后非栽在女人身上不可。二十七岁那年老黑结婚，叶家老大，刘家老二，水文队的三妮，狠狠哭了一场，这才分别把自己嫁了。

　　王老师一语成谶，四十八岁本命年，老黑结结实实栽了个跟头，也确实与女人有关。

老黑在市群艺馆供职，画花鸟虫鱼，拿过一个大赛银奖。画花鸟虫鱼就画花鸟虫鱼呗，可人到中年后老黑却迷上了人体艺术。搞人体艺术得有模特，群艺馆美女如云，凭老黑的长相和人缘，自然不是什么难事儿。文艺部的张怡然就当了老黑的人体模特。一来二去，除了画画，两个人还来点别的，麻烦就出来了。张怡然的丈夫探知妻子红杏出墙，和老黑黏在一起，逮住老黑，一板砖拍下去，老黑额角那儿便留下核桃大一块儿难以磨灭的印记。

出了这档子事，老黑觉得没脸在城里待下去了，要到乡下去住。当然这只是原因之一，老黑觉得在城里住着憋气，闷，和农村实实在在的花鸟待在一起，创作生涯也许会有一个大的突破。好在老黑已经离婚，儿子跟前妻走了，这就给老黑留下了充分自由决定的空间。说走就走，老黑选择了湖桥镇。

老白

老白在湖桥镇也算是个能人，只是人长得太黑，像个非洲人似的。因为人黑，自小就不惹人待见，谁见了都说，这孩子，咋和他的姓反着长呢？日后咋找下媳妇呢？

老白人虽黑，心却透亮，他知道镇上人不待见他，就想活出个样子让大家看看，黑咋了？我比你们活得自在！老白三十多岁了还没说上媳妇，见一个黄一个，见两个黄一双，为啥？太黑，正常人没这个样子。老白也不急，每次相亲后，都要在心里狠狠说一声：走着瞧，日后我要让你们这些薄眼皮的悔青肠子！

老白租下三十亩地种起了大棚菜，不出五年，竟成了湖桥镇首富，腰包鼓得啥似的。很快，那些嫌老白黑的姑娘托人上门说亲，情愿一分彩礼不要，嫁到老白家。老白说，凡是以前见过的姑娘我一个不要，眼皮太浅。很快，老白就找了个二十三岁的姑娘，把婚事办了。结婚当天，他对妻子说，以前谁都看不起我，嫌我黑，黑咋了，有能耐才是最最重要的。而后宣布，咱搬到城里去！

　　老白买的是老黑家的二手房。

　　老黑呢，在湖桥镇买的是老白家的二层小楼。两个人的房子作了互换，谁也不找谁钱，吃亏便宜也就算了，各得其所，便是各有所值。

老黑和老白

　　老黑在乡下，老白在城里，老黑每日携了画夹，画鸟，画花，画草，画新房，画老房，也画镇上的姑娘。这一切画遍，老黑渐渐觉出了枯燥。不但是没啥可画的那种枯燥，而且是没着没落、无根无底的那种枯燥。躺在湖桥镇的木床上，老觉得无滋无味，人生虚度，整夜整夜睡不着，老想过去城里的日子，那日子才是属于老黑的，才是老黑想过而且应该过的日子。老白呢，在城里的新鲜劲儿也已过去，城里也没什么好呀，不就是车多点，人多点，楼高点，路宽点嘛，哪有湖桥镇有山有水得劲。再说，城里有钱人多的是，自己那点钱在这里狗屁也不是，哪像在湖桥镇被人众星捧月一般舒服？老白也失落，也难受，想回他的湖桥镇了。

老黑和老白又一次碰面，是在城里某家饭店的餐桌上，吃着火锅，喝着二锅头，各诉衷肠。老黑说，老白，我还想回城里住，你呢？老白说，我在城里也住不惯，想回湖桥镇。老黑说，那咱重新把房子换回来？老白说，行，我早想这样了，怕你不同意就没张口。

两人一拍即合，当即找来纸笔，写了互换协议。

老黑又回到城里。

老白又回了湖桥镇。

（选自《百花园》2012年第6期）

我在照片中的位置

我这辈子最亏，提拔没我的份儿，副高职称被人挤占，请客吃饭坐下位，打水扫地拖地倒是一次不落。这些都不说了，说起来气人。就说照相吧，我一次也没往中间坐过、站过。单位欢迎新领导就职，欢送老同志退休，中间位置当然没我的份儿，人家局长、处长一大堆，哪里轮得上我坐中间？战友聚会，同学相聚，非官方的吧，可我还是不能坐中间，人家现在升任师长、团长了，你一个退伍的大头兵，好意思挤在两杠四星、两杠三星中间？咱生成的边角料，立到末梢，站到后排，那才是咱的位置。每次拿回照片，我儿子就揶揄我，说，爸，又是靠边吧？我没好气地说，咋，坐中间是你爸？站边上就不是你爸了？不就照个相吗，坐哪儿不一样？争那个干啥？

嘴上这样说，其实心里不平衡，不是滋味。别人可以坐中间，我为什么就不能呢？

不平也好，不是滋味也罢，都得认，不认不行，谁让自己不争气，五十大几了还是个小科员。

前年夏天，我有一次照相坐中间的机会，可还是没有坐成。我一个老同学从澳大利亚回来，酒足饭饱后，大家在酒店大堂合影。大堂很气派，假山陡峻，清泉徘徊，修竹掩隐，的确是个合影的好地方。照相时，从澳大利亚回来的同学当然是坐正中位置。他把我拉到他身边，一只手搭到我肩膀上。同学和我是发小，一块儿住筒子楼，一块儿在花坛里玩儿尿泥，上的同一所幼儿园、同一所小学、同一所初中，高中毕业，同学到国外接受姑母的遗产留在澳大利亚。他这次回国，第一个给我打电话，我再打电话联系其他同学，才有了这次聚会。可聚会一开始，大家似乎把我忘了，甩到一边去。过去的班长、班副、委员们，一个个人五人六的，倒成了主角，把我晾在一个偏僻的角落。

坐在中间位置，感觉的确不一样，和坐在边角末梢完全是两码事，不由自主地，一种豪气油然而生，身子不由挺得笔直。我把左腿压到右腿上，脚尖一上一下来回晃悠。正美滋滋地得意着，班长走过来，附在我耳边说，老李，外边有人找。我跟着班长出来，一个人毛也没见。我问班长：谁找我？班长直言不讳，说，没人找。我说，你神经啊，没看到要照相了，还开玩笑？他笑笑说，谁跟你开玩笑！然后指指我适才坐的那个位置，回头看去，一个富富态态、满脸官相的胖子早已坐在那里，和我那个发小挨着。我明白了，发火了，恨不得在班长的马脸上甩一耳刮子！好不容易逮着次坐中间的机会，让这龟孙给揽了个无影无踪！可再看一眼顶替我坐中间那个人，我马上气就短了，人家是谁？咱是谁？还是一边待着吧。

斗转星移，日月交替，我终于又熬到一次照相坐中间的机会。

今年五月，我办理了退休手续。单位郑重其事为我开了欢送会，会后合影留念。单位就我一个退休人员。中间位置当然非我莫属了。一大早，我打扮得周吴郑王，洗净头脸，刮净胡子，上了发胶，还从箱底翻出一条红底白点领带，戴好，站到镜子前很是打量了一番。左看右看，都挺像那么回事儿，都像个人物。

照相地点在单位的花坛边。这时候，月季花正开得红黄粉白，姹紫嫣红。前面摆了一溜凳子，空着，还没坐人。我来得早，心安理得地站在一边，反正中间位置是我的，急什么。

人们慢慢来了，先是领导，后是处室，接着是各科的头头，没多长时间竟把凳子坐满了，没剩下一个空位。领导向我招招手，说，老李，来来，坐呀。我尴尬地站着，不知道我该坐在哪里。领导吩咐：去，再搬把椅子。椅子搬来了，放在最边上。

还是边上！

领导见状，恼了，呼一声站起来，把我往他身边拉！我挣着不去，没有位置，去了坐哪儿？办公室主任这才把人往边上撵，腾出中间的位置，领导拉着我坐下了。

咔嚓一声，快门响了，我的泪也唰一下下来了。

隔了两天，办公室主任打我的手机，说，老李，实在对不起啊，那天照相机出了点问题，照出来的是一张白板，得重照。

我说，还照个啥呀，不照了！

（选自《百花园》2012年第8期）

流行谎言

　　时钟刚过22点，叶俊秀就打算睡觉，这是她多年养成的习惯，早睡早起。因为她必须凌晨5点准时起床，蹬上三轮到她承包的地段去扫马路，然后赶往一户姓刘的人家，给一个老太太做午饭，顺便抹桌、拖地、洗衣，清理卫生。

　　这时，放在茶几一角的手机响了起来。都这时候了，谁会来电话呢？叶俊秀心里嘀咕着，翻开手机盖一看，是儿子的电话，心里不免有些紧张。叶俊秀的儿子叫董欣，在杭州一所大学读大三。一般情况下，为省电话费，董欣一个月来一次电话，电话内容主要有两项，一是问候一下妈妈，二是要当月的生活费。

　　儿子上次来电话的时间是上个月30号，当月生活费已打到他卡上，仅仅相隔10天，又打来电话，一定是出了什么事！

　　叶俊秀颤抖着手按下通话键，儿子的声音便从千里之外传送过来。儿子喊了一声妈——

　　叶俊秀忙问儿子，钱不是打到你卡上了吗？没收到？儿子说，收到了，我打电话不是要钱，是……

　　叶俊秀是个急性子，打断儿子，说，快告诉妈，出了什么事儿？儿子说，没事儿，我会有什么事儿呢？只是……只是……

叶俊秀见儿子吞吞吐吐的，更急了。现在外面世界乱，二十来岁的儿子孤身在外，难免碰上什么事儿，他一个孩子，无法应付也在情理之中。叶俊秀忙问儿子，只是什么？不管事大事小，说给妈，妈给你想办法。儿子却说，妈，真的没事儿，只是……

儿子话没讲完，电话里先是一连串嘟嘟嘟的声响，之后便没音了。

叶俊秀断定，儿子一定出事儿了，而且不是小事儿，凭儿子的个性和脾气，不会这么晚来电话。

放下电话，叶俊秀一直处于惴惴不安之中，一夜基本没怎么睡。咋能睡得着呢？她就这一个儿子，丈夫丢下她和儿子早早走了，儿子便成为叶俊秀的希望。如果儿子出事儿，她还怎么活得下去？

叶俊秀不停拨打儿子的手机，拨到第21次，儿子电话还是处于无法接通状态。

叶俊秀决定，马上赶往杭州，天明就出发！

叶俊秀是在宿舍里见到儿子董欣的，儿子刚刚吃过午饭，和几个同学一起正聊得一塌糊涂。见了叶俊秀，儿子脸上浮现一抹诡异的微笑，他问，妈，你怎么来了？叶俊秀说，你出了事儿，妈咋能不来？同学们面面相觑，齐问董欣：你出事儿了？出了什么事儿？叶俊秀说，儿子，你就别瞒着妈了，说吧，事大事小，妈给你顶着。儿子说，妈，真没什么事儿，我会出什么事儿呢？叶俊秀还是不信，说，没事儿你打电话干什么？董欣不好意思地笑笑，说，我……我……是想给你放假，让你到杭州来玩儿几天。叶俊秀说，你小子，明说呀。董欣说，你那脾气我还不知道？明说了，你舍得放下工作来旅游？我马上大学毕业，要离开杭州了，不陪你看看西湖，看看灵隐寺，我这儿子当得也太没良心了。

董欣一番话，说得大家眼睛潮潮的。

叶俊秀眼睛也湿了，吧嗒一下，泪就落了下来，说，算你小子有良心，心里有妈，可你个小兔崽子知不知道，这一趟耽误妈多少活儿？叶俊秀又对大家说，你们千万别跟他学，骗人骗到老妈头上了。

那一群同学却都说，咱也赶个流行，骗老爸老妈一把。

（选自《故事家》2012年第9期）

画里画外

男人失意的时候喜欢找个清静的小饭馆，要上一盘油炸花生米，或是要一盘蒜泥拌黄瓜，再弄一瓶"老村长"，捏着小盅，一口一口地喝小酒，把"老村长"抿得吱吱响。喝多了就哭，泪水一嘟噜一串，泉涌似的，噼里啪啦，落在面前的菜盘里，砸得花生米噗噗响。一瓶"老村长"见底，男人把瓶子颠倒过来，瓶口对着嘴，倒出最后一滴，喝了，趴在桌上睡过去了。

男人的运气不是太好，一生失意多，成功少，生意做得坎坎坷坷的。前不久，公司的流动资金被骗了个精光，成为别人的囊中之物，催要账款的客户把他家围得水泄不通。男人乘着夜色溜出来，躲进女朋友家里，住进她那间不足20平方米的闺房。

女人是个好女人。人长得好，心地也好。为男人铺好床铺，倒上一杯热茶，撩撩头发，大气地说："不就是几十万块钱嘛，多大的事儿！你给我记住，男人不能随便趴下，趴下了，再站起来可就难了。"

男人仰脸看着她，泪眼凄迷，眼珠子红得出血。他说："道理我懂，可没了资金，生意怎么做下去？"

女人什么也没说，打开壁柜，取出一幅画交到男人手上。

她说："这是我父亲留下的，是明代画家徐渭的《墨兰图》，不说价值连城，却也足以重新启动公司的业务了。"男人接过画，展开，细细看过，收了起来。他说："这是你送给我的最宝贵的东西，不在于它价值多少，而在于你对我的这份情义。"

男人的公司倒闭了，所有资产用来偿还债务。躺在出租屋冰冷的木板床上，他抱着那幅《墨兰图》睡了一个晚上，便把它存放在一个隐秘的、不为人知的地方，开始了长达5年之久衣食无着的生活。就在男人穷得几乎穿不上裤子的时候，女人提出要和他结婚。女人说："咱们结婚吧。"男人说："不，我不想让你跟着我受苦。"女人二话不说，拉着他去了民政局，把结婚手续办了。晚上，两个人躺在简陋的婚床上，女人再次提出让他把画卖掉，以便东山再起。他重重地摇了摇头，说："公司要办，但我不会卖掉《墨兰图》，那是我们爱情的见证啊，我要把它传给我们的孩子。"

男人的成功是在又一个5年之后。几经打拼，他创立的大众盒饭公司业务几乎覆盖了整座城市，身家过亿。

男人大富大贵了。灯红酒绿，纸醉金迷，男人有了新欢。她小女人二十来岁，小巧玲珑，善解人意，把男人哄得团团转。男人在城郊一个环境幽雅的小区，为她购买了一幢别墅，出双入对，双栖双宿。他的妻子——那个当初送画的女人渐渐淡出了他的视野，成为过去，成为遥远的记忆。

一天，女人打电话把男人约到小饭店，临窗坐下。男人脸红着，看着女人。女人老了，瘦了，不再好看了，高耸的颧骨下是两片黑黑的暗影，显得沧桑而忧郁，让男人有一种相逢成陌路的感觉。

他为她倒了一杯开水，放在手边。她没喝，淡淡地说："现在，你把画还给我吧。"

"画？"男人迷惑不解，"什么画？"

女人的脸色变得晦涩黯淡，眼眸里仅有的少许光亮也在瞬间消失。她说："那年公司的流动资金被骗，我送你的那幅《墨兰图》。"

男人站着，拧紧眉头想了好久，右手在额头上连连拍了几下。送画的事倒是想起来了，可他竟想不起那幅画放在什么地方了。女人站着，静静地，看着苦苦沉思的男人。女人朝饭店老板招招手，说："来一盘油炸花生米，一盘拍黄瓜，要多放蒜泥。还有，来一瓶'老村长'。"

男人突然间像被雷打一样怔住了，泪水哗一下流了下来，落在盘子里，砸得花生米噗噗响。男人拉起女人走出饭店，拉开车门，说："上车。"

女人怔怔地问："去哪儿？"

男人说："咱回家……"

（选自《微型小说选刊》2012年第21期）

大　眼

　　大眼是范祚义的外号，他和我是同事。大眼的眼不但大，还黑，远远看去，你所看到的大眼便只有眼了。

　　初进单位，我一直把大眼叫范老师，我一叫，同事们就笑话我，说，范老师范老师，烦不烦哪你？我说，那叫他什么？同事说，你看看他那双眼不就明白了？可我不敢叫他大眼，我一个新人，咋能叫人家外号呢？一天，有个什么会让范祚义参加，通知时我给忘了，直到会议即将开始，才想起这码事。于是，失急慌忙跑进他的办公室，我说，大……"大"字出口，才知道叫错了。范祚义见我窘态毕现，先自笑了，连忙为我解围，说，大什么大，叫大眼。这是我第一次叫他大眼，也算为以后叫他外号做了铺垫。

　　大眼眼大，而且黑，而且亮，招惹得单位的小姑娘脸热心跳，看见他那双眼，心里就像塞了一团乱草，不看吧，想看。看了，心里乱乱的、慌慌的，手都不知往哪儿放了。她们跟在大眼屁股后，大眼长、大眼短的，聊得热火朝天。大眼呢，脸仰着，看天上来去聚合的浮云。姑娘们急了，说，大眼你倒是说话呀。大眼便轻慢地嗯上一声，算是作答。计财科那个叫小雨的姑娘，为这双眼神魂颠倒过好一阵子，天天在我们科室走廊上，为的就是看大眼那双眼。

单位里，最不待见大眼的，是那群年龄相差无几的小伙子。严格说，这些人的不待见其实是妒忌，你眼那么大，不就显得我们眼小了？不好看了？逮着机会便痛痛快快揶揄大眼一番：我说大眼，你个大男人，眼长那么大干啥？专门勾女人？大眼说，你这话说的，眼大眼小，是父母给的，我自己能当这个家？

后来，那些小伙子就不妒忌了，小眼同事一个个先后结婚，出双入对，过起了热乎乎的小日子。结婚早些的，孩子满地跑，抱着腿会叫爸叫妈了。大眼还是单身，独来独往，光棍一个。

29岁的大眼早已风光不再，屁股后没小姑娘跟着，也不再傲气地仰头，去看天上的浮云。上班时，大眼尽量溜着墙根走，低眉耷眼，踩着自己影子走，偷了人似的。一到单位，咔吧一声锁紧房门，整整一天不露面。过去妒忌大眼的同事反倒急了，反过来为大眼的婚姻忙乎，跑前跑后，为大眼介绍女朋友。可说来也怪，介绍一个黄一个，介绍两个黄一双。大家不明白，咋了这是？小伙子长得不错呀，人大树高，眼又那么大，那么好看，咋就没姑娘愿要呢？计财科那个曾经迷大眼的小雨透露了玄机。她曾把大眼带到家里，她妈一见大眼，把摆上桌的七碟子八碗立马撤了，说，我累了，睡午觉去了啊。这就是逐客了，不同意了。大眼走后，小雨悄悄问她妈，怎么了这是？这不一帅哥吗，咋就不愿意呢？她妈说，因为他那双眼。小雨说，眼咋了，多迷人呀。她妈说，你是不是被他这双眼迷住的？小雨点点头，说是。她妈说，那双眼能把你的心搅乱，就不会迷了其他女人？日后少得了乌七八糟的事儿？

这就叫成也萧何败也萧何。

年底，办公室调来个小姑娘，叫方静，未婚。男女同事极力撮合，方静就和大眼黏上了。可方静老犹豫不决，心里不踏实：既然大眼这么标致，这么优秀，咋到了29岁还没女朋友？

　　一天下班后，方静拖延着没走，她说，李姐，你给我说实话，大眼这人到底怎么样？我说，不错呀，人品好，长得也帅，怎么了？方静说，既然这么优秀，他怎么一直拖到现在……我说，你看到大眼眼睛深处的东西了吗？方静摇摇头。我说，他那双眼就像大山深处的水潭，干净、单纯，和婴儿出生时没什么两样。这样的人，根本不用担心他会花心，会背叛爱情。

　　方静笑了，说，李姐，我再问你一个问题，你们年龄相当，当初你为什么没有选择大眼？我苦笑，说，错过了。

（选自《小说月刊》2013年第2期）

黄　月　亮

　　孙钊逮兔子用得最多的是枪，那种装火药铁砂的土枪。发现兔子在草棵里卧着，孙钊平端土枪，先是大吼一声：跑喽。

　　兔子受了惊吓，后腿一蹬，一跃而起，蹿起一米多高。这时，孙钊把枪杆一顺，扣动扳机，砰一声枪响，跃到空中的兔子便像断线的风筝，啪一声落到地面上。孙钊不急着去捡兔子，拧上一袋旱烟，美美地吸着，不紧不慢走过去，捡起，用一根细绳绑到枪管顶端，然后背着回村。

　　孙钊家在村子北头，从东岗山下来有两条路可走。一条，直插村子南头，往北穿过村街；一条，下山后直接往北，再西拐，翻过一条大沟回家。选择哪条路线回家，完全依孙钊当天逮兔子的战果而定。如果打到了兔子，孙钊必然穿街而过，而且，必然要等到大家吃饭时回家。

　　那时候，全村上百口子男女老少都坐在街两边，一手端碗，一手拿馍，喝汤、啃馍、夹菜。孙钊走过来了，长长的枪杆上挑着一只或者两只兔子，雄赳赳气昂昂，一股英雄得胜还朝的气派。人们便和他打招呼：孙钊，你家伙行呀，打着兔子了？孙钊得意地笑笑，取下枪上的兔子撂过去，像扔一件废弃的物件，说，拿去，让孩子解解馋。孙家沟二十六户人家，除了孙武，

134　　　　　　　　　　　　　　　李培俊纪念文集

家家都吃过孙钊打来的兔子。今天给你，明天给他，全村人吃过一遍，再从头轮起。可他没给过孙武家一只。几年前，两家为了一垄麦子的归属争得面红耳赤，甚至动手打起来，结下不大不小的仇怨。孙武一家吃不到孙钊的兔子也在情理之中。

后来，枪支管理严了，收缴了，孙钊逮兔子便改成下套。提前踏勘兔子的活动区域，查看兔子细小的脚印，循着痕迹寻到兔子窝，在地上砸好木桩，固定好尼龙绳绾成活扣，然后到自家地里干活儿。该锄地锄地，该间苗间苗，到晌了，该回家了，这才去收套子。兔子也很精明，出洞前总要探头探脑打探一番，确认没什么危险，才小心翼翼钻出来，外出觅食。孙钊比兔子精明多了，总能让它们在不知不觉中钻入设下的圈套。

孙钊也不是每次都能逮到兔子，空手而归的时候居多。没逮到兔子，孙钊回家时决不走村街那条路，嫌丢人。下山后他直接往北，翻过那条又深又陡的沟，从一条狭小的过道穿过，悄没声息地回家。

这两年，孙家沟的兔子越来越少了，孙钊无功而返的次数多了，三五天逮不到兔子是常有的事儿。孙钊回家的路线，只能是翻越那条深沟，弄出一身的水，沟坡上的棘针把衣服挂得稀巴烂。老婆说，没逮着就没逮着呗，这有啥丢人的。天黑成那样，也不怕摔着？孙钊没吭声，摆摆手，叹了口气。

这天，孙钊翻过那道沟，头刚刚露出沟沿，却见孙武立在沟边上，递给他一支红旗渠香烟。孙钊问，有事儿？孙武扭扭捏捏说，兄弟，求你个事儿行不？抬手不打笑脸人，孙钊说，你说。孙武说，那年的事儿是哥错了，不该把你推到路沟里。孙钊说，过去这么多年了，还提那陈谷子烂芝麻干啥。孙武说，是这样，我爹他不是病了吗，吵着要吃兔肉，我要给他买，他不要，他说，非吃你打的兔子不可。你看……

孙钊说，你早说呀，不就一只兔子吗？你等着，逮着了我立马送过去。

第二天，孙钊一早便上了山，在兔子窝边分别下了四个套子，双手袖在袖筒里，在一个背风处坐下。大冷的天，小北风刮得呜呜响，直往脖子里灌，不一会儿，手和脸就冻木了。孙钊老是想，孙武他爹为啥非要吃我逮的兔子呢？饭店里有卖的呀，和我逮的有啥两样，不都是兔子吗？不一个味儿吗？想来想去的，孙钊就想通了，老人这是想让两家和好，一个村子住着，一个老奶奶肚里爬出来的，青脸红脸的有啥意思。

中午，孙钊看了一遍套子，空的。兔子好像故意和孙钊作对，全猫在窝里偷着乐，偷着笑。孙钊有些发急，嘟嘟囔囔说，他娘的，我还真不信这个邪了！

孙钊到底没逮到兔子。每天，孙钊早早出门上山，很晚才从山上下来。回家时仍是下山朝北，翻沟回家。这天下了一场小雪，太阳把雪晒化了，泥土黏糊糊的。那条沟是孙钊翻惯了的，熟得像自家这屋进那屋。就在孙钊快要爬上沟顶时，一脚踩上烂泥，从沟顶滚到沟底，头磕到一块突出的石头上。

孙钊倒下时，天一下子放晴了，冷月探出云层，光晕微黄，像山上兔子身上的毛色，有一种暖暖和和的味道。在地上躺着的孙钊想，他娘的，咋回事儿呀，月亮不是白的吗，咋成了黄色呀？

（选自《百花园》2013年第5期）

相　亲

　　长到28岁，究竟相过多少回亲，我自己也记不清了，见的姑娘不计其数，可一次也没成。这么大了还没娶下媳妇，在我们那个小城里是很丢人的。和我一般大的同事朋友，孩子都追着屁股喊爸喊妈了，那嫩嫩的、脆脆的、奶声奶气的叫声，我听着就心痒。

　　要说，我也不缺胳膊不少腿，一米七五的个头，方脸大眼，往那儿一站，不说玉树临风却也人模人样。可婚姻一直不透，说一个黄一个，说两个黄一双。过去老是我看不上女方，嫌对方眼小了，个儿低了，腿短了。那时，我家处在"三十年河东"的上风头，两个厂子，一个酒楼，进钱门路哗哗的，自然有条件有资格挑三拣四。每次相亲回来，我妈点着我的额头，使劲摁那么一下，说，兔崽子，你就捏吧，看你能捏到七老八十！捏，是我们小城的方言，就是过分挑剔的意思。我说，她眼小，不好看。我妈说，好看能当饭吃？我说，她腿短，个子低。我妈说，竹竿高，能当媳妇吗？只要人好心好就行了。

　　当然我也不是一个没看上，有。二小的教师，叫如芸。在城外的小公园，人家往那儿一站，我眼前先是一亮，接着便呆住了：绿草、红花、连衣裙，亭亭玉立的，很是惹人。我当时想，就是她了！我把我家的厂子、酒楼、别墅、小车说给她听，黄河流水，滔滔不绝，并把一张报纸铺在草地上，让那个叫如芸的姑娘坐。人家权当没看见，把脸仰得高高的，看天，看云彩，一张脸承接着天上不热不凉的阳光。看了一会儿，她说，我还有别的事儿得先走了。我忙说，能把你的手机号码留给我吗？她说，我没手机。我说，家里座机也行。她说，什么机都没有。很轻蔑。就在她掉头准备离开时，白色的小坤包里传出手机彩铃《月亮代表我的心》。至此，我才明白，这是剃头挑子一头热了，人家压根就没看上咱。

现在不行了，我爸被一个骗子骗了，家业全撂进去不说，还欠了一屁股债。到了"三十年河西"的下风头，轮到人家看不上我了。

昨天二姨来我家，兴冲冲地对我妈说，姐，我这回给咱小三找了个好茬儿，二小的教师。小模样像是画上走下来的，明天去看看？我妈比我还激动，大腿一拍，行，明天让小三去相相！

我一听也乐了，我和二小还真有缘分，前年相了个二小的，时隔两年，相的又是二小的。见面地点是女方定的，还是城外那个小公园。天没明我就早早爬起来，精心打扮自己，收拾出一副十分时尚的样子，水磨牛仔裤，米黄色夹克，白得耀眼的衬衫。皮鞋昨晚上好了油，一小轮乳色天光在鞋面上跳荡不定。走出屋门，我妈的嘴就咧成了红菊花，点点头说，嗯，小兔崽子打扮起来还真有个人样呢。

两年多没来，小公园变化不小，花多了，草厚了，小树长高了长粗了，铺了一地绿荫。我刚到不久，女方也来了。两人一照面我就愣了一下，还是那个如芸！她也认出了我，也是一愣，说，怎么还是你？我说，可不是咋的，还是我。我说咱权当故地重游吧。她笑了，笑得比那次好看。我像两年前那样在地上铺了报纸，让她坐。她这回没看天，没看云彩，而是看我，看了大约两分钟，抱着腿坐了下来。这次我说的还是厂子、酒楼、小车和别墅，不过都给了别人，还债了。她却把话题岔开，说，你都长胡子了。我说，人长了胡子会不跟着长？她摸着旁边一棵小树，说，是呀，我记得第一次见面，这些树才刚杯口粗，现在都这么大了。

我其实对这次相亲没抱什么希望，有厂子有酒楼有车有别墅的时候人家看不上，现在咱凭的什么呀！

坐了一会儿，我说我还有别的事儿，得先走。如芸说，你今天不是来相亲的？我说是，可我已经知道了结果。她笑笑说，再坐一会儿吧。

这一坐就坐到太阳西斜，午饭也忘了吃。告别的时候，如芸问我，你也不问问我的手机号码？我说，你不是没有手机吗？就是有你也不会留给我。她说，我有，我会。接着，她说出一串号码。

我把号码存到手机上，按了发送，《月亮代表我的心》的彩铃就在她小包里响了起来。

（选自《传奇故事》2013年第5期）

演　员

　　我居然也当了一回演员，火火地玩了一把，真痛快！

　　说来也巧，那天，我到税务服务大厅上税——我自己开了个小工厂，生产醋酸乙酯，每月都要按时交税。

　　每次进了大厅的旋转门，没到服务窗口，不管是刚刚和老婆吵了嘴，还是在客户那里受了气，我都要把面部肌肉调整到最佳状态，一张脸簇成一朵花，嘴角咧开，眼睛眯起，对着门口镜子试笑一下，自认为可以了，才敢走近服务窗口。管上税的那个小刘太难说话，别看小小的一个人，和我儿子的年龄差不多，可说话不好听。报表填得不清楚了，写的字不规矩了，找你一堆的毛病。最气人的一次是，他说那个"8"字下面的圈画得不够圆，硬是让我又回厂里换了张表，再写时我把那个"8"字练了整整15遍，才在报表上落笔。

　　我知道怎么回事儿，这小伙子是嘴馋了，想喝酒了。想喝就明说呀，咱找个饭店，弄上一斤不就得了。可人家不说，黑着脸像训斥孙子那样给你来一顿，还得跑来跑去来回折腾。

　　可咱归人家管，有什么办法？

　　有了以往的教训，我这回把报表填得规规矩矩、清清楚楚，像小学生写的作业。我去时小刘的窗口没人，电视台记者掂着摄像机等在那里，一个副局长也在。见了我，小刘像见了救星，笑着，大老远先喊了声老李，接着递过来一杯热茶，问我，交税？我受宠若惊，忙也挤出笑脸，就往窗口那儿走。副局长却把我拉住，说，先别忙，先别忙，今天得让你老李帮个忙。我说，我会帮你什么忙呢？副局长说．今天你就给咱扮个胡搅蛮缠的主儿，和小刘吵一架。我明白怎么回事儿了，说，我天生胆小嘴笨，从来都是被别人胡搅蛮缠的。您还是找别人吧。小刘脸色有点不好看，说，不会吵也得吵！

小刘发了话，我不敢违背，于是就对着摄像机和小刘吵了。在进门时我脸上的肌肉已经调整到微笑状态，一时半会儿还真调整不过来。电视台的人说不行，你要真吵，什么话难听你说什么，怎么难听你就怎么说。好，再来一遍。

我说，你们等一下，让我调动一下情绪，演员拍戏前不都得调动调动情绪吗？

摄像机又对准了我和小刘，以前那些往事就都涌了上来，不由得怒从心起。我说，你小刘他妈的太不像话，一个"8"字让我跑了几趟？隔三岔五地找麻烦。还有你那张脸，总黑着，像我欠了你二斗黑豆钱，我凭啥要看你的脸？你以为你那是大姑娘的脸，好看？今天这税老子不交了！

小刘却一直笑着，接过报表，一再给我解释，老李你不要在意啊，咱们是税务局，报表就得填好，填规矩。然后还说了一大堆好话。我没得到过这种待遇，泪巴子差点就下来了。我不再说啥，把表递进去，顺顺利利把税交了。

好！好！记者喊了一声OK，说，看看人家税务局，对客户多耐心，多有涵养。可我，大冬天的，头上浸出一层汗水。副局长递过来一条新毛巾让我擦汗，我没接，而是返回小刘的窗口，对小刘说，我刚才的话可都是不算数的，是你们要我这样的，你大人大量，可不能往心里搁啊。小刘似乎也笑着，但看上去有点勉强。

办完事，副局长说，老李，你演得可真像啊，我看你干脆改行得了，去当演员，说不定能拿个金鸡奖啥的。我笑笑，心里说，你们才是演员呢！

我想让电视台的记者跟我到工商、城管的服务厅也去一趟，让我再扮一回胡搅蛮缠的人，出出胸中多年的恶气。可我知道，记者今天不采访他们，也不需要我这个演员。

（选自《传奇故事》2013年第5期）

明　星

　　明星还不是明星的时候，是县话剧团的一般演员，演群众甲、群众乙，或者匪兵丙、匪兵丁，没有正儿八经上过角。明星这个人太入戏，太情绪化，分不清戏里戏外。作为演员，这就可怕了，可悲了。

　　明星进团不久，正碰上团里要排演一出反映伦理道德生活的大戏。团长正为选角发愁，见小伙子有模有样，口齿伶俐，吐字清晰，又是戏校毕业，双手一拍，说，这个乡长就是你了！

　　这出戏并不复杂，讲述的是一个农村老太太，丈夫早年去世，千辛万苦把两个儿子拉扯成人。母亲老了，两个儿子却不养老娘，把老太太撵到村外四处透风的机井房里，衣食无着，受尽煎熬。村民看不过去，找到乡长，要他给儿子做做工作，把老人接回家去，负起赡养老人的责任。两个儿子经乡长一番教育，幡然悔悟，高高兴兴把老人接回家中。

　　当演到老太太向乡长哭诉时，明星比老太太哭得还痛，鼻子一把泪一把，竟忘了这是在演戏，搀起老太太就向后台走，说，大娘，他们不养你我养，住到我家去，我把你当亲娘待，天冷给你做棉袄，天热给你扇扇子……饰演老太太的演员立马愣在当场，这唱的是哪一出呀，剧情不是这样安排的呀，一时竟不知如何接戏。全场顿时一片哗然，拍凳子吹哨，嘘声连连，一场好戏让明星给演砸了。

剧团再也不敢让明星上角，这样的演技，这样的水平，连打旗跑龙套的资格也没有，打扫剧院、整理幕布去吧！所以，剧团改制瘦身时，明星第一个被扫地出门、另谋职业也就不足为怪了。

失业后的明星照样需要吃饭，需要穿衣，需要生活。活人不能让尿憋死，明星求爷爷告奶奶，托人在某单位弄了个看大门的职位。

单位是个要害单位，常有人前来上访，找领导解决问题。上班第一天，领导交代明星说，千万别小看这个岗位，责任大了！你给我记住一条，不能放进一个上访告状的，要把他们拦在门外。比如说领导不在，开会去了。或者，领导到外地考察去了。编什么理由都行，哪怕说我死了也无不可，一句话，别让他们来烦我。

明星上班第三天，有个六十多岁的老人要进单位大门，说是要反映城中村改造问题，问领导在不在。明星犹豫了一下，说，不在，领导开会去了。老人看他这人实诚，说话还带脸红，便信以为真，抽出香烟让他一根。他没抽，夹在耳朵根上。那人走出好远，明星一颗心还在跳个不停。

之后，明星每天上班的第一件事，便是认真编造领导不在的谎言。明星是个率直人，编造这些谎言时，极是痛苦，可为了保住饭碗，痛苦也得编。一般来说，明星每天要编三个谎言。现在讲究事事有预案，领导不在的理由当然也不例外，人家今天来了你说开会，明天来了你还说开会，老拿开会一个理由应

　　　　　　　　　　　　李培俊纪念文集

付，谁信呀？

现在，明星历练出来了，加上原有的演戏底子，明星在讲述领导不在的谎言时，顺口而出，信誓旦旦，无懈可击，面不改色心不跳，说得相当顺溜。再加上明星生就一副憨厚相，大多上访的人被他唬了。

自明星上任门卫，单位领导的确省了不少心，过年时领导特意塞给明星一个不小的红包，说，小伙子干得不错。再接再厉，明年给弄朵红花戴戴。

然而，明星不干了，过罢春节，明星到话剧团去找团长。明星说，团长，让我回咱话剧团吧，回来演戏。团长说，不行，你不是演戏那块料，再好的戏也会让你演砸，别忘了那次。

团长你先打住。明星说，过去是过去，现在是现在，你咋拿老眼光看人呢？人是不断进步的嘛，我也一样。团长被缠不过，带明星去了排练厅，对导演说，给他个角试试。

令大家没有想到的是，明星竟然一炮走红，演什么像什么，演什么是什么，演局长时官气十足，腆着肚子，把脸仰到天上；演村主任时披件西装，不套袖子，晃晃荡荡，在台上优哉游哉；饰演乞丐……饰演工人……

明星成了真正的明星。一天，演出结束，走出剧院大门，正好碰上当门卫时那个告状的老人，他还认得明星。老人说，你不在单位看大门，咋跑到剧团演戏来了？明星说，我那是体验生活，知道什么是体验生活吗？老人说，怎么不知道，不就是跟着学呗。

（选自《百花园》2013年第6期）

男人游戏

　　于向前发现那个游戏很偶然，或者说是无意中的一个收获。于向前半月没回家了，不回家的原因是和妻子吵了一架，那架吵得，足可用天昏地暗形容。至于为什么吵，于向前第二天就忘得一干二净。怨他在电脑前坐得太久，老婆喊他吃饭没听到？还是他解手没掀马桶盖？抑或是他邋遢惯了，把饭粒菜汤落在桌子上没擦？妈的，怎么一点也想不起来？

　　想不起来就算了，想那些干什么，两口子拌嘴跟吃黄豆似的，咯咯嘣嘣，说来就来。于是，于向前在办公室打了地铺，反正天热，一条凉席，一条毛巾被，足矣。下班后，同事们走了，于向前草草吃点东西，进入了那家网站，看到了那个游戏。

　　游戏：张三是个成功的中年男士，有妻子，有儿子。妻子漂亮贤惠，儿子聪明可爱。一天，张三接到一个叫成瑶的女同学的电话，要张三参加同学聚会。问，假若你是张三，你怎么办？屏幕下方出现两个选择：去。不去。

　　（于向前：走出校门，大家天各一方，难得有个见面机会，一起聊聊，岂非一件快事！）于向前替张三点击：去。

　　游戏：成瑶是高三"级花"，也是张三的初恋，年近四十，却风采依旧，光艳照人，张三不由怦然心动。聚会结束，成瑶拿出名片递给张三。

选择：接。不接。

（于向前：傻子才不接。）于向前替张三点击：接。

游戏：数天后，成瑶打电话给张三，诉说她的婚姻不幸，她很伤心，要在郊外一个小山上结束自己的生命。

选择：阻止。不阻止。

（于向前：人命关天，还他妈的用问？）于向前替张三点击：阻止。

游戏：因为张三及时赶到，成瑶获救，十分感激张三，作为精神的寄托，成瑶不时给张三打电话，发短信。

选择：收。不收。

（于向前：既是好朋友，聊聊电话，收收短信又有什么？）于向前替张三点击：收。

游戏：成瑶离婚了，同时下岗了，求张三帮着找份工作。

选择：帮。不帮。

（于向前：人家日子过到这份儿上，不帮还是人吗？）于向前替张三点击：帮。

游戏：成瑶在张三帮助下找到一份不错的工作，收入十分可观。拿到第一个月工资，成瑶请张三吃饭。

选择：去。不去。

（于向前替张三发起愁来：去吧，孤男寡女吃饭有点暧昧；不去吧，又怕伤了成瑶。）于向前犹豫再三，还是替张三点击：去。

游戏：那天晚上，两个人都喝醉了，醒来时发现，两人赤裸着躺在一张床上。成瑶说，她绝不会破坏张三的家庭，不会提出非分要求，能和他好，就足够了。

选择：答应。不答应。

（于向前：生米煮成熟饭了，既成事实，不答应也得答应了。）于向前替张三点头答应。

游戏：成瑶对张三日久生情，逼着和张三结婚，张三不同意。成瑶闹上家门，大吵大闹。张三妻子得知丈夫有了情人，一气之下服毒自尽，幸亏发现及时，送到医院抢救。张三名誉扫地，亲戚朋友疏远了他。

选择：与妻子和好。和成瑶结婚。

（于向前：人常说，情人是鲜花，握在手里不想撒，老婆是麻花，饿了才会想到她。屁话！包老爷咋说的？家常饭，粗布衣，知冷知暖结发妻嘛。）于向前替张三点击：与妻子和好。

于向前自认他替张三的选择是正确的，可对话框马上出现一行字：裂痕如此之深，妻子不愿和好。显然选择错误。于向前暗叫一声，张三兄，对不起了。连忙返回，选择点击：和成瑶结婚。结果屏幕显示：成瑶对伤害张三的妻子十分内疚，拒绝了张三的求婚要求。

"游戏结束"字样是在于向前郁闷中出现的，接着，于向前看到这样一段文字：这是夫妻生活中最为危险的游戏，如果你是张三，那么，你的所有选择说明，你是个善良的人，乐于助人的人，但你混淆了友情和爱情的概念，伤害了亲人和朋友，最终酿成悲剧，毁掉了幸福……

于向前糊涂了，我他妈的到底是张三还是于向前？有家不回，蹭在办公室干什么？不就是吵架吗，不就是磨牙吗，多大个事儿！

于向前关掉电脑，打车去了那个叫作温馨花园的小区——他家在那里。

（选自《金山》2013年第7期）

笑靥如花

自从收养了那个弃婴，如花的日子一下子从天上落到了谷底。如花是在妇幼保健院门口发现那个弃婴的，那是如花上班的必经之路，如花见大门一侧的台阶旁边，放着用棉被裹得严严实实的弃婴。那天早晨有薄雾，料峭寒风吹拂着花色被褥，上面落了几片枯干的柳叶。如花以为，是谁家的被褥落在那里，于是近前，才知道是个弃婴。如花放弃上班，把弃婴抱回家中。

弃婴是个女婴，小脸粉白，五官端正，笑起来挺迷人，和如花有点相似——也许，这正是如花不顾母亲反对，极力收养她的原因之一。闲下来的时候，如花常常想，这么好看的小丫头，父母咋舍得丢下不要呢？直到一个月后，弃婴突然面色发紫，呼吸困难，急忙送进医院救治，如花才明白，弃婴患有先天性心脏病。

妈说，哪儿抱的送哪儿去！如花说，我不，小家伙冻坏了咋办？妈在政府部门工作，副处干了八年，正在上正处的紧要关头，突然冒出这种事，害怕别人瞎想，节外生枝，授人以柄。妈说，不是妈狠心，我见了这小家伙也心疼，可你得替自己想想，大姑娘带着个孩子让人怎么想？知道的呢，说是收养的，不知道的呢，不定编出什么难听话呢。如花还是说，我不。

　　　　　　　　　　　　　　李培俊纪念文集

如花说时，似乎在笑，很甜蜜的样子，两个小酒窝，像两朵这个季节的梅花，盛开在丰腴而光洁的脸颊上。其实，如花没笑，她就这种长相，笑时是笑，愤怒、悲伤、痛苦时也像在笑。前年父亲患癌症突然离世，火化时，如花心里苦痛，随父亲走的心思都有。可她脸上却是一副笑眯眯的样子。舅妈经过如花面前时，很响地呸了一口，以示不满。

　　妈的话当然有道理，而且十分充分，姑娘家的，带个孩子，怎么解释？现在的人遇事浮想联翩，没事说成有事，小事说成大事，你说是捡的就是捡的？没准未婚先孕，孩子生下来了，想法遮掩罢了。如花叹了口气，对妈说，要不这样，这孩子有先天性心脏病，咱把她病治好了再送走，行吗？妈答应了，她了解自己女儿，面善心慈，于是说，那就治吧。

　　如花的男朋友小司也是个豁达人，帮着联系省城医院，托关系找了最好的医生为弃婴手术。

　　做完手术已是下午四点，也就是说，七个小时，如花没有离开半步，没吃一口饭，没喝一口水，一颗心老悬着，七上八下落不到实处。直到手术做完，看到医生疲惫的脸上那抹笑意，如花悬着的心才落到肚里。

　　孩子手术非常成功，恢复得很快，养得白白胖胖，对着如花，不时绽出娇嫩的浅笑，那笑十分灿烂，笑得如花一颗心颤悠悠的。如花也笑，对着那张酷似自己的小脸，如花忘记了一切。

　　妈说，孩子的病治好，这回你放心了吧，抽时间把小家伙送走？如花说，等等吧，过一段再说。妈说，还等什么？你知道不知道，我在单位的日子很不好过，见人先解释，我家姑娘捡了个弃婴。人家面上没说啥，可那讪笑却是大有深意，意味深长，一定是认为我教子无方，做出丑事来了。

如花说，这些日子，我和小家伙处出感情了，妈，咱把小家伙养下吧。妈说，你说养下就养下？小司这关怎么过？如花说，那有什么，带着孩子出嫁呗。小司终于要和如花分手了，小司面色阴沉，一如当时阴霾的天空，能拧得下水来。如花和小司恋爱了三年，很是不舍。

因为她？如花指指怀里的孩子。

不错。小司说，你考虑过我的感受吗？

如花说，那就分吧，不爱孩子的人，有什么可留恋的。如花说得很痛心，即便是痛心，如花脸上仍是那副笑靥如花的样子。

如花抱着弃婴去上户口，填写婴儿姓名时，如花想也没想，写上"笑靥"二字。

（选自《百花园》2013年第9期）

假若时光能够倒流

徐巧是在广场东侧的花坛边碰到卢光晖的。那天天气不错，才六点多，太阳已经从东边冒出来，红红的，带着点金黄的味道，在广场四周的花圃里镀出一层色彩。卢光晖在赏心悦目的绿化带旁边打太极。卢光晖的太极拳打得相当到位，单腿提起，做了一个白鹤亮翅动作，十分优美耐看。就是这个动作，把徐巧的目光引过去了。于是，徐巧发现了卢光晖。

徐巧本来是路过，她在一中任教，教语文。上午没徐巧的课，完全可以赖会儿床，或者处理卫生，洗衣、网上溜达一圈。可起床后突然想起，尚有十几本作业没改。徐巧是敬业的老师，没做完的事儿决不后拖。于是，匆忙洗漱，匆忙下楼，赶往学校。再于是，徐巧就碰上了卢光晖。

刚开始，徐巧并没意识到，那个鬓角花白、腰部佝偻的男人就是卢光晖，广场上这样的人太多了，东一堆，西一群，现在的老人都很注意养生保健，这个多姿多彩的世界太诱人，谁不想多活些时日？卢光晖一套拳脚打下来，把右手举过头顶，左右快速转动几下。徐巧心里怦然一动，是他——那个曾教她高二的老师卢光晖！

时光在卢光晖脸上写满沧桑，脸颊那儿，有几片隐约的黑色斑块，胡子显然三天没刮，黄中显白，白里透黄。头发很乱，有几缕被风吹起……和昔日那个光彩照人、风流倜傥的卢老师不可同日而语。那时，卢光晖三十六岁，是那些懵懂的高中女生的偶像、梦中情人。而最让徐巧迷恋的，是卢老师那只手臂。正在板书，突然就举了起来，左右快速转动几下，好像衣袖之类的妨碍了板书。这个动作，卢光晖隔一会儿做一次，有时间隔三分钟，有时间隔五分钟，露出一截白皙匀称的手臂。其实，卢光晖的袖子并不长，也没到影响正常板书的地步，是和有人捋头发、喜欢摸耳朵一样的习惯性动作。

徐巧特喜欢卢老师这个动作，显得潇洒活泼，还有那么股快乐和随意。每当卢老师手臂举起的那一刻，徐巧便屏了呼吸，看着那截白皙清爽的手臂，便生出想在上面咬一口或者抚摸一下的冲动。

这截手臂，徐巧整整暗恋了两年。可徐巧是个自制力很强的姑娘，她的目标是一流大学，那点小儿女情愫，还是埋在心底为好。与此同时，徐巧也下定决心，终有一天，她要实现在那截手臂上咬一口、抚摸一下的愿望。如有可能，她会嫁给那个动作，嫁给那截诱人的手臂，以及拥有那个动作、那截手臂的卢光晖。毕业合影，徐巧耍了个小手腕，对蹲在卢光晖前面的许艳说，刚才经过门卫，好像有人找你。许艳走了，徐巧占据了那个距离卢光晖最近的位置。

四年大学上完，徐巧毅然回到母校任教。报到第一天，徐巧那颗心却由天上跌入谷底——卢光晖不在了，卢光晖下海去了南方。

之后二十年间，徐巧始终生活在那个动作、那截手臂——或者说是卢光晖的阴影中——不能自拔，三十八岁没嫁，成了名副其实的资深剩女。她期待着有一天，蓦然回首，卢老师出现在她的生活中。

现在，那个动作，那截手臂，在晨光里出现在徐巧面前。徐巧心跳如鼓，一抹红晕浮上脸颊。徐巧缓缓走过去，站到卢光晖面前。她说，你是卢老师？卢光晖愣了片刻，说，我是卢光晖，你是……？

徐巧有些悲伤，他竟不认识我了。不过也难怪，二十年了，七千多个日子，徐巧不再是那个扎着马尾辫的高中生，岁月把她雕琢成半老徐娘了。她叹了口气，说，我是徐巧，你教过我的课。卢光晖打量徐巧很久，这才一拍脑袋，说，瞧老师的记性，你当过语文课代表，对吧？徐巧的眼睛湿了，毕竟，他还记得她。两人在清晨的阳光里站着，说些别后的话题，又说了各自的近况。其间，卢光晖举过四次手臂，五指微屈，快速转动几下。举到第五次时，徐巧再也忍不住了，她说，老师，早上天凉，你不该把袖子卷起来。说着，借机为卢光晖放下衬衫袖子，手掌在卢光晖的手臂上轻轻抚了一把。当她白皙的手掌抚上卢光晖那截手臂时，她觉出了卢光晖皮肤的粗糙和老化以后的松弛，徐巧的内心，有一座大山突然坍塌，同时听到山石哗啦啦的碎裂声。徐巧匆匆收回手，告别卢光晖，在阳光里折转身子，踏上去往一中的马路。

走在路上，徐巧有种突然解脱的感觉，如释重负地吐出一口长气。

徐巧想，该把自己嫁出去了。

（选自《百花园》2013年第11期）

裂　缝

　　那条裂缝冯然早在10天前就发现了，但她一直没说，她要看看，那个同样躺在这张床上的樊颢啥时会发现那条裂缝。

　　那条裂缝在主卧西南角屋顶上，开始时有11厘米长，细细的，像条缓缓爬动的蚯蚓，末尾处折个小弯，隐入两墙之间的夹角。

　　冯然是在偶然中发现那条裂缝的。那天，丈夫樊颢没在家，到外市进行示范课交流。晚上没事儿，冯然和闺密小柔煲过电话粥，已是晚上10点，于是洗脸，刷牙，脱衣上床，于是，那条裂缝便进入了冯然的视线。冯然家住顶楼，为买这套房子，小两口倾其所有，还背着30年的按揭。3000元的月供，像个过于沉重的包袱，压得两口子气都难以喘匀。冯然算过，等还完这笔房贷，她已是58岁的老太婆了。

　　晚上睡觉，冯然暗示樊颢，发现咱们家有什么变化吗？樊颢反问，变化？什么变化？冯然说，你仔细看看咱家卧室。樊颢遍扫各个角落，一脸迷茫，说，没有呀。冯然本来想说那条裂缝的，手举起又放下。懒得说，没劲！

　　小柔邀冯然去家里喝咖啡。小柔和冯然是大学同学，毕业当天便披上婚纱，拉进豪华酒店，和五大三粗的开发商走进了

　　　　　　　　　　　　　　　李培俊纪念文集

婚姻殿堂。她当然有钱，当然有时间玩小资。

小柔住在高档小区，独立别墅，绿草如茵，卵石铺路，院子中央一株玫瑰，开得红火热烈。冯然的心便有些发酸，小柔是人，咱也是人，人家住的什么，咱又住的什么，人比人气死人。

见了冯然，小柔先笑了，说，你冯然可是大美女，怎么把自己打扮成这样？冯然问小柔，怎么了我？小柔说，看看你那身衣服，早过气了。冯然的脸色不那么好看了，起身要走，被小柔一把按住。小柔说，知道叫你来干什么吗？冯然没好气地说，要笑我呗，气我呗。小柔说，错，专门打扮我们的大美女。走，去银基，昨天为你看好了一款裙子，特适合你。冯然说，再适合也不行，正供房呢。小柔说，不听老人言，吃亏在眼前。当初怎么说你来着？男怕选错行，女怕嫁错郎。冯然苦笑说，嫁都嫁了，再说这个有意思吗？

分手的时候，冯然说起屋顶裂缝的事，冯然说，要说，小事一桩，不影响吃喝，也不影响睡觉。问题是，裂缝就在眼皮底下，樊颢咋就视而不见呢？小柔说，不就一条裂缝吗，多大个事儿，回头让我那口子派人给整整。

不知是小柔没说给老公，或者说了，老公没在意，反正，冯然家屋顶那条裂缝还在，清清楚楚，一目了然，扎得冯然眼睛生疼。

好长一段时间，小柔和冯然进出咖啡馆，出入专卖店，喝咖啡，买衣服，小柔一套，冯然一套。每次买了衣服，喝了咖啡，冯然的心便七上八下：还是嫁个有钱的老公好啊。时间一长，冯然和樊颢的关系有些淡了，远了。虽然，樊颢还和以前一样，下死劲教高三的英语，ABCD说得顺顺溜溜。

这天，小柔打电话给冯然，小柔说话带着哭腔。冯然就问，怎么了你？小柔起初不说，问得急了，小柔哭了起来，说，我家也有裂缝了。冯然说，这怎么可能，你家住的可是高档别墅，你老公又是搞研发的，让人修呀。小柔说，裂缝太大，修不好了……

之后，再没了小柔的消息，手机变成了空号。小柔去了哪里，没人知道。冯然去过小柔家那栋气势恢宏的别墅，已经没有人了，房前精致的小院落，野草丛生，枯叶遍地，那株火红的玫瑰，也没了往日的娇艳，几片枯黄的叶子吊在梢头，夕阳里上下飘荡。

晚上睡下后，冯然说，咱家墙上有条裂缝。樊颢就问在哪里。冯然指给他看，樊颢笑了，说，我早发现了，已经和物业打过招呼了，他们明天来修。冯然说，能修好吗？能修得和以前一样吗？樊颢说，放心，一定会的。

（选自《小说界》2014年第1期）

高　人

最初，我眼里的高人是高迎祥。大约高迎祥的父辈读过不少书，给儿子取了个这么大气的名字。

高迎祥个头不高，一米六几的样子，板寸头，原在一家化工厂当包装工，每天和纸箱、胶带打交道，手掌粗糙，满是老茧。突然有一天，高迎祥在车间宣布，这个破包装工当得烦烦的，老子不干了！

炒化工厂，高迎祥一头扎进股海扑腾，你别说，还真让他弄出了不小的名堂。坐在电脑前，眼盯屏幕，鼠标轻点，钱像哗哗流水，成千上万地淌到自己名下。没几年，高迎祥竟成为朋友圈里的富豪，坐拥豪宅香车，屁股后跟个小他二十岁的小姑娘。

高迎祥春风得意时，好友方石劝他，迎祥啊，该清仓抽身了。那时股市正牛气冲天，钱像河水涨潮，哗一波，哗又一波。高迎祥哪里听得进去，倾其所有，资金全部砸了进去。谁知风云突变，股市一夜间由牛变熊，一条无形的绳索把高迎祥套得死死的。高迎祥站在二十二层楼顶，仰天高呼：天亡我也！之后，便如展翅鹏鸟从天而下，了结了往日的辉煌。

我以为，不懂得宠辱不惊，做不到闲庭信步，高迎祥算不上高人。

继高迎祥之后，我崇拜的高人是冯彦。冯彦原来是开饭店的，生意做得波澜不兴，撑不死，饿不着。可人家冯彦有眼光，新世纪之初，冯彦便把饭店盘了出去，又在银行贷了一大笔款，在锦华家园购进八个大套。后来，房价潮水般上涨，一套变两套，两套变四套，冯彦赚了个钵满盆溢。紧接着，冯彦用赚来的资金在另一个小区购进十六套，捂着，等待新一轮房价上涨。

一次和方石喝酒，说起冯彦炒房的事儿。方石问我，你和冯彦关系怎么样？我说不错，高中时坐同桌，常在一起喝酒搓麻将。说到这里，我叹一口气，说，冯彦是人，咱也是人，咱咋没人家那眼光呢？咋不也买上两套赚点儿呢？方石浅笑一声，说，如果你们关系不错，捎个话给他，出手吧，别捂着了，再捂那房恐怕要发霉了。

话捎到了，可冯彦不听，来了声"嘁！"颇有不屑之意。他骂方石目光短浅，脑子进水了。冯彦说，知道熊是怎么死的吗？我说，是笨死的。冯彦拍拍我肩膀，说，你不笨呀，咋听方石那家伙胡扯呢？

冯彦的结局远没高迎祥凄惨，没跳楼，绕着环形跑道累了个七死八活，最后又回到起点。

直到这时，我才觉得，其实，方石才是真正的高人，能预料牛市变熊，能看透打压房价，这样的人不是高人又是什么？

方石家住在一个中等小区，一楼，开发商给圈了个二十平方米的小院，经方石一打扮，还真有世外高人的味道。靠东北墙角栽有三五棵竹子，西南角一株梅花，中间空地撒了两畦菠菜。竹影扶疏，梅花正盛，菠菜青绿，透着股蓬勃的朝气。方石正给菜蔬松土，弄出一头一脸汗水。我说，我现在才知道，你方石是个真正的高人哪。方石笑笑，指指自己的鼻子反问，我？你说我是高人？你太抬举我了吧。我说，牛市变熊市预料到了，出台国五条也预料到了，你不是高人谁是？方石笑了，说，其实，我哪里懂得牛市熊市，又哪里知道要出台国五条。我只是觉得，满则溢，盈则亏，物极则必反。全民炒股就是满，房价疯长便是盈。如果你是总理，你会怎么办？

我懂了，高迎祥也好，冯彦也罢，一个"贪"字把他们坑了。同时，我也明白了，所谓的高人，不过是日子过得明白一些的人，少了些贪念的人。

（选自《百花园》2014年第1期）

对　门

　　乡里人讲究多：结亲戚，属鸡的不找属猴的——鸡和猴不到头；民营企业搭班子，有牛无马，有马无牛——白马犯青牛；康家不与朱家为邻——猪吃糠，对康家不利。

　　可湖桥镇的康成山却和朱成群住对门，一住就是三十多年，倒也相安无事。非但没事儿，两家关系比亲弟兄还亲三分。那年朱家盖房，本来要盖成三层小楼，学城里人外装玻璃墙，屋顶起个高脊，搞成别墅式洋房。盖到两层，正往三层砌砖，朱成群无意间朝对面康家瞥了一眼，大手一挥，对泥工师傅说："封顶。"泥工师傅就很奇怪，说："你不说要盖三层吗，才两层咋要封顶呢？"朱成群朝对面指指，说："我家房子能超过康哥家的高度吗？"

　　康家房子是20世纪90年代盖的，虽也是小楼，却只有两层。自家盖三层，明摆着压了对方一头，这是大忌。

　　康成山也很仁义，把朱家的事儿当成自家的事儿办。那年朱家的阀门厂货款被骗，数十万打了水漂，资金出现缺口。康家倾其所有，借给他三十多万，才把窟窿填起来，厂子得以正常运转。为此，康家的厂子却误了一大单生意。康成山家有棵麦黄杏树，这棵树棵小，结的杏个大、皮薄、肉厚，每年也就结几十个。杏子摘下，康成山分出一半，洗净，送给朱家尝鲜。

162

朱成群接了，一笑，说："要是街再窄点多好，咱就不用来回跑了。"康成山说："谁知道当初咋规划的，咋把街修到咱两家中间呢。"

有人提起"猪吃糠"的说辞，康成山不禁一笑，说："那都是穷讲究，啥猪吃糠啊，迷信！我不照样和老朱家对门？日子不照样过得顺风顺水？我们两家不照样人丁兴旺？"

说这话时是八月，腊月康家就出了事，而且和朱家有关。

康成山的儿子叫康召，二十六岁，小伙子谈了个朋友，姑娘也是本镇的，生得花朵一般耐看。两口急着抱孙子，和女家说好，来年春天把婚事办了。

朱成群家是闺女，叫小巧，男朋友是县里的公务员。年轻人恋爱谈热了，把握不住自己，一来二去，小巧肚子就大了。朱家想早点把婚事办了，遮遮丑，婚期定在腊月二十二。办事前一天，康家三口全体出动到朱家帮忙，买菜，割肉，布置新房，忙得不亦乐乎。看着一切就绪，康成山一家要回去，朱成群说："你两口先回去，康召留下，陪陪来过礼的新女婿，年轻人在一起有话说。"

那天，康召喝酒并不多，也就三四两的样子，喝过就回家了。谁知第二天早上，天光大亮了，康召还不起来。康成群在他屁股上拍了一掌，说："这孩子，你朱叔家今天办事呢，还不快点过去帮忙。"康召还是不应，康成山俯身一看，儿子早没了气息。

康召可是老两口的心肝宝贝，两口子抱着儿子失声痛哭起来。刚刚哭了没几声，康成山把老婆的嘴捂了，他说："别别别，现在可不敢哭，让对门知道了，这喜事还办不办了？"老婆饮泣着说："你说咋办？"康成山说："瞒下，等过了今天再说。"

对门朱家的喇叭响起来了，是豫剧《朝阳沟》，一条街都是银环高亢喜庆的唱腔。去朱家前，康成山洗了把脸，也把老婆的泪痕擦了，附在她耳边说："高兴点啊，别哭丧脸。"老婆说："你叫我咋高兴，我高兴得起来吗？"康成山说："高兴不起来也要高兴！他们要知道小召没了，还有心打发闺女？"

劝着老婆，康成山自己的泪却止不住，一滴一滴往下落，在镇街路面上砸出一个个黑点。在白白的、亮亮的阳光里，在银环喜庆的唱腔中，康家两口子走上大街，跨进了朱家大门，随了五百块钱的厚礼。

朱成群是办完喜事后得到消息的，两口子急忙跑到康家，一进门就跪到当院，对着康成山磕了三个响头。朱成群哭着说："哥，哥，你咋这样呢？孩子没了，咱还办啥喜事呀……你不该呀哥，不该呀……"康成山连忙把两口子搀起来，说："兄弟，别别，别这样……"

朱成山拿出一个布包，里面是刚从银行取回的三十万块钱，说："哥，咱孩子没了，这点钱你先用着，回头我再送。"康成山恼了，说："你这是干啥呀？钱再多能买回咱小召？买不回呀兄弟，再说了，这钱算哪回事儿？我花得出去吗？买衣服穿？我忍心穿到身上？买肉吃？我能咽得下去？咽不下呀老弟……"

正说着话，门口传出一阵哭声，小巧快步抢进大门，跪在康家夫妇脚前，一声"爸"，又叫了一声"妈"。康成山说："起来吧，小巧，我认下你这个干闺女了。"小巧说："不，是亲闺女！"

（选自《人世沧桑·怀念一亩田》，
郑州大学出版社2014年2月版）

　　　　　　　　　李培俊纪念文集

出　浴

　　沐浴后的女人是一道亮丽的风景线。水蒸气丝丝缕缕从洗浴室飘逸出来，暖色的氤氲便融进休息室的各个角落。女人们披着浴巾，或坐或躺，舒适，惬意，慵懒，散漫，又妖冶无比。

　　姑娘出来之前，相熟或不相熟的女人正在谈论家长里短，丈夫、儿子、公婆，韭菜、青葱、大萝卜，满嘴跑舌头，热烈而又兴奋。猛地爆发出一阵莫名的嘎嘎笑声，全然没把这个寒冷的冬日放在眼里。这时，一只白皙的胳膊撩开胶塑门帘，水妖般晃眼的身子探了出来，缓缓走进休息室。马上，声息俱无，空寂而又寥远。

　　这是个二十几岁的姑娘，胴体的每一寸肌肤向外发散着她这个年龄的青春气息。

　　沉鱼落雁？闭月羞花？这些凡俗的用语早已烂了，可你找不到更为贴切的词语去形容这个姑娘。她一身水湿站在浴室门口，身子轻轻那么一抖，细碎的水珠带着晶莹透亮，在天窗射进的阳光里划开一条条美艳绝伦的弧线，悠悠然洒落在地上。她摘掉白色护发帽，走向属于她的那张小床。

　　她的床和那姑娘挨着，之间仅有五十厘米的距离，当姑娘走近床边，在她对面坐下，她的眼睛狠狠地疼了一下。姑娘轻启红唇，对她礼貌地一笑，算是打了招呼，她还以微笑，便把目光垂下，偷偷打量同为女人的自己。虽然她的身子也很美，属于女人中的佼佼者，虽然该高的地方仍然高着，该低的地方低了下去，没有多余的赘肉，可两下相比，她还是泄气了。她明白，自己缺少的，是姑娘的那种柔嫩和弹性，还有一份青春的自信。

她不想在休息室——尤其是这个耀眼的姑娘身边过多逗留，每一分每一秒都是一种折磨，呼吸不那么顺畅，身子无端地燥热，刚刚洗过，却又生出一层羞惭的汗水。她觉得，和那个姑娘相比，自己只不过是一棵狗尾巴草，没理由待在一株艳丽的牡丹花旁自取其辱。她叹了口气，是一声时光不再的哀叹。

六岁的女儿也正看着出浴的姑娘。女儿精致的小脑袋微微歪着，自上到下、从头到脚地看，童贞的目光磁石一般粘在姑娘身上。她拍了一下女儿的屁股，把女儿"唤醒"。她说："快把衣服穿上，咱们该回家了。"

女儿恋恋不舍，磨蹭着不肯动。"妈妈，我长大了也会像这个阿姨一样好看吗？"

"不会。"她说得很坚决。

"为什么？"

对于女儿的诘问，她哑口无言，不知如何回答。

姑娘抚着女孩儿的头发，说："你会的，一定会的。"

看着女儿穿好衣服，她把手机递给女儿，说："给你爸打个电话，让他来接我们一下。"女孩儿拨通电话，喂了一声，说："爸爸，外面冷，你来接我们回去吧。"不知对方说了什么，女孩儿把电话扔到床上，说："臭老爸！他说正开会，要咱们打车回去。"

她轻轻叹口气，说："那就算了吧。"

女儿在地上疯跑着玩儿的时候，她在收拾洗化用品，把换下的衣服往袋子里装，刚把最后一件塞进袋子，就听到女儿一声撕心裂肺的哭叫——女儿的头在柜子尖锐的棱角上磕破了。她把女儿抱在怀里，捂住磕伤的地方，急得团团转："这可怎么办？这可怎么办？"那姑娘连忙拿出手机，说："大姐别急啊，我打电话，让我男朋友开车过来，把孩子送进医院，千万别让小姑娘留下疤痕啥的。"

电话通了，姑娘简要说了情况，对方答应，让她下楼等着，车子马上就到。

十分钟不到，车子已经候在洗浴中心楼下。看到那辆宝马，女儿一声欢呼："妈妈，爸爸的车！这个臭爸爸，他不是说开会吗？"她一句话没说，看着面红耳赤的姑娘，默默地接过孩子，钻进车里。车启动时，她从倒车镜里看到，姑娘朝她挥挥手，而后把一滴晶亮的泪水弹向冬日的天空。

（选自《世态万象·从我窗前经过的人》，
郑州大学出版社2014年2月版）

请你给我写本书

　　最近，司马这家伙老请我吃饭，今天是金龙酒家，明天是海天饭店，都是我们那里档次最高、价格最贵的大酒店。有一天，这家伙拉我上车，嗖的一声，竟开到省城金碧辉煌的国贸大厦。司马快速下车，拉开车门，做出个相当绅士的手势：请下车。

　　司马的饭不好吃，别看这厮身家上亿，平时却是一毛不拔的铁公鸡。发小、哥们儿、同学，想在他那里蹭顿酒，比登天还难。那次，几个同学约好去打他的秋风，在他宽大的办公室里海阔天空，神侃到中午十二点。司马如坐针毡，额头上冒出一层油汗，叹口气说，走，下楼吃饭去。满以为司马这次要出血了，谁知，人家带我们去了家烩面馆，花生米、煎豆腐、乱炖、二锅头。我说，司马，你可是咱县头一份，就弄这些搪塞老同学，不嫌寒碜哪！司马面皮一红，招手叫来服务员，咬着牙吩咐：再上一盘酱牛肉！

　　可今天，司马竟把我带进省城，进了国贸大厦，可见他有求于我，而且，事关重大，非同寻常。果然，半瓶酒下肚，司马说，大作家，请你给我写本书。我笑了，拿筷子指着自家鼻尖，说，我？作家？狗屁，一个靠码字混烟抽混酒喝的穷酸者而已。司马说，你这就是谦虚了，在咱县，谁抵得过你那支笔？你就说，答不答应吧？我问，写什么？怎么写？写你坑蒙拐骗加赖账？写你不择手段挤同行？还是写你行贿……

司马把酒杯蹾到桌上，说，你这家伙咋哪壶不开提哪壶？在你眼里我就这德行？直说吧，你写不写？天下文人不是你一个，哪里找不来个码字的？我是肥水不流外人田，花钱花给自己人。开个价吧，十万？二十万？

这家伙这么一说，我动心了。十万、二十万啥概念？人穷志短，三十好几了还在岳父家蹭房檐。我说写，我傻了？憨了？放着二十万不挣？但我也提了个要求，写真实的司马，肠子肚子一块端，这是文人起码的道德良知。司马说，随你，但要拿捏好分寸，能说的说，不能说的你给我烂到肚里去，人得罪狠了，这个圈子就容不下我了。

司马在酒桌上刷刷开出一张十万支票，作为写作的先期费用，交稿之日，余款全部付清。

我原以为对司马知根知底，头上几根头发都数得出来。但真正走近了司马，了解了司马，我才明白，那只是皮毛，五脏六腑其实复杂得不得了。别看他平时人五人六的，内心却藏有太多的酸甜苦辣。他说，你以为我愿意那样做？不愿意。可你能拿到工程吗？拿不到工程就挣不来钱，挣不来钱就得喝西北风，就得破产完蛋。你们外行哪里知道里面的曲曲弯弯，只见贼吃肉，哪知贼挨打？就说开发区那块地皮……

好多次，司马说着说着，竟然哽咽有声，泪滴子砸得桌面啪啪响。弄得我心里很不好受。我说，那就别干了，手里的钱够你花十辈子了，想吃吃，想喝喝，轻轻松松过日子去。司马摇摇头，说，外行了不是？做我们这行的，谁手里的钱能花完？

可又有谁停得下来？这叫人在江湖，这叫一浪逐一浪，懂吗？

奔着二十万，我的写作速度相当快，不到三个月，二十万字的初稿已经写成。我没有马上交给司马，不能让他觉得写作这么容易，一月能挣六万多。其间，司马催问过几次，我的回答当然无懈可击，我说，快了，快了，你明白吗，打你从娘胎里爬出来，再到成功的企业家，吃喝拉撒，拼搏创业，坑蒙拐骗，多少事要写！最后一次催我，司马竟有些焦灼难耐，说，你能不能快点儿写，要不，再给你五万？我说，赶这么紧干什么，东边日头一大垛呢。他叹了口气，说，你不懂。

书稿交司马后，司马三天便看完了，打电话说，你这家伙行啊，把我写成一朵花了。我当然是拣好的写，没写那些乌七八糟的玩意儿，要对得起人家的二十万。他说，字数超了三万，再追加你五万。只是还需要补充一些内容。我问什么内容，他说，希望小学建的是四所，不是三所。汶川地震捐款，两千顶帐篷没算进去，还有……

拿到样书，司马潸然泪下，大手抚着封面上的头像，竟自痛哭失声。他说，谢谢你，谢谢你。我说，谢啥谢，我还得谢你的二十万呢，要不，我哪来的房子首付。

谁知，这竟是我和司马的诀别。直到这时，我才恍然大悟，司马让我写书时已是肺癌晚期，只有三个月的活头了，为等待这本书的出版，司马竟挣扎着多活了一个月。

（选自《百花园》2014年第3期）

脸　面

苏保安被人打了，打得挺狠，左侧脸骨骨裂，门牙被打掉两颗。骨裂是在皮肉里面，看不到，脸皮发面一样肿着；而门牙没了，对于苏保安来说，就是天大的事了。

苏保安是十分看重脸面的人。这也难怪，苏保安虽是农民进城，可人家那张脸却生得周周正正的，鼻子是鼻子，眼睛是眼睛，安置得很是到位。还有那张嘴，不大不小，嘴唇圆满，唇线柔和，那个英俊潇洒劲，哪里像个保安，分明是电影上走下来的奶油小生。苏保安最看重的东西突然被人毁坏了，苏保安的伤心与愤怒可想而知。

打苏保安的是伍员，伍员是单位的一般人员，精精瘦瘦，颧骨高耸，两腮凹陷，根本不是苏保安的对手。可人家伍员根子硬，单位里没人敢惹他。

那天早上，伍员开车来上班，见自动伸缩门锁得严严实实，就将车喇叭按得惊天动地，先是嘀一声嘀一声地按，后来就改成长声不断。这就代表着伍员不耐烦了，伍员恼火了，伍员要爆发了。苏保安钻出门卫室，笑眯眯地说，是小伍啊，来这么早？伍员说，你他妈耳朵聋了还是让驴毛塞了？把门打开！

苏保安不急不恼，乃是笑眯眯的。苏保安的修养好，一个农村人，能在省城这块地方当保安，端人家饭碗，早把笑脸备着，见谁送谁。所以，苏保安的人缘特好。苏保安对伍员说，头儿昨天说了，单位车子要进行规范管理，一律让停到后院，前院不让停车了。伍员一声没吭，把车开到后院，重拐回前门。

之后的事十分简单，进门的伍员一句话没说，径直走向苏保安，朝猝不及防的苏保安脸上就是两拳。一拳砸在左脸，一拳捣到嘴上。于是，苏保安受伤，门牙被打掉两颗。

如果伍员听了同事劝告，向苏保安认个错，赔个不是，拿个三几千块，让苏保安把伤治了，把牙镶了，也许万事皆休。可伍员横惯了，哪里会听这个？他对劝他的同事说，屁！他苏保安不就是农二哥吗？不就是个小保安吗？他能把天翻了？你捎话给他，问他还想不想在省城待下去，还想不想干这个保安了！

那人把话原汁原味传给了苏保安，苏保安这就恼火了，愤怒了，张着缺了两颗门牙的嘴，话说得不清不楚。苏保安说，咋，城里人是人，农村人就不是人了？他干的是工作，俺干的就不是工作了？他别威胁我，我不吃这个！不就是保安吗？不就是一月两千块钱吗？拼上不要这份工作，老子也要告他个龟孙，非弄个是非曲直不可！

第二天一早，苏保安去了法院，把伍员告上法庭。经验伤，调查，取证，已构成轻伤。法庭判决：附带民事赔偿，医疗费、误工费、后期治疗费、精神损失费等，共计7480元。

这下伍员傻了，往日的骄狂劲不知哪里去了，不情不愿地把钱送到苏保安手上。苏保安把钱数了一遍，接着又数一遍，抽出4000块，剩下的还给了伍员。伍员说，老苏，你这是啥意思？还嫌不够？苏保安说，我们农村人讲实在。其实，治伤也好，镶牙也罢，没用这么多。啥误工费、精神损失费的，我不要。我没误工，照常上班；精神没受啥损失，打的是脸，又不是精神。不过小伍，我劝你两句，以后打人别打脸，不管是谁的脸，你要知道，城里人的脸是脸，俺农民的脸也是脸。

苏保安说这番话时，太阳正好出来，透过门卫室的玻璃窗斜射进来，把苏保安的脸映得红红的。那掉了的两颗门牙已经镶好，骨裂部位已经消肿，苏保安又恢复到原来的英俊模样。

（选自《小小说月刊》2014年第3期）

花　痴

　　花痴没料到，今年的初雪来得这样早，这样突然，才十月中旬，突如其来的，便是一场铺天盖地的大雪。于是，往日活灵活现的植物便被这漫天白色吞噬得踪影全无。

　　雪是半夜下起来的，正睡得香甜的花痴莫名其妙地醒来，看了一眼窗户，原本应该黑着的天却亮晃晃的，花痴不由惊呼一声：下雪了！花痴快速套上裤子，匆匆披上棉衣出了屋门。

　　花痴喜欢花，已到了如痴如醉的程度，半城人都叫他花痴，竟忘了他原本姓严。花痴说，他是宁可三日无肉，不可一日无花。没有花，哪来的精气神？还活个什么劲！退休前，花痴是中教高级，相当于副教授，每月工资不少，可花痴的生活过得却相当简单潦草。夏天，一身老式衬衫，一条深蓝裤子；冬天，一件黑色鸭绒袄，拉链坏了也不知道修修，双襟一掩，拿条蓝色带子束着，像附近逍遥观的老道士。

　　每年头场雪下来时，花痴都要出外几天，怀里塞个扁圆的酒壶，贴肉放了，从小城东门出去，在雪白中逶迤十余里，来到周村。村头有座废弃的院落，西墙根下有棵碗口粗的蜡梅，开得煞是欢实。花痴歇了脚步，从怀中取出酒壶，壶嘴凑到冻得发紫的嘴唇上，咕嘟嘟灌了几口。抹去唇边酒渍，把一双高

　　　　　　　　　　　　　　　　李培俊纪念文集

度近视眼俯在蜡梅花枝上。

这株蜡梅显然有些年月了，枝干发乌，生铁铸成一般。此时，蜡梅正撒着欢开放，一朵朵黄色的花瓣四处拖曳，在雪中显得妖艳无比。那股淡淡的清香，若有若无，似飘还驻，花痴便被严严实实裹进清冽而诱人的花香之中。

很快，花痴醉了，不知道是酒喝多了，还是花香麻痹了神经，花痴年老松弛的双颊浮上两坨暗色的晕红。这时候，花痴无端想起了那个叫作兰兰的女人，那个贴了心肺的妻子。花痴喃喃说，真是个好女人，冷了，给你加衣服，热了，放好洗澡水，饿了，热腾腾的饭碗端到面前……可，女人却走了，走时一句话也没留下，只拿一双温暖而恋恋不舍的眼睛看着他，足足看了二十分钟。

花痴开始养花，养兰花。养过春兰、蕙兰，也养过建兰和寒兰，花痴最为钟爱的是蕙兰、白芷。孔子说，芷兰生幽谷，不以无人而不芳。花痴没有这么高的境界，他之所以喜欢蕙兰，是他觉得，蕙兰远溢的花香有点儿像兰兰的味道，让他留恋，让他无法释怀。

花痴的兰花养在向阳处搭建的偏厦里，一层塑料薄膜，外面覆盖着谷草织成的苫子，二十余盆蕙兰、白芷错落有致，盛花期便有一种五彩纷呈、姹紫嫣红的味道。这时，花痴便把行李搬进偏厦，一朝一夕，与蕙兰、白芷为伴。他觉得，他守着的，不是兰花，而是离他而去难以割舍的妻子兰兰，是终生难以忘怀的记忆。女儿从上海回来，见父亲睡在偏厦里，泪珠子扑扑嗒嗒掉了一地。她说，爸，再找个女人吧，看着你过这样的日子，我心痛。花痴淡淡一笑，粗糙皲裂的手掌抚上女儿油黑的头发。

他说，这是兰花吗，孩子？不是，是你妈，我一旦离开她，她的心也会痛的。

春天兰花开时，花痴搬来一张小几，上面摆了几样果蔬，沏上一壶毛尖，碧绿的茶叶漂浮不定，最终沉入壶底。花痴斟出两杯香茗，朝对面开着的蕙兰、白芷，一饮而尽，然后举举茶盅，说，你也喝呀。

年复一年，日复一日，花痴的日子就这么过来了，过得简单而又充实，舒心而又空洞。转眼，花痴八十岁了。八十岁的花痴似乎对蕙兰、白芷更是呵护有加，生怕出丁点差错。夏天晒水，蹲在旁边看着，害怕落进灰尘；冬天，一早揭开草苫，晚上重新盖上……

他没想到，这头场雪会下这么大，用来支撑草苫的木棍竟然不堪重负，被雪压倒两根，戳破了塑料薄膜。花痴一声惊叫，急忙脱下鸭绒袄，盖在透风的窟窿上。那是斜坡，花痴怕袄滑落，搬来一把矮椅，坐在旁边守护……

天亮时，花痴的眉毛、头发、烟灰色的毛衣变成了白色，但脸色极是红润，望向蕙兰、白芷的双眼，如洞房花烛，藏满了深深的情意……

（选自《百花园》2014年第6期）

叶 不 染

　　叶不染是郑城屈指可数的名人。喜欢穿白，白衣、白裤、白鞋，纤尘不染，素洁典雅。这种穿着打扮，在这个北方小城极为罕见，郑城男人喜欢蓝色、黑色、烟灰色、咖啡色。叶不染这身素白便鹤立鸡群、飘逸潇洒。

　　叶不染28岁出道，十余年间，经他鉴定的古玩、玉器、字画不下千件，没有出过一次差错。顾客送来字画，真迹？赝品？高仿？做旧？真伪当时立判。省城有位大师不信叶不染有这等能耐，携了幅石涛的《空山孤弈》来找叶不染。画面展开不足半幅，叶不染沉声喊停，他告诉这位大师，带上你这幅赝品走人吧，能走多远走多远，免得污了我的眼睛。大师说，年轻人，你也太过自负了，铃印看了吗？题款看了吗？如此妄下结论是否武断了点？叶不染面现不屑，说，石涛运笔，一向逆势而为，自下而上，由内而外。如此圆滑之石，细柳若剪之木，岂是石涛所为？窥一斑而知全豹，有必要往下看吗？

　　厉害！大师卷起画轴，感叹一声，有志不在年高，年纪轻轻，竟是胸藏万卷，后生可畏呀！

　　前年，有人拿来一方田黄石，上雕五子戏弥勒，甚是精巧雅致。来人五十余岁，面色黝黑粗糙，像个老实巴交的农民。

来人说，这方田黄石是祖上传下来的，到他手上已有五代。前不久父亲得了血癌，急需一大笔钱救治。我一介平民，哪里拿得出几十万块，想把这方田黄石卖掉，为老父治病……来人鼻涕一把泪一把，其状甚是凄惨。

叶不染接过田黄石，只看一眼便还了回去。叶不染说，你还是好好收着，传与子孙吧。来人就问，难道这件传家之宝是假的不成？叶不染说，田黄石是假的，你父亲的血癌恐怕也真不了。这件寿山石，石质温润，雕工精细，不失为上等藏品。但和田黄相比，就是天渊之别了。你不会不知道，一两田黄一两金的说法，不过，这是几十年前，现在是一两田黄十两金了。再说，五子戏弥勒是乾隆珍玩，现存台北故宫博物院，怎么会到你手上？来人脸色潮红，匆忙收起走人。

叶不染的古风阁开在郑城一条断头巷尽头，三间门面，甚是逼仄，生意做得半死不活。叶不染不急不躁，没有生意时，便在案子上铺开徽宣，狼毫蘸足墨汁，屏气运腕，笔走龙蛇，挥洒出一幅八尺整张。把狼毫掷入笔洗，拿生白布拭去额头汗水，点头颔首，清瘦的窄脸浮出一抹笑意。

二叔劝过叶不染，是否把古风阁搬离断头巷，搬至人来人往的繁华地段，生意好做一些。叶不染笑笑，摇摇头，说，酒香不怕巷子深，我又不卖萝卜白菜。做我们这行的，得把日子看淡一些，看淡了，心底便是清风明月，便是辽阔旷远。

二叔"喊"的一声，茫然不解，清风明月？辽阔旷远？哪儿跟哪儿呀这是！

谁也没有料到，叶不染竟也有走眼的时候，打水漂一样把10万块钱扔了出来，连个响声也没听到。

一天，叶不染正在挥毫泼墨，临摹玄秘塔碑。一个年轻人闯进古风阁，把一个梅瓶递给叶不染，说，叶老板，你给掌掌眼，这个梅瓶值多少？叶不染盯着来人看了好一会儿，只见小伙子面色憔悴，眼布血丝，十分焦虑疲惫。叶不染拿起梅瓶，看了器形、口沿、底款，然后和小伙子聊了起来。这个梅瓶哪儿来的？怎么想起要卖了？小伙子眼睛便红了，说，这个梅瓶是爷爷辈传下来的，在家里放了几十年了。叶不染说，既是祖传之物，为什么要卖掉呢？小伙子泪把子一串一串掉了下来。小伙子说，三岁的儿子得了白血病，家里能卖的物件全卖了，这是他最后一点希望了。叶老板，不是家里遭难，谁愿当个败家子……

叶不染点点头，转身吩咐伙计，给他开张10万元的支票。

小伙子出门不久，汉风斋老板张耀先来了，看到那个梅瓶，就问叶不染，你多少钱收下的？叶不染举起一根食指，说，10万。张耀先大惊失色，说，叶老板，你这回可是走眼了，明明是个赝品嘛，充其量值个三五百的价码。叶不染淡然一笑说，我岂能不知，是民国初年景德镇的高仿。张耀先说，那你咋开出10万高价？叶不染叹了口气，说，10万块钱能换回一条人命，值。

（选自《文学报》2014年8月25日）

卒　攻

　　莫雨行走进那片遮天蔽日的树林，在一条淙淙小溪边找到那间小木屋时，江辰烟已经候在那里。这里地处浮戏山深处，四面环山，林木青翠，花草繁盛，是江辰烟的避暑之所，江辰烟每年这个时候都要来此小住两个月。

　　早早地便有人在木屋周围游弋，有人在随意浏览闲花野草，有人在仰头观望奇形怪状的山石，还有人在小溪边清洗手上的污渍，但一双双眼睛暗中盯着的，则是木屋前突出的岩石上那个石桌、石凳以及即将落座的江辰烟和莫雨行。虽然此时风平浪静，风和日丽，枝头小鸟啁啾，但他们知道，不久之后，这里将上演一场殊死决斗。

　　主角，当然是这两位面带微笑握手言欢的棋界高手。

　　莫雨行个子高大，身材魁梧，素绸衣衫被撑得满满的，高视阔步走上那块青色的岩石，放下手中的黄缎封面棋谱，先朝临风而立的江辰烟拱拱手，浅笑一声，说，让辰烟兄久等了。江辰烟身材瘦小，面相清癯，白色裤褂，袖子挽在手肘以上，他双手抱拳还礼，说，数年不见，雨行兄还是如此礼节周到，这本《梅花泉》可是棋界视为拱璧的秘谱啊。莫雨行说，一点小意思，还望辰烟兄笑纳。双方入座，江辰烟命一旁侍立的孙

　　　　　　　　　　　　　　　　　李培俊纪念文集

子上茶。孙子摆上两个古色古香的茶瓯，注入淡绿茶水，立即，茶香氤氲，若有似无。莫雨行问道，明前龙井？江辰烟笑道，不愧是省城的人，识货，一个朋友从龙井村捎来的。莫雨行啜饮一口，四处打量一番，说，看来今天这里要热闹一番了。江辰烟问道，你放出去的风？莫雨行说，用得着放风吗？这些人的鼻子比狗还灵，昨天晚上已有人把电话打到省城，确认此事了。江辰烟道，你没有否认？莫雨行笑而不答。江辰烟道，看来你莫兄此次是志在必得了，这也难怪，你在省棋院闭关修炼十载，自然要挣回这个脸面了。

江兄，现在开始？莫雨行道。

急不可耐了？那就开始吧。江辰烟道。

江辰烟和莫雨行都是棋界高手中的高手。江辰烟善用卒，往往一违常规，做出丢车保卒的反常之举，让对方很不适应，进而失去先机，一败涂地。那年，堪称国师的柳如来到郑城，要试一下江辰烟的深浅。下场之前，他曾晒笑把江辰烟吹得神乎其神的人，笑他们没见过世面，一个坊间之人，读过几本棋谱？见过几次大师级的赛事？我倒要看看，他罐里到底装了多少米！作为省棋院院长的莫雨行再三告诫柳大师，千万莫大意失了荆州，我在他手里从没占过多少便宜。也是在这块突兀的岩石上，柳大师被江辰烟的三卒连环突进大本营，杀得一败涂地，不得不推枰认输。回到省城，莫雨行问及成败，柳大师黯然神伤，说，走麦城。

仔细算起来，莫雨行有整整十年没和江辰烟对弈了，他在省棋院闭关清修，研究的是马。马的优势在中盘之后，凌波虚渡，回卧边角，举头望月，满盘皆是震天蹄声，击碎一天寒月，同时摧毁对方意志。莫雨行所修所研,皆是针对老对手江辰烟。他自信,他的两匹战马,已经喂得膘肥体壮,已经铁蹄包浆,江辰烟的五枚小卒,已经不在话下了。于是,有了此次的环翠峪之行。

他们下的是盲棋,没有棋盘,更不需要三十二枚棋子,只有两杯龙井置于石桌之上。江辰烟坐北面南,莫雨行坐于对面,各自微闭双目,面带微笑,口中念念有词,自言自语一般。那些围观的棋迷离得远,只见二人嘴动,却又不敢擅自靠近,只是凭着二人脸色判断棋局变化。起初,两人的棋下得极为谨慎,深思熟虑之后方才开口。一个时辰之后,棋风陡转,一个话音落地,对方即读出要走的路数,你来我往,各不相让。

这盘盲棋自巳时始,直至酉时结束,自始至终,两人没离座位,从其间波折跌宕起伏看出,各展平生所学,施出妙手杀招,几陷对方于绝境之中。江辰烟最先陷入长时间思考,只见他眉头紧蹙,双眉间形成一个硕大的疙瘩。沉思约有三十分钟,突然眉头平复,说出一句什么。莫雨行头上沁出了汗水,由小到大,由少而多,沿着鼻凹缓缓淌下。人们心里一紧,莫非,莫大师这次又要输了?不料,莫雨行长时间思考之后面色渐渐恢复正常,点点头,说出解拆之法。江辰烟笑了,说,莫院长果然不同凡响。

棋下完,两人的谈笑变得轻松起来。莫雨行说,江老,做省棋院的顾问如何?咱俩一马一卒,足以傲视天下。江辰烟笑笑,唤来侍茶的孙子,说,茶淡了,换上南岩铁观音。

这盘盲棋谁输谁赢,始终是个谜,有人问过江辰烟侍茶的孙子,小家伙说,我也迷糊着呢,爷爷的卒子明明占着优势,可不知为何，突然横移，错失痛杀良机。九十岁的坊间高手仰天浩叹：仁者，和为贵。

（选自《百花园》2014年第11期）

澡　堂

　　劳力走进澡堂的那一刻，一股澡堂特有的味道扑面而来，那是一种说不清道不明的混合味道，蒸汽氤氲中，有男人的汗酸味，香皂、肥皂味，廉价的洗发水、沐浴露味，还有一丝若有若无的男性荷尔蒙怪味。劳力笑了，那笑有些兴奋，也有些亲切。许久没进这样的澡堂了，没闻过这种味道了，还真有些想念呢。站在更衣柜前，劳力磨磨蹭蹭地脱着衣服，他试图弄清楚，有多长时间没闻过这样的味道了。十年？二十年？劳力想了许久，到底没有确定下来。

　　年轻时，劳力在车间挥汗如雨，常常一身汗水一身泥，劳动布工作服湿淋淋地贴在身上。终于盼到下班，大家疯了似的，快速除去身上的衣服，下饺子般跳进热腾腾的池子里。头上打了香皂，浸进池水，划拉几下，从水里冒出头，抹一把脸，嘴里扑扑几声，痛快！年轻人洗澡没有老实的，你朝我身上挠一把，我捧水泼你几下，然后是扭打和撕扯，还有掀翻屋顶的开怀大笑。

　　那时候，澡堂里就是这种味道，这种既亲切又充满了男性野蛮欢乐的味道。

　　时光转眼流逝，劳力的洗澡问题都在宾馆高档房间解决，那里清静、幽雅、干净。面对装饰豪华、设备功能齐全的房间，劳力却有一种囚笼的感觉，洗澡不是洗澡，倒像处于与世隔绝的某个空间。这时候，劳力心里很空，也很烦躁，会不自觉地想起在车间劳碌之后洗澡的痛快淋漓。人在江湖，身不由己，到大池子里泡澡，已是一种可望而不可即的奢侈。

今天中午，劳力偷偷溜出大而无当的办公室，从十七层下来，躲开门卫，溜达着走进这家位于巷子深处的澡堂。

虽然劳力挑的是午休空当，可澡堂里还是人满为患，水雾氤氲，看不清人脸。劳力探脚下到水里，原本喧哗的池子突然静寂无声，一个个毕恭毕敬，不知所措。劳力说，怎么了这是，都站着干什么，洗呀？没人应腔，气氛显得十分尴尬。劳力在尴尬中突然发现，他对面站着的竟是昔日车间的工友张友亮。

劳力说，这么巧，你也在这家澡堂洗？张友亮不好意思地笑笑，说，这家澡堂适合我，便宜。你咋跑这儿洗来了？下了？劳力反问张友亮，你能来我为什么不能来？张友亮又是一笑，缺了两颗门牙的嘴咧开来。

然后，两人开聊，家庭状况，生活起居，孩子安排。整个聊天过程并不顺畅热烈，对话也有些拘谨，一问一答，背台词似的。劳力恼了，粗声大气地骂了起来，他说，张友亮，你他妈装什么孙子？咱一个锅里搅稀稠，马勺抢了六七年，咋这样冷冰冰的，像欠你二斗黑豆钱！当年油嘴滑舌的劲儿哪里去了？追漂亮女工的疯劲儿哪里去了？张友亮不好意思地嘿嘿一笑，说，那时候咱不都是小工人嘛，老百姓嘛，现在……劳力手掌朝前，哗一下把水撩起来，准确地撩到张友亮脸上，一边撩一边骂：我叫你小工人！我叫你老百姓！

张友亮受到感染，也捧起一捧水朝劳力泼了过去，劳力哈哈大笑起来，冷不防一口水灌进嘴里。张友亮说，味道怎么样？是咸是甜是酸？劳力凑近张友亮，说，你这家伙泼水还挺准——话没落地，一捧水还进张友亮嘴里。两人你来我往，泼水、玩闹、说笑，闹得不可开交。其他人受了感染，也加入战斗，向潘向杨，各随心意，偌大的洗澡池顿时成了欢乐的世界。

　　这天，劳力洗了很长时间，他觉得，这么多年了，只有这次澡洗得舒服、惬意、浑身通泰，也洗得最为干净。赤条条钻出澡堂，裹上浴巾躺在小床上，喝着白开水，和临床聊了好久。无意看了一下手表，突然就惊叫一声：他妈的，到上班时间了！

　　　　　　　　　　　（选自《百花园》2015年第4期）

双 娇 记

如娇和艳娇在一个单位工作，如娇稍胖一点，却也不是太胖，是那种恰到好处的胖，赏心悦目的胖，拿文学的酸词说，叫丰腴。艳娇偏瘦，但也不是太瘦，是那种恰到好处的瘦，赏心悦目的瘦。两人一起一站，前看后看，左看右看，确能给人一种秀色可餐的感觉。

如娇比艳娇大半岁，半岁也是大，大家把如娇称为大娇，把艳娇称为小娇。五十岁的老杨说，这俩姑娘是咋长的啊，咋这么好看呢？三十多岁的小洪也跟着叹一口气，说，你们双娇啊，咋不早生几年呢？小娇抿着嘴笑。大娇就问，为什么要早生几年？小洪说，随便哪个给我当老婆呀，我还不幸福死了。大娇说，我呸，想吧你！

大娇性格憨厚些，也就是实心点，为人处世没啥心眼，嘴却快，还敢说，看不顺眼的事，嘟嘟嘟，撂出来了，丁点面子也不给对方留。大娇刚进单位那年，徐姐突然肚子疼，疼得在地下打滚，大娇立马去找领导，让用单位的车赶快送医院。谁知领导急着去参加一个会议，害怕迟到，就说，你找辆出租送徐姐吧，费用我给报销。大娇拦着车头不放，说，领导，你得分清哪头轻哪头重，人命重要还是开会重要？还有，年终评奖，该评上的人没评上，不该评上的却评上了。这哪是评奖，事情咋反着来呢？以后谁还把工作放到心上？

几次三番，大娇就讨人嫌了，领导不待见，单位的人也不待见，显得有些孤立。手头的活儿忙完了，几个姐妹说，小娇，走，咱逛街去呀，听说建业来了新款梦特娇裙子，浅底素花，特适合你。

大娇和小娇坐对面，没人叫上大娇，大娇孤零零的，像个没爹没娘的孤儿。

小娇时常带着一副娇羞的小样，办事知道分寸，小嘴叭叭的，爱说，也爱笑。哪里有小娇，哪里就是一台戏。疯笑一阵，小娇说，瞧这天热的，口都干了。有人连忙快步下楼，抱回来几听酸奶，说，小娇，咱喝。小娇说，我说我要喝酸奶了？那人说，你没说，可你口干了呀。小娇说，既然买回来了，就喝吧，不喝浪费了。小娇说着，偷偷看一眼对面的大娇，轻启小嘴，一口一口，啜饮着酸奶，小脸笑成一朵花。

小娇劝过大娇，小娇说，大娇姐，你咋老和人较真呢？有些事儿是较不得真的，和领导较真会有好果子吃？和大家较真，还不把人给得罪了？大娇说，我也知道我这牛脾气不好，惹事儿，讨人嫌。我也想改，可一到事儿上就憋不住，就改不了。大娇说着叹了口气，小娇也跟着叹了口气，说，江山易改，禀性难移呀。

日子就这么不紧不慢地过，大娇还是老样子，爱说，敢说，遇事爱较真。熟悉了大娇的脾气，也就那回事儿了，波澜不惊了。

双娇二十六岁时，分别把自己嫁了，大娇嫁了个公务员，日子过得平淡无奇，却也无波无澜，安然自在。小娇嫁的是煤

　　　　　　　　　　　　李培俊纪念文集

矿老板，小日子滋滋润润，几百上千的化妆品抹到脸上，几千上万的名品包挎在身上，小蛮腰一扭，上班，下班，渴了有人买酸奶，饿了有人买零食，很是得宠。

今年二月，春节刚过，单位领导换了，老领导退下来当了协理员，新领导是从组织部调来的，年纪轻轻，拧着张黑脸，像谁欠了他二斗米没还。两个月后的一天，新领导把大娇叫进他的办公室，关起门谈了一个多小时，大娇出来时还是老样子。接着领导又把小娇叫进办公室，也谈了一个多小时。小娇出来时不一样了，眼有点红，手里捏着纸巾，一边走，一边揩眼角。

隔不久，新领导召开全员会议，会上宣布，大娇调到监察室任主任，虽是副科级，但岗位重要。小娇却主动辞去工作，到老板丈夫那里当了出纳。临走时，小娇找到大娇，说，大娇姐，我想不通，你得罪了那么多人，领导咋会提你呢？大娇老老实实说，我也一头雾水呢。大娇望着窗外的花坛，花坛里的月季刚刚钻出花苞，一副要开没开的样子。

（选自《百花园》2015年第5期）

猜测电话内容

我这人臭毛病特多，喜欢猜测别人的电话内容。别人来了电话，我在旁边听，通过接电话的人说的话，我能马上猜出对方说些什么，一句不少，只字不漏，甚至连对方说话的语速、语气，是喜是悲，笑着讲还是哭着说，都能猜个八九不离十。也算邪门，你说，隔着三五十里或者几百上千里，我咋像看到对方一样，猜得那样准呢？

我一直怀疑，我是否天赋异禀，有什么特异功能。

我们办公室一共四个人，老钟、小绪、大黄、我。老钟是我们科长，人长得帅气，接近五十岁了，看上去还像个小伙子，一头寸发直溜溜的，根根竖起，特旺盛，特有生气。老钟不爱说话，要么伏在案上看文件，翻报纸，要么仰脸看着天花板，一天难开几次金口。小绪是姑娘，界于成熟与青涩之间，模样不错，鼻子眼都安得很是地方，按照黄金分割法，算得上美女一个。一般来说，美女爱笑，女人笑起来比板着脸好看，小绪也特爱展示这种优势。大黄这人没说头，板着脸谁也不理，一上班就鼓捣材料，科里材料都是他出，没时间和人瞎扯。

那天，小绪接了个电话，说话声音低低的，手机紧紧捂在耳根上，生怕一丝声音漏出来。一边接电话，一边不断朝科长老钟那里瞄。老钟也朝小绪那儿看，他一看，小绪就有些不大自然，小脸忽一下红了。老钟看到第三次，小绪朝对方说了声，就这样吧，回头我打给你。等小绪放下电话，我说，小绪，男朋友来的？小绪说，你咋知道？我说，我不但知道，还知道你男朋友说了些什么。小绪不信，说，蒙吧你，你耳朵还怪长呢。这就是骂我了，马的耳朵才长，驴的耳朵才长。我不在乎，我说，要不要公开一下？小绪一副满不在乎的样子，隔着三张办公桌，起码六米，对方声音当然听不到。我说，你男朋友约你今晚去他家吃饭，还有你男朋友说，吃过饭到迪厅疯上一把，然后到宾馆……

小绪小脸早白了，把一本杂志隔桌子扔过来，喊道，老李，你打住！

我问，猜得不对？小绪没说对不对，两行泪嘟噜噜下来了。大黄说，老李蒙上了？小绪说，他……他不是人，是妖……

正在这时，科里固话响了，电话在小绪手边，她不接，让大黄接。接完，我说，大黄，你老婆来的，她晚上单位加班，让你去接孩子？孩子在幼儿园吃不好，让你给他做点吃的……

钟科长说话了，他问大黄，是不是这回事儿？大黄眼早直了，说，老李……老李……没说出一句囫囵话。

霎时，所有人都傻了，变颜失色，一张脸红着，一张脸青着，还有一张脸颜色没变。红脸的是小绪，青脸的是老钟，没变脸的是大黄。他们的隐私都在我心里装着，小绪的男友在质检站，收过建筑商红包，他电话里告诉过小绪；老钟想上副处，让一帮弟兄给竞争对手下套，把对方按到洗浴中心床上；大黄家境不好，常拿票到对口单位报销……

天地良心，虽然手里握有他们大把的隐私，我却一句没有外传，大家处得不错，又没惹咱，说那些干什么？

自那天以后，大家不在办公室接电话了，也不在办公室打电话。明摆着，连对方说什么我都知道，谁还傻乎乎地当着我接打电话？电话进来，他们就跑到走廊上去接，要打电话了，也跑到走廊上去打。科里那部固话整天闲着。以前不，有电话进来，不论老钟还是大黄还是小绪，看过来电显示，压上，用公话回过去，让亲朋好友省几个银角子。

今年夏天，我被调走了。起初调我到另一个科，人家不要，说，老李这人能力强，还是找个更重要的位置吧。又调一个科，人家还不要，这回理由更充分，说应该人尽其才，才尽其用，干脆调到公安局，破案正好用上这种人。处长说，老李你就委屈一下？孩子不是要高考吗？回家侍候着，争取考上北大、清华，给你老李家挣个天大的脸面。

这就是下岗了。我他妈这点小聪明却换来这样的结果，是我没想到的。其实呢，我哪有什么特异功能，是我从他们日常通话内容猜测出来的，摸准了每个人的通话习惯。本来只是拿出来显摆一下，却换来下岗的结果。

肠子都悔青了我。

（选自《百花园》2015年第7期）

你有QQ吗

你有QQ吗？

这是清水谣在我博客上的留言。我也在他的博客上留言，我说，有啊，现在的人，没有QQ，还活个什么劲。他说，你说得太对了，不聊天，还不把人闷死？

我把QQ号给了他。

我每天都要打理自己的博客，贴篇小文，发个照片，当然，也发些"豆你玩""蒜你狠""糖太宗"之类的牢骚。我知道那不起作用，物价高低，工资多寡，是上头的事，我个小科员根本管不了，可发发牢骚，发泄一下总可以吧。

进入清水谣的博客十分偶然，那天烦烦的，随手点了文心斋主的博客，在访友一栏见到了这位老兄。这位老兄的博客设计相当有特色，紫铜衬底，画面朴实，拙笨纯净，古色古香，一位荷锄老农，太阳下挥汗如雨，大有汗滴禾下土的味道。博客也写得相当有味道，他说他是个大富翁，别墅两套，大奔两辆，早上去喝胡辣汤，喝一碗倒一碗。更令人吃惊的是，他竟有两个老婆！他妈的，这哥们儿分明是在挑战法律，挑战一夫一妻制！

聊得久了，我才知道，这个清水谣其实是个打工仔，别墅、大奔、老婆、胡辣汤，全是子虚乌有，不过是一顿精神大餐罢了。

我服了这小子，想象力够丰富的！

我把QQ给了清水谣，清水谣也把QQ给了我。于是，我们聊得火热，聊得天昏地暗，聊得日月无光，家庭、老婆、孩子、物价、工资、升迁、葱姜蒜，还有萝卜白菜西红柿，聊起来没头没尾，没完没了。

我是因为无聊才上网聊天的，无聊的原因，是事业过于不顺。当了十几年小科员，还在窝里趴着未动，眼睁睁看着别人副科正科往上蹿，自己却一直原地踏步。凭什么呀！我也有本科文凭，样儿也不丑，科里的活百分之九十是我干的，可好事儿老躲着我走，评先、奖励、提拔，老没我的份儿。心里有气，逮住谁和谁聊，倾诉一番，发泄一通，心里好受一些。

清水谣说我，你他妈够幸运了，政府部门的小官僚，风刮不着，雨淋不着，天上下石头每月照样有收获，有什么不满足的？我说，你老兄坐着说话不腰疼，手里攥着上千万，大富翁一个，当然可以说些风凉话，假若让你当个小科员……

他说，那我就幸福死了。

我说，别墅不要了？大奔不要了？两个老婆不要了？

清水谣许久没有回音，发过来个哭笑不得的表情。我问怎么了？他说，要听实话吗？我说，当然，喜欢听假话的人才是真的假。

清水谣说，他其实是个打工仔，在建筑工地干活，不过，相对那些搬砖和泥爬架子的人来说，他就是个白领了——管料库，有自己单独的小工棚，砖垒的床、砖垒的桌，电脑是从垃圾桶里捡来的，就放在砖垒的桌子上。下班没事儿，别人满大街乱逛，他看书，莫言、路遥、林语堂，都看。人家死猪一样睡了，他坐着，写博。

我说，那么，别墅、大奔、老婆、胡辣汤都是假的？

也不全是。他说，那是精神。精神，懂吗？有精神有希望，一个人穷得连精神都没了，还他妈活个什么劲？

我和清水谣聊了半年，竟也有了心平气和的感觉，少了郁闷和不平，多了点阿Q似的顺其自然。我渐渐明白一个理：不和人比，不和比自己强的人比，要比也行，和比自己差的人比。

想通了，窗外的阳光似乎也明媚了，娇艳了，看谁谁顺眼，科里五大三粗的刘姐竟成了美女一个，科长的苦瓜脸笑眯乎乎的。

现在，我还当我的小科员，还干科里百分之九十的工作，别人升迁、得奖、评优，我仍能笑眯眯地举杯，叭，碰一下：走一个！

天地良心，我是真心的。

我还上博客，谁的都上，在众多的留言簿里经常发现清水谣，他留言最多的，还是那句话：你有QQ吗？

（选自《金山》2015年第9期）

将军问事

　　将军回湖桥村那天，秋高气爽，晴空万里，几朵几近透明的云彩悬浮在天幕上，自由自在地飘荡。将军舒心地笑了，对陪在左右的县领导说，我参加八路军那天，也是这样的好天气。将军叹了口气，一转眼就是好几十年哪！

　　按照县里安排，将军回乡后的第一件事是参观专为将军修建的纪念馆。将军战功赫赫，是湖桥村走出去的唯一的将军，是村里的荣耀，也是全县的骄傲。通往纪念馆的道路铺着红色的地毯，两侧摆满了五颜六色的鲜花。将军苦笑着说，我这是回家，用得着这样吗？

　　将军没有接受这样的安排。将军在红地毯前站下，招手叫来村支书，问道，毛林住在哪里？村支书说，他两口还在东沟的老宅子里住着。将军说，咱们先到东沟去，我要见见这个胆小鬼，当面问他个事儿！

　　毛林和老伴儿正在翻晒刚从地里收回的玉米。八十多岁的毛林十分瘦小，光着脊梁，手拿木锨，把玉米粒在院地上铺出一片金黄。毛林把晒好的玉米翻到下面，再把下面的翻到上面，动作娴熟，轻松自在。将军点点头，嗯，看来这个逃兵的身子骨还不错，八十好几的人了，还干得动农活儿。见了将军，毛

　　　　　　　　　　　　　　李培俊纪念文集

林立时热泪汹涌，搓搓手上的土屑，一把就把将军的手握上了。他说，伙计，真没想到这辈子还能见到你！将军却很冷淡，抽走双手背在身后，冷着脸上下打量毛林好一阵，才说，毛林，我只问你一句话，那年秋天，头天晚上商量得好好的，要一起参加八路军，临走那天，为什么四处找不见你？你为什么当了逃兵？

毛林的手还在那儿尴尬地悬着，不知放到哪里才好。听了将军的话，毛林的脸也马上冷了下来，那只手猛地朝空中挥了一下，说，你说我什么都行，就是不能说我是逃兵，说我是胆小鬼！

县里随行人员连忙呵斥毛林：咋说话呢？咋说话呢？毛林说，我就这样说话，你张狂什么，当年老子杀鬼子的时候还没你兔崽子呢！

将军问，你杀过鬼子？毛林哼了一声，说，你以为只有当将军的人才能杀鬼子？

毛林老伴儿悄悄回屋，捧出一个土灰色的陶罐，揭去封口，从里面掏出一堆发黄的肩章。毛林呵斥老伴儿，你这是干啥？你还有脸显摆！那年要不是你，我咋会被人骂成逃兵呢！老伴儿把头垂到胸前，嗫嗫嚅嚅说，谁叫你是独生子呢，谁叫咱爹得个要死不活的肺痨呢……

将军知道其中必有隐情，可能是自己错怪了这个昔日的玩伴儿，脸色便缓和下来。对毛林老伴儿说，弟妹，说说，那年到底是咋回事儿？毛林老伴儿说，那年，他头天晚上说，要和你一起去当八路，可爹躺在床上，我又怀孕了，他一走，这个家还咋过下去？我骗他说，你走就走吧，走前下红薯窖多拿出来点儿红薯。他下去了，我把红薯窖口锁了……就为这事，他和我闹腾了一辈子，差点儿把婚离了……

毛林说，你还有脸说！毛林老伴儿说，我咋没脸说？你虽然没当成八路，还不照样杀鬼子？别人不知道我可知道，你掂把二尺长的刀，夜里守在村口，第二天，驻扎在咱湖桥村的鬼子就少了，不是一个就是两个。我给你数着呢，到日本人投降时，你一共杀了十二个鬼子。这不，被你杀死的日本鬼子肩章都在这儿存着呢。

毛林老伴儿说着，把陶罐口朝下倒了起来。将军蹲下来，一个一个捡拾，验看，有列兵、下士、上士，还有两枚是中尉军衔。不多不少，整整十二枚。

将军愤怒了，转头问县里的人，这样的英雄你们一点儿都不知道？县里的人面露尴尬，说，他没说，也没人上报呀。毛林老伴儿说，是老东西不让说出去，他说要保密，免得小鬼子报复村里人。这一瞒就是几十年哪！

将军的牙巴骨被咬成两个铁块，扑上去紧紧抱住毛林，许久，仰天一声浩叹：你这个毛林呀！你知道我亲手打死的鬼子有几个吗？也是十二个。我当了将军，可你呢？毛林说，话不能这样说，都去当将军了，地谁种？

将军说，可这对你不公平啊。今天你们两口就跟我走，住到省城我家去！毛林说，那得问我同不同意，我从来没想过啥公平不公平，比起战死的烈士，我现在这日子就不赖。

将军走时留下两条指示：把将军纪念馆改为抗日纪念馆，把毛林杀鬼子的事迹整理出来，放进纪念馆；按离休人员标准，每月发给毛林一定的生活补贴。

毛林说，我有地种有粮吃，能打能跳能干活儿，要那玩意儿干啥！

（选自《百花园》2015年第12期）

醉　吟

　　醉吟咏诗大都是在晚饭后，喝过那种便宜得不能再便宜的"老村长"，抹去嘴角残留的酒渍，把一个充当话筒的小型手电筒举到嘴边，摆出一副明星才有的架势，开始他的吟咏。

　　因为醉吟这个优雅得近乎做作的爱好，他的名字已经很少有人记得。我们这些在风餐露宿中讨生活的民工，除了打打扑克，赌几个小钱，平时没人想起要给自己安排什么娱乐活动，就靠醉吟这家伙的吟咏打发时光。一般来说，醉吟喜欢喝过酒后吟诗，大家才送他"醉吟"这个名字。其实，醉吟并未喝醉，每次只喝二两，多了喝不起。喝过二两"老村长"的醉吟，似乎不胜酒力，白皙的面孔微微发红，精神奕奕，当他把那个小型手电筒举到唇边，便有诗文破唇而出，充满了这间工棚的每一个角落，他的吟咏，也便有了石破天惊的文化特质。

　　醉吟的吟咏极为到位，无论是一腔报国情怀、壮志未酬的《满江红》，还是大江东去一泻千里的《赤壁怀古》，那种抑扬顿挫，那种时而高亢时而低回的声腔，都有一种扣人心弦的况味，略带沙哑的嗓音，让人有种想大哭一场的冲动。

　　醉吟说，他是湖桥村人，那是中原一个贫困落后的小山村。一桩莫名其妙的盗窃案毁了他的梦想，毁了他的一生。虽然那

　　　　　　　　　　　　　　　李培俊纪念文集

桩公案不久便真相大白，与醉吟没有一毛钱的关系，可高考那几天，他却不得不蹲在森严的看守所里。事后，警察带着一万元抚慰金找到醉吟表示歉意。醉吟接过钱，一张张搓开，散成一把，摔到警察胖胖的脸上。他说，我的一生只值这些吗？当天晚上，醉吟拿出所有高中课本，一页一页撕开，慢慢投进灶膛。熊熊火光中，醉吟潸然泪下，眼泪鼻涕糊了一脸。

也就是从那天起，醉吟走进工地，开始喝酒，开始吟诗……

现在，《满江红》也好，《赤壁怀古》也罢，已经不能满足醉吟的吟咏，这些，毕竟是古人的东西，没有多少嚼头，他要创作自己的诗篇，自己吟咏出来。于是，醉吟开始写诗。

醉吟的诗大多是在脚手架上完成的，站在距地面近百米的高空，醉吟似乎看到了远方的湖桥村，那个贫穷的小山村，那里的鸡飞狗跳，那里麦子成熟后的满地金黄、春风洒绿中摇晃着升起的太阳、小山上无边无际的葱茏，以及白了胡子的二爷、着一身粗布衣衫的闺女、光着屁股的童稚小儿……无一不进入醉吟的诗歌。收工以后，醉吟就着昏黄的灯光，把它们一一记录在洁白的纸上。这时候，醉吟的眼里有一点一点的水光闪动着，融进城市灯火通明的夜晚。

醉吟在某一天晚饭后宣布，他要吟咏新诗，是有关他的家乡湖桥村田园风光的新诗。这时候，醉吟不再装模作样使用那个用以代表话筒的小手电，不再装腔作势地先抿几口水，也不再轻咳……总之，醉吟开始用最本真、最原始的沙哑嗓音吟咏。工友的心被醉吟抓住了，揪得紧紧的，工棚内一片死寂，望向他的一双双眼睛，和他一样有了闪动的泪光，还能听到一两声轻微的啜泣。

醉吟的吟咏被越来越多的哽咽打断，工友们一拥而上，抱住了醉吟，抱得紧紧的……醉吟抹去泪痕，说，散了，散了吧……醉吟又说，明天我要走了，回我们湖桥村了。醉吟还说，我要把城市搬到我们湖桥村，包括平整洁净的街道，高耸林立的楼房，也包括光亮的灯光和幸福的人群……

有人咻一声笑了，说，没发烧吧，凭你？醉吟面色凝重，重重地点点头，说，还有村里那些乡亲。

十年以后，当年的工友们已经干不动工地的活儿了，相继回到各自的家乡，他们相互邀约：咱看醉吟去？

好，去看看那家伙是不是真把城市搬到湖桥村了。一个工友在电话里说，不用去了，现在你们打开电视看看就知道了。

电视画面上，醉吟正站在高楼林立的小区门口，对着镜头吟咏他的新诗：啊，我永远的湖桥村……

（选自《百花园》2016年第1期）

唱歌的鱼

他又进入了那个人的博客。

那个人的博客名叫"鱼儿",设计相当精致,小荷尖角初露,从一碧如洗的池塘中探出水面,摇曳不定,荡出一圈圈涟漪。"鱼儿"没有上传头像,不知是男是女,代替头像的是一条音乐鱼。他说不准那是什么鱼,自小在山里长大,对鱼没有多少概念,在他眼里,鲢鱼、鲤鱼、草鱼一个样,没什么分别,只不过有的鱼好看,有的鱼不好看罢了。

那条音乐鱼通体透明,鳞片金光灿烂,光彩夺目,淡灰色的头颅轻轻摆动几下,音乐便轻柔舒缓地响了起来,于旷远优雅中透出一丝淡淡的忧伤。博主一定是个音乐爱好者。他想。音乐每天一换,今天是"亲爱的你慢慢飞,小心前面带刺的玫瑰";明天,是舒伯特浪漫的《小夜曲》;到了后天,则换成二胡曲《梁祝》;还有几次,却是豫剧《朝阳沟》中银环喜气洋洋上山那段,轻快明亮,春色无限。

初时,他零点以后才上"鱼儿"的博客,零点之前,他一般都在"杀人",使用稀奇古怪的冷兵器鏖战。或者,在网上包养小三,恋个晕头转向,然后做顿可口的饭菜……这么说吧,他一直活在虚无缥缈的世界,活在百无聊赖之中。直到上了"鱼儿"的博客，听听"鱼儿"的歌唱，翻翻博文，心境才慢慢沉静下来。

他是乡中的老师，教初二语文。他觉得，整天和十几岁的小屁孩儿打交道，对一个古代汉语专业的硕士来说，是一种侮辱和亵渎！是的，他就是这么认为的。7年前，走出大山的那一刻，回头远望，大山缝隙里的小山村早已不见踪影。站在山巅，他伸展双臂，呼出满腹浊气，使尽力气吼出一声：我走了——再也不回来了——

他要走进大城市，站在大学讲台上。或者，进入某部委、科研机构，任他纵横捭阖，施展才华。

但他还是回来了，窝在乡中教书。理想与现实的巨大反差，使他足以有理由自暴自弃，玩起了曾经不屑一顾的网络游戏，玩得天昏地暗，日月无光。他想，我他妈的不玩儿干什么？社会不需要我，城市不需要我，可网络游戏需要我。

他一玩儿一个通宵，往往，早读预备铃声响起，他方才匆匆关机，抹一把脸，有气无力地走进教室。其实，他也觉得，那些虚拟的玩意儿无聊透顶，杀人、被杀、包养小三，哪样是真的？没有。

直到有一天，他发现了"鱼儿"的博客，注意力才得以转移。他把身子仰在椅子靠背上，两只椅腿悬空，微微闭上眼睛，一曲接一曲听歌。然后，翻开"鱼儿"的博文，慢慢阅读欣赏。

"鱼儿"的博文写得很勤奋，几乎每天讲述一个小故事，从不间断。凭直觉，他认为"鱼儿"应该是个女人，文笔细腻，婉约清新，伤感却不悲观，沉重却又奋发，像一泓跌宕起伏的清泉，缓缓从心里流过。此后，晚饭后他便迫不及待上了"鱼儿"的博客，不再去杀人、被杀、包养小三。

"鱼儿"讲述的是一对小夫妻困苦中相濡以沫的故事：丈夫突遇车祸成为植物人，除了工作，"鱼儿"的整个心思便是如何唤醒丈夫。她为他擦身、喂水、喂饭、按摩……

　　"鱼儿"把初恋时丈夫送她的礼物放在床头，每天取出一件拿给丈夫看，娓娓地，娓娓地，讲述他们相恋相爱的故事，然后整理出来，发到博客上。

　　半年来，"鱼儿"讲述了178个故事，他一篇不落读了。他觉得，这些故事看似平淡无奇，却给人一种心颤的感觉，也在诠释着什么。现在，他明白了，"鱼儿"的故事其实是灵魂的救赎，无形的导引，让人在潜移默化中驶向彼岸。

　　他每晚在"鱼儿"的博客上徜徉，在歌声中，在故事里，牵挂着那个素未谋面的女人，期待着医学奇迹的出现。

　　他这段时间有点忙，任历史课的郝老师家里有事儿，让他代几天课。郝老师和他一个办公室，坐对面，不爱说话，埋着头，不吭不哈做自己的事儿。那天，她说，你为我代几节课行吗，我家里有点事儿。他爽快地答应了。别人的课可以不代，郝老师的课不能不代，那个稍显忧郁的郝老师，那个黄瘦疲惫的郝老师，让他有一种心痛的感觉。

　　上完夜自习，迫不及待打开电脑，却令他大失所望："鱼儿"没发新博文。别的博客他又不想看，假，不疼不痒，和"鱼儿"的博客差老鼻子了。

　　他盯着电脑屏幕，看着那条音乐鱼在游弋，在唱歌，期待着"鱼儿"新的救赎灵魂的故事。

（选自《百花园》2016年第2期）

短篇小说

冷　笑

一

灯都熄了，熄得彻底，熄得干净！

宿舍区的人纷纷留下或粗短或悠长的鼾声。

他还醒着，有点心惊肉跳六神不安。悄然碰上门锁以后，他紧紧地靠在门上，大口大口地喘着粗气。门缝尖利的风，小刀似的在他半裸的皮肉上划来划去。

他钻进了被窝，很暖和，很舒服。鸡皮疙瘩消散之后，他看了一眼手表，绿莹莹的磷光指示出表盘上的读数：凌晨一点多点。

他有凌晨一点解手的怪癖，钟点一样准时，不管睡早睡晚，不论睡意多浓，凌晨一点，他总要爬起来一次。厕所修建得远，咚咚咚，得跑好长一段路。夏天还能对付，大冷的天，穿着裤头背心上厕所，难受。于是，他便常常舍远求近，出屋门三米，掂起家伙儿，对着女贞树，酣畅淋漓地挥洒一通。

他曾多次努力，试图改掉这个令人烦恼的怪癖。便约人下棋、打扑克，或者聊天。零时五十分，急急忙忙奔了厕所。奇怪的是，憋出满头大汗，却撒不出点滴尿来。凌晨一点刚到，膀胱里便像搁块石头，极沉极沉地下坠，坠得小腹发酸发胀发疼，慢走一步，尿便落到裤子里。

真他妈的奇怪！

好在并不妨碍吃喝，照样顿顿六两馒头。身体也没感到明显的不适，也就听天由命，听其自然了。

今天，又是凌晨一点，他准时站到女贞树下。刚刚搂起裤头，蓦然，一条黑影从行政院蹿了出来，顺着树荫直向墙角窜去。

不好！有人行窃！

他想喊，但他没有喊出来。他右手松开了搂着的裤头，紧紧地捂到嘴上。

这时，那黑影在墙角稍作停顿，纵身爬上了红砖墙头。透着天幕，他觉得那黑影十分眼熟——窄细的腰身，宽阔的肩背，习惯性的甩发动作……

是他？

没错，是他！

他回屋躺在床上，睡意全消。他在想，是否应该马上报告保卫科或者直接报告公安局。

终于，他作出了决定。算了吧，你他妈的咸吃萝卜淡操心，少管扯淡闲事！赶明儿，让那些拿工资吃干饭的爷儿们忙乎去吧。

这倒不是他和罪犯有什么七大姑子八大姨的瓜葛，也没惧怕罪犯日后报复捅刀子。而是他不愿意报告，不愿意！

他在暗中笑了，笑得很开心，很残酷，甚至说很恶毒。

二

他绝对不是冷血动物，血管里涌动的血液依然热乎乎的。

他在厂里走红，还没过二十四岁。他有的是旺盛的精力，也拥有这个小厂独一无二的技术。年终评比，身披"十"字红绸上了郑州，搬回来一本印制精美的市级劳模证书。他微笑得十分动人的彩照，放大到一尺二寸，夹在厂门口的玻璃框里。那张彩照，从用光到着色，从表情到衣饰，无不恰到好处，连嘴角上那颗黄豆大带毛的黑痣，都神气得要命，美得要死。

不久，他被任命为厂长。

又不久，财务科的出纳小徐姑娘迷恋上了他。几度暗送秋波，毛遂自荐，一双高跟皮鞋走到他的宿舍，躺进他的怀里。而且……

小徐姑娘是厂级美人，按照年轻人的打分标准，应在九十五分以上。

"哥们儿，你小子艳福不浅哪。"哥们儿羡慕得直搓手掌，"老实交代，那个没有？"

他极甜蜜地一笑，笑得光辉灿烂："小子，你们肚里的坏水太多了。"

说过哈哈哈一阵大笑，可着嗓门吼几腔"幸福的歌儿……爱情的花儿"。歌儿是老歌儿，老得土渣，他却吼。模范厂长，让人眼气的女朋友。作为男人，事业和爱情全了，还有什么不足，还有什么遗憾呢？

然而，春风得意的时光也就那么两年。他的"政敌"在他毫无防备之机发动了袭击，把他捋了个精光。办移交手续时，新厂长要他继续留任，担任副职抓生产和技术。他第一次冷笑了，他不知道自己还会冷笑。这个发现，让他很激动了一阵子。

他说："让我给你当副职？打下手？"

新厂长点了点头。

"当陪衬吗？"

"我可是真心实意……"

"算了吧！世界上根本不存在真心实意！"他说，"我不稀罕这施舍的职务，也没愿扶助一个得便宜卖乖的小人！"

也许，小徐姑娘害怕闻他身上的铁腥味、机油柴油汽油味，也许另有原因。在他义无反顾地昂首返回车间，重新操作起千分卡和扳手之后的一天，她也义无反顾地离他而去。

他很坦然，既然是这么个势利的女人，九十五分的脸蛋又有什么值得迷恋？如此小事便情淡如是，要是蹲套牢，还不得铐了镣铐打离婚？

分手那天，他什么话也没说，只对那张九十五分的脸蛋冷笑了一下，走了。

想到这里，他在黑暗中又一次冷笑，很冷，很严峻。一种报复的快感从心底释放出来，严重地扭曲了他英俊的面孔。

世界就是这么回事儿，生活也是这么回事儿。他想。

于是，他睡着了，睡得那样香甜。嘴角挂着一丝尚未消散的笑意。

三

一觉醒来，早饭已经开过。他突然想起，应该到财务科去看场好戏。不知怎么，他几乎认准了，被盗的一定是财务科。

他要看看那位脸蛋漂亮的小姐怎样惊讶，怎样哭天抹泪，甚至当场晕倒，被七手八脚抬上汽车，嘟嘟嘟开进医院去。

他觉得这场面很开心，很别致。虽然有点残酷。

他把胳膊伸到被外，举过头顶，舒舒服服伸了个懒腰，才开始套上衣，穿裤子。马马虎虎洗脸刷牙，然后，从炉子上拿了一块烤得黄焦的馍片，吃着朝行政院走去。

财务科门口已经被围得水泄不通，气氛庄严肃穆，像八宝山革命公墓的追悼大会。保卫科科长血涌脸膛，像要吃人，叉开双腿把住被撬的房门。这时正如他所料，一阵哭声传来，尖锐而歇斯底里。小徐姑娘披头散发，跌跌撞撞奔来，泪珠子哗哗往下倒。

"黑了心的贼呀……你这可是要人命啊……我活不成了哇……"

他就站在她身后，双臂抱在胸前，右脚尖轻轻点地，敲击出富有节奏的"鼓点"。他饶有兴味地盯着她哭闹，盯着她捶胸顿足。

小妞，哭得再响点儿，拳头再用力点儿，那才叫有味呢！

不久，公安局的三辆挎斗摩托风驰电掣般驶进厂里，警察一律绷紧了脸，拍照、勘查，忙碌了好一阵。然后和厂长、保卫科科长碰头研究，决定马上召开全厂职工大会公布案情，依靠群众，迅速破案。

听过案情公布，他大吃一惊：财务科保险柜被巧妙地打开，未发下去的八千元职工工资被席卷一空。

工资？他笑了。八千元里面才有我几个大钱？这个月因迟到，因没参加政治学习，因车间主任派他干难活、零活没完成定额，七折八扣加罚款，满打满算剩不下四百大毛。

那么，就让这四百大毛打水漂吧。他想，况且，也真的打不了水漂。钱是在财务科丢的，还没发到工人手里。干活给钱，亘古一理。不发工资？看工人不把天给你小子戳个窟窿！

进而，他又想到，保险柜的钥匙是出纳员一手执掌，财务制度又明确规定了现金存量。无论怎么说，那九十五分的脸蛋都有脱不尽的干系和责任。还有，那位依靠耍手腕上台的厂长，你小子也推不掉渎职责任的。裁了！全裁了！等着瞧吧伙计，不死也要脱层皮了。

上午职工大会开过，接着便是车间开、班组开。老办法：每人谈谈昨晚你在什么地方，干什么，谁人证明。

他不知道用这种方法侦破了多少案件，有效率是几分之几。但是常用，老用，用得电影、电视剧的导演、编剧，小说作家都会靠此编造情节，用得盗贼们作案前都准确地掐算好时间才去下手。

他冷笑，为自己的幽默想法。

参加他们小组开会的警察老钟，迅速地瞥了他一眼。散会以后，他被请到了保卫科。老钟给他倒了一杯开水，说："咱们聊聊吧？"

"聊什么？"他问，"案件？你知道的，小组会上我讲得一清二楚。"

老钟说："可我听说，你有凌晨一点起来解手的习惯。"

他很觉不快："你怀疑我偷了钱吗？"

"那倒不是。我是说，如果你凌晨一点起床解手，恰恰是案犯作案时间。宿舍区又和财务科离得很近。是否能提供点破案线索？"

"可我昨晚偏偏没起来解手。至于原因，完全是因为本人少喝了两碗稀饭。因而，我什么也不知道！"

老钟不好再问下去。他吹着口哨，打个响，走了。

四

案件搁浅了十天。

案犯的作案手段十分狡猾，现场竟没留下任何蛛丝马迹。仅有的一个鞋印，是厂里发放的劳保用品，人人都有。要怀疑，这个号码的一个也跑不脱；要排除，一百四十人又都没了关系。况且，案犯既然打得开保险柜，难道就不会在鞋上做文章？况且，也许这个鞋印正是案犯有意留下的。以假乱真，把案情引向歧途。

仅仅十天，厂长瘦得没了人形，本来就不高的个头，平白又矮下去许多。胖得可爱的圆脸，变成了一条风干的苦丝瓜，没有半点活人的生气。走起路来，脑袋重重地耷拉下去，像要钻进制服裤裆里。

"忙啊，厂长阁下？"他故意和厂长走个迎面，故意笑得阳光明媚。

"啊？……哦……"满腹心事儿的厂长半天没醒过神来，"你说什么？我吃饭了。是可能吃过了吧……"

厂长快急疯了，答非所问，神经兮兮的。

他笑了："滋味儿怎么样？还可以吧，啊？"

擦身而过的时候，他故意释放出一串欢快的笑，意味深长。

这些天，老钟一直守在厂里，时而东奔西走，时而把自己憋在屋里抽烟。好好的一副白牙，让烟熏得偏黄，一双眼也熬成烂桃子。

这天，厂办秘书传呼老钟接电话。电话是老钟乡下的老婆打来的，说是他八岁的小儿子病了，很重，问他能不能请假回去照看一下。

老钟一听便上火，电话里把老婆骂了个狗血喷头："你是死人？就不能把孩子送到医院看看去？啥事儿都来找我！"

但是没隔一天，老钟又接到老婆的电话，听了一句，听筒便掉到办公桌上：他的儿子死了，死于急性肺炎。

他知道，急性肺炎并非绝症，而是给耽误了。哪个当父做母的不痛惜自己儿女？父子深情，哪样能比得上？他记得，自己八岁那年得过一次感冒，并不怎么重。母亲请了假待在家里陪他。打针吃药，喂水喂饭。他病刚好，母亲却累得躺倒三天。

老钟的儿子没这福气。老钟钻到案件里，儿子小眼闭上的时候，他连跟前也不在。那八岁的小家伙孤单地……

这次，他怎么也笑不出来，在自己的宿舍里，毫无来由地拿拳头捶打自己，牙齿在嘴唇上咬出一排深深的唇痕，很实在。

"妈的，真没一点人性！"他说。不知是骂老钟，骂案犯，还是骂自己。

五

一波未平，一波又起。老钟死了儿子的第三天上午，出纳小徐姑娘服用了超剂量的镇静剂，被送往医院抢救。

他惊悸之后，就再也坐不住了。一个人跑到厂门口外，坐在水泥板上出神。风很硬很尖，穿透了他的棉衣棉裤，顺着肌肤穿来穿去，他都浑然不觉。

他不知道自己来这里干什么，没有"因为"，也没有"所以"。他想来，就来了。厂里的医生急匆匆走来，他拦住了他。

"她怎么样啦？"他问得很急切。

"谁？"医生有些莫名其妙。他当然想到了服毒的出纳，但他不信：对她抱有那么深的成见的他，会突然去关心她的安危？

于是，医生又问："你问的是谁？"

"她？她！"他恼火透了，举起拳头凑到医生鼻子底下，"出纳！小徐！你他妈的装什么糊涂？"

"她脱险了。"医生说。

他重重地嘘了口气。这时，他才明白，他来这里等的就是这个消息。他问自己：你不是恨她薄情吗？你不是咒过她，撞汽车、掉枯井，吃饭噎死、碰电杆撞死，生个小孩儿没屁眼儿吗？当她真要寻死觅活，你怎么又急得像只热锅上蚂蚁呢？

他说不清，实在说不清。

当天下午，他在街上买了几斤大个儿的橘子、苹果，还有蜂王浆、麦乳精，装了满满一网袋，骑车直驱医院。

天地良心，他绝没有乘人之危取悦姑娘以求破镜重圆之意。他只是觉得愧疚不安，应该去探望一番。

小徐姑娘静静地躺在病床上，身子很虚弱。西斜的冬阳射进玻璃窗，病房里充满了阳光。阳光里，他看见无数的微尘在旋转，在飞舞。

她的脸很白，缺少血色。眼睛紧紧闭着，不知是真睡还是假睡。

他在床前的铁椅上坐下来，默默地看着小徐姑娘。不知怎么，他的鼻子开始发酸，眼眶发热，他急忙用手绢去堵，两滴泪早落到洁白的被单上。"啪嗒"一声，有种惊天动地的感觉。

他悄悄地把带来的物品放在她伸手可及的床头柜上，慢慢地退了出去。出门的时候，他觉得白被子下的身子动了一下，接着，眼角渗出两粒明晃晃的亮点来。

六

天湛蓝一片，空气也极清新。回到宿舍以后，他用力碰上了门锁，背靠着门。脸上，竟有两行泪水滚下，越过脸颊，进入弧线优雅的鼻凹，一丝丝渗进嘴角。

他坐在桌前，狠狠地抽了三支香烟。他把烟雾吞进去，滚动着喉结，深深地吸进肺叶里。过了许久，拢圆双唇，仰脸直直吐到天花板上。

此刻，他感到了热，心里热，身上也热，热得他有点难以承受。这时，一列火车从不远处疾驰而过，巨大的钢铁轮子碾轧着两条笔直的轨道，隆隆的轰鸣震得他脚下的土地剧烈地抖颤起来。

多年来，他习惯了这隆隆声响，也从未感受到过列车如此磅礴撼人的气势。

于是，他在桌上铺开稿纸，拧开钢笔，在洁白的纸页上落下了题目。

猛地，他收住了笔。"我他妈的这是怎么啦？究竟要干什么？"

他终于又写下去。他觉得自己好笑，于是，他笑了，和他那张一尺二寸大的彩照上的笑一模一样：光辉而又灿烂。

（选自《百花园》1988年第3期）

火　狐

　　当铁灰色的准星放进同样铁灰色的缺口正中，和右眼构成一条准确无误的直线，并且套住了那团火红的时候——他屏住呼吸，把全身力气和整个希望，一起集中在那压住猎枪扳机的右手食指上，击发以后，钢质的撞针猛然朝弹壳底火撞去。于是，一股强劲的火药气流推动铅弹，高速旋转着，带着呼啸，带着冬日里冰凉的铁腥味，带着富贵获取的激动与欢快，射向不远处的那团火红。

　　一切就这样开始了。

　　这是一只火狐，一只漂亮珍贵而又十分罕见的火狐。它如同一团耀眼的红色火焰，在冰雪洁白的大山上，在富贵的眼里，如火如荼地燃烧。富贵看见它时，那东西懒洋洋的，悠闲自得地站在一道衬着天幕的雪梁上，抖动着它通体的火红。它纤细秀气的前腿，趴在皑皑白雪上，浑圆丰满的臀部，以优美的姿势撅起，它曲线流畅的腰身呈现出一种难以言喻的神韵。

　　少顷，那东西拐回头来，伸出粉红色的舌头，轻轻地舔着它一身的火红。那双黑里透蓝的眼珠儿，如同两枚晶莹的玻璃球儿，闪射出特有的机灵警觉防范的光。

　　它开始引颈顾盼，突发一声悠长而深情的嘶鸣。不知是招呼同类，还是呼唤子女，抑或是一种类似孤芳自赏之后喜悦的表达。

富贵的心开始颤动，开始狂喜。日他娘，打了十几年猎，还没见过这么高级的玩意儿哩，活该咱发注大财。

是的，它太漂亮，漂亮得让富贵在这一瞬间忘记了他的女人。它那火红的、不见一根杂毛的皮，极其罕见，其价值，绝非十只八只普通的狐皮可以抵得上。

这不是一只狐狸，一张毛皮，是一沓数起来哗哗响的票子。

然而，作为富有狩猎经验的猎人，富贵深知，这种稀奇珍贵的精灵，通晓人性，多疑而狡猾，它们的预感和嗅觉灵敏得让人难以置信。你瞧，当富贵缓缓抬起枪口，瞄向它时，火狐抽了两下鼻子。就在富贵击发的同时，那火红的精灵猛地向后一蹲，就地一个翻滚，隐进密不透风的丛林。

火红没有了，不见了，眨眼之间，像是从这个地球上消失了。

富贵的枪法是无可怀疑的。当他还没脱下开裆裤，吸溜着鼻涕的年龄，父亲便把一支锈迹斑斑的猎枪戳给他："练去！"猎枪很长，高出富贵头顶三尺有余。猎枪也很沉，沉重得像托着一架小山。富贵家的大门外，有一株百年古槐，树冠奇大，遮出一亩二分地的树荫。时值七月，槐花正盛，粉白里渗着米黄，开出一树浓郁的幽香。富贵怕热，父亲一转身，他便自觉地把他的练习场地挪到槐树的阴凉里。一百步开外，是父亲用石灰画成的火柴盒大小的圆圈，这便是靶子。父亲见状，二话不说，他的粗糙结实的赤脚一扬，把瘦小的富贵又踢回明光耀眼的日头地里。

"好你个狗日的，芝麻大的年龄就学会偷懒耍滑，舒舒服服能练成狗屁的本事。"泪水和汗水，蒙住了富贵的眼睛。富贵至今仍记得，那是个热死狗的三伏天，他幼小稚嫩的心曾产生过怨艾和仇恨："啥鬼父亲，拿儿子不当人。"甚至，他还发誓，等他长大，就用这杆生满红锈的猎枪敲断父亲踢过他屁股的那条腿。富贵仍得练，他不敢不练，他的怨艾和仇恨不久也就烟消云散。枪托在手里已不再那么沉重，枪口与准星与眼睛所构成的那条直线，清晰而且沉稳，瞄向小圆圈，竟纹丝不动。

这年冬天，父亲提来一块红砖，绑上兽皮搓成的细绳儿，挂在富贵的枪管上。每当富贵认为已经瞄得很准、猎枪端得很稳的时候，父亲便适时出现。一脸阴云的父亲什么也不说，把拴着红砖的兽皮绳朝枪口方向移出二寸。这是个不大的距离。然而，富贵却需要重新从枪管和枪身的晃动开始。他觉得，那条黑乌乌的枪管，简直是一条无端无涯的长路，充斥着艰难、痛苦和磨难。

山雪久久不化，被尖利的西北风扬得满天皆是，从脖颈、袖口、裤腿灌进，穿透了皮肉，骨头里渗出尖锐的疼痛。一天练下来，富贵趴到地下站不起来，膝盖和胳膊肘全已冻烂。父亲搂住他，把他放在松软的肚皮上焐。

富贵第一次打实弹是十六岁。生日那天，父亲带他进山。当一只肉眼几乎难以看清的云雀飞过时，父亲把压好铅弹的猎枪递给富贵："敲！"

父亲不说"打"，而习惯说"敲"。那双已显混浊的眼睛，突地冒出两粒晶亮的火花。

云雀应声而落，巧巧地坠在父子俩脚前地下。富贵知道，他并没有瞄准，只是凭着云雀飞动时翅膀对于空气的振动，凭着他敏锐的感觉击发的。

父亲捡起那只余温尚存的小玩意儿，左右翻看一阵，扔给富贵："你自己看看，就这样敲？十几年的馍白吃了。"

富贵偷偷瞄去，铅弹从云雀的两眼穿过，唯一的缺憾是稍微偏了一点点，把云雀贴近眼帘边的头皮揭去一小块。

已经够不容易的了，初次打实弹，谁能敲得那么准呢，富贵委屈得哭了。不待泪水滚下，父亲的巴掌早已落在头上。那也是冬天，也是在这架山梁上。一串串清亮温热的泪水，在皑皑白雪上砸出黑黑的深坑。而后，父亲从口袋里摸出一粒炒黄豆，抛向空中，单臂举起猎枪。只听"叭"的一声脆响，富贵的头顶炸开一小团黄色的粉末。"这才叫打枪！"父亲说。

这是一次出神入化的教育。父亲高超精湛的射击艺术，击化了富贵的委屈和眼泪，深深地刻在富贵的脑海里，留存到他三十二岁的今天。

富贵的枪法终于炉火纯青了，甚至还高出父亲一筹。究竟有多少猎物倒在他的枪口下，实在难以胜数。他上山狩猎，妻子在家做饭看孩子，她的大部时间，则用来整理、晾晒兽皮。三间房屋的四面墙壁，一张挨着一张，钉满了五颜六色的兽皮。

然而今天，竟有一只火狐从他枪口下脱逃了。这是不可思议的事儿，是富贵的耻辱。他开始反省，开始回忆适才的整个过程和动作。他清楚地记得，当他瞄准那只火狐，即将击发的那一瞬间，心似乎颤动了一下，似乎还打过一个寒战。为什么？他说不清。激动吗？不像。那么是害怕？笑话！自狩猎至今，富贵猎熊打豹，还收拾过一只老虎，富贵啥时怕过？

可，那只火狐，那只珍贵得要命的火狐，在他瞬间的心颤和哆嗦中逃掉了。不，逃掉的绝不仅仅是一只火狐，而是几百块钱！

富贵靠着一杆猎枪，靠着这座大山发了大财，一张普普通通的狐皮可以卖到一二百块。这年头，人们都喜欢摆阔，舍得花钱。几百上千，玩似的掏了出来，甩了出去。前年上郑州，在百货大楼，富贵碰上那么一幕，一个洋气得让人眼馋的嫩妞，挎着个四十多岁男人的胳膊，一扭一扭走进来。看模样不像夫妻，不像父女，也不像兄妹。富贵猜想，他们一定是相好的。这对相好走到裘皮柜前，嫩妞便被勾去了三魂六魄，迈不动脚步。她碰碰男人的胳膊："瞧！真皮的！""买一件？"男的问她。

"买一件呗。"女的指指狐皮裘衣，"我就要这件红色的。"

价钱报出来以后，那个四十多岁的男人牙疼般地吸了一口凉气，呆若木鸡站了许久，这才把手伸向口袋。数钱时，富贵看见，那保养得嫩白的手指头像突然间患了鸡爪疯，瑟瑟抖着。

自此，富贵全部的狩猎兴趣和注意力，便集中到毛皮珍贵的狐狸身上。猎人富贵发了，用铅弹和猎枪。他那已膨胀起来的欲念，似乎永远再难满足。他曾对妻子发过宏愿：我要把这一山的狐子都敲光敲净，然后，咱就背上一捆捆钱，去镇上买一所高级房子，住到那里。甚至，富贵也曾设想过住进县城和郑州，过一辈子舒坦安生日子……火狐又神奇地出现了。它依然站在原来的那架山梁上，头东尾西，面对富贵搔首弄姿，做出万种姿势。这时，它悠长地"呕"了一声，似很得意，又像是在嘲弄：你富贵不就这个水平吗？去你的神枪手吧！狗屁都不是！

富贵被它的得意和嘲弄激怒，重压上铅弹，缓缓把枪举起来。那火狐又是一声悠长的"呕",红光一闪跃了出去。

"我一定要逮住你个小舅子。"富贵暗暗发誓,"我要敲掉你个王八蛋。"

富贵咬牙切齿,提起猎枪朝那火红色追去。洁白的雪地上,留下两行深浅不一的脚印。一行是四条腿兽的,一行是两条腿人的。他与它的距离,始终保持在一百米的最佳射程之内。他看得清阳光下那团跃动的火红,却始终追不上那团火红。

有几次,富贵端枪要打,这样的距离和角度,放倒它玩儿似的。但富贵不忍开枪:他决不能弄一张两个窟窿眼儿的皮张。富贵猎取的兽皮都是囫囵的,铅弹从这只眼射进,从那只眼出来,半点毛皮不伤。

于是,富贵收起枪,拔刀追了下去。那只火狐牵着富贵不知翻过多少道山梁,穿越多少片丛林。太阳落山的时候,富贵才发现,这是一块完全陌生、从未涉足过的地域。没有丛林,山也不那么挺拔险峻,皑皑白雪铺陈出一派寂寥可怕的空旷。那只火狐,也就在这时消失得无影无踪。

富贵实在太累了,不得不找一块背风的崖根,用脚清理积雪,在硬的地上坐下米。富贵打算吃饱干粮,马上循着来时的脚印往回赶,天黑之前,务必走出这块陌生地带。

然而,今天的一切仿佛都在与富贵作对,冥冥中似有一个精灵鬼怪策划主使。当富贵刚刚吃完一个冻成冰疙瘩的馍,一股白雾般的旋风从山坡漫卷而下,搅起一个混沌迷茫的世界,把他来时的脚印遮得一干二净。富贵不知道自己深入大山多远,三十里?五十里?或者更远?不管多远,富贵必须回去,寻找他的家,他的石墙小房,还有他心爱的妻子。此时,天色尚未黑透，西边有一抹微弱的光亮悬浮在天际与山峰的相接处，白雪的闪光也变得五彩缤纷、光怪陆离。凭着多年的狩猎经验和记忆，富贵迅速判定了方位，确定来时的路线，毅然回返。

夜半时分，富贵觉得他应该走出那片陌生地带，应该回到他的村子附近的时候，果然，富贵就看到了不远处黑魆魆的山崖，看到了山崖下他所熟悉的房子。富贵加快了脚步。但富贵马上就发现，他上当了，大山以其面貌的酷似捉弄了他。他转了一大圈，又回到下午他避风的山崖下。那个忘弃在地上的干粮袋犹在，袋口在暗夜的风中荡出刺耳的呼啦声。

富贵静止不动了。作为猎人，富贵完全清楚，冬夜在大山里迷路意味着什么。

富贵想起了父亲。父亲临死时曾对他说过一段精辟独到的话。他劝告儿子：山林里真正的强者并非猎人，而是那些时时处于猎人枪口下的兽。也许，它们暂时奈何你不得，却无时无刻不在寻机会进行报复。父亲特意嘱咐他：打猎的时候，你必须注意猎物，如是母兽，尤其是怀着崽子或带着崽子的母兽，就要放它一条生路。不然，这些很有灵性的东西，会祸害你的妻儿老小……

富贵听从了父亲的忠告。他并非承认兽独特的灵性和惧于祸及妻儿老小。上过几天学的富贵，是从母兽与猎人之间存在的生态关系角度去理解父亲的劝诫。他觉得，从某种意义上说，母兽养育了猎人。

在他最初狩猎的十余年间，他几乎没敲过一只母兽。只要它们不袭他，不危及他的生命与安全。

自从那次去了一趟郑州，他便背叛了父亲一直恪守的狩猎原则，对于金钱强烈的欲望，富贵的狩猎便成为对自然界嗜血性的掠夺。

那一天，他放倒了一只母狐，一只幼狐突然从树丛里蹿出来，毛茸茸的脑袋拱在缓缓倒地的母狐肚子上，稚嫩的小眼淌着清亮的泪水。它朝富贵"嗷嗷"叫着，凄凉而悲哀。

这时，富贵的心里便生出一种莫名的酸楚。挂着猎枪，负疚地看着它们。突然，那只幼狐抬起脑袋，仇恨的小眼射出一道疹人的光色，扑向富贵。他退后几步，端起了猎枪。尽管他知道，那只猫大的幼狐对他并不构成威胁，可他受不了它的逼视。他几乎是把枪口抵到那只小脑袋上搂的火，似乎还说了一句："去你娘的。"

也许，正如父亲预言的那样，这就是报复。那只漂亮的火狐是它们投下的诱饵，引我上钩，踏入它们设下的圈套？

他想，是的。一定是的。要不，为什么会赶得那么巧，转悠半天没碰上一只猎物，唯独发现了这只火狐？为什么临到搂火，它却先知先觉，突然遁逃？为什么它又第二次出现，把富贵引入他从未涉足过的陌生地带，让他迷失了方向和归路？

"圈套！全是他娘的圈套！"

富贵愤怒了。富贵不想死，富贵要活着！

他声嘶力竭地吼喊了一阵，猛地举起猎枪，对着天空的阴霾和空寂搂响了扳机。一道橘黄色的火光从枪口喷出，在黑暗里留下瞬间光彩斑驳的花环。几乎是一种求生本能的逼使，富贵用脚踢开一片片积雪，寻找地上的枯草、树枝，以及一切可以燃烧的东西。幸好，雪后天气干冷，积雪一直未化，枯草、树枝也都还干着，折时脆脆的，发出咔吧咔吧的轻响。

当他寻够足以烧一夜的柴火，架在山崖下，富贵的心方才获得一丝宁静。只要有火，富贵就不至于冻死。只要不死熬过今夜，富贵还是富贵。他会用他的猎枪和铅弹，加倍地惩罚那些诱他误入死亡地带的王八蛋。

柴火架好以后，富贵从棉衣口袋摸出火柴。他暗里数了一下，只有四根。够了，他想，已经足够了。富贵用拇指和食指捏出一根，凑近火柴盒的磷面，"嚓"一声划燃，忙把双手捂成圈挡风。火柴只亮了一下，一股尖细而强劲的夜风从指头缝儿钻进来，像一只无形的手，无端地掐灭了刚刚燃起来的火头。第二根火柴头太小，没有划燃。第三根火柴又被吹灭之后，富贵确实慌了。

富贵没有马上划第四根火柴。他不敢轻举妄动，久久地捏住最后一根火柴，仿佛捏着自己的心，捏着所有的希望和机会。他知道，这根性命一般金贵的火柴，对于他，是绝对的举足轻重、非同小可，和他的生死存亡紧紧地维系在一起。一成一败，将决定一条生命是否还会在这个世界上。

富贵解开棉袄扣子，把双手伸进去，祷告一声："老天爷保佑。"

火柴划着了，那光亮是微弱的，金黄和粉红浑然合一，在他怀里燃烧出一种分外好看的光团。像什么？富贵于狂喜和激动之中确实难以说准。不过，他在这一瞬间马上想到了盛开在房前屋后那种娇艳无比的山花，漂亮、美丽，而且渗透着勃勃生机。

富贵缓慢地伏到地上，从棉袄底下把火柴伸向柴草。这是一段十分短的距离，然而，在富贵惶恐忐忑惊喜之中，拉成十万八千里的漫漫长路，这段时空，像有一个世纪那般遥远漫长。

柴草引燃起来了，由微弱到旺盛，柴草燃烧发出欢快的爆裂声。富贵长长出了一口气，瘫坐在火堆旁边。也就在这时，他听到远处呜呜闷响，像一阵沉雷慢慢滚动而来。富贵还没反应过来是怎么回事儿，那刚刚点燃起来的火堆便被旋风卷起一丈多高。暗夜里，一团火红在头顶翻卷飘舞，倏然又焰火一般炸开，四外飞散，化为星星点点的暗红，融入白色的雪地里。富贵的心凝固了，结成一团透彻心腹的冰块。他就那么呆坐着，抱着头，久久不动。

失望和悲凉并未最后击倒猎人富贵。他自信，这大山的强者仍然应该是猎人，是像富贵这样的猎人而绝非如父亲所说，是四条腿的野兽！他承认自己的失败，但他决不甘于失败。更何况，这失败又是微不足道的。

富贵解下弹袋，和猎枪放在一起，搓搓手，开始跑动取暖。他明白，只要他不停地跑动，他身上的血便永远是热的，不会冷却，不会凝固，富贵便也不会死去。他绕着猎枪和子弹袋，以十五步为半径，脚步在雪地上踏出一个个不规则的圆圈。

他唯一的希望和念头便是活着回去。活着，是富贵的一切。时间悄悄消失，富贵跑出了通身大汗。但富贵累了，脚步随之慢了下来。热汗顷刻间消散了，脊背和前胸一片冰凉。

终于，富贵身上的热能消耗得差不多了，交替迈动着双腿，灌满了铅一样沉重不堪，跑也变成一种速度极其缓慢的行走。富贵太累太累了，那就休息一下吧，等缓过劲儿再继续跑吧。他这样想着，在猎枪旁边坐下来。突然，远处"呕"的一声狐鸣，接着四方响应。整个冬夜的大山"呕——呕——"的狐叫填塞了空荡与孤寂，富贵分辨得出来，那第一声狐鸣，一定是那只火狐，它在嘲笑他，或者是庆贺它们圈套的完美无缺。

不过，富贵已经无暇理会这些王八蛋了。他太累了，连喘气的劲儿都没有了。于是，累极了的富贵就舒舒服服斜躺下去……天将黎明，富贵睡着了。不过，他的自我意识还十分清醒。他觉得自己是躺在自己家里，妻子胖嘟嘟的光身子挨着他。富贵闻到了妻子身上那种特有的汗酸、奶腥和肉体混合在一起的气味儿。这令他舒坦惬意，令他心旷神怡。床前似乎还生了一盆炭红，火焰炽白热烈，火苗飘飘悠悠晃晃荡荡，热气腾腾的烘烤着富贵。

突然，那只火狐，那只从他枪口下脱逃的火狐，从门口飘然而进，人模狗样地蹲在他的床前。它温驯地盯住他，前腿跪地，蹭到他腿边。

富贵终于得到了它，那只珍贵而又漂亮无比的火狐。他把它抱在怀里，抚摸着它温热柔软的皮毛，舒坦得心里像有扇子扇。"小东西，你这小东西，你终于是我的了，是我的了……"

富贵于是笑了，笑得纯真而忘我。他的整个视野里，覆满了浓烈的火红。

（选自《百花园》1990年第6期）

饿年风流

　　装作割草，七婶偷偷地钻进了玉米地，放下草篮，朝四周张望了一阵，方才怯怯地伸出手去，颤抖着掰下一穗青玉米。

　　七婶平生第一回做贼。从出娘肚到她三十七岁，到她掰下这穗青玉米，七婶手脚一向干干净净，从不沾别人家的东西。玉米穗脱离母秆时的那声"咔嚓"，如平地惊雷一般，吓得七婶差点晕过去。许久，她才定下神来，动手撕去那绿色的玉米裤儿。

　　玉米还嫩，籽粒饱满，鲜灵得透明，上面覆一层珍珠般的水点儿。有那么一刻，七婶真不忍心下口吃它。但是不行，七婶太饿，饿极了。家里已经米光面净，早上那顿饭，七婶拿水涮了瓦坛面，把那稍微有点面的水放进铁锅里熬，清汤寡水哄了肚子。

　　七婶知道，去年上头吹大话，一级一级往下吹。吹到队里过了头，麦子打下，交过了公粮，社员罐里缸里，粮食子便可以查出数来。秋天又碰上大旱，玉米没收成，谷子、黄豆没收成，红薯不过千八百斤。交公粮那天，老保管哭得鼻涕一把泪一把，胡子拉碴的乡亲们，双手扑到粮食堆上，硬是不让粮装车。"老天爷……这是不叫人过了，不叫人活了哇……"

　　社员们哭了，支书喜娃也哭了。

公社书记不哭，眼瞪得牛蛋一样大，眼珠儿血红血红的，一巴掌扇到老保管泪脸上，接着喊了三个民兵，一条麻绳拴走了老保管。

七婶还知道，村里六十来户三百多口人，断顿的不是一家两家，也不止三户五户。村西头那片碗口粗的榆树林，早几天就让扒光了皮，白生生的让人心寒。

别家吃什么，怎么过，七婶不管，反正自己要活。早上那顿稀得不能再稀的稀饭，干了一晌活儿——虽然干活儿只不过是做做样子，但也照样消耗热能——早已排泄得一干二净，至于晌午饭，七婶自然想到刀把地。七婶之所以想到刀把地，自然是因为刀把地长有可以充饥的青玉米，再有一层，那就是刀把地地理位置不错，离村子一里有余，平常很少有人来，这样，保险系数就大。

于是，当别家撂下饭碗，或床上或树下歇晌乘凉的时候，七婶提了草篮，掂着镰刀，绕过榆树林，上了后沟。在那里割上半篮青草，看看没人注意，扭身钻进刀把地的玉米棵里。

玉米极嫩，七婶狠狠啃了一口，却只落得一嘴汁水。七婶觉得，那汁水甜丝丝的，还带着一股生涩的青香气，让人解馋，让人舒服。那甜味，那青香，诱惑了七婶，鼓励了七婶，让七婶变成了一头牲口。

第一穗玉米啃完，七婶又毅然掰下了第二穗、第三穗……七婶早已没了掰第一穗玉米时的胆战心惊，她觉得轻而易举，就连那声"咔嚓"也极其稀松平常，简直像在自己家里去拿馍。

做贼并不难，七婶想。

于是，七婶笑了，笑得那般好看。浓白的玉米汁水从她好看的嘴角溢出来，随了牙骨嚼动，小溪流般往下淌。于是，七婶同样好看的下巴上，七婶浆洗得干干净净的土林布布衫上，便印上了一道道乳色的痕迹，那凝固了的玉米淀粉，在日头底下闪闪发亮。

七婶正狼吞虎咽，不料支书喜娃也来了刀把地。

喜娃支书四十出头的样子，生得人高马大的，人前一站。就像一堵夯实的墙壁，日头被遮去大半。平日里，一村人都怕喜娃支书。这倒不是喜娃有多凶多狠多难说话。他对谁都不动高腔大嗓，也不打不骂。犯了规矩，喜娃支书把你叫去，递根烟，或者奉上一杯热茶，该叫叔伯大爷仍然叫叔伯大爷，该喊大娘婶子照旧喊大娘婶子，绝不因为他是支书你是平头百姓就少个边角。烟吸着，茶喝着，喜娃支书软语和你拉家常，拉得你心热鼻子酸，拉得你痛痛快快说声"是我的不是"。

喜娃支书正直，铁面无私。锄二遍红薯时，喜娃支书的二兄弟喜才，刨了一根大拇指粗的红薯，假装解手，躲到崖头底下，吹了土就往嘴里塞。才刚咬下半截，喜娃支书大巴掌扇到亲兄弟脸上，喜才黑瘦的脸上五根红红的指头印。"走，给老少爷们检讨去！"

喜才捏着吃剩的半截红薯，往人前一站，那泪便嘟噜噜滚了下来。人们可怜喜才，求情说："支书，算了吧，不就是一根红薯尾巴，值不得伤了自家兄弟和气。"

喜娃说："算了？没那么容易！没有规矩不成方圆。庄稼是大家种的，你喜才怎有脸往自个嘴里填？要都像你，这个叨一口，那个衔一块，咱这地还咋种？"

七婶当时也在场，心里头把喜娃支书恨得不行，怎么说喜才也是你兄弟，人大树高，知道要脸皮要面子了。你这么弄，往后叫他还咋往人前站？还是亲哥哩，屁的哥。

七婶想到这里，禁不住心惊肉跳，浑身筛起糠来。七婶戴个分子的帽儿，他喜娃支书对亲兄弟尚且如此，对我这个分子还不狠上十分？这回算是完了。七婶想，写检讨，写检查倒在其次，七婶读过几天"人之初"，也算粗通文墨，写起检查来，水平自然不在喜才之下。问题是，喜娃支书让你敲锣游街咋办？薄皮薄面个娘儿们家，被人看玩猴一样指指戳戳说长道短，那滋味儿恐怕比死都难受……

其实，喜娃支书并没发现七婶。自从玉米灌浆，红薯发个儿，喜娃支书就组织了二十几人守夜护青，他自己也把铺盖卷铺地头上，也就在今天上午，喜娃支书发现了自己的疏忽：晌午歇晌，是个容易出事的时间。于是，吃过午饭，喜娃支书只身上了西岗，一块地挨一块地转悠。累是累了点，喜娃支书乐意。上级把村子交给你，把这几百口子交给你，你喜娃就得负责任，就有义务看好这几百亩庄稼不让人偷。如若不然，要你这个支书给狗娃挠蛋去？

转了一大圈，喜娃支书便想解手，小肚子那儿沉甸甸的坠得难受。于是，喜娃支书钻进了刀把地，挥洒起来。

七婶伏着的地方正对着喜娃支书的侧面，这样，当尿水哗啦啦一响，她便看到了她不该看到的东西。七婶十七岁和七叔定了婚约，隔年，一乘小轿把七婶抬进七叔家的黑漆大门。进了洞房，七婶方才知道，男人病重，抬她来冲喜，七叔躺在床上，脸色蜡黄，没有半点活人模样，两眼使劲睁开看了七婶一眼，两汪浑浊的泪涌出来，埋了两只无神的瞳仁。

这天半夜，七叔便死了，新房里撇下七婶一个。

"七婶也太亏了。"谈及七婶，没有人不为七婶叹惜的。

"是亏，我是亏啊……"七婶跟着叹一阵。七婶嫁过来时十八岁，嫩生生一个俏姑娘。二十年的风雨寒暑，七婶不嫩了，脸上有纹了，身上肉松了，半截入土了，却还不知道当女人到底是啥滋味儿。七婶不亏？

七婶就这么想着，觉出了心里的不可抑止，一身热乎乎的血变得稀了，哗哗啦啦，全都奔涌到头上。七婶产生出无比奇妙的冲动，这从未体验过的冲动让七婶在白花花的日头下产生出无比的饥渴和欲望。

七婶已经喘不匀气了，伏在地上的身子也跟着抖颤起来。七婶心里明白，这抖颤并不是害怕喜娃支书整她。不是，绝对不是。自己就是想抖颤，想止也止不住。于是，七婶更猛烈地抖颤，弄得身边的玉米秆也跟着抖，发出很响的响声。喜娃支书终于发现了七婶，同时发现了七婶身边的一堆玉米裤儿、草篮旁边白色的玉米芯。喜娃什么都明白了，他铁青着脸奔过来，踢得玉米芯四处乱飞。

七婶吓得伏在地上哭，哭得悲哀，哭得痛心，鼻涕泪水流了一大摊。

见了这个模样，喜娃支书的心又软了。唉，算了算了，这孤寡娘儿们也怪可怜的。早早没了男人，过得着实够艰难的了。

喜娃支书叹了口气，说："你，走吧，不过咱丑话说到前头，下次再犯，可别怪我喜娃不客气。"

七婶仍不起来，只顾嘿哧嘿哧哭自己的。

"起来。"喜娃支书说，"你还哭啥？我不难为你，也不说出去。你走吧。"

"我……"七婶抬头看了喜娃一眼。那眼红红的，闪着让喜娃支书骇人的光芒。

喜娃支书转身走了，他不便在这里久停。孤男寡女，恁深的玉米地，万一被人撞上，浑身长嘴也难脱瓜田李下之嫌。

"你等等……"七婶声者颤颤地叫住了他。"干啥？"喜娃支书扭过脸来。还没等他明白怎么回事儿，七婶已经猛地从地下跃起，拦腰将喜娃支书抱住，两条胳膊死死地缠在喜娃腰上。两人极静极静地倒在玉米的田垄间。"我……要你……要你……"七婶颤声哭了，哭得十分惬意自在。七婶风流了，七婶终于当了一回女人。

事过之后，七婶很是后悔了一阵子。那天回到家里，坐在床沿上痛痛快快地哭了个够。这哭里有真切的悲伤和悔意，也有她得到了女人应该得到的东西而发泄。哭过之后，七婶平静如初，仍苦心地当她的寡妇。

这年秋粮上场，喜娃支书又找过七婶。他觉得，七婶和自己的窄脸老婆相比，简直是天上地下，且不说那处女之身，单那份热辣辣的疯狂，足以让喜娃支书记一辈子。

但是，七婶已不再理喜娃支书。头一次他去找她，七婶大门关得铁紧，把他晾了半夜。第二回，门倒是开着，喜娃支书走了进去。七婶看也不看他，黑着脸端出一盆清水，哗一声泼到当院，人也在院里红石头上坐下，直到喜娃支书没情没趣地离去。第三次再去，七婶便恼了，一把明晃晃的剪刀握在手里，纤细的指头在刀刃上摸来摸去，不时朝喜娃支书看着。

"你别再找我了。"七婶说，心平气和的样子，"说啥我也不会再答应你了。要是逼我，那是把我往死路送哩。"

"可是……"喜娃支书说,"刀把地那回可是你要……"

那回是那回。七婶想,我当了一次女人,已经不亏了,不枉来世上走了一回。可你要是让我没皮没脸再干,我不敢,也不愿意。你喜娃是谁?我七婶是谁?万一出个一差二错,我倒没啥不把你喜娃坑苦了?

事隔三个月,青青麦苗已经出土,七婶却突然死了。不是抹脖上吊,不是投井坠河,是喝"六六六"死的。

七婶死后容颜不改,安详自然地躺在床上,腮帮上两块红润,愈发显得好看。法医检查完尸体,悄悄对喜娃支书说:"这娘儿们怪了,'六六六'虽然毒性不大,可毕竟是毒药,人喝多了自然难受。可你瞧她那模样,像睡着了似的。"

对于七婶之死,村里人也甚是不解:"这七婶也是的,秋前没吃没喝的也没见她寻死觅活,分了秋粮,日子有过头了,咋又寻了无常?"疑问多了,法医便提议解剖尸体。喜娃支书黑青着脸,一步跨到床前,逼视着法医:"解剖啥?人活着没过一天舒心日子,死了也不叫她安生?开膛破肚的,你手不抖?"公安局也不愿多事儿,给支部出具一纸非正常死亡证明,收兵回了县城。

喜娃支书放倒村里一棵大桐树,派六个木匠给七婶做棺木。连夜烘干,打出一具威威风风的棺材。桐油调了油漆,刷得明光锃亮。

选择墓穴时,喜娃支书在刀把地整整折腾了一晌,左瞧右看,踏步丈量。末了,喜娃支书重重地点了点头,用铁锨挖出第一锨土:"就是这儿。"

没人知道喜娃支书为什么选这么远的刀把地安葬七婶,也没人知道喜娃支书何以这么认真地选择墓穴。喜娃支书是个钟情的男人。这即将垒起七婶新坟的地方，曾是他和七婶亲热风流之地。

他忘不了七婶，当然也忘不了自己的罪孽。就是刀把地那么一次，七婶身上不来了。她偷偷到邻县一个医院检查，焦雷炸到七婶头上，她怀孕了。

当时七婶要堕胎，医生把手一推："拿来！"

"啥？"

"证明。"

七婶吓了个半死，那时不实行计划生育，堕胎手续也控制很严，需要大队、公社两级证明方可。

七婶把情况告诉了喜娃支书，喜娃挠着头皮，答应想办法开证明。"你咋开证明哩？得有公社的印哩。"

"去求公社张秘书。"喜娃说，"求不动就找王书记，大不了吃顿批评，撤了我的支书。"七婶不让他冒这个险，说是她自己也想想办法。

喜娃支书走后，七婶什么主意也想不出来。躺在床上，望着烟熏火燎的屋顶出神，她想这事儿要是传出去，自己免不了落个不要脸的坏名誉，今后脸往哪儿搁哩？这还在其次，关键是喜娃支书。村里没我七婶，日头照样出山，地球照样转圈，要是弄倒了喜娃支书，还有谁会像他那样认真给老百姓办事，瞒着上头给社员多分口粮了？我七婶岂不成了大罪人了。

思前想后，七婶决定去死，换喜娃支书堂堂正正地活着。七婶拿水调和了"六六六"粉，端到嘴边，却又停住。七婶不想死，七婶还想活，大串大串的泪，扑嗒扑嗒砸进那浓稠的毒药里。泪水哭干以后，七婶一脸庄严，双手神圣地捧起碗底，郑重地喝干了一大碗"六六六"。

下葬那天，喜娃支书犯忌请了响器班，呜呜哇哇吹得一村响声。千头大鞭，挂在七婶棺材前头的槐树上，噼里啪啦，炸了一院彩屑。喜娃支书没哭，心里却在响器声里淌血。起棺时，喜才把喜娃拉到无人处，附耳说："哥，你可得注意点。七婶是分子，你这当支书的就别往地里送了。"

"我不管她啥分子不分子。"喜娃一把推开弟弟，扛起棺材头儿上的杠子，憋足劲儿喝一声"起"，把七婶送到了刀把地。

埋过七婶，喜娃支书足足睡了三天，不吃不喝，死过去一样。老婆把饭端来，又照样儿端走。催得紧了，喜娃大胳膊一抡，热饭摔到地上。三天后，喜娃支书起来了，在村里转了一圈，人们都吓了一跳，这是喜娃吗？这是支书吗？咋瘦成一把骨头架子了？再后来，承包分地，年过花甲的喜娃早不当支书了，他要下了那块刀把地。玉米灌浆时节，喜娃总要上刀把地两趟，给七婶覆上青草的坟丘培培土，带些好吃的供在坟前，烧大沓大沓的冥钱。做这一切时，喜娃总在坟前长跪不起，花白的头颅低垂着，看那飞散的纸灰，看那被阳光照得白花花的土地。

（选自《乡土文学》1993年第4期、第5期合刊）

故事为谁而讲

我怎么也没想到，我会看到妹妹的裸体！那是真正意义上的裸体，上下不挑一根线……妹妹的皮肤很白，白得有些晃眼，光滑而细腻，有一种玉质的透明感……

这是朋友为我讲的故事的开头。朋友虽是搞油画的，但他的故事很吸引人，一开头就设置了小说或者故事才有的悬念，而且还带有一种十分诱人的色彩。也就是这个故事，才有了我和朋友的妹妹摇摆不定的爱情故事。

我们所在的文化馆是个小单位，人不多，也就40多个的样子，各有各的专业，都是搞艺术的人尖子。别看平时不吭不哈的，到了年终，每个人都从锁得严严实实的柜子里拿出一摞一摞的获奖证书，红底烫金，把整个文化馆照得红彤彤一片。

朋友却从来不作画，也不看专业书籍，从我调到文化馆那天起，没见他作过一幅画。整天端着个分不清颜色的搪瓷茶杯，在部室间晃来晃去，颇有些不务正业，游手好闲的味道。别人把获奖证书一摞一摞交给领导统计的时候，朋友当面嗤之以鼻，回到宿舍，却又十分失落，一副六神无主的样子。

朋友的拿手戏是讲故事。

我这个故事可是真的，既不是道听途说，也不是胡编乱造，

　　　　　　　　　　　　　李培俊纪念文集

是我家二大爷的亲身经历。

朋友的故事总是这么开头，这一次是二大爷，下一次就换了三大娘，或者大姑二舅三姨夫，天知道他有没有那么多的亲戚。

朋友的故事大多取材于神鬼传说和社会上的奇闻逸事，经过他的加工，还真像那么回事儿，和真的一样。朋友的故事，大多能从《搜神记》或蒲老头的《聊斋志异》或报纸的社会版上找到出处和影子。只不过经过再度创作和加工，把几百甚至上千年的东西移植到21世纪而已。

即便如此，我一次也没有拆穿过，没意思。现在大家活得都不容易，能博大家一笑，在一起乐和乐和，不也是一件好事吗？

其实，朋友的故事讲得并不怎么样，不但结构混乱，时序颠倒，而且矛盾百出，驴唇安到马嘴上。但有一点可以肯定，那就是朋友每个故事的主题极为鲜明：赞颂和讴歌女性的善良纯真和献身精神。

起初，我以为朋友是为了取悦馆里的女孩子，尤其是那些花容月貌又不谙世事的小姑娘，我甚至怀疑朋友有些图谋不轨的意思。要知道，朋友已经29岁了，仍孑然一身，连个女朋友都没谈上。我不知道朋友为什么没有女朋友，朋友虽说不上貌比潘安，却也一表人才，有着吸引现在女孩子的巨大优势：一米七八的个头，方脸，大眼，五官长得都很是地方。更重要的是，朋友不抽烟，不喝酒，没有不良嗜好。

后来，我发觉不是，朋友班上班下规规矩矩的，一点出格的举动也没有。馆里有几个女孩子追他，均遭到拒绝。他说，现在还不行，还不是时候。

为什么现在不行？啥时候才是时候？朋友没说，似乎有什么难言之隐。

妹妹坐着，正对着我，微微侧着身子，最大限度地暴露着胸腹和女人的一切。要知道，妹妹面对的，是我们全班近30个同龄人啊，有男有女……这么一说你就明白了，我妹妹在做人体模特……

朋友的故事继续着。

朋友开始讲述这个故事的时候是在晚上，只有我们两个人，是在我和他同住的宿舍。我们睡下以后，朋友就把灯关了，他说，我们在黑暗中讲吧，开了灯，我实在没法讲下去。我说，行。虽然不知道朋友要讲什么故事，但我知道这个故事不同寻常。

屋子很暗，夜灯黄黄的，从窗外探进来，在屋子中间的水泥地面上铺了一块毛茸茸的光晕，有点朦胧，也有点暧昧，就像置身于一个虚幻的世界。

朋友第一次没说这个故事是真的，是二姑或三舅的亲身经历。在整个讲述的过程中，朋友不停地吸烟，烟火的光亮在黑暗里一闪一闪。

朋友说，你知道，第一次看到亲妹妹的裸体，我是什么感受吗？进门的时候我没有去看模特，我们这些美术系的学生，画过太多的模特，每月总有几节人体素描，对女人的身体早已司空见惯，并不感到新鲜，她们的性征，包括最私密的地方，只不过是我们的道具，是我们绘画的对象，仅此而已。我们看到的人体，是结构美，是完美的艺术，而不是别的。中国的人体艺术经历了几十年的风风雨雨，或褒或贬，毁誉不一。其实，人是物质发展的最高成就，从形态上说，人是最完美最完善的。研究和把握人自身的形态，是正常的健康的，人类社会应该提倡的。但中国不行，起步太晚，前些年搞个人体艺术展，尽管羞羞答答，仍然弄得沸沸扬扬，被有些人说成不合国情。这恰恰说明，我们的国情不正常。

朋友讲了太多的专业知识和他自己的见解，冲淡了故事的氛围和故事的连续性，也把他的讲述打乱了，以至于重新回到故事的时候，竟要问我：我讲到哪里了？

我说，你讲到你第一眼看到妹妹裸体的感受。

对，是这里。朋友说。当我支好画板，拿出碳棒，做好画画的准备之后，望向讲台，我才知道，那个裸身坐着的模特竟是我的亲妹妹。我的脑子当时就嗡的一下，头便大了，成了一片空白。我连忙把脸扭开，不敢看，不忍看。那是亲妹妹的裸体呀！过了许久，我才平静下来，把头抬起来，但我只敢把眼光投到妹妹的脖子以上的部位。

妹妹肯定也看到了我，我看到妹妹的脸突然紫涨起来，额头上，脖子上青筋一条一条地突出来。她似乎也感到很意外，身子不安地扭动了一下，试图把身子侧向一边。但引起了师生的不满，教授斥责说，你干什么？干什么？

妹妹这才含着泪重新把身子坐正，并轻轻地说了声，对不起。

你知道，我和妹妹有好几个月没见了，从暑假回校以后我就没有再见到她，但我每月都能接到她的汇款和一封信。我没想到她会来我上学的城市，走进我上学的院校，更没想到她会当人体模特。

直到这节课过了三分之一的时间，我才把精神集中起来开始画画。我画妹妹，但我一眼也没有看妹妹。我是用心画的，我把所有女人的美，用那黑黑的碳棒画到纸上，完成了一幅最为圣洁的人体素描。后来，这幅画还在全国画展上拿过金奖。有人曾出数十万的高价收买，我不卖，我想，卖画等于卖妹妹。我把它捐给了国家艺术馆。

从那以后，我没有再画过一幅画，画不出来，只要拿起画笔，我就会想起妹妹，想起妹妹的裸体，想起妹妹坐在那里受刑一般的样子。

朋友的故事一直讲到凌晨两点。从不抽烟的朋友也一直抽着烟，一明一灭的烟火一直在我们的宿舍里闪烁到两点，把屋子弄得烟雾腾腾的。当朋友又一次把手伸向我的香烟，他摸到的是一只瘪瘪的空烟盒。

朋友说，生活对于他们兄妹过于苛刻，母亲死得很早，早到他们长大以后记不清母亲模样的程度。为了他们兄妹，父亲没有续娶，白天当爹，晚上当妈，辛辛苦苦把他们带大。在他上到大二的时候，父亲却突遇车祸受伤。急如星火赶到医院，父亲已处于弥留之际，头上身上插满了各种各样的管子。父亲却很清醒，见了他们兄妹，还那么笑了一下，对他说，我走之后，这个家就剩下你们俩了，你要照顾好妹妹，让她把书念好……

朋友知道，这是回光返照现象，父亲留在这个世界上的时间不多了，要以小时，以分钟计算了。他含着泪点点头，说，我会的。

我理解父亲的意思。朋友说，料理完父亲的丧事，我对妹妹说，家里没啥事儿了，你赶紧回去上学吧，眼看就要高考了，功课耽误多了不好赶上。

妹妹苦苦一笑，说，我不上了，退学手续都办过了。

你！你怎么可以这样？

我还能咋样？妹妹说，事到如今我们俩只能保一个。你是家里唯一的男孩儿，又正在上着大学，就继续上吧。我一个女孩子怎么都好办，随便嫁个人就可以过一辈子。

我决不同意妹妹停学，打死也不同意。妹妹就从怀里掏出一把水果刀，是那种尖尖的，长长的，足以置人死地的刀子。她把刀尖对准脖子上的颈动脉，一言不发，一动不动。

就这样，我回了学校，重新坐回到课堂上。

妹妹停学后，先是给一家人家当保姆，管吃管住，每月300块钱。妹妹只干了三个月就不干了。她在给我的信中是这么说的，说是活太累，挣钱又少。

我知道妹妹为什么不干了，不是嫌挣钱少，也不是嫌活太累。你知道是为什么吗？

我说，我不知道，我怎么会知道呢？

朋友说，我妹妹长得太漂亮，漂亮得在我们那个小县城难得一见。打小的时候，街坊邻居谁见谁抱谁逗，可以说是爱不释手。上了高中，更成为众多男孩儿追逐的目标。按说，女孩子长得太漂亮了不好，容易分散精力，影响学习。可妹妹不，她的成绩很好，总在班级前三名。如果不是出了父亲这档事儿，不说考上清华北大，走个重点院校是不成半点问题的。我这么一说，你也许就会明白，我妹妹为什么不当保姆了。她当保姆的那一家我去过，男主人40岁出头，是靠炒房起家的暴发户，看人色迷迷的，我妹妹当然不会干长了。

后来，妹妹在二小附近开了一家杂货店，收入还可以。小店不足二十平方米的样子，卖些针头线脑、儿童食品，挣小学生的钱，除了供我上学还略有积存。如果不是后来发生的事儿，我们也就这么过来了，无风无浪，无澜无波。可人生不如意事儿常常十之八九。大三那年，我得了一场严重的肺病，一下子花进去近万元。妹妹就把小店盘了出去。买主太精，看妹妹急着用钱，三分不值二分地就买下了。

在医院里妹妹安慰我说，你只管治你的病，钱的事儿你不要管，我来想办法。

我说，你会有什么办法？她说，打工呀，一份不行我就打两份，活人还能让尿憋死？

妹妹说时，对我笑笑，一副满不在乎的神态。可我看出来，妹妹笑得很苦，很无奈，眼睛还有些发红。

在我生病期间，除了住院的十几天，妹妹早出晚归，也果然挣了不少，不但付清了医疗费用，还常给我买些营养品。我问她打的什么工，能挣这么多？她说，一份是给一家出版社当校对，校的稿子多，收入当然也就多了；另一份是在医院当陪护，侍候一个有钱人的母亲，有钱人手大，干一天给她200块。

当时我没有多想也就信了。没想到妹妹是去当人体模特，就在我上学的城市，在距我们学院不远的另一所大学……

朋友关于妹妹的故事很长，整整讲了三个晚上才结束。

我不知道朋友为什么要不厌其烦地给我讲这个故事，也许是为了排遣寂寞，也许是为了打发无聊的时光，也许是为了表达对妹妹的敬意，借以说明，他今天的一切都是妹妹给的。

直到第三天晚上，故事接近尾声时，朋友才道出了他的真实目的和用意。

他说，大学毕业后，他有了工作，有了工资，在城边给妹妹租了一间房子，他什么也不让妹妹干，要用自己的工资养活妹妹。他怕她弄粗糙了皮肤，怕妹妹黑了、瘦了，还怕妹妹磕着碰着。他要养活到妹妹找着了好人家，嫁出去为止。他甚至打算，在妹妹出嫁的时候，贷款为妹妹买一套房子，配齐所有的家用电器。

妹妹不干，她用打工的钱把当初卖出去的小店又掏高价买了回来，重新经营。

朋友的故事基本结束了，他问我，你说，我妹妹好不好？

我说，好，这样的姑娘好到天上去了，心地善良，是中国的圣母马利亚。

可她现在还是孤身一人。朋友狠狠地抽了一口烟，重重地叹息一声。

为什么？我问。

很简单，妹妹当过人体模特。我也不知道妹妹怎么想的，刚和人家谈了没三天，就告诉对方：我当过人体模特，就是脱光了衣服让人画的那种模特。男孩子就被吓走了，连声再见都不说。你想啊，小县城里谁见过这个？一个姑娘，众目睽睽，脱得赤身露体，让男人女人看，还让人往纸上画，谁敢要啊。

我说妹妹，何必要把那些东西抖出去？隔了千里万里，你不说，谁会知道？她说，别人不知道，我自己还不知道？哥，其实现在这样挺好，自由自在，怎么着不是过一辈子？

其实妹妹心里很苦，我去看她，有好几次都见她坐着，望着天边的什么地方发呆发愣。我顺着她的目光看去，那里只有一朵白云，孤零零的。

你说，像我妹妹这样的姑娘值得爱吗？

当然值得爱。我说，太值得了。

那么，朋友说，你愿意和我妹妹交往吗？我是指狭义上的男女朋友。

我说，行。我不在意她当没当过模特。

朋友突然拉亮了电灯。强烈的灯光刺疼了我的眼睛，我不禁把眼闭了一下，再睁开时，便见朋友已经坐起身子，把目光盯在我的脸上。我知道，他在检验我的话是否诚实可信。

我说，我说的是真的。

朋友把灯拉灭了。

我和高磊——也就是朋友的妹妹的交往从春天开始，也在春天里结束。

我绝不是故弄玄虚，真的，直到朋友的故事讲完，他才说妹妹叫高磊。

那天，朋友和我一起去高磊开的小店，趁她给顾客拿东西的时候，我们假装挑选布料，钻进了对面的缝纫店。老板以为来了生意，高兴得屁颠屁颠的，一直跟在我们后面，介绍布料的产地、质量和成分，还殷勤地把一块块布料披在我身上，让看色彩的搭配效果。我说，你就别烦人了，让我们自己选行不行？老板连说行行行，退到一边。我这才有机会打量对面小店里的高磊。

确如朋友所说，高磊长得很美，是我见过的姑娘里最美的一个。那些和高磊谈过又分手的男人真是瞎了眼，这么好的姑娘都不要，你还想要什么样的？

我对朋友说，这事就这么定了。我们向对面的高磊走去。

朋友对高磊介绍说：我的朋友，同事，写小说的。之后便是惯常的年龄、籍贯、身高、爱好、家庭之类。朋友的介绍充满了溢美之词，使用了包括"作家""新星"之类的桂冠。

高磊很平静地看着我，没有说话，脸色冷峻，看不出是什么意思。

我说朋友，你还是饶了我吧，现在不是千军万马挤作家之路的时代了，作家不吃香了，说谁是作家，比骂他阳痿还要入骨三分。

高磊就是听到这句话才笑的，她抿嘴间，腮帮上显现出两个深大的酒窝。她把我们让进柜台里面，坐在小床上，说，你这个人还挺幽默的啊。我说，一般吧。她说，你是我哥给我介绍的男朋友，对吧？

我说，是。

她说，我可是当过人体模特的人，我的身子对于很多人来说已不是什么秘密了，你能接受吗？

朋友说，这事儿我都给小李说了，他受过高等教育，他能理解。

我跟着点点头。

那就处处再说吧。她说。

春天是美好的季节。春天是适宜谈恋爱的季节。每天下班，我就泡在高磊的小店里，看她卖东西，看她收钱，看她对顾客笑，看她对顾客说再见。当然也看她苗条而略显丰腴的身条，以及巧妙凸起，又巧妙凹下的地方。到了吃饭的时候，她让我照顾门面，自己抽开炉子，做好三个人的饭菜，然后打电话给哥哥，让他回来一起吃。

有一天，我晚饭后去找高磊，在小店里坐下没多久，天色雾蒙蒙地灰暗起来，接着就下起了雨。开始雨不大，雨丝甩着弯在风里打旋。到晚上11点多，雨仍不紧不慢地下着，丝毫没有止歇的意思。我说，这可真是人不留客天留客呀。今天我就学学胡传魁，住在沙家浜不走了。

高磊拿出一把雨伞递到我面前，说，你还是回去吧，和我哥住着一个宿舍，你要不回去，他会怎么想？

我没接伞，我说，这有什么？我们不是正在谈朋友吗？在你这里过夜也不算为过。现在的人，刚一见面就抱上，谈没三天就上床的事儿并不鲜见。

不行！她说，很坚决。他们是他们，我是我，我不喜欢那样。

那天晚上我到底没走，但也没有演绎出新的故事。高磊关上小店的房门以后，我们就坐着说话。高磊后来的故事，就是那天晚上讲给我听的。

高磊的故事是这样开头的，她说，当模特的时候，你知道最难的事儿是什么吗？

我说，我知道。

她说，你不知道。不是怕脱衣服，而是怕解胸罩。要知道，那是女人最后的防线。第一次解胸罩的带子，我花了整整20分钟的时间，把嘴唇都咬出了血。说实话，如果不是想到哥哥躺在病床上，急等着用药，无论如何我是下不了狠心解开那条细小的带子的。为了训练我自己，白天我就故意不戴胸罩，甚至，在我租住的房子里，我经常脱光了身子做饭，拖地板，打扫卫生。

但我没想到会碰上我哥。我在另一个学院上课，对着我哥上学的学院后门。那天，哥哥班上那个模特得了急性肠炎住进医院，他们学院的系主任向我上课的学院求援。恰好那天我没事儿，就把我派了过去。我舍不得放过任何挣钱的机会。

真是阴差阳错，我去的恰恰是哥哥他们班。当我和我哥四目相对时，我真想起身离去。但我不能，为了我哥，我不能丢了这个饭碗……

说到这里，高磊哽咽起来，她问我，你知道当时我的感受吗？羞臊、不安，用如坐针毡、无地自容来形容一点儿都不过分。甚至，我想到了死。

她说，我当时就流泪了。但只流了三两滴就不流了，泪都流到了心里，浸泡得心生疼，有一种碎了的感觉。我觉得那两个小时比一个世纪还长。回到屋里，我哭了个天翻地覆，倒海翻江。那节课，我哥一直没看我，但他却在画，一刻不停地画……

那天晚上，她的关于兄妹相遇的故事讲完以后。我反客为主，为她倒了一杯热水。放下杯子，我就把她抱在了怀里，轻轻地为她拭去眼角的泪痕。她好像有话要说，却欲语又止，久久一言不发。她看我的眼光很锐利，有一种刺穿心肺的感觉。

她说，你真的爱我吗？

我说，是，真的爱你。

她又盯住我的眼睛看。我说，你不要这样。她说，我这是要往你的心里看，看你说的是不是真话。我说，你看吧，我不怕，绝对没掺半点假。

那好，她说，我再告诉你一个事实。但你必须答应我，不能告诉我哥。

我说，行，我不告诉。

她说，我除了当人体模特，我还卖过。

我说，你别开玩笑了。

她说，是真的，我和男人上过床，让一个出版商包了一个月。我哥住院以后，我盘出小店的钱没几天就花光了，医院逼命一样催着交款。病房的小护士噘着小嘴告诉我：今天款交不上，明天就要停药了。我实在走投无路，我就去找了我们老板——哦，忘了告诉你，我当时打了两份工，除了当人体模特，还兼职做书籍校对。从学院出来，就去出版商那里取书稿，拿回租住的小屋，晚上进行校对。

我去找老板时，是天将黑未黑的时候，他一个人坐在老板椅上闭目养神，板台左边是一杯放凉的茶水，一盆开得红艳艳的山茶；右边是台式的国旗和党旗，鲜红鲜红的。

我说，老板，你怎么不回家呀？他说，不想回，没意思。我说，为什么不想回？怎么叫没意思？他没有回答，而是重重地叹了口气。

接着老板向我诉说了婚姻家庭的不幸：妻子如何如何不贤惠，如何如何丑陋不堪；他们之间如何如何没有感情；他又是如何如何孤苦寂寞。说时，还落下两滴眼泪。我不知道他的话有几分真实性。男人都是天才的演员，在勾引女人的时候，大多都是这么说的，换一点儿新鲜的东西都不会。

老板说这番话的时候，已经从座椅上站了起来，先是踱步，之后就挨着我坐到了沙发上，并把他的大手放到我的腰上，把我揽到他怀里。

当天晚上，我们在附近的宾馆开了房间，当他把衣服脱光，催着我也脱的时候，我说，老板，事情没这么简单吧，爱不爱的咱就不说了，喜欢是一定的，你一个40多岁的半老头子，当然会喜欢一个一掐一股水的小姑娘。我呢，当然也不会喜欢一个比我父亲小不了多少的男人。咱还是当面鼓对面锣地说清了好，免得日后伤了和气。

他问我有什么要求，我说我需要钱。

他从沙发上扯过上衣，掏出400块钱递给我，想了想又加了一张，说，这下行了吧？

我说，不行，太少。他说，找小姐也就是100元呀。

我说，我不是小姐，我是良家女子，还是处女。我要你包我一个月。

经过一番讨价还价，最后以8000元一月成交。整个过程像两个生意人谈生意，我从12000元要起，他从5000元还价。我降了四千，他加了三千，并谈定，首付4000元，余款在月底一次付清。

用这笔钱，我给我哥看好了病，还预留了下学期的学费。

老板还算仁义，月底结账，他多给了我1000块，说是让我给我哥买些营养品。我没要，我不能拿那些脏钱买吃的。

之后我又碰到老板一次，他跟我打招呼，我没理他，我说，先生，你认错人了。

讲完这段往事，高磊把话题又拐到开头，她问我，你现在还爱我吗？

我无言以对。我承认，从行为的目的和心灵的角度讲，高磊是善良的，高尚的，类似佛祖舍身饲虎的义举。但从妻子的传统意义上说，我不能接受这样的事实：她和人上过床，她已不再是处女。

见我久久无语，高磊冷笑着说，我明白了，你爱的是处女对吧？看来，我要嫁出去还真得费一番周折了，连你这样有知识有文化的作家都在乎这个，那我日后只有嫁个瞎子瘸子了。

你不能这样。我说。

你要我怎样？

我说，你让我想想。好好想想。

（选自《延河》2005年第6期）

还　债

天外飞来的巨款

摆小摊卖水果的罗家文意外收到一笔12万元的巨款。

当时，罗家文正蹲在水果摊前给人称苹果，一边称，一边和买主为一毛钱的零头打着嘴仗。

买主是个50多岁的妇人，特能缠，付款时非要罗家文免去那一毛钱的零头，罗家文不免。他说："你以为我们做小生意的容易。一斤才赚几分钱，这个免一毛，那个免8分，我这生意还做不做了？"买主倒也没再纠缠，照数付了钱，但在临走时拿走了罗家文一个核桃，罗家文正要撵过去追要，邮递员小张把车子横在他面前，说："我说罗家文，你就要成大富翁了，还在乎一个核桃？"罗家文以为小张逗他，就说："别逗了，有人给我汇款？12万？开国际玩笑吧。去去去，别影响我做生意。"小张把汇款单交到罗家文手上，罗家文看了看。不错，收款人一栏的确是罗家文的名字，款额也确实是12万，再看汇款地址，是省会郑州。

这笔天上飞来的巨款一下子把罗家文击蒙了，愣在那儿好半天没有醒过神来，连小张要他请客的话都没有听到。这是怎么回事儿呢？罗家文不记得在郑州有亲戚，也没有熟人朋友，谁会给自己汇来这么大一笔巨款呢？

罗家文早早收了摊，回到租住的屋子，饭也没心做，手里择着菜，心里一直想着那笔巨款的事儿，一把芹菜，半小时也没择完。这到底是咋回事儿？难道有人把款汇错了？把同名同姓、另一个罗家文的钱汇给了自己？或者干脆就是笔误，把“罗家齐”“罗安文”之类的名字写成了罗家文？再或者，是那些贩大烟、卖白粉的把不法收入转移到自己名下，然后再来要回去？那张汇款单便像一个烫手的山芋，拿着烧手，扔了可惜。罗家文从口袋里掏出汇款单，翻来覆去又看了几遍。没错，名字是罗家文的名字，地址是罗家文的地址，租住屋的门牌号码也不差分毫。

这就让罗家文纳闷了。

这时，罗家文8岁的女儿倩倩放学回来，见爸爸坐在门口发愣，饭也没做，就噘起小嘴，说：“爸，你这是咋啦？咋忘了做饭呢？我肚子都要饿扁了。”

罗家文这才醒过来，收起那张汇款单，忙着做饭去了。

倩倩是个苦命的孩子。自从去年罗家文开车撞了人，妻子也连病带气去世了。罗家文把这个苦命的孩子看得比什么都重要，真是捧在手心里过日子，天暖了怕她热着，天凉了又怕她冻着，孩子没了娘够可怜了，咋能再让她受丁点的委屈呢？

吃过饭，倩倩上学走了。罗家文那碗饭却一口没动，他歪在床上，手里捏着汇款单，陷入往事的回忆之中。

横祸突然降临

罗家文原来有个幸福的家庭，妻子贤惠能干，女儿聪明漂亮。日子虽然过得不很富裕，却也家庭和睦，幸福快乐，夫妻俩在街上摆个水果摊，经营苹果、鸭梨、葡萄等时鲜水果。两口子一向为人和气，做生意实在，老不欺，少不瞒，他摊上的生意就特别好，一天下来也能挣上几十块钱。可罗家文不满足，每当看街上的女人穿金戴银，着装时尚，别家孩子打扮得花枝招展，啃着大雪糕招摇过市，罗家文就心里酸酸地把头低下去，不敢看身边的妻子和女儿。他想，我也是个男人，咋不能让妻子和女儿吃得好些，穿得好些呢？

去年春节，罗家文的表哥来走亲戚，表哥在一家铝厂供销科工作，看了罗家文的家庭状况，就对罗家文说："家文，你就不能干点别的，光靠卖水果能挣几个钱？"罗家文叹了口气，说："咋不想，日子过得不好，我心里也不好受。可我能干啥呢？"表哥想了想说："你在部队不是开过卡车吗？不如买辆车给我们厂拉矿石吧。"

夫妻俩商量后，就把家里所有积蓄拿出来，又把房子抵押出去，贷款买了一辆装卸车，给表哥的铝厂拉矿石。

干了一个月，夫妻一算账，除去油钱、车损、请客送礼等杂七杂八的费用，竟净落4000多块钱。夫妻俩兴冲冲地叫上女儿倩倩，到饭馆里吃了一顿，又到百货商店为女儿买了一身新衣服。罗家文说："照这样下去，要不了多久，咱就可以在县城里买套房子。现在政策变了，只要有房就给上户口，到那时，咱全家就都成城里人了。"

不承想说这话没多久，罗家文的车子就出了事儿。那天，罗家文像往常一样，给车子加好油，仔细地检查了车况，还把轮胎上的栓紧了紧，这才出了家门。回来的路上，车开到邻县交界，罗家文前面出现一个骑自行车的男人。那人骑车有点心不在焉的样子，左拐一下，右拐一下。罗家文怕出事儿，就按了一下喇叭，意思是让他注意躲让。谁知，当罗家文的车子驶近那个男人，骑车的男人突然一拐车头，连车带人钻到了罗家文的车子底下。

被轧死的男人叫周德学，是邻县医药公司的职工，他的妻子叫汪小玉。她赶到现场，一见丈夫的尸体就昏了过去，醒过来后，二话没说，甩手扇了罗家文两个耳光。

事故责任的认定是罗家文负全责。对此，罗家文很有看法，是骑车人突然左拐才造成的事故，他最多只能负一半责任。他把他的看法对事故科的人说了，事故科的人说："你知道什么叫死有理吗？人家的人死了，这理也就是人家的了，你啥也别说了，回去准备钱吧。"

罗家文想想躺在太平间里的周德学，再看看痛不欲生，哭得鼻涕横流的死者妻子，也就没有再说什么。还说什么呢？人家毕竟是死在自己的车轮底下呀。经事故科调解，双方达成协议：罗家文一次性赔偿死者家属12万元，从此以后，两家各过各的日子，再无纠缠。

为了凑足这笔赔偿金，罗家文卖掉了刚刚跑了两个月的汽车和自家的房子，租了一间房子居住。当时妻子正有病，无法接受这样的现实，连气带病，没出两个月便去世了。一个本来幸福的家庭就这样顷刻间解体了。

赔偿金是12万，寄来的钱也是12万，难道是死者家属又把钱还回来了？罗家文摇摇头，不可能，死者家属怎么可能把钱还回来呢？现在的人都爱钱，都在想方设法挣钱，怎么可能把到嘴的肥肉重新吐出来呢？可这到底是谁寄来的钱呢？

罗家文糊涂了。

丈夫的最后一篇日记

这笔钱的确是死者妻子汪小玉汇给罗家文的。

那笔赔偿金汪小玉一分未动，那是丈夫的命换来的，她咋忍心花它呢？为了维持生计，她找了一份保姆工作，每月400元钱。

汪小玉和丈夫周德学感情很好，丈夫出车祸去世以后，汪小玉十分伤心，那种伤痛的感觉，就像一颗心被谁突然间掰去了一块，滴着淋漓的鲜血。这种感觉，在很长一段时间伴随着汪小玉，让她食不甘味，夜不能寐，脸不洗，头不梳，躺在床上唉声叹气。直到两个月后，汪小玉才渐渐走出那段灰暗的日子，但她仍然忘不掉曾经给予她幸福和快乐的丈夫。每当夜深人静，汪小玉便拿出丈夫遗下的日记来看。丈夫有记日记的习惯，家里的大事小事，夫妻间的欢乐琐事，甚至是一些小小的别扭，周德学都一笔一画忠实地记录下来。他对汪小玉说过，他的日记，是他们生活的写照，到我们都不再年轻的时候拿出来看看，是一种美好的回忆。但他万万没有想到，他的日记现在却成了汪小玉对他的回忆。

日记是周德学从认识汪小玉那天记起的，有十几本。汪小玉每天只读一篇，她不舍得一下子把日记读完，她要让丈夫尽可能多地陪伴自己。日记是回忆，日记也是慰藉。通过字里行间透出的柔情蜜意，她仿佛觉得，丈夫就在身边，丈夫的灵魂也一直陪伴在左右。

转眼半年过去，丈夫的日记看得差不多了，今天是最后一篇了。晚上，汪小玉含着热泪，把日记本抱在怀里，久久不愿翻开这最后一篇，她想，读完这篇，丈夫就要离她而去了。

"我死了不要紧，可小玉怎么办呢？今后谁来照顾她呢……"

刚读了个头，汪小玉就惊呆了。难道丈夫知道自己要死？要出车祸？要不，他怎么会这样写呢？汪小玉不禁回想起丈夫出事前的种种反常行为。丈夫的脸黑了，瘦了，常常捂着腹部，脸上现出痛苦的神色。汪小玉问他怎么了，丈夫说没事儿，可能是吃饭不注意，拿回来一堆药。那天晚上，汪小玉半夜醒来，一转脸，却见黑暗中有两点亮亮的光点——丈夫两眼大睁，望着天花板出神。早上收拾床铺，丈夫的枕巾湿湿的，揉成一团。

还有，出事儿的当天，周德学一大早就起了床，把房子里里外外全部打扫一遍，换掉客厅旧的电棒管，之后骑车出去灌回来一瓶液化气。做好这一切，周德学交代汪小玉说："晚上睡觉时把门锁好，现在小偷多，别丢了东西；灯泡坏了要找人帮忙，别自己换，容易摔着；还有，液化气用完了让煤气公司的人送，不用心疼三五块钱的服务费……"

周德学说着眼睛湿湿的，弄得汪小玉心里也酸酸的。她说："你今天这是怎么了？不就是去西山乡联系业务吗，咋搞得跟生离死别似的？"

周德学推车出门，走到门口又拐了回来，把汪小玉抱住，吻她的时候，汪小玉觉得，丈夫的手是冰凉的，脸颊上也没有一丝的热气。

汪小玉继续看丈夫的日记。

"我不相信我得了癌症，而且是晚期，可几家医院的诊断结果全都一样：癌。我知道，我在这个世界上的日子已经不多了。我留恋这个世界，留恋小玉，可我又不得不死……我不怕死，可我放心不下小玉，她没正式工作，今后怎么生活下去呢？想来想去，只有一条路可走：制造车祸，提前结束自己，为小玉挣一笔赔偿金，让她日后生活有靠。我知道。这样做很阴险，也很缺德，会害了别人，可我没别的办法，就让老天惩罚我吧……"

汪小玉同时发现了夹在日记里的诊断书和化验报告。

汪小玉再也控制不住自己，放声大哭起来。她实在无法接受丈夫为自己所做出的牺牲，但她又深深知道，丈夫在做出这一决定时承受了怎样的心理压力。

连着三天，汪小玉老想着那笔赔偿金的事儿。站在她的角度去考虑，丈夫的行为无疑是感天动地的爱，为她留下一大笔钱；而站在对方的角度去想，丈夫的这种做法却又是卑鄙的，自私的。

到底要不要这笔钱？汪小玉陷入了深深的矛盾之中。她清楚地知道，如果把车祸真相公之于众，这笔巨款也就不再属于自己了，而且，那个爱她的人——她的丈夫周德学，还将背上害人的恶名，化成了骨灰也不得安宁。可如果把真相永远尘封在心底呢？汪小玉不但继续拥有那笔钱财，也保住了丈夫的名声。可自己的良心呢？将一辈子在半空里悬着，拷问自己，折磨自己，难有片刻的安宁。

经过几天的反复考虑，汪小玉走进了邮局，把钱汇给了罗家文，并且决定，她要靠打工挣钱，偿还罗家的损失。

真相大白

半个月后的一天，汪小玉从她打工的郑州来到郊县，敲开了罗家出租屋的房门。见到汪小玉，罗家文愣了，他认出了汪小玉。当时，协商事故赔偿的时候，罗家文曾见过汪小玉两面，他对汪小玉的印象不错，虽然她生气地扇了自己两个耳光，但在谈到赔偿时，汪小玉的亲戚狮子大开口，张口就要20万。汪小玉淡淡地说："这位大哥看上去也不容易，就让他看着给吧。"当时，罗家文特别感动，心里说，多亏了这个通情达理的女人啊！

12万元这个数字，是事故科的人提出来的，罗家文和汪小玉都认可了。

可罗家文不知道汪小玉现在来干什么，他问汪小玉："是你？有什么事儿吗？"汪小玉"扑通"一声跪在了罗家文的面前，她说："我是替我丈夫赔罪来了。"

"赔罪？"罗家文大惑不解，说，"赔罪的应该是我呀。"

汪小玉哭着把丈夫身患绝症、故意制造车祸的事一五一十说了一遍，最后说："大哥，真是对不起了，因为我丈夫的过错，让你受了不白之冤，还害得嫂子也没了，我们周家对不起你们啊。"

罗家文呆住了，过了好久，他一把抱住女儿倩倩失声痛哭起来。哭罢一抹眼泪，愤怒地说："你以为还了这12万块钱就能赎回你丈夫的罪吗？不能！不能啊。"罗家文吼道："你丈夫欠了我妻子一条人命啊！别说12万，120万也买不回来！我要告他，讨回我的清白！"

这天晚上，罗家文也经历了一个不眠之夜，先是妻子气愤交加惨死在医院，他带着小倩倩艰难度日，然后是汪小玉还回来12万元钱，再后来是汪小玉瘦削的面孔和她真诚悔罪的眼泪不停在他眼前闪现。罗家文既为周德学故意制造车祸给他家带来的灾难而愤怒，同时，也被周德学对妻子的真爱感动。更让他感动的是汪小玉，这个柔弱的小女子，假若她把真相永远埋在心里，罗家文也将终生蒙受这不白之冤。可面对丈夫用生命和鲜血换来的巨款，她却毫不犹豫地选择了良心。

罗家文被感动了。他撕毁了已经写好的诉状。

人间自有真情

汪小玉把她的打工地点从郑州换到郊县，她要践行她的诺言，打工挣钱为丈夫赎罪。她在市区边一个炉料厂找了份工作，为炉子供料土。这是没人愿干的工作，又脏又累，一天要拉着重车跑几十趟。

月底结算，汪小玉把当月600元钱的工资分成两份，留下150元作为必需的生活费，把剩余的450元钱送到了罗家文家。看着因劳累过度变得越发黑瘦憔悴的汪小玉，不知道为什么，罗家文的心疼了一下，眼里也浮上一汪热泪。他推开汪小玉递钱的手，说："大妹子，你不要这样难为自己了，你看看你都成啥样了。"汪小玉跪下了，说："大哥，你难道就这么狠心，连赎罪的机会也不给我吗？"

"不，不是。"罗家文说，"算了，过去的事儿，咱都不提了好吗？仔细想想，那也不全是你丈夫的错，他是为了你才出此下策的……再说了，你过得也挺难的，你看看你的脸，都瘦成啥样了？这钱你买些营养品补补吧。"

汪小玉心里猛地一热，自丈夫死后，还没人这样关心过她。

罗家文不收她的钱，汪小玉就以其他的方法弥补。下了班，她就来到罗家文租住的小屋，洗衣缝补，拆洗被褥，为罗家父女炒菜做饭。一天，汪小玉做好饭菜，盛到桌上，摘下围裙就要走，被倩倩拉住了。倩倩说："阿姨，我不让你走。我没有妈妈，你给我当妈妈好吗？"罗家文和汪小玉当时红了脸，互相看着。倩倩又对罗家文说："爸爸，你说话呀，让阿姨给我当妈妈吧？"

汪小玉哭着，把倩倩紧紧搂在怀里。罗家文望着女儿和汪小玉，露出一抹会心的微笑。

半月以后，罗家文的出租屋门上贴了两个鲜红的"喜"字，汪小玉迈着轻快的步子走进了罗家。

（选自《传奇故事》2007年第5期）

欲望的解放鞋

我一身臭汗出现在大哥面前的时候，是1968年的5月26日。

这是个再平常不过的日子，太阳一如既往不紧不慢地照着，太阳下的人们也不紧不慢地生活着。而我，因为在新疆当兵的大哥回乡探亲，命运被彻底改变了。

刚一见面，大哥便把嫌弃的目光投到我的光脚上，我知道我的脚很脏，在旅客面前丢了大哥的脸。可我没办法。我起早出了一圈猪粪，又把猪粪整理得有角有棱，往上洒点水，用铁锹抹出光面。看看时间不早了，便把光脚在猪圈旁的黄土堆里蹭蹭，着急慌忙地赶到车站。脚上粘了不少腥臭的猪粪，沤得半生不熟的麦秸，腐败的草浆，脚踝上还有两片焦黄的洋槐叶。大哥把我拉到人少的地方，责备说，小三，你怎么连鞋也不穿？我没说我没鞋，而是说，不想穿，嫌捂脚，难受。

到家以后，大哥在堂屋地上打开帆布提包，抽出一双崭新的解放鞋，交到我手上，说，去，把脚洗干净，穿上。老大不小的人了，光着脚东跑西颠的像啥样子。

旁边的大嫂脸色很不好看，霍地站起身，回了她住的南厢房。

那天晚上，我是抱着解放鞋入睡的。睡前，我把解放鞋翻来覆去地看了好几遍。解放鞋真好看，草绿色的帆布鞋面，油黑色的橡胶底子，两排穿鞋带的气眼明晃晃的，闪烁着金属特有的贵重气息。我在鞋底黑色的橡胶上，在鞋面草绿色的帆布上，在明晃晃的气眼上，狠狠地亲了一阵，像是在亲村里最漂亮的姑娘九儿，新鲜的橡胶味儿也像九儿身上散发出来的香气一样好闻。

半夜，大嫂的哭声把我惊醒。我住在西屋南头，大嫂和大哥住在南屋西头，窗户挨着窗户。大嫂的哭声很压抑，也很锐利。大哥先是压低了声音劝解，哀求，接着便是"叭"的一声，大约是摔碎了什么东西，大嫂的哭声才戛然而止。不多久，母亲摸黑走进我的屋子，对我说，小三，把鞋还给你大哥吧，那是你嫂特意写信要的，她二兄弟7月份结婚时要穿的。别让你大哥作难，他探次家不容易，啊？

母亲拿着解放鞋走出屋门的时候，我也哭了——是那种得而复失的心痛。没有也就算了，有了再失去，这是让人十分难受的事。

第二天早上，我刚打开房门，大嫂在我门前站着，眼圈青黑浮肿，沾着层露水般的湿润。她装出一副心甘情愿的微笑，说，小三，这双鞋还是你穿吧。我说我不穿，我打赤脚惯了，穿鞋反而不习惯。大嫂说，你哥说了，他回部队后再寄一双回来。

从此，我有了解放鞋，一双三里五村独一无二的解放鞋。

此前，我一直打赤脚，赤着脚到河坡上割草，赤着脚去地里锄玉米、锄红薯，赤着脚跳到猪圈里起粪，赤着脚在麦茬地里蹚来蹚去，甚至赤着脚参加生产队、大队的正式或非正式会议。石头、黄土、粪便、谷茬、豆秸在我脚板上打磨出一层坚硬结实的茧子，敲上去叮叮当当作响，音质金属般清脆悦耳。

九儿曾经问过我：你真是个怪人，咋老不穿鞋呢？我说，我生来命贱，没有穿鞋的命，一穿鞋就浑身上下不舒服。

我知道这话没人信，也是自欺欺人，事实是，我穿不起鞋。母亲费力做好一双鞋，上脚不到半月，鞋就不是鞋了。脚掌和后跟洞穿两个圆形的窟窿，灯芯绒或直贡呢鞋面脱帮而起，像飘扬着两面黑色的旗帜。母亲长叹一声，说，你个费缰驴呀，脚上长着牙呢？穿鞋咋恁费哩。

我是目睹了母亲做鞋的全过程之后开始不穿鞋的。那是一个没有云彩的好天气，母亲挑一些没有再利用价值的破衣服，洗净，晒干，用糨子一层层糊在门板上，晒成袼褙，再剪成鞋底和鞋帮的样子。到了晚上，母亲凑到油灯下一针一针地纳。于是，麻绳穿越袼褙"嘶嘶啦啦"的声音便成夜成夜地响着。鞋底纳成，母亲右手的指掌便被麻绳磨出鲜红的肉芽。看着母亲被油烟熏得乌黑的鼻孔，被油灯烫得焦黄的头发梢，还有鞋底衬布上染出的血迹，我心里酸酸的，对母亲说，娘，以后不要给我做鞋了，我不穿鞋了。瞎说！母亲瞪我一眼，站到那儿墙头高了，眼看该娶媳妇了，谁家闺女愿嫁个光脚小子？

我在村里成了孤家寡人，没人找我玩耍，没人和我搭帮干活，姑娘们更是不拿正眼看我。和我一样大的二保、爱国、二奎他们，谈恋爱的谈恋爱，结婚的结婚，性急的还把孩子抱在怀里，可媒人一次也不登我家门槛。这不怨别人，怨我自己打赤脚。一个连鞋都穿不起的男人，能养活得了媳妇？谁家父母瞎了眼把闺女往火坑里推？想娶媳妇？拉倒吧，趴一边歇着去吧。

春上，雨季快到了，队长福寿爷派我去东岗的裤裆地垒壑子。那是去年大雨冲出来的，用石头垒边，再填上黄土，踩实，免得壑子越拉越大，糟蹋了庄稼。派活时福寿爷让九儿给我打下手，递个石头，垫锹土啥的，是省心省力的轻松活儿。一听说让九儿给打下手，我一颗心就狂跳不已。九儿模样好看，腰身细溜溜的，走路风摆杨柳一般。能和九儿一起干活还不把人美死？九儿"咣当"一声把铁锹扔到地上，说，我不去！福寿爷问她为啥不去，九儿把嘴撇到耳根上，朝地上呸一声吐了一口唾沫，说，你换了别人我去，小三去我就不去！福寿爷笑着说，你这妮子，这是去垒壑子，是干活，又不是让你嫁给小三！别挑肥拣瘦，工不二派，快干活去吧。

　　那天，九儿到底没跟我去垒壑子，她宁可不挣当天的工分，也不愿和我一起干活。九儿是当着全生产队的劳力说这番话的，大槐树下坐着全村男女老少，九儿吊着好看的小脸说出那番话，全村人肆无忌惮地笑了起来。我把头埋下，脖子软塌塌地抬不起来。

　　我流着泪去了裤裆地，发狠地搬石头，垒砌，填土，一个人干了两个人的活，像疯子一样发泄着内心的积郁和自卑。等把壑子垒好，双手已经血肉模糊，血珠子在阳光下一闪一闪，落在石头上，洇出一坨坨的浓黑。

　　现在不一样了，人们没事儿就往我屋里钻，或者和我下棋打扑克，或者和我东一榔头西一棒子地闲扯。不管下棋、打扑克，还是闲扯，他们的目光没有离开过床上方的墙壁——那里挂着那双解放鞋。望一阵，啧啧几声，好像有了这双解放鞋，我就成了腰缠万贯的富翁，成了了不起的大人物。

　　　　　　　　　　　　　　　　　　李培俊纪念文集

这双解放鞋我一直没有上脚穿过，但我一直带在身边。解放鞋是我的标志，就像美国的自由女神像，法国的埃菲尔铁塔，中国的万里长城。下地时，我把两只鞋的鞋带系在一起，在锄把上缠两圈，走路时它便在我脸前一左一右地晃悠，晃悠出一副好看的模样。到了地头，拣块干爽干净的地方，铺一层树叶或者青草，把鞋规规矩矩放好，再用一张旧纸盖上，然后才去锄地。

终于有一天，九儿走进了我的小屋，这是我期待已久的。九儿是吃过晚饭来的，最后一抹阳光从木格窗棂里射进来，九儿脸上的汗毛呈现出高贵的金黄，毛茸茸的，让人产生一种想去抚摸的冲动。我躺着没有起来，冷冷地问九儿：有事儿？九儿从解放鞋上收回目光，说，没事儿就不能来看看？你家又不是皇帝的金銮殿。九儿又说，小三，你真行，鸟枪换炮了啊，竟然有一双解放鞋！我说，有解放鞋又咋啦？就这，干活还没人愿意和我搭帮哩。九儿的脸一红，说，你这人还怪记仇哩。我说，不是记仇，你那天把我弄得灰头土脸的，惹一村人笑话。这时，九儿说了一句她这辈子最有水平的话，她说，谁来到世界上不犯错误？何况我九儿！

那天晚上。九儿坐到很晚才走，我一连打了三个哈欠，九儿才恋恋不舍地起身，看着墙上的解放鞋，说，我走了啊。我说，你走吧。九儿却没挪脚，反而朝床前靠靠，俯下身去摸墙上的解放鞋。两个奶子几乎贴到我脸上，我便闻到一股甜*丝丝*热烘烘的气息。嗓子眼干干的，涩涩的，连着咽了几口唾沫。

九儿刚走，东头的二奎来了。我没想到二奎会来，二奎是支书银圈叔的老二，住在村东头，离我家少说也有一里半地。

平时，二奎把谁也不放在眼里，别说是我，就是队长福寿爷也得让他三分。我没起身，躺着和二奎说话。有了解放鞋，我就有了和二奎平起平坐的权力和底气。二奎对着九儿的后背和屁股上上下下地看，一直看到九儿没了踪影才扭回头来问我，这妮子对你有那意思？我说，咋能呢，咱是谁，人家是谁？看上我的啥哩。二奎说，这可说不准，狗咬挎篮的，人向有钱的，都势利着呢。我说，可我没钱，跟要饭的相比，只差一根棍子一个破碗了。二奎说，可你有一双解放鞋呀。

东拉西扯一阵，二奎才说明来意：他在县城工作的二姨家添了孙子，明天做满月，二奎要去二姨家随礼，嫌他脚上的布鞋不好看，想借我的解放鞋穿一天。我牙疼似的吸溜一声，说实话我不想把我的解放鞋借给别人，我还没穿过一天哩。但又不敢说不借，人家的爹是支书。全村的救济粮、救济款都要从他手头过，他说给谁多少就是多少。我家需要救济粮。

我从墙上取下解放鞋，交给二奎，说，你穿吧。可别把鞋弄脏弄坏了啊。二奎皱皱眉头，不耐烦地说，知道，知道，知道。

二奎开了头，解放鞋就在家里待不住了，今天这个借，明天那个借，在我手里的时间还没借出去的时间多。我虽然心痛，但又无可奈何。乡里乡亲的，怎好拒绝？更何况，他们借鞋的理由又都充分得不得了，好像不借鞋天就塌了，地就陷了，世界末日就到了。我怀疑，借鞋之前，他们一定在家里进行了事前演练，而且不止一遍。

景山借鞋是为了相亲，不借行吗？不行，能眼睁睁看着让人家亲事黄了？

老国借鞋是娶亲，万事俱备，只欠东风，临上马车，才发现脚指头还在外边露着,你说这鞋借是不借?

万中去老丈人家也来借鞋,是为了风光,为了壮脸,为了让老丈人家看得起。那就拿去风光,拿去壮脸,拿去让老丈人家看得起吧。

队长福寿爷去公社开三级干部会也瞄上了我的解放鞋。福寿爷平时待我不错,但我还是犹豫,一借就是三天哪!福寿爷见我犹豫,就变得严肃起来,把借不借鞋提到纲上线上去了。他说,我这是代表咱湖桥生产队去开会,穿得不像样子,人家不是笑话你福寿爷,而是笑话咱整个湖桥生产队。这样一来问题大了,不是鞋的问题了,是大是大非的问题,是路线问题了。可我还是不想借,我想到一个十分充足的理由。我说,福寿爷,不就是一双鞋吗?有啥金贵的,谁穿不是穿?可你个头大,是穿43码的,我的解放鞋是42码呀,肯定不合脚。福寿爷说,你个小鳖儿,我吃的盐比你吃的米面还多,过的桥比你走的路还长,你一撅屁股我就知道要屙啥屎。说来说去,不就是不想借鞋吗?我脚大不错,把脚指头蜷起一点不就得了?

九儿来借解放鞋的时候,我已经顶替福寿爷当了生产队队长。

此前,我的解放鞋已经不再外借了。我在生产队群众大会上宣布这个决定,我有这个条件,也有这个权力。我的理由很充分,现在,我,不是我一个人的我了,我代表整个湖桥生产队,代表生产队的每一个人。所以,我不能再赤脚下田,不能再赤脚开会,不管是大队还是公社的会议,我都必须穿鞋参加。

我知道,我之所以能够当上队长,和我拥有这双解放鞋有着密不可分的关系。福寿爷年纪大了,过了年奔七十的人了,精力不济，别说领着社员干活，筹划哪块地种玉米、绿豆还是种谷子、芝麻，自己都顾不住自己。把人带到地里，福寿爷靠着墙根就打瞌睡，一睡就是大半晌。人们也不喊他，拣块树荫，纳鞋底的纳鞋底，织毛衣的织毛衣，年轻人把扑克从兜里掏出来，"啪"一声甩到铺开的布衫上，玩得昏天黑地。他们希望福寿爷就这么睡着，永远不要醒来。反正到晌下工，一天的工分就到手了。

福寿爷还算有自知之明，割了小麦，碾光扬净，分到各家各户，福寿爷怕亏集体，弄得大家没饭吃，就向大队提出不当湖桥的生产队队长了。

选举队长那天，全队二百来口人坐在大槐树下，像一群没头的苍蝇，嗡嗡嘤嘤乱作一团。有人提出要选老国当队长，就有人说老国这人不行，太自私，他家交的肥料土多粪少，纯属黄土搬家。又有人提出选景山，其他人说，景山行是行，可他老婆不行，那娘儿们每次下地都要掰穗玉米，刨块红薯，掖到裤腰里拿回家。那可是大家的口粮，你多吃多占了，别人就得少吃。叫她男人当队长，还有老百姓过的？

这时，二奎站了起来，说，我选小三当队长。小三这人不赖，和谁都说得来，还特大公无私。别的不说，咱就说他那双解放鞋吧，村里谁家没穿过？给咱村弄回来好几个媳妇，这样的人不选还选谁？

二奎提了个头，就有一群人响应，九儿的声音最尖最响，几乎是扯着嗓子喊出来一声"同意"。福寿爷笑笑说，你这妮子，当初垒壑子你还不愿和小三搭帮哩，这会儿是咋啦？九儿小声嘟囔说，好狗记得千年屎！当初是当初，现在是现在，懂不懂？

不懂。福寿爷说，那就小三吧。前半句是回答九儿，后半句是一锤定音。

当了队长，我的生活发生了翻天覆地的变化，家里不再吃了上顿没下顿。仓库的钥匙就在我屁股上挂着，一走"叮叮当当"响。我喜欢这种声音，不单是因为它清脆悦耳，而是它沉甸甸的重量。重量代表权力，代表身份，也代表实惠。夜深人静，我悄悄摸进仓库，装上一袋玉米，神不知鬼不觉背回家。于是，我家饭桌上，又黑又硬的红薯馍换成了焦黄带花香喷喷的玉米面饼子。我也不再赤脚，当队长还光着脚像什么样子？我从会计账上支了五块钱，买来一双白色的尼龙袜，配上草绿色的解放鞋，打扮得人模狗样，在地里转悠。碰到哪天不高兴，把偷懒耍滑的社员叫到跟前，罚他们站在太阳底下，也不管辈分高低，拎着脸骂上一顿。我说，没吃过猪肉还没见过猪走？日你娘！活是这样干的？扣你当天的工分！被训的人顶嘴说，你说你日谁他娘？你喊我娘喊奶奶哩！我知道骂过火了，扭头走开了。

九儿是给她哥万成借鞋的，万成三十岁出头了，还没娶下媳妇，没尝过女人啥味。突然有一天，他一个小学女同学要来看他，女同学的丈夫去年出车祸死了，是个寡妇。寡妇来看未婚的男同学，事情本身就有了深长的意味，复杂的内容。

晚上，九儿掐着草辫来找我。九儿掐辫的样子很好看，麦莛在她指头间"呼呼啦啦"响着，像一支美妙绝伦的音乐。音乐声中便有一段一段的草辫从九儿手里流出来，长长地拖到地下。她说，小三……我打断她：叫队长！九儿怯怯地喊了一声队长，说，你那双解放鞋明天借给我哥穿穿吧？我说，我在群众大会上宣布过，解放鞋不外借了，你不知道？九儿问，连我也不借？我心里说，你咋啦？不沾亲不带故，又不是我媳妇。九儿说，你知道，我哥今年三十多了，还没寻着媳妇，明天人家来相看，他要穿得太寒酸，亲事有可能就会黄。中山装是借我大姐夫的，大是大了点，不过还凑合，裤子是借我姨父的，就差鞋了，你看是不是……

我犹豫着。

九儿又说，要不这样，我也不白借你的鞋……

我说，咋不白借？

九儿的脸立时就成了一块红布，我……我……了半天，才狠狠心说，我让你亲我一回……

这是我梦寐以求的。我多次亲过九儿，还骑在她身上，黏黏的脏东西把裤头都弄湿了。这都是在梦里完成的，而在现实生活中，我连九儿的手都没碰过一下。

九儿不知道我在想什么，以为我在以无言推拒，又说，要不，你还可以摸我……不过只准摸上头……

没等我回答，九儿关上房门，下了门闩，一口把油灯吹灭，解开了衬衫纽扣。朦胧月光里，便有白花花的东西朝我挤压过来，她拿起我的右手，揣在她肥实坚硬的奶子上，左边揣了一会儿，又换到右边。我晕晕乎乎像是飘在云彩里，身上也像着了火，烧得嗓子眼儿干疼。九儿拿走了我的解放鞋，屋里地下留着一节节掐剩的碎麦莛，还有一种青草般清香的气息。这天晚上，我一直没有睡着，老在回味手揣在九儿奶子上的滋味，把手放到鼻子上闻闻，热热的，香香的。第二天，我在井台上等到了担水的九儿，我说，我要和你谈工作上的事，谈生产队的事，你吃过午饭到刀把地的大柿树底下等我。说完我丢下愣着的九儿头也不回地走了。我知道九儿会去，即便是她知道我的真实目的，她也会去。我是队长，队长的话是不可违抗的。

这天中午，在柿树下的玉米地里我睡了九儿。我踩倒一片齐腰深的玉米棵子，在凸凹不平的地上铺好衬衫，然后……九儿没有反抗，也没有配合，她从屁股下取出一块核桃大的土坷垃，扬手扔到玉米棵里，然后像一头待宰的羊羔，摊开自己。我看到，她眼角有湿湿的东西慢慢溢出来，在玉米棵的阴影里一闪一闪的。

我的一切好运是大哥带给我的，准确点说，是大哥给我的解放鞋带给我的。一年时间，因为频繁穿用、洗刷，和黄土地、石头块摩擦，我的解放鞋渐渐失去了本来的面目。鞋面的草绿渐渐褪去，成了难看的灰白色；橡胶也不再油光闪亮，显得灰秃秃的；鞋底上的沟渠也已磨平，一走就打滑；鞋帮被石头咬去几块，凹陷进去，像一张失去风韵的老女人丑陋的面孔。

我有一种预感，随着解放鞋的价值不再，我将和我的解放鞋一起被人淘汰遗弃。修补了几次之后，实在不能再穿了，我把解放鞋扔进了猪圈，那头傻乎乎的黑猪拼命撕咬着鞋上的橡胶，还有滋有味地咀嚼。这时，我听到村里的钟声急促地响了起来。钟锤一向由我保管着，这口钟只有我能敲，这是我的权力。可现在，钟被别人敲响了。我赤着脚跑到槐树下，我问，谁这么大胆乱敲钟？景山从人堆里站起来，说，我敲的，咋啦？我说，咋啦？你知道这是啥性质的问题吗？景山不紧不慢地说，别跩你的队长架子了，你已经不适合再当队长了，我们要重新选举队长。我说，你说说，我咋就不适合当队长了？二奎说，你要是明白人，就糊里糊涂下金殿，当个顺民。要是不明白呢，咱就一条一条把你干的破事摆出来，让社员们都听听，看你还当成当不成这个队长！

我不敢嘴硬了，事情明摆着，无论是偷队里的粮食，还是和九儿睡觉，一条就足以判三年。

景山当了队长。投票的时候，大家都朝我脚上看，看过，鄙夷地把头扭开，去看景山的脚。这时我才发现，景山脚上穿着一双崭新的解放鞋，虽然不是军用的，但你不能说它不是解放鞋。景山坐着，把脚跷得高高的，让解放鞋最充分地暴露在众目睽睽之下，展示着解放鞋的高贵。我知道我完了，我已经没有价值了，人们要去寻找可以利用的新的价值。同时，我也明白一个道理，谁拥有了解放鞋，谁便可以当队长。我暗下决心，再弄一双解放鞋，把失去的队长位置夺回来！

当天晚上，我给大哥写了封信，让他再给我寄双解放鞋来。大哥很快回信，说解放鞋是他在步兵连时发的，供训练时使用，他现在调到团部政治处当干事，只发皮鞋不发解放鞋了。大哥在信中说，你在家里干农活，泥泥水水的，皮鞋是没法穿的。鞋的问题自己想办法解决吧。

无论想什么办法，我必须拥有一双解放鞋，这是我夺回队长位置的物质基础，也是我为之奋斗的终极目标。队长的位置太诱人，拥有了队长头衔也就拥有了充足的粮食，拥有了可以享用女人的权力，拥有了随意训人的资格。

下第一场雪那天，我无所事事，就想到镇上去转转。其实也不买什么东西，只是心里憋闷，到外边散散心。出村时正好碰到九儿，胳膊上挎了不少草辫，也像是去赶集。我问九儿，去赶集？九儿没说话，只点了点头。自从不当队长，九儿不大理我了，碰了面，脸一红，头一扭就过去了。约她几次去刀把地的大柿树下，她都没去，让我白白在野地里等半天。我说，九儿，正好我也去赶集，咱一起走吧。九儿犹豫片刻，说，你先走吧，我忘了带手绢，还得回家去拿。说罢扭头又回了村。

我在镇街上无滋无味地转了一圈，中午，在小摊上吃了一碗凉粉，看看时间还早，就走进了供销社。供销社不大，只有三间门脸，角铁焊成的货架上大部分空着，稀稀拉拉摆着些灰蓝色的布，纸盒点心，水果糖，还有煤油食盐啥的。

我在柜台拐角处发现了解放鞋，明显是仿着军用鞋做的，做工却和军用鞋差老鼻子了。鞋面上的帆布说绿不绿，说黄不黄，橡胶表面也很粗糙，大老远就能看到上面凸起的小疙瘩，和景山脚上那双一模一样。我眼里放出光来，和狼饿极时发出的光差不多，一定也是绿莹莹的。营业员是个女的。四十来岁，胖得像只鸭子，走路一跛一跛的。我想也没想，对胖鸭子说，给我拿双解放鞋。我翻来覆去地看，说，你们卖的这叫解放鞋吗？咋这么难看。

胖鸭子鄙夷地乜斜我一眼，又给我拿了一双。我又挑出了染色不匀的毛病，要她再拿一双。胖鸭子有点烦，一下子抱来四双，让我挑。这时，那边有人喊她称盐，趁她离开的时候我拿起其中一双，迅速塞进棉衣里。然后说，不买了，把鞋收回去吧。

那个胖鸭子营业员，人长得不怎么样，心计城府却很深，她给别人称盐时，一只眼看秤，一只眼始终没有离开我。当我转身离开时，她朝另两个男营业员使了个眼色，把我堵在门口。

解放鞋从我棉衣里搜出以后，胖鸭子上来就是一个耳光，说，撒泡尿照照你那样儿，像是穿得起解放鞋的人吗？还挑三拣四的，不就是为了偷吗？奚落一番，他们开始商量怎么处置我，商量的结果，是把我押到公社公安特派员那里。

就是这时，九儿走进了供销社。她来卖草辫。几十盘草辫捆在一起，背在背上。见我胳膊被人扭在背后，长长地"咦"了一声，问扭我的人：这是咋啦？这是咋啦？胖鸭子说，咋啦？问他自己！我没脸见九儿，把脸扭到一边，留给九儿个屁股。胖鸭子说，你没脸说是吧，我替你说，他偷了供销社的解放鞋。九儿哦了一声：原来是这样，一双解放鞋多少钱？

胖鸭子说，五块，这可不是小数目。

九儿把草辫放到柜台上，说，这是30盘草辫，我掐的辫儿我知道，应该卖一级。一盘一毛八，一三得三，三八二十四，值五块四毛钱。我替他把解放鞋的钱出了，你们放了他吧。胖鸭子问她和我啥关系，咋舍得为一个小偷出这么多的钱。九儿脸红了一下，说，啥关系也不是，一个村的邻居。

事后我才知道，九儿那30盘草辫的钱早就有了下家，身上的棉袄已经穿了四年，破得不能再穿了，要买块布料。还要为家里称几斤盐，灌二斤煤油，为爹添置一双棉鞋，为娘买条头巾啥的。可现在，九儿手里只有四毛钱了。她把仅有的四毛钱递给胖鸭子称盐，想了想又抽回来一毛，到旁边柜台上买了20粒糖豆。糖豆有红有白有绿有蓝，九儿数出10粒，放到我的手心里，说，走，咱们回家吧。

回村的路上，我说，九儿，今天多亏了你，要不，我人可就丢大了，说不定现在在公社关着呢。欠你的钱我会一分不少还给你的。她说，你拿啥还？你会屙金还是会尿银？我说，我五尺高的汉子，不缺胳膊不少腿，还能挣不来五块钱？她当时就噎了我一句，说，会挣钱还去偷？我说，这事儿可不能让咱村的人知道，要不，我就没脸见人了。九儿说，我憨了傻了？说这干啥？我说，九儿，以前的事儿是我对不起你，回想起来我自己都觉得脸红，我咋会那样对你呢？净干些畜生不如的事儿。九儿，你能原谅我吗？

九儿没有说话，没说原谅我，也没说不原谅，迈着轻盈的步子，只管走她的路。我像狗一样亦步亦趋地跟在她后面。快到村头，九儿站下，把解放鞋递到我手上，说，拿去张狂吧！

我哭了，流着泪说，九儿，小三也是个人，再也不会像以前那样不干人事儿了，小三要扎扎实实地过日子了。

（选自《小说月刊》2007年第10期）

红衣观音

　　打从太阳偏西那一刻起，夏雨行的心就一直吊在嗓子眼，落不到实处。吃过午饭，小睡了片刻，夏雨行便在柜台后坐了下来，盯着太阳发呆。时节才入仲春，天气尚未转暖，小风凉巴巴地穿堂而过。可内心焦躁的夏雨行，脸上早已爬满一层细密的汗珠。

　　夏雨行的闲雅斋当铺坐落在县城繁华地段，坐东向西，两间门面。迎门是青砖垒砌，白灰勾缝的柜台，槐木台面打磨得明光锃亮，木纹透着古朴凝重的暗黄色，闲雅斋虽是当铺，却只收古玩玉器、陶瓷字画，生意显得清淡萧条。夏雨行倒也不急不躁，把生意交给徒弟二贵，自己躲在楼上静室，泡上一壶好茶品着，赏玩陶瓷玉器，临摹名家字画。累了，歪在桌旁的竹床上，靠着被垛，浏览野史逸事，翻翻《名瓷鉴赏图典》，倒也自得其乐。

　　夏雨行的生意看似经营惨淡，不显山不露水的，一年赚不了几个钱。可业内同行都知道，他的生意其实做得并不小。包子有肉不在皮上，一笔买卖做成，坐吃三年五载没有问题。夏雨行身价究竟多少，没人能说得清楚。

　　今天是那个中年男人赎当的日子。按说，开当铺就是有当有赎，钱不凑手，把物件当进来，有了钱再把物件赎回去，这很正常。可夏雨行一月前收当的那个青瓷笔筒不是平常物件，不说价值连城，起码是夏雨行开创闲雅斋以来经手的较为贵重的物件之一。如果今天不来赎走，青瓷笔筒就成夏雨行的了。

一个月前，一个衣着讲究的中年人走进了闲雅斋当铺，抱来个青瓷笔筒。徒弟二贵伸手要接，被夏雨行喝住，说："二贵，你怎么这样不懂规矩？站一边儿去。"做他们这行生意的有个讲究，但凡贵重易碎的物品，交易时是不容用手交接的，来人要亲手把物品放到柜台上，放好了，放稳了，当铺的伙计才能去拿，然后把看估价，开出当票。否则，交接间失手打碎，责任算是谁的？

二贵红着脸退到一边，夏雨行捧起那个青瓷笔筒。双手刚一触到那物件，夏雨行的心就狂跳起来，热血直往头上冲。笔筒釉层玉润，口沿外部和底边上各有两条凸弦纹。一束兰花，叶片悠闲随意而生，蜿蜒着从筒底斜逸而出，末梢在筒口渐淡。初看上去，笔筒并不精致，甚至说还有些粗糙，似乎带有大清康熙年代的烧制特点和风格。可夏雨行一眼看出来，这是一件难得的南宋宝物。

夏雨行心里虽喜，面上却装得若无其事，他不经意地放下笔筒，拍拍手，问对方要当多少。对方说："先生是行家，先开个价吧。"夏雨行摇摇头，说："这不合规矩，还是先生先开价才好商量。"对方犹豫一会儿，要了二百现大洋。一听要价，夏雨行就知道对方不是内行人，不懂行情价码。于是就把笔筒贬损一番，说："你这样的玩意随处可见，先生这是狮子大开口，漫天要价了。一百五十块，行了就收当，不行，可以先到别处看看。"来人同意了。二贵开具当票的时候，夏雨行说："我把丑话说到前头，当金我不少你一分一毫，可我店的情况你也看到了，生意清淡，本小利薄，资金周转难以为继，咱们以一月为限，有钱了赶快赎走，过期不赎可就成了死当。这只青瓷笔筒也就与先生没有任何关系了。"

"那是自然，那是自然。"对方包起银圆，匆匆出门而去。

退入楼上静室，把笔筒置于案上，夏雨行才喜形于色。这个看似大清的笔筒，其实是南宋官窑的产物，专供退入江南半壁江山的皇家使用。战乱频仍，烧制数量极其有限，留存于世的更如凤毛麟角。

太阳好不容易偏到西边，却像被什么东西钩住，再也不肯落下一分一毫，就那么挂在半空中。夏雨行实在挨不下去了，想分散一下注意力，便和二贵没话找话说。他问二贵："二贵，现在啥时辰了？"二贵正忙着擦桌掸尘，偷看一下师傅，又朝西边天上瞄了一眼，说："师傅，才半下午。"夏雨行说："半下午？你说才半下午？"二贵说："是半下午嘛，您老没看，太阳还高着哩。"夏雨行没好气地说："我又不是瞎子，岂能没有看到？"无缘无故受了师傅一顿抢白，二贵很觉委屈，但也不好说什么，谁叫自己是徒弟，人家是师傅呢。他把夏雨行茶壶里的残茶倒掉，捏一撮新茶放进去续上开水，送回到柜台上。夏雨行轻轻呷了一口，说："二贵，你说，那个人今天会来赎当吗？"二贵说："我说不准，这时候还没露面按说不会来了。凡来当东西的都是急等钱用，用完了，一时又到哪里筹去？"夏雨行想想也是，不由就多看了二贵几眼。二贵不但模样周正，手脚干净，人也特别精明勤快，除非碰上大宗生意，拿不准的生意，才请出夏雨行做主。小来小去的都是二贵独当一面，不用夏雨行操心挂意。去年，夏雨行邀集同行，给他这个得意弟子行了出师礼，有意让他另起炉灶自立门户，铺面都给二贵选好了。二贵哭着问夏雨行："徒弟跟师傅多年，可有啥差错？"夏雨行说："没有，你怎么这样说呢？"二贵又问："徒弟是不是在师傅跟前没有尽心尽意？没有侍候好师傅？"夏雨行说："也不是，这么多年，你我如同父子，我视你为己出，你也待我父兄一般。"二贵说："那，师傅为啥执意要赶徒弟走呢？"夏雨行说："你误会师傅了，不是师傅要赶你，拜师学徒，以求安身自立，男人行于天下，以求出人头地。你应该有自己的天地，自己的事业。"二贵当即跪下，给夏雨行磕了三个响头，说："师傅，您对我的大恩大德，我未报万一，怎能丢下师傅就走呢？我要早晚奉茶，晨昏递水，侍候师傅一辈子。"说得夏雨行落下几滴老泪，感慨道："好一个仁义的孩子！"

师徒俩说着话，时间果然过得快了一些，终于太阳没入西边大山背后，店门前猛地一暗，夏雨行一颗心才算落到实处。他起身吐出一口长气，人虚脱一般瘫倒在身后的竹椅上。死当。自此以后，闲雅斋又要多一件镇店之宝了！

缓过神来，夏雨行吩咐二贵上了门板，到醉仙楼跑一趟，让他们送几个精致小菜过来。"对了，"夏雨行说，"再要一坛陈年杜康，咱爷俩今晚上喝个痛快。"很快，醉仙楼把酒菜送来，二贵接过，搬到楼上夏雨行的静室。菜是两荤两素，白切鸡，红油肚丝，新上市的新鲜竹笋，青凌凌的菠菜。师徒俩相对而坐，一边吃喝，一边说些天暖地凉的闲话。平时，夏雨行不喝酒，也不让二贵喝。干他们这一行容不得半点马虎，酒乱心智，看走眼就不是小事了，误了生意不说，几十年的名头也就跟着毁了。可今天夏雨行高兴，那个青瓷笔筒，那个价值连城的物件成了死当，落在了夏雨行手里，不好好喝几杯无论如何是说不过去的。

酒过三巡，菜过五味，师徒俩的话渐渐多了起来，不知怎么就把话题扯到了另一件宝物上。二贵说："师傅，前几天我听古风楼的伙计说，红衣观音现世了，他们的掌柜张耀先还在省城看到过。"夏雨行就把酒杯放下了，盯住二贵："真的？"

二贵点点头。

红衣观音是稀世之宝。据传，后唐同光年间，李存勖龙登九五，为谢神灵佑护，特命禹州官窑烧制一批佛像，置于宫廷供奉。圣旨下达以后，禹州官窑闻风而动，从构思、打稿、制坯、脱胎到彩绘、上釉，再到入窑烧制，历时五个多月。但到开窑的前一天，朗朗晴空，无一丝风雨，官窑却轰然倒塌，十数窑佛像瞬间成为一堆碎片。督办的地方官仰天悲叹一声："天亡我也！"纵身跳入余火未尽的官窑。事后，有人在官窑的废墟中意外挖出一尊观音像，丝毫未损，那观音菩萨面容慈蔼，笑望着芸芸众生。更为奇特的是，这尊观音像玲珑剔透，红衣飘飘，裙裾衣带飘逸洒脱。他们记得很清楚，观音是按照通常的方法制作的，绘上去的是流行的牙白色，怎么就成了红色呢？这太奇特了！当时还没有窑变一说，只道是观音菩萨显圣。

红衣观音一时轰动了京城，李存勖大喜过望，派专轿接进京城，视为镇国之宝，出行随带，以便晨昏供奉参拜。后来，李存勖兵败被追杀，躲进深山老林，红衣观音也随之不知所终。

这是夏雨行从《名瓷鉴赏图典》上看来的，书中对红衣观

　　　　　　　　　　　　李培俊纪念文集

音的形状、器口、内胎、底款都有相当详细的记述。甚至他还知道莲花宝座上李存勖失手磕碰的一处微小破口。那是夏雨行在一本叫作《秘闻阅微》的稗史上看到的，这本书中详细记载了缺口位置，大小形状。

去年，就传出红衣观音现身省城的消息，夏雨行也有所耳闻，但他没有在意，以为不过是人们茶余饭后演绎出来的故事而已，表达了人们对这一宝物的怀念和向往。可后来消息越传越多，绘声绘色，有鼻子有眼。今天，二贵竟说古风楼的掌柜张耀先亲眼见过，这就不由夏雨行不信了。

一个阳光明媚的上午，夏雨行走进了古风楼去见张耀先。

古风楼也是专营古玩、字画、玉器、铜器的老字号，开办的时间比夏雨行的闲雅斋早了近十个年头。夏雨行的精明之处在于，他的闲雅斋是以当铺的形式出现，这就避开了和古风楼争抢生意的嫌疑。但生意的内容和古风楼没有本质上的区别。夏雨行做生意大度大量，眼头又尖又准，确实抢了古风楼不少生意。同行是冤家，虽在一个县城，两家却鲜有来往，更谈不上交情。

但现在为了求证红衣观音现世一说，夏雨行还是觍着脸拜访了古风楼掌柜张耀先。张耀先客气地接待了夏雨行，寒暄过后，命徒弟肖凡奉上香茶，两人坐在桌前品茗闲聊。张耀先说："什么风把夏掌柜吹到了敝店，今天怎么有空出来了？"夏雨行说："早想来拜访张掌柜的，无奈俗务缠身，瞎忙，一直抽不出时间，还请张掌柜不要见怪才是。"两人有一搭没一搭地聊着，夏雨行就把话头慢慢引到了红衣观音现世的事上。他问张耀先："听说张掌柜见过那尊红衣观音？"张耀先说："夏掌柜不但做生意精明，消息也很灵通啊。怎么说呢，说见过吧，似乎不太恰当，说没见过吧，又说不过去。我只是在朋友那里扫了一眼，这么贵重的东西，人家害怕咱看到眼里拔不出来啊。"

张耀先的这个朋友夏雨行知道，是省城蹿红的政界名人，在收藏界也很有名气，所藏古董玉器古玩，能放满闲雅斋。

接着张耀先不厌其烦地描述那尊红衣观音，从外形、釉色、器口到底款都和《名瓷鉴赏图典》里的描述如出一辙。这就由不得夏雨行不信了，看来，红衣观音真的现世了！

其实，对于红衣观音，夏雨行并没太大的奢望，也不是真想把这件宝物据为己有。他尚有自知之明，但作为痴迷古玩的一个行家，他也想开开眼，一睹国宝的尊容。

自那天晚上起，夏雨行和二贵每天晚上都要喝着那天喝剩的陈年杜康闲聊，今晚正喝时忽听到店门被人拍响，"嗒嗒嗒"三下，接着又是"嗒嗒嗒"三下，小心翼翼，又极有耐心。二贵凑近门缝问："谁，这么晚了敲门有何事？"外面的人回答："这里说话不方便，还是请先生把门打开，借一步说话。"二贵拿眼光请示夏雨行，开还是不开？夏雨行点点头，二贵才把店门打开。

进来的是一位年约六旬的老者，面色白净，长髯飘胸，虽风尘仆仆，却难掩其高雅气质。

进店以后，老者从棉袍里拿出个锦盒，抖开红绸，揭去数层油纸，满屋便红光四射，夺去了烛光的光华。

红衣观音！夏雨行不由惊呼一声，顾不得规矩，抢前一步，把红衣观音接在手里。吩咐二贵点亮所有烛台上的蜡烛。夏雨行先用手掂了掂，觉得挺沉，挺厚重，侧过来看了器口，又把手指伸进底座摸索一阵，然后拿起放大镜去看底款。不错，夏雨行在浓艳如血的底款中看到了一笔庄重的汉隶。更让夏雨行高兴的是，他看到了那个知之者甚少的黄豆大的缺损。夏雨行看罢，心跳如鼓，嘴唇抖颤，连着喝了三口茶水，强迫自己平静下来，把红衣观音放到桌子上。

老者和二贵都关注地看着夏雨行。

夏雨行说："不知先生送来这物件是什么意思，可是要来当吗？"老者点点头，说："不当我深夜到此来干什么？"夏雨行说："县城里搞古玩的不少，先生怎么独独要来闲雅斋？"老者说："一是冲着先生的德行和名望，老不瞒少不欺；二是知道先生博学多才，慧眼识货，不致埋没了祖传家宝；这三嘛，我冲着的恰恰是先生的当铺。到古玩店是卖，而你这里是当。当，就有赎回的可能，而卖出去，可就成了别人的物件，想赎也赎不回了。"老者说着叹了口气，掉下泪来。老者自称姓李，祖上在宫里混过，四品带刀侍卫，颇有家财。大清亡后，他兄弟在京城谋了个不小的官职，一月前，得罪了上司，被押进大牢治罪。家门不幸啊。老者说着早已泪水涟涟，竟哭倒在地。他说，他就这么一个兄弟，不能看着兄弟掉头，就把这件祖传家宝拿出来当些钱，到京城为兄弟活动。

夏雨行听罢，命二贵为老者倒上茶水，问："先生要当多少？请开个价吧。"老者说："值多值少，我心里没底。不过听祖上说，这是个值钱物件，祖上传下来的规矩是，卖庄卖地，卖儿卖女，也要守着这尊红衣观音。可见这物件非同一般了。"

老者一口开出七万五千块现大洋的价码，而且不收白银和银票，只要黄金。他的理由十分得体：这是上京城活动，见的都是政要名人，黄金好使，不显山不露水。

夏雨行牙痛似的吸口气，在心里默算着闲雅斋可资使用的现金数量，沉吟着没有出声。老者见状，叹了口气，重新为红衣观音裹上油纸，包上红绸，装进了锦盒。夏雨行伸手拦住要出店的老者，惊问道："先生这是何意？莫非改了主意不成？"老者说："买卖不成仁义在，既然先生嫌我要价高，我可以拿到别处试试，人不能一棵树上吊死不是？"夏雨行说："先生误会了，这么大一笔钱，折合黄金十五两，我自然得认真筹划一番了。"说着便让二贵收当，取出三张银票到钱庄去兑黄金。

"慢！"老者拦住二贵说，"夏掌柜，咱丑话说到前头，两个月后我来赎当，你的三千大洋抽头我一分不少。如过了两月之期，我这件祖传家宝自然就成你闲雅斋之物。如果我还款时闲雅斋交不出红衣观音，或者有了损伤损坏，贵店也应该有个交代吧？"夏雨行说："那是自然，咱们按老规矩办，另补偿你当金的一半。"

红衣观音收进了闲雅斋的二楼静室，用特制的玻璃罩罩了，外面加一层厚厚的铁皮，上了三道连环锁扣。夜深人静，夏雨行打开连环锁，请出红衣观音置于案上，坐着品茗欣赏。这时，得意之色禁不住溢于面容。不知道哪辈子修来的福气，短短一个月时间，他竟连发横财，先是南宋的青瓷笔筒成了死当，接着便是这尊堪称稀世珍宝的红衣观音送上门来。按照夏雨行的估计，这尊红衣观音大约也会像青瓷笔筒一样成为死当，最终落入他的手中。李家既然把祖传家宝拿出来当掉，自然是到了穷途末路的地步，十五两黄金拿去京城活动，恐怕是肉包子打狗，有去无回，两个月内他又到哪里去筹这么大一宗现款赎当？

闲雅斋收当红衣观音的消息不胫而走，瞬间传遍全城，业内同仁云集闲雅斋要求开眼一见。夏雨行初时不肯，他深知怀璧其罪的道理，能瞒一时是一时。但看同仁们个个露出不满之色，生怕把人得罪深了，以后的生意没法做，这才把人们引进静室，打开了铁皮箱，让人们隔着玻璃观看。古风楼掌柜张耀先是最后来的，进门先一拱手，说："祝贺夏兄得了无价之宝啊。"夏雨行忙说："哪里哪里，话不是这样说，我开的是当铺，只是代人保管，顺便饱饱眼福罢了，到了当期，人家是要赎回去的。"张耀先说："这也难说，假若有四指宽的路可走，他也不会把如此珍贵的物件拿出来当，既然当了，十有八九是收不回去了。"

两人说着话，夏雨行把红衣观音请了出来，放到桌上。对张耀先的这个例外，夏雨行就有炫耀的意思在里面。张耀先细细地品赏了半个时辰，脸上露出些许嘲笑的意味。他把红衣观音倒过来，小指伸进底座里面摸索了一阵，就浅浅地笑了，问夏雨行："夏掌柜可曾问过当主的身份和红衣观音的来龙去脉？"夏雨行忙问："有什么不对的地方吗？"张耀先把红衣观音放回桌上，说："夏掌柜不妨摸摸底座的方孔里面。"夏雨行把手指伸进底座，指头出来的时候，已是满脸的冷汗，瘫倒在太师椅上。

红衣观音是假的。手感告诉他，底座上那个微小的凹陷没有表现出那个时代应有的尖锐和粗糙，显得过于细腻光滑了。按当时的制作条件，这几乎是不可能的，这也是高级模仿者在现代制作过程中留下的唯一缺憾。当时夏雨行绝没放过这个细节，也是细细摸过的呀，怎么就没有摸出来呢？酒，那坛陈年杜康让夏雨行头脑发热，也让夏雨行的神经末梢触感麻木了，忽视了一个不该忽视的细节，白白把十五两黄金打了水漂。

夏雨行病了，那天，送走张耀先，夏雨行呕出数口鲜血，栽倒于地昏迷不醒。二贵把他扶到床上躺好，拧了一把热毛巾擦了脸，夏雨行才慢慢醒转过来。二贵问师傅："您老这是怎么了，咋就弄成这样呢？"夏雨行一声哀叹，说："师傅玩了一辈子鹰，临了却让鹰叨瞎了眼睛呀！"

二贵忙着去请大夫，夏雨行躺在床上禁不住热泪长流，打湿了半条枕巾。这是夏雨行的耻辱，终生的耻辱，不可原谅的耻辱呀！白扔了十五两黄金，夏雨行虽也心疼，更重要的是夏雨行在圈内的名声和威望，一掷数万，却收来个假货，夏雨行日后还怎么在业内立足！

二贵带着济生堂的大夫进来的时候，夏雨行已昏迷多时，床前地上一摊鲜血。大夫为他把过脉，对二贵说："你师傅这是急火攻心，气淤中滞，不得发散所致。幸好他身体底子不错，无啥大碍，吃几服汤药，再调理一段也就没事儿了。"大夫显然也知道红衣观音的事儿，又说，"十五两黄金哪！这事儿搁谁身上也受不了啊。"

夏雨行一病就是一个多月，起床以后，整个人脱形走样，变得黑瘦憔悴，耷拉着脑袋，傻了一般。生意自然无心再做，大小事务全部托给二贵，整日里坐在二楼静室，看着红衣观音发呆。

一日，夏雨行告诉二贵，他想回乡下老家去住一段时间，换换环境，散散心。夏雨行老家在城南三十里的湖桥村，一条清溪穿村而过，青山碧水，绿树成荫，倒也是个颐养心智的去处。二贵隔不久便去看师傅一趟，带去些乡下买不到的日常用品，各色点心。二贵去时，见师傅绕着小溪转悠，来来回回，一转就是一晌，到了吃饭时间才慢慢回家去，在侄子家凑合一顿粗茶淡饭。有时夏雨行也趸摸到侄子开的砖瓦窑上看看，看工人们和泥、脱坯、进料、出砖。二贵说："师傅，你老还是回去吧。你不在咱的生意可就做不下去了。"夏雨行说："出了这样丢人现眼的事，师傅还有脸往人前站吗？"二贵说："这也不能全怪师傅，要怨也怨我，那天晚上是我鼓动师傅多喝了几盅。再说，人一辈子哪能没个三昏三迷的时候，去年吕顺轩也让人坑了上万现大洋，生意不照样做？"夏雨行说："人家是人家，我是我，师傅丢不起那个人哪。"夏雨行又说："这几天我老琢磨着，把闲雅斋关掉转给别人，店里的古董字画，玉器铜器啥的，该出手就出手吧，价钱可以稍低一些，你做主就是。"

　　夏雨行是在两个月头上回到县城的。黄昏时分，他背着个褡裢，拣一条人稀的背街，悄悄走进闲雅斋，上了二楼的静室。二贵要上前搀扶，他没让，他说："你忙你的吧，师傅没事儿。"二贵要接他肩上的褡裢，夏雨行侧歪着身子躲开了。

　　第二天一早，夏雨行分别写了帖子，让二贵分发出去，晚上要在醉仙楼遍请业内同行，古玩玉器、字画装裱以及收藏业行家，一家也不漏过。

　　夏雨行在醉仙楼整整摆了四桌酒席，把张耀先让到上席。人们坐定以后，夏雨行捧出锦盒放到桌子上，禁不住潸然泪下。他说："其实，我不说大家都清楚，前不久我办了件窝囊事儿、瞎眼事儿，收了这件假货，赔进去十几两黄金。说不在乎是假，谁家的银子都不是大风刮来的，能不心疼？但我更在乎这件事带给我的耻辱。人无信不立，业无信不兴，名声倒了，人和行尸走肉无异。今天把大家请来没别的意思，我是想拿我的老脸给大家提个醒，别再犯我这样的错误。"说着，夏雨行揭去红绸，去了油纸，把红衣观音交给二贵，自张耀先始，逐一让人观看。待四桌同行全都看过，抱回来还给夏雨行。夏雨行接了，高高举过头顶，在一片惊呼声中，将红衣观音摔到青砖地面上，那观音立即成了一堆破碎的瓷片。夏雨行接着宣布，他已没脸再开当铺，从此金盆洗手，归隐山林，到老家湖桥颐养天年。

人们唏嘘不已，都为夏雨行惋惜。张耀先说："夏掌柜，你这又是何苦，业界少了你还不跟塌天一样！"夏雨行苦笑笑，说："天是不会塌下来的，不是还有你张掌柜撑着吗？"

第二天，夏雨行摔了红衣观音、金盆洗手的消息在全城传得沸沸扬扬，满县城的人都赶到闲雅斋来看热闹，一时间竟把街道挤得水泄不通。闲雅斋店门洞开，摘下的招牌被撂在门口一侧，瓶瓶罐罐、古玩字画，瓷器铜器，该撤架的撤架，该装箱的装箱，兴隆一时的闲雅斋顿时显得混乱破败狼藉萧条。夏雨行了无生气地坐在一边，看着二贵忙碌。

接近打烊时分，二贵才把店里收拾利索，正要上门板，只见当红衣观音的老者匆匆走了进来，惊问二贵："贵店发生什么事儿？怎么成了这般模样？"二贵没好气地说："你还有脸问？还不是让你给害的！当给我们个赝品，毁了我师傅一世名声，逼得他金盆洗手。"老者一听急了："你这孩子怎能这样说话？谁说红衣观音是赝品？谁说的？要是赝品，我能急急从京城赶回来赎吗？快，把掌柜请出来！"二贵说："你赎不回去了，红衣观音让我师傅当众摔了。"老者一听更急了，撇开二贵，径直上楼去找夏雨行。夏雨行眼皮都没抬，懒洋洋地问道："来了？"老者说："来了。"

　　　　　　　　　　　　李培俊纪念文集

"你可是来赎红衣观音？"

"正是。"老者说，"我兄弟的事其实是虚惊一场，他和上司是有点不对付，走走门路也就相安无事了，你的十五两黄金也没派上用场。今天是当期的最后一天，我来把祖传家宝赎回去，免得受后辈子孙唾骂。"

夏雨行说："你的红衣观音怕是赎不回去了，让我给摔了。"

老者一脸怒气："怎么就摔了呢？你怎能摔了呢？你知道这样做的后果吗？"夏雨行说："当然知道，应该赔你七两半黄金。可我也想问一句，赎金你带来了吗？分量成色什么的有没有问题？"老者从褡裢里取出十五个金锭连同当票一起交到夏雨行手上。夏雨行让二贵验了成色，称了数量，吩咐收起来，转身从墙上暗柜里取山一尊红衣观音，揭开红绸，抖去油纸，把红衣观音放到桌上，说："先生检查一下吧，你的红衣观音完好无损，连油纸红绸都是原来的，不曾少了一个边角。"

老者愣了，二贵也愣了，明明在醉仙楼摔碎了呀，怎么……

夏雨行说："没有想到吧？不错，我在醉仙楼是摔碎了一个红衣观音，不过彼观音非此观音，那也是个假货，是我让侄子到禹州费了十天时间找高人仿制的，破费我整整二百块现大洋啊。至于窑变，当然也是假的，不过我让他们使用了铜粉，氧化在泥胎上也就成了红色。我原以为你会拿着这十五两黄金远走高飞，回省城的汉风阁当你的二掌柜。于是，我在醉仙楼演了一场戏，目的就是要钓你出来，如果你的心太贪，还想着这七两半的赔偿金，也就会上当了。"

夏雨行说着狂笑起来，笑出了两眼泪水。笑罢，转身对二贵说："二贵，这里面也有你一份吧？你知道我对那尊红衣观音入迷，张耀先拉着你和省城汉风阁的二掌柜提前设套，一年前就编出个红衣观音现世的传闻，不断在我跟前吹风，引我上当。然后你的舅舅把青瓷笔筒当成死当，目的就是引我喝酒。趁我酒醉昏迷之际，让省城汉风阁的二掌柜来当红衣观音。你们这样做，就是要挤垮闲雅斋，让古风楼独行县城。二贵呀二贵，我真没想到，为了张耀先许给你的四百块现大洋，你竟干出这等欺师忘祖的勾当，把师傅给卖了。"

"师傅！"二贵扑通一声跪在夏雨行的面前。

夏雨行说："我还知道，在醉仙楼摔碎假红衣观音的当天晚上，你先到了古风楼，至于和张耀先说些什么，我不甚清楚，大约是商量下一步赎当的事。接着你出了北门，是给这位汉风阁的二掌柜送信去的吧？"

"你都知道了？"二贵问。

"我怎么会不知道？你以为我在湖桥那段时间是白住的？那段时间，我把什么都想通了，也想透了，花了二百现大洋，托人把这位汉风阁二掌柜的身份、底细以及如何和张耀先勾搭的过程摸得一清二楚。"

汉风阁的二掌柜悻悻走了，临走，狠狠地剜了二贵一眼，眼光像刀子一样锋利，似乎要在二贵脸上挖下二两肉来。大概是怨二贵没把消息弄准确。

夏雨行对刘二贵说："二贵，从明天起，你就另谋高就吧，看在师徒一场，跟我多年的分儿上，平时也无大的差错，事后又有悔恨之意，我给你二百现大洋作本钱，或开饭馆，或开染房，或经营日用杂货，也足够了。但有一条，万不可涉足古玩、玉器、字画、当铺，人心太贪是干不了这行的，否则害人害己，

　　　　　　　　　李培俊纪念文集

难有善终。这也算师傅对你临别的赠言吧，望你谨记。"夏雨行说过，自己脸上先红后白，说二贵贪心，自己又何尝不贪？青瓷笔筒也好，红衣观音也罢，不都是由一时贪念而起？闲雅斋的牌匾被夏雨行擦拭一新，黑底更黑，金字更亮，重又挂上了门楣。但谁也没有想到，接替二贵的竟是张耀先手下那个叫肖凡的伙计，一个老实巴交的山里娃。就是他，实在看不惯张耀先和汉风阁二掌柜合伙挤垮闲雅斋的图谋，把内情全盘告诉了夏雨行，才上演了最后精彩的一幕。

经历了红衣观音风波，闲雅斋的生意非但没受影响，反而日益兴隆，谁家有了宝贝，都愿意拿到闲雅斋来过夏雨行的法眼。而夏雨行呢，得了好物件，大物件，也不求死当，只从中赚个抽头。他把生意交给肖凡打理，自己躲进楼上静室，依然临摹字画，赏玩玉器古玩，读野史稗史，看《名瓷鉴赏图典》，一派仙风道骨模样。

（选自《传奇事故》2008年第7期）

悬　壶

一

湖桥镇有两家医馆，一家是济生堂，一家是回春堂。

济生堂坐落在镇街南头，大门朝东，门楼阔大，飞檐高挑，四角雕有玄武、朱雀、青龙、白虎，威风十足，气度非凡。门楼下一方匾额，上书"济生堂"三字，系晚清翰林赵东阶的手笔，朴拙刚劲，颇有汉魏遗风。太阳初升，照上黑底烫金的匾额，便有熠熠辉光晃人眼睛。

济生堂前后两进，前院正房五间，中间堂屋用来坐诊行医，左边两间置放药柜，右手两间摆放两张柴床，三五条板凳，供候诊的病人躺坐歇息。后院一家老小居住，也用来存放草药原料、制作丸散成药。

济生堂坐堂的是袁牧音。袁牧音的父亲是晚清举人，在豫西灵宝当过一任县丞。虽是从七品的官家身份，可老先生却无心仕途，痴迷于岐黄之术，苦心钻研《难经》《内经》，被上司参了一本，便弃官为民，卷铺盖回到湖桥镇，开起了济生堂。

袁牧音三十六岁上已是远近闻名的一方名医。没有病人时，袁牧音靠在罗圈椅上，或闭目养神，或翻看线装医书，偶尔也和伙计二贵说些家长里短的闲话。湖桥镇没人见袁牧音的眼真正睁过，微微眯着，只留一条精光四射的细缝。有人进了济生堂，袁牧音方才抬起眼皮，淡淡一声发问：瞧病？

袁牧音诊病与常人不同，不看病人脸色变化，也不闻体味是否异常，更不问病情病状。望、闻、问全免，只用切。病人坐下以后，胳膊在棉枕上放好，他才缓缓伸出中指，搭上高骨内侧关脉，然后食指按关前寸脉，无名指按关后尺脉，三指平齐，头微微仰起，老僧入定一般。大约一袋烟工夫，袁牧音把三指拿开，用生白布揩了，从青花笔筒里抽出狼毫，饱蘸墨汁，略一沉思，运笔如飞，一纸药方一挥而就，交与一旁静候的伙计二贵。不熟悉袁牧音诊病习惯的病人，一进门喋喋不休，这里疼了，那里痒了。袁牧音抬头瞪他一眼，说，如看病你就留下，再莫多说一字，不想看，尽可以另请高明！

沿镇街往北里许是李逸芳的回春堂。回春堂坐东朝西，三间青堂瓦屋，外墙拿灰浆罩过，倒也显得干净清爽。门口一棵青皮梧桐，碗口粗细，树干三丈有余，枝丫虬苒，伞盖般遮出半亩阴凉。家有梧桐树，招得金凤凰。这棵梧桐树，的确为回春堂带来不少福运。李逸芳世代医传，从曾祖始，已整整历经四代。既是名医之后，李逸芳的医术当然也很了得。

两家医馆一南一北，各把一方，镇子北部的人多到李逸芳的回春堂诊病，南部的人多到袁牧音的济生堂看病，取个就近避远的意思。

常言说，一山不容二虎。又说，同行是冤家。两家医馆虽在同一条街上，倒也井水不犯河水，相安无事。逢年过节，袁牧音带上孩子，拎些时鲜水果，再到杂货铺封两匣点心，到李逸芳家走动。李逸芳来而有往，也常带些蜜饯、桃酥、猫耳朵到袁家回访。这都是面子上的事儿。济生堂的碧砂丹闯出名气以后，病人大都挤到济生堂来找袁牧音，回春堂的生意渐渐冷落下来。李逸芳心里疙疙瘩瘩的不好受，你袁牧音不就是靠碧砂丹闯出了名气吗？你能制成碧砂丹，难道我李逸芳就不能了？

二

回春堂与济生堂的嫌隙虽然不深，却也不是没有。该来的还是要来。

1923年春，草长莺飞，万木葱茏，湖桥镇正逢大集，李逸芳突然提出要和袁牧音比试悬丝诊脉。

事情由绸缎庄掌柜马富贵而起。马掌柜患有偏头疼已五年有余，起先在回春堂李逸芳那里诊治，吃过三五服药，病状已然减轻，与好人无异。可不上三两个月，偏头疼重犯，一直除不了根。马掌柜便到济生堂去碰运气。袁牧音为他把脉之后，一边开药方，一边告诉马掌柜，先生这是颈椎错位，加之里面积下湿寒，拔毒祛湿，自然也就无事了。这样吧。你先按我的方子吃上三服药看看，好了，是你马掌柜的福气，如不见轻，只好请先生另就高明。

马掌柜按袁牧音的方子服用，三服药下去，偏头疼已然根去病除，三五个月没有再犯。兴奋之余，马掌柜逢人便说，还是济生堂的袁大夫识得病因，多年沉疴，竟然药到病除。话传到李逸芳那里就变了味儿，竟成了"袁大夫和李大夫相比，一个天上，一个地下，李先生治不好的病，袁先生却能手到病除"。

李逸芳哪里受得了这个！医家失手，没识透病情是常有的事儿，大家都是同行，你袁牧音拿马掌柜的病来做文章，就显得太不仗义了！传扬出去，回春堂的生意还做不做了？李逸芳在自家医馆踱过几个来回，断然决定，要和袁牧音真刀真枪地比试一番，为了面子，也为了回春堂的生存大计。于是，便在桌旁坐下，掂笔给袁牧音写了一副帖子，约定时间、地点，当众比试医术。

比什么？中医最难的悬丝诊脉。

悬丝诊脉一般用于达官显贵的富有之家，千金小姐或不愿抛头露面的年少太太，避免和大夫肌肤相接，病人躺在帐子里面，大夫把一根丝线递进去，系于病者手腕。大夫牵了丝线一头，把右手食指、中指、无名指搭于丝线上，脉搏的微弱搏动传导到丝线上，震动大夫的手指，借此判断病因、病情、病灶。

主持悬丝诊脉的是湖桥镇德高望重的族长九爷，地点选在镇上祠堂。袁牧音本不想参加这样的比试，两虎相斗必有一伤，伤到谁都不是什么好事儿。无奈九爷三番五次派人来催，再不去，就说不过去了。袁牧音到时，九爷一干人早在那里候着，都是镇上有些头脸的人物，香云茶庄掌柜李道生，绸缎庄掌柜马富贵，塾馆先生天雄等，满满当当坐了一屋，捧着茶杯喝茶聊天。见了袁牧音，九爷率先起身，朝他点点头，算是打了招呼。

李逸芳先到，九爷便让他首先上场。只见李逸芳气定神闲，成竹在胸，把一条细如游丝的丝线一端递进里屋，一端自己握了，在窗口八仙桌前坐好，三指蜷起，搭上丝线。片刻工夫，李逸芳睁开眼睛，微微一笑，铺开方笺，开出一剂药方。说，此病系心怀难解之结，一时气淤塞胸所致。按我的方子吃上三服，自然药到病除。九爷把头点了三点，手抚长髯颔首一笑。李逸芳知道已经过关，得意之色溢于言表，退于一旁喝茶。

袁牧音用的是一根家纺棉线，粗细不匀，还有两三个显眼的小疙瘩。悬丝诊脉的讲究处就在丝线上，既要粗细均匀，扯拉张弛得当，病人传达出来的信息才会准确无误。而袁牧音竟用普通棉线，这就先声夺人，胜了李逸芳一筹。他和平时诊病一样，眼睑微微下垂，眼睛下方那条细缝，透出一线凛凛寒光。他把棉线一头交与九爷，让按男左女右缚于患者腕上。待九爷从里屋出来，示意可以开始。袁牧音把中指先搭上去，面上微现诧异之色，但他还是相继把食指和无名指搭上棉线。片刻，袁牧音扯断棉线，霍然起身，愤然拂袖而去。人们还在愣怔时，袁牧音已经走出祠堂，苍发被寒风掀起，在春风里一舞一舞地飘动。九爷这才说出事情原委：李逸芳所诊病人是街梢上死去妻子的二牛，准。而袁牧音，九爷却把棉线系在椅子腿上。九爷叹道，行家一出手，便知有没有。袁牧音搭上中指似乎已有觉察，再搭食指和无名指，已知道怎么回事儿了，此人医术如此之高，实是难得呀。他转向李逸芳，你做得到吗？李逸芳早已汗流如注，揩抹着汗水老实承认：我做不到。

三

碧砂丹是袁牧音祖传秘方所制，后经袁牧音多次修改配伍，成为济生堂镇馆之宝。

碧砂丹外观呈绿色，却又并非纯绿，绿中透黄，黄中泛绿。掰开以后，瓤里微红，能抽出尺把长的丝状物，微苦中透着甘甜，甘甜中又显涩滞粗粝。碧砂丹多用于低烧不退，瘟病感染、肺炎、肺痨等沉年疾疴，不到万不得已，袁牧音极少使用。每次开出两丸，一丸和黄酒内服，一丸捣碎调成糊状，取柿叶两片，贴于脚心和太阳穴。说来也怪，碧砂丹服下、贴好，先有一股热气从脚底升腾，渐至小腹、肚脐，过七经八脉，直贯脑顶。患者出过通身大汗，病先自轻了三分。

其实，碧砂丹用料并无特别之处，不外青叶、冬凌草、大黄、石膏等十几味常用药，切碎，碾磨，再用蜂蜜熬炼，团成杏子般大小，外用蜂蜡封了。

李逸芳多方打听到配方以及制作方法，如法炮制，制成了碧砂丹。外部形态和味感与济生堂碧砂丹并无丝毫差别，可药效只及济生堂的六成。业内同行问过袁牧音：同为碧砂丹，取用同种原料，效果为何有这么大的差别？袁牧音笑笑说，一娘生九子，九子各不同，有成龙成凤，为官为宦，也有窝在河沟里当泥鳅的。再有，橘生淮南为橘，生淮北则为枳。对方又问，是回春堂的方子不对，还是炮制方法不同？袁牧音说，都对。我听人说起过回春堂的炮制工序，下料比例，以及火候掌控，与济生堂无二。

那，为什么……

袁牧音又是一笑，丢下同行忙自己的事儿去了。

直到1932年，湖桥镇一带大面积暴发瘟疫，袁牧音才把碧砂丹核心秘密公开。一层窗户纸捅破，同行以手加额，大呼一声：啊，是这么回事儿！

原来，湖桥镇南去三十八里，有座大阳山，高六百余丈。大阳山是座乱石山，土层薄，种不得庄稼，生不得树木，野草也十分罕见，却生一种叫作荆的植物，漫山遍野，随处可见。逢春深五月，荆便开出周身蓝紫色花朵，米粒般大小，倒也十分耐看。可荆的花叶却有一种古怪气味，初尝时奇苦无比，从鼻孔吸入，深达五脏六腑，再去回味，却有幽香反蹿出来。荆花花期长，从五月初吐蕊含苞，一直开到深秋十月。早开的谢了，新蕊又从枝条间源源不断喷吐出来，大阳山便被微苦还香的气味笼罩。

每年到了深秋，袁牧音都要上大阳山一趟，多则十日八日，少则三五天。回来时雇头毛驴，驮回两桶密封的东西，置于后堂隐蔽之处。待炮制碧砂丹时，才拆去木桶封口，桶里是百金难求的荆花蜜，也是碧砂丹的秘密所在。

大阳山顶有个放蜂的老汉，姓冯，养了三十箱蜜蜂，专采荆花蜜。因是世家出身，懂得医理，自然知道荆花蜜弥足珍贵。封箱时节，带上全年所得，西出潼关，卖与西安商家，价钱自然不菲。

秘制碧砂丹之始，袁牧音便上了一趟大阳山，找到冯老汉，提出收购他的荆花蜜。冯老汉也不客气，说，可以，卖给你袁先生是卖，卖往西安也是卖，可你知道荆花蜜的价钱吗？袁牧音说，当然知道，你卖给西安啥价，我也给你啥价，还省去你车马劳顿，脚力盘缠。冯老汉点头答应之后，袁牧音又说，我也有个不情之请，那就是你的荆花蜜我全收，再不许卖与别的医家，这是一；其二，老人家也不要对人提起荆花蜜卖与何乡何人。

碧砂丹名气渐渐传至密县、巩县、新郑，方圆八县病者蜂拥而至，求用者日益增多，冯老汉全年所采之蜜也只够半年使用。袁牧音拿出所有积蓄，又找绸缎庄马富贵借了上千大洋，购买四十箱蜂交与王树仁，带他上了大阳山。

王树仁是袁牧音的远房表亲，按辈分喊袁牧音为叔。王树仁家境贫寒，四十岁上尚未娶亲，鳏寡孤独，凄苦无依。袁牧音让他放蜂也是照顾他的意思。袁牧音说得很清楚，每年按所采蜂蜜数量付酬，多则多付，少则少付。意思是让他养个三两年蜂，攒下些积蓄娶房媳妇，安安稳稳过日子。

袁牧音和王树仁先去见了冯老汉。为人得讲仁义，不能让冯老汉心里不受用，闹出其他事儿来。他先说了荆花蜜难以为继的情状，又请冯老汉照顾他这个表侄。冯老汉也是豁达之人，懂事明理，就一口答应下来，带着袁牧音和王树仁在大阳山转了一圈，而后朝西边一个山头一指说，蜂箱就放在那里吧，那里朝阳，荆花开得旺盛，我原说要搬过去的，可腿脚不灵就没动。

有了冯老汉和王树仁两处供应，荆花蜜已经够用，还略有剩余。袁牧音把剩余部分封存，用木桶装了，藏于地窖阴凉处，以备不时之需。

四

说话间到了1932年，突然有一天，袁牧音放下生意，要到灵宝探望父亲的故交好友。临行前，他对伙计二贵说，此次出门，至少要耽搁三两个月，你在家看好店门，帮着照顾家小。嘱咐罢，背上褡裢上路。经过绸缎庄，马富贵叫住袁牧音，问他这是要去哪里。他说去灵宝走亲访友看故旧。马富贵又问他要去多长时间。袁牧音说三两个月的样子。马富贵嘿嘿笑了，说，袁先生此去不会这么简单吧，是否要让些生意给回春堂？袁牧音连说，哪里，哪里。

自悬丝诊脉之后，接着是碧砂丹声名鹊起，镇上病人多不到回春堂去了，头疼脑热，小灾大病，一齐拥到济生堂。回春堂虽说不上门可罗雀，病人却已少得可怜。于是，袁牧音在门上贴出告示：每天只接诊八位病人。人们也怪，你不是只看八个人吗？好，我早早排队候着，抢个先总可以吧。后来者一看前面有了八人，走了，第二天再来。一来二去，候诊的人越来越早，竟有人半夜起身，四更到达，弄得袁牧音心里很不是滋味。本是有意让生意给回春堂，想不到却弄巧成拙，成了这种局面！袁牧音这才以走亲访友为名关了生意，前往灵宝。

袁牧音去时，西安正暴发瘟疫。昨天人还好好的，到了第二天，却躺着起不了床，开始像流感症状，随之咳嗽腹泻，接着浑身出现肿块，现出脓包。疑似天花，却又不是天花。发病快，传染也快，今天死去一个，丧事儿还没办完，接着又死去一个，可谓家家戴孝，坟堆遍地。人们携家带口逃离家园，往北进入内蒙古，往东进入河南，瘟疫渐渐传至灵宝境内。

袁牧音就地了解病情，剖析病因，研究病理变化。接诊三十余个病人之后，袁牧音心里渐渐有了底。看瘟疫有继续向东蔓延之势，这才告别亲友，急如星火赶回湖桥镇。

回到济生堂，袁牧音顾不上鞍马劳顿，针对这场瘟疫的发病特征，当夜修改碧砂丹配方，调整君臣配伍，增减成分剂量。熬了整整三天，碧砂丹新方方才出炉。天色拂晓，老冯和王树仁的荆花蜜也恰好送到，他让二贵邀来几个朋友，下乡收购草药原料。他告诉二贵，此次收取材料不同以往，不计贵贱，有多少要多少，只是要快。二贵十分纳罕，往日里掌柜的可是按质收取，锱铢必较，半分银子也舍不得花，今天这是怎么了？二贵待要发问，袁牧音朝他挥挥手：去吧，去吧。

他知道二贵要问什么，问了也不会说，万一老天睁眼，瘟疫传不到这里，事先走漏了风声，弄得一方人心惶惶，自己罪过就大了。

送走二贵他们，袁牧音打开了王树仁送来的荆花蜜，揭开密封的桶盖，用小指蘸了一点放到鼻下闻闻，接着放到嘴里去尝，不禁咦了一声：味道咋不太对呀，少了些苦味，多了些甜头。他以为是自己熬夜伤风，嗅觉出了毛病，也没怎么在意。

十几天工夫，王树仁送来的荆花蜜用完，袁牧音让二贵数了碧砂丹，共有四千七百粒。袁牧音伏在八仙桌上，扳着指头计算一番，问二贵，咱湖桥镇是三千八百口人吧？二贵答是。他又问，方圆二十里呢？二贵估计一下，说，不下七八万吧。袁牧音摇摇头说，看来还差得远呀。他让二贵他们继续赶制碧砂丹，他打开老冯的蜜桶，一股子清苦味扑鼻子，和王树仁送来的蜂蜜两下相较，袁牧音的脸色霎时一片煞白，一屁股蹲在罗圈椅上。良久，他让二贵取来一粒碧砂丹，掰开来看，却不见亮银般的丝线粘连，也不见透明晶体出现，便大呼一声：王树仁误了大事！袁牧音喷出数口鲜血，晕倒在济生堂的青砖地面上。

五

袁牧音病了，腿脚酸软，心里鼓憋，一抽一抽地发疼。李逸芳得到袁牧音病倒的消息，当天便提了两匣点心前来探望。医人者不自医，哪怕医术再高，医生从来不为自己诊病开方子。李逸芳为他号了脉，开出方子，交给袁牧音过目。袁牧音摆摆手说，李先生开出的方子我还信不过吗？吩咐二贵照方抓药，拿后院去煎。吃过两服，病已见轻。起床以后，他让二贵在后院挖出一个三尺深坑，把刚制成的碧砂丹悉数埋了。又督促二贵雇请人手，熬制碧砂丹。

老冯走进济生堂时，正碰上袁牧音撮土埋丹，老冯接过铁锹替下了袁牧音。袁牧音问老冯，王树仁到底怎么回事儿，咋能拿假荆花蜜坑我呢？老冯说，其实也不是假蜜，只是不纯罢了，碧砂丹药效自然要低不少。老冯告诉袁牧音，最近，王树仁收留了一个女人，是附近大户人家的丫头。这丫头不守妇道，和主人私通，被女主人逮个正着，便被赶出家门，流落到大阳山，和王树仁住在了一起。王树仁想置房买地娶她，可手里钱不够。于是就把砂糖化成糖浆喂蜜蜂，这荆花蜜还能纯得了吗？老冯说，前天早上，起床后，往王树仁放蜂的地方一看，连人带蜂早已没了踪影，不知去了哪里。大约是和女人一起拐了蜂远走高飞了。

原来是这样！真是人心难测呀。袁牧音叹过，不由沉声骂道，好个狼心狗肺、不仁不义的东西！拐跑我的蜂且不说，让我倾家荡产也且不说，可他误了一方百姓呀。老冯忙问怎么回事儿，袁牧音把瘟疫向东扩散的来龙去脉告知老冯：再有二十天，至多一个月，咱们这里将要哀鸿遍野不得太平了。我新制的碧砂丹正是此次瘟疫的克星，想不到王树仁如此下作，为一己私欲，不知要害死多少人了。好在我这里存了一些荆花蜜，可仍然不敷用度啊。

老冯说，先生用不着过于发愁，你原来存有多少荆花蜜？袁牧音说，不过二三十斤吧。老冯说，我再给你送来20多斤，是前些年积存下来，以备急时之用。袁牧音双膝一屈就要给老冯下跪，老冯急忙扶住，留下蜂蜜，骑毛驴走了。

六

袁牧音默算了一下时间，赶制足量的碧砂丹显然来不及了。当晚扶杖出门，让二贵提着老冯送来的二十斤荆花蜜，拿着碧砂丹的新方子走进回春堂。对李逸芳说，老哥一向多有得罪，今天我给老弟赔罪来了。一为那次悬丝诊脉坏了老弟的名头，二为在碧砂丹的方子上藏奸。李逸芳说，老兄不必自责过甚，秘方向被医家视若生命，谁也不肯轻易传人。至于悬丝诊脉，原是我先发难，怪不到老兄身上。袁牧音说，过去的事儿不说了，咱说眼下。老弟有所不知，瘟疫暴发在即，我调整了碧砂丹的配方，在灵宝屡试不爽。现在把方子和荆花蜜给你送来，你让伙计赶紧炮制吧。李逸芳接过方子，一揖到地，眼含热泪谢了又谢。李逸芳问起钱怎么算，袁牧音摆摆手说，民难如此，我们还是不提钱的事儿吧，有钱的给几个，没钱的，我们就舍与他们吧。

湖桥镇一带暴发瘟疫的时间比袁牧音预料的早了四天，济生堂和回春堂的碧砂丹刚刚赶制完工，湖桥镇便有人被家人搀了前来求医问诊。先是三三两两，后是三五成群，把济生堂围得水泄不通。袁牧音让他们到回春堂去诊治，人们不去，他们只信济生堂，信袁牧音。袁牧音给众人跪下了，说，此病半天也耽误不得，早一时可以治好，晚一时就有性命之忧。如果大家信得过我，就到回春堂去，李先生家的碧砂丹和我一个方子，同样治病。如果无效，我情愿拿贱命赔大家。人们这才散去一半，赶往回春堂。

这场瘟疫波及湖桥镇方圆三十余里，十数万丁口，济生堂、回春堂两家碧砂丹数量有限，也只救下两万余口。眼睁睁看着病人死在街上，袁牧音和李逸芳痛哭流涕，以额撞墙，却又无能为力。

瘟疫过后，袁牧音的济生堂关张，请来族长九爷、业内同行、各商号掌柜，在悦然饭庄请了三桌，以表金盆洗手之意。袁牧音说，袁某不才，致济生堂难以为继，欠下债务两千有余，在下愿把医馆一十二间房屋变卖偿债。九爷大呼不可，你这是陷湖桥人于不义了！不错，济生堂被人拐走蜜蜂，又白白损失数千碧砂丹，折损自然惨重。可你大仁大义，救人性命万余，如今你到了难处，我们岂能袖手旁观？

李逸芳也说，袁先生的仁义在下铭感五内，如若没有你老哥送来秘方，湖桥镇不知又有多少生灵涂炭，回春堂也闯不出这等名气，功德无人能比。这样吧，袁先生的债务我回春堂担下一半，拿出一千大洋替袁先生还债。

有李逸芳带头，各商号也都三百二百地认下捐赠。粗略算来，竟两千有余。绸缎庄掌柜马富贵却始终一言不发，拿一根牙签剔牙。他了解袁牧音，施恩于人，向来不图回报，哪里会接受大家捐赠。果然，袁牧音说，大家的美意在下心领了，只是袁某向有祖训，不敢领受。好在舍下尚有薄田数亩，足以养家糊口。马富贵这才站起来，说，袁先生且慢，马某购下你的房产，价值应是三千挂零，如先生愿意，现在就立下契约如何？众人侧目而视，但又无可奈何。九爷只得命人取来笔墨纸砚，由塾馆先生天雄执笔，立下买卖文书。双方画了押，九爷也在中人位置按下印章，对折撕开，一人留下一份。众人正要散去，马掌柜又说，别忙走，在下还有话说。众人复又坐下。马掌柜说，大家知道，湖桥镇离不开袁先生，房子虽然归了我，但济生堂的牌子不能摘，你继续坐堂行医，我每年分你一成红利如何？

袁牧音知道，马掌柜这是变着法接济济生堂，可契约已立，白纸黑字，自然不容反悔，也就不好再说其他，对马掌柜躬身一揖，说，就依先生吧。

七

袁牧音一直活到九十二岁，须发皆白，长髯垂胸，却仍耳聪目明。老先生的儿子承继了父亲衣钵，四十岁上成为名医，把济生堂接了过去，袁牧音一颗心放到肚里，退下来颐养天年。

李逸芳也活到九十一岁，身子骨不如袁牧音扎实，常犯点气喘的毛病，却也并无大碍。闲来无事，袁牧音、李逸芳、马富贵哥仨，坐在香云茶馆二楼，望一阵天上的云彩，看一阵南来北往的芸芸众生，感叹人生如梦，岁月如逝。茶过三遍，马富贵从怀里掏出一把纸牌，在桌上蹾齐，你一张我一张分发，摸起了"上大人"。

一天，三人正品尝李道生新到的铁观音，袁牧音突然说，恐怕我的大限已到，要撇下二位先走一步了。李逸芳和马富贵一齐朝袁牧音望去，只见他红光满面，神色旺健，也没在意。李逸芳说，你个老东西，九十多岁的人了，咋和孩子一样口无遮拦，说出这等晦气话来？

袁牧音笑而不答。

马富贵也说，要走，你也别一个人走，咱三个一块走，到了那边也好有个照应。

袁牧音依然笑而不答。

李逸芳说，咋不说话了？咱已活过九十岁这个坎，就不能再活个十年八年的，给湖桥镇留下个三百岁老人的佳话？

李逸芳说着把手搭上袁牧音的手背，却摸出一片冰凉——袁牧音不知何时已经去了。但他宛若生时，坐姿纹丝未变，左手端茶于胸，右手抚着长髯，脸上笑眯眯的，望着镇外不远处的百丈峰，整个人像一尊精心雕琢的石像。

（选自《短篇小说》2008年第8期）

失踪！失踪！

常友山玩失踪，却把袁保光玩得焦头烂额，一夜间成了西山县的焦点人物。

6月下旬的一个早上，大家从睡梦中醒来，揉开惺忪的睡眼，马上便听到一个惊天动地的消息：常友山县长失踪了，不见了，突然从人间蒸发了。不愧是当县长的，就连失踪也玩得挺像回事儿，干脆利落，风雨不透！

其实，过后想想，常友山的失踪并非毫无先兆。

比如，22日，常友山把自己在办公室关了整整一天，嘱咐跟他的政府办副主任王乃琦，说他急赶一份重要材料，电话不接，来客不见，天塌地陷也不准打扰他。王乃琦说，常县长，有什么材料交给我们就行了。常友山说，不行，这个材料你们弄不了，不是用笔而是用心才能完成。王乃琦是个忠于职守的老实人，搬把椅子坐到常友山门口，听他把键盘敲得噼里啪啦响。下午3时，常友山从办公室出来，脸色青黑，眼窝深陷，窄瘦的下巴被削去了一半。其间，王乃琦进去一次，县委郑书记打电话，说让常县长到他那里去一趟，有要事相商。别人的电话可以不传，一把手的电话无论如何不敢耽搁，误了事儿，是要吃不了兜着走的。听到门响，常友山把屏幕最小化，愤然扭头，王乃琦看到，常友山竟是哀伤恼怒，泪流满面。

王乃琦说，常县长，郑书记让你过去一趟，说有要事相商。常友山在脸上猛地抹了一把，说，就说我不在！

常友山平时不这样。一、二把手之间有点疙瘩，尿不到一个壶里是实情，可他涵养大度，大面上还是说得过去的，这样直接的表露还是第一次。

又比如，23日下午，常友山亲自动手，把私人物品收拢起来，装进一个破纸箱，放进车子后备箱。之后拐回头，抹桌，扫地，拖地板，打扫完办公室，才一步三回头离去。

还比如，24日早上，常友山将部分局委一把手召集起来，开了个约谈会，并让王乃琦通知袁保光参加。王乃琦以为听错了，小声问道：袁保光？常友山点点头：对，兴业公司的老总袁保光！

袁保光一看与会的各路诸侯，就问常友山，你老常是不是忙昏了头，我算哪根葱，怎么把我叫来了？常友山把他按坐在沙发上，说，我清醒得很，今天不是政府的会，也不是常县长的会，是常友山的私人约谈，当然要请我最信任的朋友参加。

这些，不都是常友山的失踪先兆？可是大家当时没在意，没往这方面想。一个数十万人口的父母官，要风有风，要雨有雨，官当得滋润呢，再怎么的，也弄不到失踪这个层面吧。

那次约谈会弄得不怎么愉快，一开始就被常友山搞得剑拔弩张，充满了火药味。这次约谈，常友山设置的议题只有一个：谈谈常友山六年县长任内的功过得失。

这些头头都是老油子，老江湖，当官并非一朝一夕，知道哪些话该说，哪些话不该说，不管你常县长是真心诚意征求意见也好，作秀给大家看也罢，反正，栽花总比种刺好。面对一县之长，一桩桩，一件件，全是评功摆好。什么建设工业园区，壮大县域经济呀，什么引进项目，提升经济品位呀，什么财政收入翻了两番呀，修鹤鸣山水库解决了下游15000多公顷耕地用水呀，一句也没扯到常友山的过失。

城建局言局长把话说得更绝，他说，照这么干下去，我们西山跨入全国百强县不是没有可能。

常友山这时拍案而起。屁！他说，屁股上有多少屎我自己知道！你们把我当成了傻子？只要不成为西山县的罪人我就谢天谢地了。公安局局长冯子和说，笑话，你常县长要是罪人，我们这些人成了什么？还不该下油锅，进十八层地狱？你为西山办的事都在那儿摆着，清清楚楚，明明白白，谁敢多翅我收拾他！

常友山说，那好，我给你冯局长摆两件，你给我说道说道，是功还是过。第一件，说咱们政府大楼。袁保光，这楼是经你手盖起来的，盖了几年了？袁保光说八年。常友山又问，按照常理和规定应该使用几年？袁保光说，有效寿命期一般是七十年。常友山又问，当时盖这个楼花了多少银子？袁保光回忆了一阵，说，把装修算上，应该是四千七百万。

可是，常友山说，这四千七百万马上要打水漂了，连个响声也听不到！

大家默然。

政府和县委在一个楼上办公，政府在西头，县委在东头，各占半边。一般人说话，都叫政府大楼。楼小了点，也低，只有四层，是委托五院设计的。近段，郑书记在会议上多次提到政府办公楼，不说楼低，也不说楼小，郑书记从前瞻性，从与时俱进，从解放思想这个大角度谈楼。他说，我们的干部，必须站在应有的高度，想问题，看问题，要和我们所处的时代合拍。眼光要看得远一点，我们县城的任何建筑，都要保证二三十年不落后。比如，我们的政府办公楼。说得多了，人们清楚怎么回事儿了，楼小了，低了，落后了。要不，怎么老是"比如我们的政府大楼呢"？城建局局长是个人精，悄没声息跑到江浙一带，看了五六个县级办公楼，又悄没声息地就把规划图纸拿了出来。郑书记一锤定音：盖！

常友山又点袁保光，说，我听说你们建筑界有句行活，叫作盖盖扒扒，挣俩花花。多轻松，多值得玩味的一句话呀，盖楼的是你们建筑商，扒的也是你们建筑商，盖，自然是拿钱砌墙，拿钱封底，拿钱装修，不用说了。可扒呢？也是你们建筑商，也是拿钱铺路，把废砖石、水泥块运出去，轻轻松松，白花花的银子到了手里。我想问一句，当你老袁在扒掉你亲手盖起来的楼房时，心里是什么滋味？是不是在偷偷笑啊？

袁保光嘿嘿笑笑没有回答。

还有，常友山说，你知道当初这楼是怎么盖起来的吗？挪用了鹤鸣山水库近三成的工程款，这也是我趴窝不动的原因之一。

第二件，就是刚才提到的鹤鸣山水库。主要是蓄洪拦洪，为下游的柳峡水库减轻压力，取水用水只是第二位。在座的有谁知道，鹤鸣山水库是按什么标准修建的？水利局局长说，谁不知道，50年一遇啊。

常友山冷笑一声，说，你文局长这就是蒙人了，我记得那时你是工程师，不会不知道修建内情。根据鹤鸣山的地质条件，50年一遇的坝基开挖深度应是多少？接触岩石层面又是多少？我再问你，大坝的防震烈度应该达到几级？如果遇到特大洪水，我们这座县城，还有下游的七个乡镇……不堪设想啊，同志们。还有，南山煤矿瓦斯爆炸那件事……

常县长！公安局局长冯子和打断常友山，说，不说了吧，你常县长为人为官到底怎么样，人人心里都有杆秤。

常友山及时煞住话，摆摆手说，不说就不说。我知道那是个火药桶，是集束炸弹，一旦引爆不得了！所以我说，总有一天，我会成为西山县的罪人。造成如此局面的原因，我今天不便说，也不想说，但不代表我永远不说！我会把是非曲直、来龙去脉写成一份详尽的材料。不是为自己开脱，而是要说明历史真相！这份材料，我会交给我最信任的人保管。没事儿了，你好我好大家好，该升官的升官，该调任的调任。一旦这个脓疮挤破，那个人自会把这份材料交给有关部门。

常友山的长篇大论大约持续了40分钟，他的目光一直在袁保光的脸上游走，还不时微笑一下，对他点头致意。与会的各路诸侯也满怀深意地看着袁保光。袁保光说，你们老看我干什么？大家就笑了，笑得意味深长。

约谈会让大家形成一个共识：常县长这是要和郑书记掰脸了！

会后，常友山把大家带进山韵大酒店，拍到柜台上2000块钱。酒菜上齐，常友山挨桌敬酒。常县长今天感情特别丰富，眼圈一直红着，湿润着，不时地冒出一点水来，落进杯中，溅起一圈波澜。敬到袁保光那桌，袁要站起来，被他按住，一连和袁保光碰了三杯。他说，咱哥俩可是二十几年的老交情了。之后，常友山推说家里有事儿，要先走一步，委托袁保光：让大家喝好啊。

这一走便没了消息。

人们完全有理由认为，袁保光是常友山最信任的人。

常友山和袁保光的交情渊源，可以追溯到二十年前。当时，两个人都在靠山寨小学教书，常友山教语文，袁保光教数学，都是民办教师。下午放学后，偌大的校园里只剩下他们两个外村教师，孤单寂寞，飘零无依。两个大男人懒得做饭，下包方便面吃了，坐在篮球架铁栏上，天南海北，扯些咸淡无味的话题。渐渐地，他们的谈话涉及命运和前途。袁保光问，常老师，咱们民办的帽子这辈子恐怕难以摘掉了，就这么没滋没味地混下去？常友山说，说实话，我一边给学生上课，一边还得想家里的二亩三分地，是种芝麻还是油菜？地里的草是不是该锄了？如何能教出高质量的学生？上面会不考虑这些问题？不过是时间早晚而已。

袁保光说，你的分析固然有理，国家也确实应该把民办转为公办，我们这些人才能没有心理负担，把学生教好。可惜你我不是教育部部长，不是政治局常委，左右不了局势呀。

终于有一天，上完月底最后一节课，袁保光把课本朝堂桌上一摔，拍拍手上的粉笔末，走下讲台，走出校门，径直进了一家组建不久的建筑公司，在五彩缤纷的商潮中搞起了预决算。

后来，转正的常友山说他昔日的伙计：你咋不再等上几年呢？一步走错步步错，把转正的机会白白扔掉了。袁保光嗤地一笑，说，不就是个公办头衔吗？不就是个商品粮本吗？你一月拿多少老头票？常友山说了个数，袁保光说，可我的工资是你的4倍！

令袁保光没想到的是，当他拉起公司单干的20世纪90年代初，常友山噌噌噌几个台阶上去，坐上了副县长位置。

袁保光的公司初创，在业界尚属无名小卒，资金上捉襟见肘，只能做些零星小活儿养命。给工厂盖个车间，为小学加盖个教室，在城中村修个私人宅院，挣仨瓜俩枣，硬撑着没有散架。他求过时任副县长的常友山，想让他帮着联系个大点的工程。常友山也想帮帮昔日的难兄难弟，可副县分工，各管一摊，不好到别人桌上拿馍吃。

直到常友山上了正县，袁保光才真正时来运转。当时县里有两个工程要做，一是修鹤鸣山水库，二是建政府大楼。鹤鸣山水库当然不能给袁保光，他那破公司，根本不具备接下水利工程的资质和条件。把政府大楼给袁保光做，也引起不小的争议。资金，设备，施工经验，袁保光算老几？那个破破烂烂的公司算老几？

可常县长态度异常坚决：给袁保光！这年头，辘轳不扶谁去抓井绳？得罪一个袁保光自然不算什么，问题是，袁保光后面是县长，一个掌管升迁降免的县太爷！城建部门极力从中周旋，事先透了标给他，袁保光才如愿以偿，把政府大楼的活儿接了下来。

中标当天晚上，袁保光去了一趟常家，带去10万老头票，鼓鼓囊囊一个黑皮包。常友山笑了，说，真想不到，愤世嫉俗的袁老师挺懂这一套啊。这是多少？袁保光，说10万，给嫂子买件衣服首饰啥的。常友山说，你嫂子穿不起这么贵的衣服，快五十岁的人了，穿金戴银给谁看呀。袁保光说，你是嫌少？常友山脸色一寒，说，不少了，够判我十年八年的了！常友山提起茶几下的黑皮包交还给袁保光，说，一点不拿你心里一定过意不去，这样吧，明天晚上，在山韵大酒店摆一桌，把老婆孩子叫上，让你好好出一回血。

闲常无事儿，两个人常一起喝个小酒，打个小牌。他们的玩伴比较固定，公安局局长冯子和，城建局局长言如文，加上袁保光，常友山。他们不玩大的，每次输赢也就三百五百，最多上千。两个局长和常友山手风顺，赢多输少，而袁保光则输多赢少。常友山打趣说，袁老弟是看我们当官的清贫，想扶贫是吧，欢迎赞助啊。袁保光哭丧着脸说，我是憨子还是傻子？能赢不赢你县太爷？唉，点背不能怨社会，命苦不能怨政府。可我要提醒你老兄一句，情场失利，牌场才得意，手风太顺了不是什么好事儿。常友山的牢骚被勾了起来，说，我这叫官场失利牌场得意，西山县的萝卜都塞到我一个人的屁股底下了，说不定有一天，你们这些人得到大牢里送饭给我吃！

弦外之音，话外之意，谁没听出来？能给常友山萝卜坐的人是谁？他们也就不好接话，打个哈哈说，出牌出牌。如此深交，袁保光当然是常友山最信任的人，那么，推而演之，常友山的失踪去向，那份藏匿西山惊天内幕的材料，袁保光是唯一的知情人。

上午10点，郑书记把袁保光约到办公室。打发走秘书，亲自为袁保光沏了一杯铁观音，琥珀色的茶汤上下翻滚，飘出氤氲茶香。郑书记撕开软壳中华，撂给袁保光，然后挨着他坐在沙发上。县长失踪，如此惊天大事，郑书记竟能处变不惊，有条不紊，如此大将风范，确令袁保光佩服得五体投地。

郑书记问，老常失踪的事知道了吧？袁保光说知道了。

郑书记说，瞧我这个人，事一急不会说话了，你和老常谁跟谁呀，他的事儿还有你不知道的！

听话听音，锣鼓听声，郑书记的弦外之音让袁保光听着别扭。他说，郑书记，你不要听别人瞎说，我和常县长关系是不错，其实呢，也就是在一起喝喝酒，打打牌，逢年过节来往走动。仅此而已。

郑书记笑了，说，你老袁没说实话。据我所知，你们过去是同事，都在靠山寨小学教过书，算得上患难之交了，你可是老常最信任的人啊。

至此，袁保光已经明白郑书记往下要说什么了。果然，郑书记说，听说老常有一份材料？袁保光说，我也听说了，可不知道写的什么，也不知道放在哪里。郑书记说，如果你老袁都不知道，西山会有第二个人知道吗？袁保光说，朋友之间也有不知道的事儿，比如包二奶，养情人。郑书记仰天大笑起来，笑出满眼泪花了，说，幽默！幽默！可我听人说，老常要把材料交给他最信任的人保管，到必要时拿出来。

袁保光想，糟了，这老常把黄泥巴糊到我裤裆里，不是屎也是屎了。他忙表白说，郑书记，别人敢瞒，对您我可不敢瞒，他要是把啥狗屁材料放到我那儿，我早给您送过来了，不就几页纸吗，我要那干什么，不顶吃不顶喝的。

郑书记的脸不怎么好看了，但忍着没发作，领导自有领导的涵养。他把手里转了半天的茶杯放到茶几上，站起身了。

袁保光松了口气，知道这是下逐客令，也许事情就此过去了。

从县委大院出来，袁保光迎头碰上了侯广宇。侯广宇不像他的名字那样高大，恰恰相反，瘦小，还显得有点猥琐。他站在县委门口，靠着一棵银杏树干，和旁边高大的树木形成极为鲜明的反差。但你千万不要小看这个人物，他是西山县建筑业界的元老，任着行业协会会长。当初盖政府大楼，侯广宇有一种舍我其谁的架势，声誉，资金，关系，谁能争过侯会长侯广宇？可几个回合下来，肥肉竟落进名不见经传的袁保光嘴里！弄清了底细，侯广宇把常友山和袁保光一块恨上了。

那天晚上，侯广宇正要睡觉，人已经躺下，翻看一本闲书。一个业界朋友打来电话，报告他一个惊天消息：常友山失踪了。他一骨碌爬起来，抓起桌上的酒瓶闷了两口，然后仰天一声慨叹：老天终于睁眼了！

侯广宇要摆酒席庆贺了。他连夜一个一个电话打过去，通知了业内同行，说要在山韵大酒店请客。之后又从柜子里翻出几张请柬，是添孙子时剩下的，有点褪色，不那么红了。侯广宇顾不了那么多，抽出笔，龙飞凤舞，填上了袁保光的名字。

接到侯广宇的请柬，袁保光颠来倒去看了一会儿就笑了，说，侯会长又添孙子了？侯广宇说没有，再生就违反计生政策了。袁保光说，可我记得你家生孙子请过一次客了。侯广宇脸红一下，搪塞说，想和大家在一起聚聚嘛，名义这么重要吗？

　　　　　　　　　　　李培俊纪念文集

袁保光说，你老兄摆的是鸿门宴吧？不过，我会参加的。

菜不错，热热凉凉，荤荤素素一大桌，酒也是好酒，一色五粮液。袁保光虽喝得面红耳赤，脑子却清醒，对侯广宇的讽刺挖苦充耳不闻，和挨边坐的人高谈阔论，并掏出手机，一个个段子下来，反把侯广宇晾到一边。

回到公司，袁保光发觉有些不对劲，办公室被人翻过了。虽然痕迹不是很明显，所有东西也各归原位，但他们忽略了一些极其微小的细节。那就是电脑鼠标摆放的位置。鼠标距显示器四十厘米，这是袁保光一成不变的习惯，这样，胳膊便有充分游移的空间，用起来不累。可现在，鼠标距显示器不足35厘米的距离。

电脑被人成功进入。他的密码设置最简单：123456。最简单有时也最复杂。看来动他电脑的是个中高手，不像一般的入室行窃，抽屉里的六千元现金分文未少，价值不菲的缅玉弥勒也毫发无损，还有，那枚早上忘戴的赤金戒指也在。

袁保光的电脑一向不存重要东西，不过是些客户往来信息、建筑材料价格变动、进货渠道之类。袁保光的电脑无密可保。

谁进入了电脑已经不重要了，凭直觉，袁保光清楚，伴随着常友山的失踪，他将永无宁日了。

公安局局长冯子和与袁保光的谈话在二楼小会议室进行。

这是一间相当精致的会议室，墙上挂有伟人的大幅画像，桌角的金属架上插着鲜艳的党旗和国旗，会议桌正中，几盆惹眼的花花草草，真中有假，假中有真，一株株开得枝繁叶茂，花团锦簇。

8点40分，冯子和端着茶杯走进会议室，坐在迎门偏右位置，手里把玩着太空杯，候着袁保光。从走进会议室那刻起，袁保光就感觉到此次会见与历次不同，有点县太爷打他爹——公事公办的味道。袁保光和冯子和的关系一向很好，常友山、冯子和、袁保光、地税局局长任向晖，城建局局长言如文，被称为县城"铁五角"，在一起喝小酒，打麻将，称兄道弟，不分彼此。袁保光来找冯子和，冯子和首先交代办公室人员：今天我和袁老板有事儿，来人一律挡驾，谁也不准烦我。

现在，常友山不见了，失踪了，冯子和没必要敬着你了。

袁保光进来时，冯子和没有起身相迎，头也懒得抬，捏着笔朝斜对面位置指指，算是打了招呼。冯子和旁边坐着个三十多岁的年轻女人，面前摊着一本材料纸。袁保光似乎记得，这个警员应该是刑警大队的内勤，好像在一起吃过饭。

未等袁保光坐定，冯子和提出一连串问题，提问方式和语气虽然客气，却冰冷异常，像一股冬天袭来的西伯利亚寒流。

常友山这两天有消息吗？冯子和这么快就改了口，喝酒打牌时可是一口一个常县长，现在直呼其名，前面冠以正儿八经的姓。

袁保光说，县长不见了，找他是你们的职责，怎么问起我一个平头百姓来了？你们总不会怀疑我把常县长害了吧？

那倒不至于。冯子和说，我们查了通话记录，你是最后一个和常友山通话的人，我想知道，你们在电话里说了些什么。袁保光反问，这是进行司法调查吗？冯子和说，你认为是便是。袁保光说，没说什么，我约他晚上吃饭，他说没空。就这么简单。

冯子和又问，常友山那份材料都写了些什么？

袁保光冷冷笑了，说，你冯局长不愧是搞公安的，画着圈让我往里跳，如果我真看过那份材料，没准还真让你给诈出来了。我告诉你冯局长，我从没见过什么狗屁材料，也不知道材料内容。

冯子和也冷冷笑了，说，袁老板，咱打开天窗说亮话吧，那份材料，常友山说要交给他最信任的人保管，你给我细数一下，在西山县，除了你还会有第二个人吗？

袁保光说，你平时和他关系也不错呀，还有任向晖、言如文，放在你们那里不是更安全？为什么独独是我呢？

冯子和说，你老袁不摸我的脾气，凡是我想得到的东西，还没有得不到的。就是上天入地，我也会把这份材料找到！

袁保光说，你们愿怎么办就怎么办吧，不做亏心事儿，不怕半夜鬼敲门！

刚刚走出公安局大门，会计的电话追了过来，告诉袁保光：账本全让地税局拿走了。

袁保光一听头上就冒出一层油汗。他没犯事儿，冯子和拿他没办法，可不等于任向晖也拿他没法。前段手头太紧，欠下一百一十万税款没缴。几个人打麻将时，他给任向晖言明，等资金缓过了，欠的钱一分不少。说这话时常友山也在场，任向晖笑笑，说，咱们谁跟谁呀，你老兄用得着这么正儿八经吗，不就是缓交吗，又不是偷漏税款。

袁保光没回公司，直奔另一家同行，借了六十多万，又让会计把银行的钱取出来，补足税款。

两个小时后，会计再次来电，说税务局不收他们的税款，要任局长签字才行。袁保光接通任向晖，说，任局，送到嘴里的肉都不吃啊，咱们可是当面说好，让缓缴的啊。任向晖在电话那头说，有这回事儿？我怎么一点不记得？缓交税款是要省级税务部门批准的，我哪有这个权力。你袁老板把批准手续给办事人员看看不就得了。

袁保光张口结舌。"铁五角"之间，狗皮袜子没反正，说过也就算数，哪来的批准手续。

继地税局查税之后，正建的颐中小区也被勒令停工，理由是把绿地改成了超市。建超市是县里的意见，颐中小区是新区，距几家农贸市场都远，不方便住户购物。可图纸没动，至今也没有正式下达修改文件。

袁保光把城建局局长言如文堵在家里。言如文不像冯子和，也不像任向晖。他把袁保光让到沙发上，沏了一杯热茶，推心置腹地说，打开天窗说亮话吧，老冯也好，老任也罢，包括我在内，也都是不得已而为之。咱们谁没得过常县长的好处？那年地税年终评议，任向晖得了五十几分，过不了关，不是常县长站出来说话，早被上面给免了。还有老冯，市局几次想动他，调回去当科长，科长有什么当头，哪有在县里威风，也有实惠。不也是常县长出面，活动市局，把他留了下来？我想让你停工？不想，可老袁哪，这是没法的事儿，上面的目的只有一个，逼你就范，拿出常县长那份材料。所以，我提醒你一句，早作打算为妙，要么把那份材料交出来，要么找个退路。

袁保光说，我真没见什么材料啊。你说老常这人，你失踪你的，干吗把我给扯进去？那天约谈会，非把我也叫去，我算哪根葱啊，这不明摆着把火往我身上引吗？他到底是什么意思呢？

言如文也说，是啊，老常是什么意思呢？

袁保光也失踪了。袁保光失踪没常友山玩得漂亮，常友山说走就走，了无牵挂，老婆孩子都有一份不错的工作，国家发着薪水，生活自然不成问题。袁保光不行，袁保光有工程，有公司，几百万的家产在那儿撂着，拍屁股走人，他办不到。这就有了失踪的前兆。他用大半月时间，遣散公司全部人员，发放了足额工资奖金，给了每人一笔安置费。之后，把在建工程、建筑设备、建筑材料、三层办公小楼低价盘出去，把老婆孩子送回乡下老家，这才玩失踪。

冯子和早防着他这一下，袁保光没了，到哪里去找那份材料？从袁保光盘卖公司，到办理清欠手续，再到往乡下送老婆孩子，冯子和一直派人暗中盯着。不知道冯局长怎么想的，跟踪袁保光本是一件大事，可他派的人竟是五十七岁的老于。老于干了一辈了内勤，眼不怎么好使，耳朵还有点背，袁保光脱逃便有了可乘之机。

袁保光是上厕所时甩脱老于的。他从男厕进去，翻过矮墙进入女厕，从一条狭小的过道出去，在路边拦了一辆出租直奔省城。老于红着脸去见冯子和，说袁保光溜了。冯子和也不怎么在意，朝他摆摆手说，走就走了吧。

登上这趟不知开往何处的列车，袁保光长长吐了口气。此刻的袁保光有一种非凡的成就感，有一种从未经历的新鲜和刺激。在这一瞬间，袁保光悟出了常友山的失踪真谛：失踪的人突然间遁入一处不为人知的地方，却把惶惶不可终日，把鸡犬不宁，留给了千方百计寻找他的人。

那就让他们惶惶不可终日，让他们鸡犬不宁去吧！

袁保光把一张报纸搭到脸上，偷笑着睡了过去。

（选自《短篇小说》2009年第2期）

大　户

一

　　长期以来，湖桥镇有个谜一直解不开：李丙戌咋说富就富了呢？吹灯草灰似的，一夜间就在后沟的荒山坡上竖起了一座豪宅。三十二间瓦屋依山而建，错落有致，鳞次栉比，那气势，那气派，怎么说呢，和京城的大户人家也差不了多少。

　　李家的宅子分为前后三进，还带了一个小跨院。过了飞檐高挑的门楼，中央是五间大厅，六间偏房各立一边，大厅前是半亩大一个花园，高约六尺的葡萄架，全用红松搭建，碗口粗细，卯榫连接，从南到北三丈长。莺飞草长的三月，奇花异草开得红黄绿紫，一派欣欣向荣。葡萄甩出的紫色嫩秧子，在红松木架上爬得蜿蜒曲折。过了月亮门，是全家起居安歇的二进宅院，南北厢房也是六间，供家人起居、吃饭、睡觉。上房高梁八柱，坐西朝东，廊厦前铺设着六级青石台阶。最后一进是佛堂，五间大殿，供奉着观世音菩萨，佛前香烟袅袅，十二个时辰不熄。

　　李丙戌来到湖桥以后，求族长九爷给物色一块地皮，说了几块都没看中，独独看上了这里。这块地原是公地，已经撂荒多年。百丈峰延伸而下，在这里形成一个缓坡，前面是一条水沟，全镇的雨水都要流经这条沟进入索河，向北再向东，奔向几百里外的淮河。九爷就笑了，说，你啥眼力呀，咋看上那地方了？后面有大山压头，前面是条断沟，按咱们湖桥镇的说法，可是断头地呀。李丙戌也笑了，说，九爷，你老可曾听过绝地逢生这句话？风水好赖，得看去的人是谁，命硬，就压得过地气。

既然人家不嫌，九爷乐得顺水推舟，为祠堂换回几两灯油钱，做主给了李丙戌。

李丙戌修宅子时，门前预留了过水通道，沟上铺了木板，安上滑轮，建成可以升落的吊桥，三进宅院鹤立鸡群，宛然一座坚固结实的小城堡。

一个外来户，他哪来那么多钱？三十二间房呢，得使多少银子？湖桥镇是南北通衢大镇，一条官道穿镇而过，有钱人家自然不少，绸缎庄掌柜吴之用，生意做得风生水起，县城开了两家分号；开茶庄的李道生，生意做到福建；还有开饭馆的田春和，经营古玩字画的张耀先，名医袁牧音……一下子都让李丙戌给比下去了。就靠李家那个煤场？靠他家三十来亩滩地，起得了如此气派的宅子？不能啊，难道他李丙戌有点石成金的本事？

可大家不得不承认，李丙戌是个规规矩矩的生意人，童叟无欺，为人厚道，别看个子长得黑铁塔似的，人却慈眉善目的，见人不笑不说话。碰上老太太外出，他远远就站下迎着，说，您老人家干啥去呀？岁数大了，腿脚不方便，有事言一声，我替你办不得了？老太太咧开一张没牙的嘴笑了，说，这孩子，嘴怪甜的，像抹了蜜。见了屁事不懂的小孩子，李丙戌照样跟他逗几句。他说，小东西，又捣蛋不是，上树掏鸟了？下河里逮鱼了？小家伙说没有，我拾柴火呢，娘还等着做饭使哩。猛地，李丙戌喝一声，说，瞧，你这里是啥？小孩子一低头，小鸡鸡就被李丙戌抓在手里捏着，哈哈一阵开怀大笑。

二

李丙戌并非湖桥镇的坐地户，按他自己的话说，是从东乡过来的。东乡大了，你可以理解为东边的某一个省份，也可以理解为豫东平原的开封、杞县、兰考。可听口音，似乎并不太远。掌秤卖煤，难免讨价还价，计较斤两。那时买煤都拿帆布袋子装，人家要买一百斤，可秤上一过，多出十来斤。买家掏掏口袋，没带多余的钱，装装卸卸双方又都费事，就问李丙戌：掌柜的，下次补上中不中？李丙戌说，中，中，中，就仨俩铜子的事儿嘛，咋不中呢。

中，是湖桥一带的方言，意即可以、行的意思。方圆百里都这么说。

李丙戌是光绪末年来的湖桥。那天镇上正逢集，一辆小推车，左边是行李被褥，锅碗瓢盆，右边是他八岁的儿子。李丙戌问着路把车子推到族长九爷家门口，放下车子，从腰上拽下白布手巾，拭去满脸汗水，嘱咐儿子坐在车上别动，跨进了九爷家大门。

午时，九爷操持着在春和饭店请了一桌，到场的都是湖桥镇有头有脸的人物：绸缎庄老板吴之用，汉风阁掌柜张耀先，开茶庄的李道生，济生堂医馆袁牧音，还有私塾先生蔡天雄。李丙戌举杯在手，说出一番话来。他说，他老家在东乡，前不久遭了水灾，房屋地产被冲得片瓦无存，一村人只逃出他们两三家，孩子他娘至今也不知是死是活。大水落去以后，地被黄沙盖死，不能种了，他带着儿子辗转流浪，想在湖桥镇落户……李丙戌说着，禁不住流下几滴清泪。九爷是个软心肠，也跟着抹泪，说，来了就住下吧，咱湖桥这么大的地方，多你家几口不挤，少你家几口不空，谁会没个遭难的时候。李丙戌对众人跪下，连磕三个响头，说，那就谢过九爷，谢过湖桥镇的乡亲父老。

落下脚跟，李丙戌租了街当腰老八家的一片空地，开起了煤场，经营煤炭生意。从南边的密县、徐庄拉来散煤，卖与附近十里八村的百姓。那时交通不便，运一趟煤要走三天，住店，吃喝，跑腿划不来。有了李家煤场，大家着实方便不少，煤场一开业，生意格外兴隆，运煤车辆络绎不绝。

日子过得顺当，就有人给李丙戌提媒，说的都是二十来岁的黄花闺女。可说一个黄一个，说两个黄一双，他却独独看上赵六的妹子。赵六也不是坐地户，是在李丙戌来前不久落户湖桥的。赵六的妹子叫赵玉，杏眼柳眉，细溜溜的高挑个儿。美中不足的是，赵玉是个寡妇。男人得肺痨死后，大伯哥为了独霸家产，竟把她家大门给堵了，无奈之下，这才回娘家长住。赵玉模样好，自然有人找赵六，为他寡妹提亲。赵六嗫着牙花子摇摇头，来了个一推六二五。他说，这事我可当不了家，得我妹子看上眼才行。媒人到后院去找赵玉，赵玉却说，有道是，家有千口主事一人；又道是，婚姻大事，父母之命。我爹我娘没了，可还有我哥，我哪里敢做这个主啊。哥推妹，妹推哥，一来二去，就拖到李丙戌到了湖桥。

房子盖好，李丙戌封了四斤点心，拿红绳捆了两瓶烧酒，提着走进九爷家。把东西往桌上一放，深深作了个揖。他说，九爷，烦你老做个红娘吧？九爷笑着问他，看上谁家闺女了？李丙戌说，赵玉。九爷不笑了，说，这酒和点心你还是掂回去吧。李丙戌忙问为啥，九爷说，不是你爷吹哩，在湖桥镇，哪家闺女的媒我都敢保，独独赵玉不行，这闺女难缠得很，金枝玉叶似的，多少好媒茬儿她都不吐口。李丙戌说，九爷，你只管去试，成了算我运气好，该成就这门亲事；不成也没关系，权当咱大风地里说话，压根没提过这一嘴。

谁知九爷一趟就说成了，赵六和赵玉没打一个嗝，像是等着李丙戌似的。兄妹俩当场应下亲事，换过庚帖八字，择日下了聘礼。九爷好一阵纳闷，后又感慨一番：看来真是缘分天定，这点心也吃得太容易了。

三

湖桥镇是个大镇，五行八业，商户林立，三教九流，贩夫走卒，把镇子撑得满满的，既有正儿八经的生意人，自然也有街痞无赖。这才平衡，这才成其为完整的社会。

李丙戌的邻居李老西就不是盏省油的灯。

李老西吃喝嫖赌，外加一个抽大烟，十八亩地，五间瓦房，从他嘴里吸进去，又化作缕缕青烟冒出来，把爹娘生生气死了。李丙戌来到湖桥镇的第二个年头，李老西已是一文不名，在后沟公地上搭起一个草庵，和李丙戌做了邻居。平时，冬棉夏单，衣物被褥，李丙戌没少周济他，有时也扔给他几个铜板，让他到街上买酒解馋。可无赖就是无赖，不寻衅惹事就手痒。这天，李老西横着身子走进了春和饭馆，拣张干净桌子坐下，一只脚跷到桌沿上，摇头晃脑哼起了戏。往常识相的老板知道，这是李老西要来吃白食子。打过招呼，吩咐跑堂的弄菜上酒。吃过，李老西双手一拍，说声谢了，扬长而去。他在春和饭馆已经白吃过两次，老板春和有点不耐烦，就没理他。李老西坐了一会儿，见没人理他的茬，冷笑一声走了。晌午上客时分，李老西半躺半坐横在春和饭馆门口，敞开黑油油的衣裳，露出结了垢痂的肚皮逮虱子。食客一见这架势，知是李老西和春和结怨，故意挡生意，便纷纷掉头去了别家饭馆。

如是三天，李老西仍没罢手的意思，春和有点吃不住劲，自思，这无赖有的是时间，和你耗上月儿四十的，流走的可都是白花花的银子！春和走出饭馆，低声下气对李老西说，老西哥，大冷的天，到小店暖壶酒喝喝？李老西仰起头，翻着白眼说，不冷不冷，大太阳地儿的，我舒坦着呢。店里生意忙，你忙你的。李老西说时笑着，那笑阴冷潮湿，带着一股险恶。

这事儿本来和李丙戌没什么关系，可春和求到他门上，他又不能不管。跟着春和来到饭馆门口，对李老西说，老西兄弟，走，哥请客，进去喝两盅。李老西说，是春和那王八蛋让你来的吧？李丙戌未置可否，说，看你弄的这叫啥事儿，低头不见抬头见的，何必呢。这么着吧，看在老哥的面子上，这事儿就算了吧。李老西没接茬，轻蔑地盯着天上的云彩，而后，一口浓痰吐到李丙戌脚前。他说，看你的面子？你是金装佛面，还是皇帝老子？呸，狗屁也不是！别以为盖了几间破房子，就可以在湖桥镇爹翅了，一边去吧你！

这话说得伤人，等于把唾沫吐到脸上。李丙戌却不恼，笑眯眯的，把手抄到李老西的腋下说，走吧走吧，有啥话咱回家说去。李老西脸上无端涌出一层酱紫，乖乖跟着李丙戌回了他家草庵。事后，有人问他，老西，那天你咋那么老实，李丙戌叫你走你就走了？李老西说，放你小子身上也一样，那家伙不知道使了啥法，他一挨住我，我浑身骨头就散了架，话也说不出来了。问的人说，可我看见他还笑着呢，不知道的还以为你们有多亲呢。李老西问，你说当时他是笑着的？可我咋觉得他眼里有把刀子呢？

春和饭馆事情一过，李丙戌就和李老西商量，让他为李家打更，一月两个袁大头。正瞌睡送来个枕头，李老西当然求之不得。两家对门住着，半夜起来敲几下梆子，就是两个袁大头。李逸芳够大方的吧，他家生药铺站柜的，一月不才两个袁大头吗？

上任头一天，李老西一大早就在路口候着，李丙戌刚出大门，他三步两步抢上去，扑通一声跪下，磕了三个响头，说，你老哥是我李老西的再生父母，来生变牛做马也要报答你。李丙戌把他拉了起来，说，你知道我为什么要这样？李老西说不知道。李丙戌蹲下身子，捡起一截树枝，在地上写出个大大的"木"字。李老西想了半天才明白，也蹲下去，在"木"字下添了个"子"字。说，你是看在一笔难写两个"李"字的分儿上？李丙戌点点头，而后又摇摇头，丢下一头雾水的李老西，走了。李老西去问私塾先生天雄，你说，他这是啥意思？天雄略一沉思，仰天一声浩叹，这个李丙戌绝非寻常之辈哪，城府之深，令人难以揣测！他又说你猜到了第一层意思，八百年前是一家；

这第二层意思就深了，远了，他占着上面的"木"字，你则占了下边的"子"字，他要你像儿子一样对他忠心啊。

四

湖桥镇西去不远有座百丈峰，山上盘踞着一股土匪，百十号人，打家劫舍，专抢富豪士绅，案子作到附近几个县城。大掌柜黑七是个神秘人物，从来没人见过，手下喽啰也不知道黑七是胖是瘦，是高是矮。山寨上主事的是二掌柜白八。

附近三县富户不堪骚扰，联名上书，要求剿灭这股山匪。知县也吃过黑七不少苦头，呈文奏请上峰，调来三百兵勇。可百丈峰地势险要，山中道路错综复杂，易守难攻。带兵的不知听谁说李老西上过百丈峰，就把十块银圆扔给李老西，要他带路。这天，听说黑七正在百丈峰上，就把山寨围了个水泄不通。

黑七这天确实在百丈峰。大厅正中放了一张紫檀木椅，上面铺一张豹皮。这是一张成年花豹皮，皮色斑斓，黄色金钱在灯光里闪烁不定。黑七在上面坐下，人头恰与豹头吻合，豹须八寸二分，横在人脸两侧，形成人豹合一的错觉。黑七身后点了七盏风灯，七支熊熊燃烧的松明火把，后亮前黑，一张脸深深地隐进阴影里。

这是山上喽啰第一次见到大掌柜，一个个屏息敛声，不敢正视。黑七始终没说话，话让白八说。白八说，兄弟们，这次官兵进剿，兵多势大，恐怕难以抵敌，估计天明就要发动攻击。只有两个时辰时间了，大家各回住处，带上金银细软枪支，五更前赶到大厅集合。喽啰就问，官兵人多势众，我们咋逃出去呢？白八说，想活就照我说的办，大掌柜自有办法。黑七一语未发，注视着手下，目光所视之人，都禁不住打个寒战。

天明，李老西带着官兵攻上了百丈峰，竟是人去寨空，别说黑七、白八两个匪首，连个小喽啰也没见上。带兵的百思不得其解：咋回事儿呢？人到哪里去了？山寨围得如此严实，一只鸟也飞不过去呀。为了泄愤，官兵放一把火，把山寨烧得干干净净。下山时，不知从哪儿飞来一颗流弹，不偏不倚，击中李老西的大腿。镇上人说，这是黑七布下的眼线打的黑枪，怪李老西多事，带官兵上山。也有人说，这是报应，谁不知道黑七是义匪，你李老西逞的啥能？为了十块银圆，废去一条腿，不值。

五

1912年，湖桥镇一带碰上一场百年不遇的大旱，四个月滴雨未下，河干井枯，土地龟裂，一秋竟是颗粒无收。人们吃光了囤里的粮米，就吃树叶，剥树皮，实在没什么可吃了，就拿山上的观音土充饥。

农历八月二十，是湖桥首会开会的日子。首会是李丙戌倡议创办的，参加的都是湖桥镇有头有脸的人物，吴之用、李道生、李逸芳、袁牧音、张耀先，还有族长九爷。首会俩月举行一次，轮流做东，大家聚在一起，吃饭喝酒，讨论镇上人情世故，生意赔赚，路桥修葺。有点像现在的行业协会，文人沙龙。说话喝酒间，把该定的事定下，该办的事也就办了。

这次首会轮到李丙戌做东，他先没让人进家，领着大家到镇上去转。来到冯家馍店前，就见一个二十来岁的小媳妇拿着馍疯跑，后面是开馍店的冯二。他一边追一边喊，截住她，截住她，她抢了我家的馍啊！眼看就要追上，小媳妇朝馍上呸呸呸连吐三口唾沫，这才站了下来。冯二一看这情形，抽手要打那小媳妇，被李丙戌拦住。李丙戌问那小媳妇，你咋拿人家的馍呢？女人一抽一抽哭了起来，说，我婆婆眼看要饿死了，可就是落不了气，问她有啥放不下的，她说，临死前想吃块馍。可我到哪儿给她弄钱买馍呀……

李丙戌对冯二说，算了，算了，不就一个馍嘛，权当你做善事，舍了。要是有半点法，一个女人万不会走这一步的。冯二也哭了，说，我就容易了？还欠着人家面钱没给呢，要是都像她，我不得把脖子扎起来？李丙戌从兜里掏出四个铜板，拍在冯二手里，说，这钱我替她给了。

回到家里，众人在大厅依次落座，酒菜上齐，李丙戌独自连饮三杯。把酒杯放在桌上，他眼睛早红了，指着桌上的大鱼大肉说，诸位，说实话，想想适才那一幕，我一看见这些东西心里就不是味，为啥呢？想必大家心里清楚，两重天哪！我想是不是这样，咱各家拿出来点，施粥救人吧。

李丙戌先报了四千大洋的认捐，大家纷纷响应，或一千两千，或三百五百，捐了善款。

第二天一早，湖桥镇支起六口四尺铁锅，设了两个粥棚，一个在镇北，一个在镇南。设粥棚之初，首会定下了粥的稀稠，每锅下米斤两，早晚施粥品种。

湖桥镇是明末修起的堡垒，夯土为墙，红石砌脚，围墙筑有一丈二尺，一南一北留有两个堡门，青砖蓝瓦，女墙箭垛，十分坚固。湖桥镇施粥的消息传开以后，附近饥民齐集湖桥镇，南门北门各有三五百人，喊叫声、哭闹声，惊天动地，要进镇吃粥。李丙戌和九爷站在堡楼上，看着堡外黑压压的饥民，不禁摇头叹息。李丙戌对九爷说，是不是把这些饥民放进来？九爷说，谁知道饥荒啥时是个头，咱们对起来的钱粮也很有限，支持不下去咋办？李丙戌说，九爷，还是让他们进来吧，我知道饥饿是啥滋味。那年闹春荒，我家粮食接济不上，我爹不忍心看着孩子饿死，趁夜里到财主家地里捋了一升半熟的麦子。财主竟把我爹送官，把我妹子抢去做小。我咽不下这口气，半夜翻墙进去，杀了那个狗财主……

九爷还在捋须沉吟，李丙戌自作主张，朝守门的乡丁一挥手，打开堡门！

李丙戌八个粮仓舍出去七个。好在不久下了一场大雨，他打开最后一个粮仓，分发种粮，让饥民回家抢种下季庄稼。

六

春节刚刚过去，年味还没散尽，雪地上铺着五彩缤纷的鞭炮碎屑，各家商号关门闭户，还在年味里面歇着。这年春天来得早，才正月十六，太阳就暖烘烘的。人们排队似的坐在墙根下，议论镇上的是是非非，张长李短，说些天凉地热的闲话。不知谁起的头，话题拐到前年那场饥荒。大家粗略估算一下，那年舍粥，李丙戌拿出七仓粮米，至少三百担，加上后来施予外乡人的粮种，前前后后不下一万光洋。有人一声叹息，积德行善，他救下多少人命啊，算得上是咱湖桥的大善人。

慢慢地，话题又回到老问题上：李家单凭几十亩地，一个煤场，咋能积下如此厚实的家底？可人家说拿就拿出来了，眉头都没皱一下，是不是和那儿有啥牵连？说话的人拿手指指百丈峰。

李老西把这话传给李丙戌，他说，丙戌哥，你好心没得好报，善心被人当成驴肝肺，你舍家财救大家，把大伙的命捡回来了，大伙回过头却对你起了疑心。李丙戌问，他们都说些啥？李老西说，他们说……他们说……你和百丈峰……李丙戌笑了，说，嘴在人家身上，你能捂得住啊？

正月十九，是封口的日子，就是说，到了今天，年算是过完了，该干啥干啥。可就在这天夜里，李丙戌家被百丈峰的土匪抢了。夜里，先是一阵杂沓纷乱的脚步声，接着几声啪啪快枪响，再接着是李丙戌家燃起冲天大火。人们知是土匪打劫，窝在家里不敢出来。天明拥到李家，李丙戌抱着头呼天抢地，大哭不止。李老西在一边劝解说，丙戌哥，你就别哭了，灾去人安乐，人比啥都主贵。李丙戌抹了一把泪说，抢钱抢东西我不放在心上，可他们绑了我老婆的票呀，要一万赎金才肯放人！人们过了吊桥，走进李家院子，闻到一股呛鼻子的焦煳味，被烧的房子还冒着一缕缕青烟。

湖桥镇虽然近在咫尺，黑七在湖桥镇却只抢过两次。一次是吴记绸缎庄，白八带人神不知鬼不觉地摸进来，往吴家太师椅上一坐，问掌柜吴之用：知道为啥找你吗？吴之用答非所问，说，只要留住在下性命，家里钱财，您老想拿多少都行。白八把盒子枪啪一声摔到桌子上，骂道，放屁！我们头儿早有交代，妇孺不抢，老人不抢，二十里内不抢。可你干的那叫啥事儿？

人家不远千里把货运来，你却赖着不给钱，不抢你抢谁！吴之用这才知道，黑七师出有名，专奔那桩亏心事儿而来。白八也没多要他的，拿走一千二百块银圆，正好抵了赖下的账款。

至于第二家，则是做古玩生意的张耀先。春天时张耀先派手下到龙门石窟，收买当地人，凿下一批石像石佛，卖给了京城的贩子，后又运到国外，赚了五千光洋。银钱刚刚到手，张耀先的汉风阁就被黑七洗劫一空。镇上人说，那可是祖宗留下的宝贝啊，咋能卖给外国人呢？你这不是找不自在吗？

可人们就是不明白，黑七蹲在百丈峰上，对湖桥镇的曲曲弯弯咋知道这样清楚？不知在镇上布下多少暗桩眼线。可见生意要好好做了，凭着良心做了，不然，别说头上三尺有神灵，单是黑七这一关你就过不去。

这时，李丙戌突然止住哭声，说，我想起来了，一定是我那不成器的儿子惹的祸，招来了土匪。人们就问咋回事儿。李丙戌说，记得吧，年前那浑小子不是去了趟西安吗？回来时在灵宝喝了点猫尿，在戏院和人家打了一架，把人给伤了，让人家撺到家里……

第二天，李丙戌牵出自家红马，把一万光洋装进帆布口袋，抬上马背，和李老西一起上了百丈峰。直到天色向晚，两人才回到镇上，把老婆赵玉接了回来。

七

转眼间李丙戌已到了七十八岁高龄，眼不聋耳不花，腰不弯背不驼，走路一阵风，刚刚还在镇北李道生茶楼坐着喝茶，一眨眼的工夫，就到了镇南的李逸芳医馆，中间少说有二里地。一个年近八旬的老人，腿脚如此旺健，让人有点不可思议。

如今，李丙戌已是镇上不可或缺的人物了。

婆媳不和，兄弟争业，邻里打架，都找李丙戌调解评理。这些事原是由九爷做的，九爷下世前，一应杂务悉数托给李丙戌，李丙戌成了湖桥镇事实上的族长。媳妇和婆婆拌了嘴，他先说当媳妇的一顿不是。他说，她是你娘哩不是？再怎么说是老辈，不说要你一日三餐端到跟前，替她洗脚洗脸梳头了，说句暖心的话行不行？你可好，出口伤人，骂你婆婆，老人不觉得寒心哪？常言说，不是一家人不进一家门，成了一家，就要和和睦睦过日子，你想想是不是这个理？

媳妇低头想想，红着脸去搀地上坐着的婆婆。

拐回头，李丙戌又说婆婆，她可是小辈哩，三十岁不到，经过多少事儿？吃过几两咸盐？你这当长辈的就不能多担待些？家里闹得鸡飞狗跳，这不是寻着让人看笑话吗？

婆婆趁坡下驴，顺水推舟，抹去眼里的泪，拉起媳妇的手走了。

兄弟俩闹了矛盾，李丙戌先说当哥的，你今年四十挂零了吧，不小了，该懂得人情世故了，你家在镇上也不是默默无闻的人家，弟兄俩整天青头红脸的，可是一副败家相啊。皇宫大吧？皇帝钱财多吧？可眼一闭，腿一蹬，啥东西还是他的？别说霸下的金银财宝了，嫔妃还不知道跟谁跑呢。人这一生，说到底，一张床，一只碗，一双筷子，也就够了。

李丙戌还想说当兄弟的，可当兄弟的摆摆手止住李丙戌，说，丙戌爷，你啥也别说了，你是说我哥哩，其实也是说我哩，我听着呢。这样吧，那块宅基地，我让出来五尺！

事后有人问起这对兄弟，说，这些年，为那二尺地界，你兄弟俩争得头破血流，不共戴天似的，咋到李丙戌那里都变成乖猫了？当哥的说，那是丙戌爷说得在理，一句一句人到心里去了，不由你不前思后想。这一想呢，还真是那回事儿。人家为你好，你有理由不听他的？兄弟说得更玄乎，他说，丙戌爷对你说话的时候，别看笑菩萨似的，可他眼睛背后还有眼，深得没底，他一看你，就不由得你不听了。

八

1940年，日本人打到了湖桥镇。

日本人还在东边开封时，李丙戌提议，日本兵无恶不作，烧杀抢掠，大家不如上百丈峰躲躲。对他的提议，老百姓倒没什么，那些殷实些的人家，商号掌柜就有点不情愿。他们说，百丈峰是黑七的地盘，黑七虽是义匪，可匪就是匪，见了钱财难免动心，我们这不是揣着肉往狼嘴里送吗？李丙戌说，我看未必。如若不是日本人过来，百丈峰那地方不能去，也不敢去。可眼下不同，兄弟俩吵架，关起门打得头破血流，可遇到和外人惹气呢？亲兄弟还是亲兄弟，必须联手对付外人。再怎么说他黑七也是中国人，同宗同根，不至于和咱过不去吧。

被李丙戌说动，一镇人收拾了金银细软，粮食衣物，连夜上了百丈峰。二掌柜白八把人迎进山里，妇幼老人安排进大小山洞，青壮男丁住在户外林子里。

开进湖桥的是一个日军小队，三十几个人，驻扎在李丙戌家里。

白天，李丙戌坐在一块山石上，看着那些日本兵在他家进进出出，逮来百姓的牛羊鸡鸭，在院子里杀，把一院子黄土染得红红的，他就恨得咬牙切齿。正巧二掌柜白八在跟前，李丙戌指着山下说，二掌柜，百丈峰有枪有人，眼睁睁看着日本人在眼皮底下横行霸道？白八问他，李先儿的意思是……

李丙戌说，收拾它狗日的。

大家也都说，对，收拾它狗日的，给咱湖桥出出这口恶气。

当天夜里，驻在李丙戌家那队日本兵全部被人杀死，个个一刀毙命，显然是在睡梦中被人割了脑袋。

日本人投降的次年七月，李丙戌下世，死时九十二岁。老人死前没什么征兆，头天下午还在李道生茶馆里喝茶，和李逸芳、张耀先他们推了一阵牌九，回家吃了一个馍，喝下一大碗小米稀饭，睡到天明。老伴赵玉喊他起床，一摸身子，早已冰凉。

镇上人念他平日的好处，送葬的人成群结队，塞满了街道，白孝帽，白孝衣，把整个湖桥镇变成一片白色。棺木入土，坟堆封好，送葬的人刚刚回到家里，突然间电闪雷鸣，瓢泼大雨倾盆而下，湖桥镇顿时笼罩在一片迷茫之中。大雨一连下了三天才住，雨住天晴，人们发现，李家通往后山的地方塌了一个大坑，两头露出黑黑的洞口。几个年轻人好奇，沿着洞口钻进去，费了一个时辰，竟从百丈峰土匪山寨里钻了出来。其时，百丈峰早已人去寨空，黑七那帮土匪不知所终。他们拐回来，又钻进另一头洞口，走到头，有个木盖盖在上方，顶开了，竟是李家的后院佛堂。

赵玉正坐在蒲团上诵佛经，见了那几个年轻人，不惊不怪，先自笑了，说，你们这几个小兔崽子，啥都看在眼里了吧？年轻人说，咋会……是这样呢……

赵玉说，咋不会是这样呢？你们知道我家老头子是谁吗？众人说，那还用问，是丙戌爷呀，咱镇上的大善人。

赵玉说，这个老东西，名声混得还不赖啊。现在人没了，我就解了这个扣吧，我家老头子就是黑七。年轻人一下子就愣了，说，不会吧？赵玉说，又不是王侯将相，金榜题名，我瞎揽这顶帽子干啥？

赵玉接下来的一番话，把湖桥镇几十年的谜底一下子揭开了。

原来，黑七厌倦了刀头舔血的绿林生活，萌生了退意。和二掌柜白八商量以后，脱离山寨，把湖桥镇作为他的人生归宿，在这个山水宜人的镇子上安度后半生。不想白八念旧，悄悄挖了一条地道，一直通到李家三进佛堂。本来，只为弟兄俩见面叙谈方便，不料想却派上了大用场。那次官兵上山剿匪，山上弟兄顺地道进了李家，躲过了一劫。还有，杀那一群日本兵，也是通过这条地道进来，神不知鬼不觉，切菜一样把活干了……

可年轻人还有个疙瘩解不开，就问赵玉，你嫁给丙戌爷后才知道他是黑七的？赵玉说，哈，我本来就是他老婆，赵六也不是我哥，也是山上的人，是他在这里布下的眼线，都是老东西使的障眼法。

（选自《传奇故事》2010年第4期）

赌 石

一

百丈峰的匪首黑七突然想更弦易张，改行做别的了。

过了夏至，黑七整整五十岁，黑七厌恶打打杀杀、刀头舔血的日子了，想改行做点别的，安度余生，享几年清福。可当了一辈子土匪的人能做什么呢？黑七想过种地。黑七原本就是农民，跟着爹娘在庄稼地里挥汗如雨，春种秋收，扶耧耩地，把腰弯成大弓割麦子。稼穑虽苦，一家三口倒也过得其乐融融。如果不是母亲被富户张丙午家的恶狗咬伤得了狂犬病而死，如果不是父亲去张家讨公道反被诬陷而冤死狱中，黑七极可能成为不错的庄稼把式，日出而作，日没而息，种出一地葱茏，收获满院金黄。黑七也想过经商做生意，可他自幼为匪，哪里懂得经商之道，多年攒下的积蓄，还不立马赔个精光？当然，黑七还想过办作坊，开当铺，皆因不懂行市无果而终。

这一段，黑七在他的小木屋里走来走去，从东头踱到西头，再从西头踱到东头，像一头落入陷阱的困兽，始终没想出一条适合自己的退隐之路。黑七烦透了，掂起茶壶摔得粉碎，呵斥送水的小喽啰，想把老子烫死不是！啪啪两个耳光上去，小喽啰的脸立时印上五条指痕。

黑七虽是土匪，在当地的名声却并不坏，自在百丈峰落草那天起，他就给手下定了三不抢的规矩：妇幼不抢，穷户不抢，婚丧嫁娶不抢。黑七是这么解释的，咱们五尺高的汉子，抢妇女小孩儿算什么本事；抢穷人昧良心，要抢就抢那些为富不仁的人；婚嫁是人之大伦，抢他们违天意，白事更不能抢，本来就是伤心事儿，不能再给人家雪上加霜。手下的人当即急了，说，大当家的，照你这么说我们这生意就没法做了，这不能抢那不能抢，几十号弟兄吃啥喝啥？黑七说，生意咋没法做？我们专抢那些为富不仁、横行霸道的王八蛋！

二

初时，二当家白八不明白黑七为何老是发无名火，摔茶壶，大耳刮子扇人，谁惹着他了？山上的事顺风顺水的，日本人从河北打过来，官军逃得无影无踪，根本无暇顾及百丈峰。更何况白八带人下山，连着做了几单大生意，掳回的金银珠宝不计其数，还生的哪门子气呀。

后来白八就明白了，大当家的这是怀了退隐之意，苦于找不到既不出力又能挣钱的行当。

白八脑子灵活，是百丈峰的智囊，大事小事的主意都是白八拿，黑七对他可谓言听计从，从不违拗半分。

这天，白八走进黑七的住室。这是一间木结构的小屋，四围墙壁皆由圆木筑成，陈设极为简单，木桌木椅木凳木几，东边墙壁上开了一溜扁窗。白八来时是上午九时，黑七安坐在木椅上抽烟，吸得铜烟锅吱吱响，浓白的烟雾从鼻孔蹿出来，把一张黑脸遮得严严实实。阳光从扁窗射进来，黑七半边脸是黑的，半边脸是白的，显得十分怪异。

白八在对面坐下，干咳一声，试探问道，大哥，莫非你动了退隐之心？黑七马上一愣。他的心思从未向人透露过，这个把兄弟咋就知道了呢？可见此人心思缜密，察事透彻。他反问白八，你咋知道的？白八诡然一笑，没说他是怎么知道的。他说，你就说是不是这回事儿吧。黑七老实承认：是。白八又问，是不是觉得没有退路，无活可干？黑七又说，是。白八说，这么说，大哥是去意已决？黑七说，是。白八叹了口气，说，大哥，咱兄弟创下的基业已历三十余载，大哥一直是咱百丈峰的主心骨，你走了，弟兄们怎么办？黑七说，这点我早想好了，由你接手这一摊子。又说，干咱们这行的，都没好下场，要么被官府逮去杀头，要么失手让人砍了脑袋，哪个得了善终？哥今年五十岁整，身上虽有几处枪疤刀痕，倒也还算囫囵，想找个清静地方安顿下来，平平安安过完余生。可除了当土匪，哥还会干啥？正为这事愁呢。

这好办，白八似早有考虑，胸有成竹地说，赌石！

赌石？黑七笑了，你看大哥是那块料吗？赌石可是技艺活儿，不是谁都能干得了的。白八说，这好办，跟玉王学个一年半载不就得了。

白八说的玉王，就是湖桥镇的花雨润。

三

湖桥镇一带赌石之风甚盛，赌石场设在镇南一个三尺多高的土台上，那里原是老戏台，后来废弃不用，做了赌石场。每逢集天，赌石场人山人海，各色料石在土台上摆了一溜，有大有小，有高有矮，有绿有白，单等买家来问价。

玉石在开采时有一层风化皮包着，切割之前，谁也不知道内里好坏，完全根据石皮表层的松花估价。常言说，神仙难断寸玉，即便是科学发达的今天，也没有一种仪器能穿透皮壳看清原石内部优劣。或是玉，或是石，隔皮断货，全凭看玉的经验和眼劲。有人出巨资买下一块料石，锯开了，却是一块分文不值的石头，闹个血本无归，倾家荡产，一根绳子挂到树上；也有人仨核桃俩枣买来料石，一刀见绿，俨然一块上等好玉，于是平地暴富，身家千万。

所以，帮人赌石，给人看玉，收入十分丰厚。如果买家得到的是真玉，就要拿出总价的一成，红布包好，作为回佣，送给看玉人。而一旦看玉人走了眼，错把石头当玉，看玉人则要赔给买家相应的价款。

花雨润是方圆百里赌石第一人，被称为玉王。

花雨润的玉王称号绝非浪得虚名，他替人赌石，十有八九不走眼。而且，花雨润收取的回佣相对较低，所以，找花雨润赌石的人络绎不绝。但花雨润也不是谁叫都到，他有自己的原则：过于贪婪的人出价再高，花雨润也是不去的，你钱多，我不稀罕。穷人请他赌石不到，你本来就穷得叮当响，种好你的几亩田地，喂头猪，养只羊，赌的哪门子石呀，这种玩命的事也是你干的？万一看走了眼，你不得当场跳河上吊。看不顺眼的人，花雨润也是决然不到的，赌石要的是心静，看他不顺眼，心里先自觉得别扭，哪能静下心来。

花雨润赌石有其专用的位置，在赌石场东侧，距摆放料石的地方大约六尺。赌石时，早有人在那里备下一张小几、一把竹椅，小几上摆着一壶一杯。茶壶紫里泛黑，黑里透红，古色古香，是正宗的宜兴紫砂。杯是青花瓷，一束兰花自杯底逸出，在杯面上画个优雅的半圆，到了杯口则若隐若现。花雨润在竹椅上半躺半坐，手握茶杯，凑至近前，端详着来回浮动的茶叶，然后放到鼻子底下，满吸一腔氤氲茶香，然后轻轻啜上一口，身子一仰，微微闭上眼睛，清瘦的脸庞上现出一种心满意足的陶醉，仿佛此刻的花雨润置身赌石事外，鼎沸人声与他毫无关系。自始至终，花雨润没怎么看买家指定的料石，似睁似闭的眼里却有一道精光溢出。据赌石的人说，那道光是神光，能穿透料石外皮，是玉是石早已一目了然。

传说是真是假，没人知道，但花雨润赌石从不走眼，却是不争的事实。1935年，南阳一个姓别的买家来请花雨润。这个姓别的已在湖桥住了一个多月，赌石三次，接连失手，白扔进去两千块现大洋。这天，花雨润指给他一块料石，要他买下。这块料石要价虽低，却摆在那里多日，无人问津。姓别的一看，是一块霉松花，松花并不鲜艳，外表暗淡无光。此种松花逢赌必输，只有百分之五的赌涨可能。姓别的虽知花雨润是玉王，十赌十赢，但看过料石，却大摇其头。说，先生，你可看好了，这可是一块霉松花，我再也经不起折腾了，不然要拿裤子换回家的盘缠了。花雨润说，这次我赌你赢，信我则买，不信则罢。花雨润丢下这句话扭头就走。

姓别的半信半疑，买下了这块料石，两刀下来，便是一眼碧绿，满目柔润，更可贵的是，玉石之中，竟有一点清澈白亮

　　　　　　　　　　　　　　李培俊纪念文集

的水滴——石包水！那块料石出手，姓别的赚了一万现大洋。当天晚上，姓别的用红布封了一千块，送到花雨润家里。花雨润推辞不过，留下一百块作为谢仪。他对姓别的说，看来先生家道也不十分富裕，赌石如赌命，弄得不好便是一条不归路。先生自此收手，买块好地安安稳稳过你的小日子去吧。

四

当夜，黑七带着白八下了百丈峰，直赴湖桥镇花家。在一般人眼里，花雨润赌石多年，回佣相当可观，早挣得盆满钵溢了。可花家的宅子却十分一般，和其他人家没有什么区别。三间瓦房，坐北朝南，卵石铺成的三尺甬道，从上屋直通大门。甬道两边各有一块菜圃，分别种着青绿的白菜、菠菜和韭菜，靠东墙几株修竹，葱茏嫩绿，长势正旺。不大的小院便显出一派赏心悦目的田园风光，清静幽雅中透着宽厚与大度。黑七和白八在甬道上站下了，不由叹了口气，说，真没想到，一代玉王竟住在如此平常的房子里。对于花雨润的为人，黑七略知一二，知道他乐善好施，赌石挣来的钱除了维持自家用度，大部分施舍出去，或给了流浪街头的穷汉，或送与端碗要饭的乞丐，或者为人付了药费。黑七对花雨润生出钦慕之情，对白八说，花先生才是顶天立地的汉子，告诉山上的弟兄，像花先生这样的人家，日后谁也不准骚扰。

听到脚步声，花雨润打开了屋门。花雨润并不认识黑七、白八，百丈峰虽近在咫尺，黑七却从不涉入湖桥半步，盗亦有道，兔子不吃窝边草，这理儿黑七懂。三十多年了，百丈峰和湖桥镇河水不犯井水。

花雨润见二人身板壮实，腰里鼓鼓囊囊别着家伙，说话粗声大气，已大略明白来人身份，但他神色自若，淡淡问了声，两位有事儿？黑七说，花先生，我们兄弟俩是无事不登三宝殿，咱们屋里说吧。

花雨润把二人让进堂屋，为他们沏上茶水，自己也在八仙桌旁落座。花雨润说，二位深夜上门，定有要事，不妨说来听听。黑七直来直去说，想请先生教我赌石。花雨润这才把目光投向黑七，那目光看似绵软，却波澜不惊。黑七却觉得，一束尖锐的光亮直达内心深处，不由自主打了个寒战。花雨润说，你不是赌石的料子，还是干点别的吧。

黑七问，为什么？

花雨润说，世上行业，各有机缘，如是先天不足，便少了灵气和悟性。我观先生面带戾气，骨骼强健，应是行伍中人。如果没别的事儿，二位还是请吧。

白八早已忍耐不住，把枪掏出来，啪一声拍到八仙桌上，恶声恶气地说，姓花的，别不识好歹，我大哥上门求教是看得起你，今天这赌石的本事，你教也得教，不教也得教。你知道我们是谁吗？

花雨润安坐不动，面色不改，端起茶杯轻轻抿了一口，说，如果我猜得不错。二位莫非是百丈峰两个当家的？

黑七拦住白八，喝令他把枪收起来，转而对花雨润说，先生，我们兄弟俩都是粗人，做事一向不识分寸，请别在意。只是，我想请先生明示，在下为什么不能学赌石？

花雨润说，赌石这行，全凭一双眼，你行吗？

黑七说，我行。在下这双眼，三丈外能看清蚊子公母。

花雨润说，光靠眼不行，还得靠心，你行吗？

黑七说，我行。在下心思也算得上缜密，做事尽量滴水不漏。

还有，花雨润说，赌石不但要眼、要心，最最重要的一条，是不贪。你能做到吗？

黑七犹豫了一下，说，我能。

花雨润笑了，说，你不能。我承认，先生眼明，也承认先生心思缜密，但你做不到眼通心，心通眼，心眼相通，心眼合一。在这个世界上，一个贪字便可使人心乱，心乱则被迷惑，怎能看透本来就看不清的石头呢？

五

事隔三天，白八带着两个喽啰再次夜入湖桥，一条麻绳把花雨润捆上百丈峰。绑架花雨润的事，黑七并不知情，当他见到花雨润时，花雨润已在百丈峰一间小屋里静坐了一个时辰。白八对花雨润极为善待，一出湖桥镇街口，白八就把花雨润手上的绳子解了，双手一揖赔了个不是，说，花先生，在下是不得已才出此下策，还望先生见谅。

上山以后，白八亲为花雨润倒上茶水，放到应手的地方，这才跑去告诉黑七。见了黑七，花雨润余怒未息，说，不错，赌石确有秘诀，也并不难学。可我还是那句话，大当家的学不到。黑七问，是我这人太笨吗？花雨润说，不。你不笨，如果大当家的是个笨人，绝难创下百丈峰如此大的基业，当上三百多人的首领。

那么，黑七又问，先生凭什么断定，我一定学不会赌石的本事呢？花雨润说，你能舍弃你的基业，丢下你的弟兄，成为一介草民吗？

黑七说，实不相瞒，我就是不想再过刀头舔血的日子，不想再涉杀戮才要改行赌石的。

花雨润在百丈峰一住就是一个多月，每日和黑七坐着喝茶聊天，谈论赌石秘诀。二人坐在山石上，静听松涛阵阵，空谷回音，自有一种出世的况味。黑七说，先生赌石多年，一定存下不少积蓄吧。花雨润摇了摇头，说，要说没有一点是假话，一家人过日子，总要有个吃穿用度，但也仅是温饱而已，余下的大部舍与人了。广厦千间，容身则可，家有万贯，三餐足矣。坐拥黄白之物，难免怀璧其罪，遭抢遭劫遭暗算，反不如拿去救人急难。

喝茶聊天中，黑七的心慢慢沉静下来，他身上多了几分谦和与宽厚，少了几分戾气和暴躁。临下山时，花雨润交代黑七，我的本事悉数教给你了，其实，这些并不重要，心才是一个人的主宰，说白了，技艺只是附属，世上事是要拿心称量、甄别、判断的，心明则眼亮，心平则技生。

六

黑七隐姓埋名，在湖桥镇安居下来，和花雨润做了邻居。黑七家是一个四合院，灰砖蓝瓦，修建得相当精致。黑七下山时，除了平时积蓄，没多带百丈峰一分一文，山上的弟兄实在过意不去，白八操持着找来工匠，拉来灰泥砖瓦，给他盖起了这所宅子。临走，黑七和山上的弟兄们喝了一顿酒，酒喝完，黑七叭一声把碗摔到地上，碎成了八瓣。黑七说，我和百丈峰犹如此碗，碎了，就再也没有瓜葛了，从今往后，白八就是你们的大当家，我再不过问百丈峰的事了。但有一条务请大家切记，"三不抢"的规矩谁也不能改，谁改我不放过谁。

黑七下山后没有马上出道赌石，而是足不出户，在家里看书、种花、参悟花雨润所授赌石技艺。半年时间，《滇玉鉴赏》《松花读真》《赌色考》被他翻得纸页稀烂，丝丝松花、乔面松花、蚯蚓松花、毛针松花的浓淡疏密，表里关联，续连跳跃，以及相互间的内在渗透，弄得一清二楚。一切琢磨透了，想清楚了，黑七胸有成竹，走出了他家四合院，来到赌石场。

对于湖桥镇突然冒出的这个赌石师傅，大家见怪不怪，既然敢于挂牌上市，必然有些来头，没有金刚钻，敢揽瓷器活儿？但又不知他身手如何，道行深浅，不敢贸然请他，大家找的还是花雨润。

在黑七进入赌石场那天，花雨润再也没有露面，大门紧闭，谁敲也不开。家人隔着门缝向来人递出话来，说是花先生患有眼疾，不便出门赌石，还是去找隔壁的师傅吧。

出道没多长时间，黑七的赌石名气渐渐大了起来，接手八单生意竟是无一走眼，单单做成，回佣赚了不少。他学着花雨润的样子，赚来的钱留下一半自用，其余全部散了出去。花雨润虽然足不出户，却也知道黑七的情况，不由喜上心头，想，世上还真有放下屠刀、立地成佛的人。

年关将近，黑七接下了第九单生意，这单生意太大，单是回佣就有三千块现大洋。那是一块柏枝松花，白色，状如柏树枝，同谷壳松花有相似之处。黑七赌了满绿。开石时一刀见绿，黑七心跳如鼓，大叫一声，好！谁知话音未落，第二刀却又复归于白。黑七仰天吐出一口鲜血，晕倒于地。黑七并不是心疼那三千块现大洋，他在意的是名头和名气。

当晚，花雨润前来看他，聊了些别的，这才扯到赌石上，对于那块柏枝松花，花雨润只说了一句：它没生在好种上。之后，花雨润问黑七，你知道卞和吗？黑七摇了摇头。花雨润说，两千年前的楚国人，他从山上得到一块玉璞，拿来献给楚国的两位国君，国君以为受骗，砍去了他的双脚。卞和抱着玉璞在楚山上哭了三天三夜，楚文王让人剖开玉璞，得到一块上好的玉石——和氏璧，后来刻成了传国玉玺……

黑七说，先生讲了这么多，到底想说什么？和这次赌石又有什么联系？花雨润说，你想啊，卞和献玉，当然有所图，那么，他图什么呢？当然是高官厚禄，封妻荫子，说到底还是一个"贪"字作怪。另外，那块柏枝松花，定下的回佣是多少？黑七说，三千块现大洋。

花雨润问，占全额几成？

黑七说，一成。

花雨润说，多了，平时赌石，我是一百收一。看玉时如果你老想着数目可观的回佣，心智难免迷失，难免掺上杂念，心自然就乱了，看走眼也就不足为怪了。

七

1943年，黑七赌石生涯一路下滑，常常把玉看成石头，又把石头看成玉，多年积蓄赔得荡然无存。一天，花雨润就问他怎么回事儿，以前不是这样的呀。黑七一脸怒气，说，先生，我这颗心早荒了，乱了，长草了。日本人他娘的打到咱家门口了，占咱的土地，杀咱的父老，我肺都气炸了，哪有心思认真赌石。

花雨润叹了口气，说，是呀，这日子是没法过！日本人杀人、放火、奸淫妇女，好像他们没姐妹似的！黑七说，我要重回百丈峰，把山上的弟兄拉下来，不给这些狗日的一点厉害，他就不知道马王爷三只眼。

当天晚上，花雨润在家里摆下一桌酒菜，为黑七饯行。花雨润说，可惜我老了，跑不动了，要不我也跟你们一起和日本人干。黑七说，你那份儿兄弟替你包了，我多杀些日本人也是一样的。

那天晚上，两个人都喝了不少，一直喝到午夜方散。酒席散时，黑七把酒碗摔了，说，先生，你等着，不把日本人杀个人仰马翻，不取他几个鬼子人头，我就不姓黑！

花雨润也把酒碗摔了，和黑七重重击了一掌，说，是条汉子！等赶走了日本人，咱哥俩再好好切磋技艺，赌他个天昏地暗。

第二天一早，黑七一家从湖桥镇消失得无影无踪，只留下个空宅。

此后，驻扎在湖桥镇的日本兵时常悄没声息地失踪，有时是两个，有时是三个，最多的一次竟然丢了一个班，人头被挂在日军营地门口的树梢上。

驻扎在湖桥镇的日军是一个中队，中队长叫宫本。宫本是个爱玉如命的人，在日本国内也算得上赌石高手。他一进湖桥镇，就听说了花雨润的玉王名号，可惜花雨润待在家里侍弄花草、喝茶看书，从未在镇上露过一面。

这天，有人从山上采下一块料石，奇大无比，足有一人多高，用一辆马车拉进了赌石场。湖桥镇虽有日本人占着，赌石业却没因此停下，常有人卖，也常有人买，只是没有先前红火热闹罢了。

事有凑巧，那天宫本正带着两个士兵在赌石场闲逛，一见那块料石，宫本手抚下巴，仔细看过，双眼立时直了。从外表上看，这块料石并无奇特之处，光泽暗淡，正中有数处黑色斑点。一般情况下，这种料石出玉的可能性微乎其微，要价相对较低，几乎等于白送。可宫本从石纹走向、触摸时柔润的质感，以及那种油脂般的温和色彩中看出这是一块好玉，而且是难得一见的墨玉。宫本不动声色，吩咐一个士兵去把花雨润叫来。

花雨润被日本兵推搡着进了赌石场，几乎只是一眼，他便看出这块料石的不凡，禁不住两眼放光，疾步上前，朝那块料石奔去。但只迈出两三步，花雨润急忙刹住脚步，漫不经心地站下了。

花雨润的所有神色全部落入宫本眼内。宫本之所以要请花雨润，就是想验证一下自己的判断。假如真是一块墨玉，便是价值连城的稀世之宝了。可赌石这种事，高手也难免失手走眼，老虎还有打盹的时候，他怕自己万一走眼把块石头带回国内，还不惹人笑话？

所以，花雨润一来，宫本的目光一直盯在花雨润脸上，再也没有离开，见花雨润阴沉的眼光中突现的两道光，以及朝料石奔去的急不可耐的神色，不由一阵狂喜，这是一块上等好玉无疑了。

宫本说，花先生，今天请你来，应该知道要干什么吧？花雨润侧对宫本，仰头看着斜对面那棵国槐，在凌厉的风雪中，枝丫低垂，往日的葱茏早已荡然无存。花雨润摇摇头，说，不知道。

赌石！宫本说，听人说你目光如炬，断石如神，有玉王之称，赌石从不失手。那么，你看看这块料石如何？花雨润这才走过去，先是看，后是摸，端详良久，拍拍手上的灰土，说，不过一块普普通通的石头罢了。宫本仰天大笑起来，笑毕，伸手拍着花雨润的肩膀。花雨润身子一闪躲开了，宫本被闹了个大红脸。但他不以为意，说，这是一块好玉，其实，答案在你到来之前已经有了，你的到场，让我更加坚信我的判断。是你告诉我，这是一块稀世之宝。

花雨润顿觉奇怪：我告诉你的？

是。是你告诉我的。宫本说，准确点说，是你的眼睛告诉我的。

花雨润冷笑一声，说，你这么肯定？宫本顿时变得狰狞起来，说，花先生，我们赌一把如何？赌项上人头！我要当场锯石，看看它是石头还是玉！

花雨润自知在劫难逃，索性豁出去了，说，我一生只和人赌！

宫本听出了花雨润话里隐藏的意思，说，你敢骂我？

花雨润没再理他，仰起头，一头白发，在凛冽的寒风中散乱飘荡，和飘飞的雪花融为一体。

花雨润被宫本杀死在赌石场，那是花雨润以前赌石常坐的地方，鲜血铺地，白雪挂孝，一红一白，极是刺目。那块料石被宫本运进了日军驻扎的院子。

当晚，黑七带领人马摸进湖桥镇，十个人一组，同时扑进日军的各个营房，一个中队的日军无一幸免。宫本被黑七亲手活捉，带往赌石场，在杀死花雨润的地方，一刀割下宫本的人头，供在花雨润的尸体前。

黑七抱起花雨润僵硬的尸体，放声大哭起来，温热的泪水落在花雨润冰凉的脸上，花雨润那双望着灰暗夜空的眼睛这才缓缓闭合。

花雨润被葬在百丈峰对面朝阳的山坡上。他的墓碑，便是那块价值连城的墨玉料石。

（选自《传奇故事》2011年第8期）

拥抱月光的孩子

做完父亲规定的当天暑假作业，孩子长长地吁了口气，悄悄起身，隔着窗户朝院里望去。母亲正在猪圈那儿喂猪，弯着腰，腰部露出一道亮。母亲一边往槽里倒猪食，一边不停嘟囔：死猪，吃食呗，你是乱拱啥呢！孩子猫着腰，躲开母亲的视线，悄没声息地溜出了家门。

太阳在头顶上悬着，白中泛红，像从火炉里刚刚夹出来的铁块，通体流淌着火焰，一波又一波，连绵不绝，落在孩子脚下的土地上。昨夜下了一场小雨，雨水在太阳的作用下变成一股股蒸腾的水汽，白白的，虚虚的，飘在孩子的眼里。

孩子的暑假作业本来已经不少，父亲又从当教师的堂弟那里拿来一本《小学数学习题集》，一本《怎样写作文》，一并交给孩子。父亲说，你明年就要上初中了，我和你妈想让你考到县城去，上县一中，那是一所最好的中学，作业自然得多做一些。孩子虽不情愿，却也怯怯地应了。不应不行，父亲十分严厉，巴掌又大又厚，打在屁股上能溅出一串火花。

一大早起来，孩子就开始伏在老式八仙桌上，摊开作业本，演算了六页习题，接着背会了两篇作文范文。那把凸凹不平的榆木凳子，凳面在孩子的小屁股上硌出一道道深深的印痕，生疼生疼的。于是，孩子站起来，双肘撑住桌面，趴着写了一篇800字的作文。终于，孩子累了，是真累，他揉揉酸痛的手腕，赌气般把圆珠笔撂到桌子上。圆珠笔是蓝色的，在桌面上骨碌碌滚动着，在桌子边沿停顿一下，啪一声落到地上。孩子总有做不完的作业，在学校里做，放假回到家里还要做，孩子就想，父母一定是为了做作业才把他生到世上来的。除了吃饭睡觉，孩子唯一要做的，便是做作业。

孩子走在阳光里。

走在阳光里的孩子很幸福，很快乐。

孩子光着上身，只穿了一件天蓝色的西式短裤，稚嫩光滑的皮肤，在刺目的阳光下泛出黝黑油亮的光泽。他沿着村道的树荫走了一段，然后折转向西，拐入一条小道。小道两旁是没过头顶的玉米，玉米已经冒了红缨，梢上布满一粒粒细小的黄色花粉。孩子走路很不老实，左脚在地上垫一下，右脚跟着跳起老高。每跳动一次，孩子的脑袋便撞在玉米梢上，花粉便闪烁着黄色落在孩子短短的头发上。

孩子眼前突然间一亮，小道没了，庄稼也没了，孩子的眼前是一座耸立的高塔。塔用槽钢和角铁组合而成，塔顶上绑着一面红色的小旗，在风中飘舞。

听村里大人说，高塔是县里钻井队搭建的，钻井队正在为他们村打一眼机井，只要机井打成，水就会从地下钻出来，清清的，纯纯的，流进家家户户，流进干涸的庄稼地。

孩子在离井架不远的柿树下站住，咬着左手食指，望一会儿风中飘动的小红旗，又去望那一群浑身泥浆的打井工人。然后找了一块比较平整的草地坐下来，双手托腮，听那隆隆的机器轰鸣声。孩子看得有点过于专注，以至于有人坐到身边都浑然不觉。

坐在孩子身边的是井队上的人，一个二十几岁的小青年，一身花花绿绿的迷彩服，上面沾着一小片一小片褐色的泥点子。

看什么呢？他问孩子，把孩子吓了一跳，连忙把身子朝一边挪挪。

看你们打井。孩子怯怯地回答。孩子以为，他的存在影响了打井，接着又说，你们打井不让看吗？不让看我这就走。

不，不是。那人说，我是说，打井又不是唱戏演电影，有什么好看的？我们村还有比打井更好看的东西吗？孩子说，没有，真的没有。

那人理解地笑笑，从裤袋里掏出个小巧精致的玩意儿，打开开关，小玩意儿便发出一阵好听的音乐。孩子偷眼瞄去，便看见一个亮晶晶的屏幕，屏幕上有飞机样的东西在左左右右地飞，也有子弹一样的东西从屏幕下方射向飞机，每射中一架，便发出类似爆炸的声响，还有稚声稚气的童音：好极了！加油！

孩子知道，那小玩意儿叫手持游戏机，过年的时候，城里的大姑带着小表哥到他家里来串亲戚，玩的就是这东西。可小表哥只让他看，不让他玩，说是怕弄坏了。

孩子做梦都想有一个那样的游戏机。

可他没有。他问过小表哥，说是城里商店有卖的，要30多元一个。他私下里和母亲交涉，能不能给他也买一个。他不敢跟父亲说，他怕父亲的巴掌。一般情况下母亲不扇他的屁股，时不时地，还会在他流汗的脸上啃上几口，啃得很温暖，很舒服。可母亲不同意他买游戏机。母亲说，眼看你就要上初中了，上初中要花很多钱，咱家的情况你也知道，哪会腾出那个闲钱？

那人玩了一会儿，扭头看到孩子眼里渴望的神色，便笑了，问孩子，想玩儿吗？

尽管孩子很想玩儿，可他不说想玩儿，孩子不好意思说。素不相识，人家不过随便问问，巧让客咋能热粘皮？再说了，人家就是让你玩儿，你会玩儿吗？不会，孩子想。

这时，有人叫那人，说是该起钻了，让他赶快过去。那人应着站起身。走了几步，那人又站下了，把游戏机递给孩子，说，真想玩就玩儿一会儿吧，别弄坏就行。说着，他教孩子哪个按钮是开关，哪个按钮是开始，哪个按钮是暂停，还弯下腰给孩子演示了一遍。

孩子并没玩儿，只是拿着，他怕玩儿坏了赔不起。孩子就那么坐着，痴痴地看着小巧的蓝色的屏幕。但孩子已经很满足了，他笑着，在柿树阔叶筛下的阳光里，小脸闪着生动的光芒，还有受到高度信任的自豪。

大约过了半个小时，孩子实在忍不住，轻轻地按动了其中一个按钮。没反应。他又按了另一个按钮，还是没有反应。按到第三个按钮的时候，游戏机发出了好听的音乐声。孩子知道，游戏机打开了，便有一种莫名的激动，手指轻轻地颤抖着。但孩子还是恋恋不舍地把游戏机关了。

那人再回来的时候已是半下午了。孩子仍然坐在原地没动，树荫东移，孩子的半个身子暴露在西下的夕阳里，细碎的汗珠爬了孩子一头一脸，在低洼处汇聚成纯净洁白的小溪流，细嫩光滑的皮肤被犁出一道道沟渠，慢慢地淌进孩子裤腰，在那里洇出大片的水渍。

　　　　　　　　　　　李培俊纪念文集

那人叹了口气，摸着孩子黄黄的头发，问孩子，你喜欢它是吗？

孩子点点头，但又马上摇摇头。

那人说，你是学生吧？

孩子说，正上五年级。

那人说，学生不应该说谎。

孩子红着脸把头低了下去。

那人把游戏机从孩子手里接过来，挨着孩子蹲下，对孩子说，来，我教你怎么玩儿。

教会了孩子，那人把游戏机递给孩子，说，叔叔送给你了。

不，不，我不要！孩子把双手背到身后，同时侧歪着身子。

叔叔真是送给你的，真的。

孩子激动得小脸通红，虽然这时候太阳即将落山，孩子的脸和余晖一样闪射着红光。孩子再次说了声，谢谢叔叔，然后把游戏机小心翼翼地装进裤头左边口袋，用手使劲按按，这才顺着原路回家。孩子走得兴奋而激情，随着他跳跃一样的脚步，头发一上一下地耸动，像一面舞动的黑色旗帜。

孩子进家的时候家里人正在吃饭，八仙桌上摆着玉米糁，蒸馒头，一盘青鲜鲜的炒南瓜。看到进门的孩子，父亲的脸马上阴了下来，闷声闷气问孩子，这大半天你野到哪儿去了？只顾疯玩儿，吃饭都不知道回家？真是的！

孩子连忙解释，说他当天的作业全部做完了，还检查了两遍，然后才出去玩儿的。孩子答非所问，有意把"作业全部完成了"放在前面，是为了消除父亲对他晚归的不满和怨气。孩子还说，我到打井队那里去玩了一会儿，看他们打井。

父亲不依不饶，说，打井有啥好看的？比读书比做作业还要紧吗？当天的作业完成了就可以跑出去疯？多做一些不行？你又不是给别人做，是给你自己做知道吗？

知道了，我以后再不这样了。孩子把头低下，怯怯地说。

父子俩说话的时候，母亲已经把饭盛好，放到孩子面前，递给他一个馒头一双筷子，说，吃饭吧。

孩子弯腰坐下的时候，游戏机从口袋里往上一蹿跳了出来，画出一条黑色的抛物线，落在孩子和父亲间的屋地上，弹跳几下不动了。

父亲捡起游戏机，满面狐疑，盯住儿子问道，这是哪儿来的？

孩子停止咀嚼，使劲儿把嘴里的馒头咽下去，憋出一脸的紫红，缓了口气，才答，是别人送的。

谁？

井队上的一个叔叔。

父亲死死地盯住儿子的眼睛，足足盯了一分钟。孩子的心被父亲盯毛了，盯怕了，连忙把头扭开，看着右边的衣柜。真的，我没说谎，真是井队上一个叔叔送的。

父亲不相信，一个素不相识的人咋会送儿子这么贵重的东西？父亲为人正直，口碑很好，容不得别人说谎，自己的儿子也不行。他愤然把筷子拍到桌子上，发出惊天动地的声响，厉声问儿子，说，是不是偷人家的！

不是，儿子委屈得小脸通红，话也说不连贯。孩子说，真是一个叔叔送……给……我的……孩子说时，眼睛水汪汪的，泪水悬垂欲滴，亮亮的，挂在睫毛上。孩子说，如果你不让要，我这就还给人家……

母亲把孩子拉到一边，对丈夫说，有啥事儿吃过饭再说，在外面跑了一下午，孩子早饿坏了。

不行！父亲唾沫成钉，截断母亲：他的臭毛病都是你惯出来的！小小年纪不学好，这样下去还了得！

我……我没偷……孩子边哭边说，真的……没偷……

那好，父亲说，现在咱就到井队找那个叔叔，如果是你偷人家的，看我不把你的皮扒了！

父亲带儿子去的时候，井队的人正在吃饭。一盏200瓦的灯泡，照着井队二十几个人，三人一伙，五人一堆，边吃饭边开玩笑。父亲找队长说明来意，让孩子去认那个送游戏机的叔叔。孩子由近而远，把井队的人认了一遍，没有。孩子再由远而近又认了一遍，还是没有。孩子这下慌了，问道：谁送我游戏机了？人们你看看我，我看看你，都说没送孩子那玩意儿。

但他们忽略了一个不该忽略的细节：天黑时井队来过一辆车，送米送面送蔬菜，同时接走了一个人，那个人，恰恰就是送孩子游戏机的叔叔。本来并不复杂的事情变得复杂了。

父亲二话没说，拉起儿子就走。回家的路上，孩子被愤怒的父亲甩得趔趔趄趄，手腕被攥出一道红印。

听到父亲打儿子，左邻右舍都赶过来解劝，有叔伯大娘，爷爷奶奶，还有不少孩子的玩伴和同学。父亲气哼哼的，把孩子拎到屋子中央，让他面对着他的玩伴和同学。父亲说，现在说老实话吧，游戏机到底是偷谁的？怎么偷来的！

这时，孩子已不再害怕父亲，梗着脖子，细细的青筋暴突出来，淡蓝色的血液在里面来回窜动。眼里虽然含着泪，但他强忍着，不让掉下来。他大胆地盯视着父亲，有一种宁死不屈的倔强。

孩子说，我已经给你说过了，我没偷！真的没偷！是井队那个叔叔送给我的。

还不说实话不是？父亲一脚踢在孩子的腿弯上，孩子扑通一声跪了下去。但他马上又爬了起来，回转头，死死地盯着父亲。

儿子的脸这下丢大了。他就是不明白，父亲为什么要这样对他，让他在他的同学玩伴面前丢人现眼，以后还怎么和他们一起玩儿，一起上学，一起回家？

母亲心疼儿子，害怕丈夫再打孩子，把儿子拉进怀里，对丈夫说，不管咋说，他是你的儿子，纵有千错万错，也不能下这样的狠手，万一打坏了怎么办？

父亲余怒未息，恨声说，打死活该！要一个做贼的儿子有什么用？

孩子的小手不知哪来的力量，他拨开母亲，把自己暴露在父亲拳脚的范围之内，他说，你让他打，让他打！

父亲真的抓住了儿子，把孩子按到地上，从腰里抽下皮带，抡圆了，狠狠地抽向一动不动的儿子。

在场的人一齐拥上来，有的抓胳膊，有的夺皮带。孩子乘机一跃而起，瘸着腿飞奔而出，很快便消失在夜色里。母亲连忙撵出去，但被父亲一声断喝止住：别管他，让他跑去！有本事一辈子别回这个家！

当天晚上，孩子果然没有回来。

这是个云遮月的晚上，大片大片的云彩从西边飘过来，把本来明亮如辉的月光遮得严严实实，纹丝不露。

孩子顺着上午走过的那条小路走着，庄稼上带有细小齿尖的叶片一下一下甩打着他的小脸和肩膀，在他黝黑而娇嫩的皮肉上划出一条条红色印痕。汗水流上去，生疼生疼。

孩子在距井架不远的地方站下了。工人们已经睡了，打井现场静悄悄的，只有那个高大的井架耸立在无边无际的暗夜里，显得挺拔而又严峻，一如孩子此时此刻的孤单和孤独。直到这时，孩子的泪哗一声流了下来，流得唰唰的，止都止不住。

月亮从云彩里爬出来，白亮，清冷，边缘泛着微微的金黄光晕，牢牢地套在井架顶端的小旗上。孩子竟有了几许激动，他觉得月亮的黄色光晕是温柔的，温暖的，让人产生出冲上去拥抱的冲动。于是，孩子就奔向了那轮清冷的月亮，去拥抱那金黄色的光晕……

这一觉，孩子睡得挺沉实，挺酣畅。天已经亮了，太阳透过窗纸射进来，羽毛般轻柔地落在孩子脸上，孩子睁开眼睛，他发现自己睡在自家床上，父亲和母亲都在，一脸泪痕。父亲的身子俯着，和他的脸贴在一起，粗硬的胡茬在孩子脸上蹭来蹭去，孩子便有一种痒痒的幸福的感觉。

孩子叫了声爸，说，游戏机真不是偷来的。

父亲点点头，甩下一串泪花，说，我相信你，儿子……

父亲说时声音发颤，像女人一样温柔。

（选自《短篇小说》2011年第8期）

戏 中 人

一

举行婚礼的时候，二庆始终没看新娘韩冬，仰着脸，望向天边什么地方，神情迷茫，一副事不关己的样子。参加观礼的人顺着二庆的目光望去，那里空空如也，瓦蓝色的天幕上，飘浮着几朵无根无底的云彩。人们笑了，这个二庆，这个傻乎乎的二庆，不就几朵司空见惯的破云彩嘛，有什么看头，比身边鲜活生香的新媳妇还好看吗？

大庆当然注意到这个细节，自始至终，大庆的目光就没敢离开二庆，很怕这个一根筋的兄弟弄出点什么事儿来。直到主持人高喊一声"礼成——"大庆才深深嘘了一口长气，悬着的心扑通一下落回肚里，抹一把油汗，颓然跌坐在身后的木椅上。

为给弟弟挑媳妇，大庆可谓费尽心思，千挑万拣，众里寻她千百度，终于把韩冬娶进家门。这样说，并非说梁家有多尊贵，二庆有多能耐，而是这个放浪不羁的弟弟，这个横草不拿竖草不沾只知道拉二胡的弟弟，必须有个身板结实、下得了死力的媳妇。新媳妇韩冬，与大庆的择弟媳标准不谋而合，见到韩冬的第一面，大庆当场拍板：就是她了！相亲回来，大庆把迎娶韩冬的决定告知了二庆。二庆正拉二胡，歪着脑袋，长发甩来甩去，人和曲子都处于欢快、沉迷、动感的飞扬之中。大庆介绍完韩冬的情况，二胡声戛然而止，足足静默三分钟，二庆右手拇指猛然钩起琴弦，拉出一个满月，继而小屋里传出一声天崩地裂的脆响。

弟弟对这门亲事不满，这是肯定的，但他不会反对。这是习惯，是二庆服从大庆的习惯。爹娘下世时二庆只有7岁，大庆和翠喜两口一手把他拉扯成人，二庆早养成了绝对服从的习惯。大庆说，我知道，你对这门亲事有看法，心里装着亚雯那姑娘，可你得为以后的日子想想，你肩不能挑手不能提，怎么摇楼下种，怎么割麦收秋？得有个好帮手懂吗？不错，亚雯模样不错，会哼儿句咿咿呀呀的戏文，可那不能当饭吃，咱农民的日子是土里刨出来的！

二庆还是没有说话，抬脸望着屋顶，一下一下狠狠捋着二胡的钢弦，左手指肚上现出几道深紫色的血痕。

二

亚雯是村东头丰祥家的老二姑娘，是村剧团的台柱子，一冬一春的戏全靠这姑娘撑着。亚雯腔口圆润，嗓音清亮，有种诱人的铜音质感，台口一声叫板，观众便像喝了蜂蜜，舒坦得大声叫起好来。那年县剧团看中了亚雯，答应解决城镇户口，召到剧团当正式演员。亚雯抿嘴一笑，说："俺不去，俺爹年岁大了，俺得在家照顾他。"气得老丰祥黑了半年脸。这不是天上掉馅饼吗？这不是打灯笼也难找的好事儿吗？你个乡村妮还想咋的？想当皇后娘娘不成？真是的！

老丰祥哪里知道，那会儿亚雯和二庆正恋得死去活来，钻过几回西大场的麦秸垛。密不透风、温暖宜人的麦秸垛，少男少女钻进去，什么事儿做不出来？拉头把弦的广爷不由得感慨万千，说："亚雯这姑娘重情义，舍不下梁家老二啊。"

二庆是村剧团的二把弦，拉二胡完全是自学。家里不知哪辈子传下一把破二胡，酸枣木琴柄，蟒皮蒙面，落了厚厚一层灰土。或许是没考上大学心里空虚，也或许是闲极无聊，二庆从屋墙的木橛上取下二胡，抱着便不肯撒手。坐在自家门前红石上，白天晚上拉锯，扰得四邻不安。一天，隔壁二婶笑着把20块钱递到二庆手上，说："二庆啊，这钱能买几斤肉，放锅里炖炖，香着呢，吃了睡去吧，算是二婶买你个清静。"二庆的脸便红成一块红布，收起二胡，去了半里外的村头，坐在老槐树下继续拉。

功夫不负有心人，二庆技艺大增，由《东方红》《北风吹》渐至《梁祝》《扬鞭催马送粮忙》，成了村剧团的二把弦。

大庆说："二庆，咱是庄稼人，把地种好才是根本，拉弦子唱戏能当饭吃？小的时候家里不攀你，舍不得让你干活，现在人大树高，眼看该娶媳妇了，还这么浪浪荡荡的，谁家姑娘愿往火坑里跳，嫁个五谷不分的二流子。"

二庆说："哥，你知道的，我不喜欢种地，让我顶着日头干活，还不如一刀杀了我！"

一气之下，大庆把家分了。

大庆以为，分家是治疗二庆最为有效的药方，而且是剂虎狼猛药。分门另住了，各家种各家的地了，你二庆不顶着火鳌子下地，你就种不出玉米，种不出小麦，种不出黄豆、绿豆、谷子，你就得挨饿！不信治不好你的臭毛病，不信逼不出个顶天立地的爷们。

大庆、二庆分家是在一个无风无雨的中午。那年中原地区雨量充沛，玉米撒着欢疯长。玉米该锄二遍的时候，大庆拿出三把锄头，放在门口。一把属于大庆，一把属于韩冬，剩下一把，属于二庆或者大嫂翠喜。大庆问二庆："你是去锄地还是在家做饭？"二庆说："我锄地不行，慢，还老锄掉庄稼苗，在家做饭吧。"

大庆说："行，中午下一锅面条，再烙几张油饼，农忙天，得吃硬实饭。"

玉米齐胸高了，钻进去就像进了蒸笼，又热又闷，带有尖齿的玉米叶子，划过赤裸的胳膊，皮肉上便有一道道暗色的血痕。整整一晌，除了翠喜身子弱休息过一会儿，大庆和韩冬锄把不离手，腰都没直一下，汗珠子砸得玉米叶啪啪响。翠喜说："大庆，歇会儿吧，别热出病来。"大庆说："歇啥歇，没看见草长疯了，咱过的就是土里刨食的日子，哪粒粮食不是汗水摔八瓣换来的。"翠喜说："你不歇可以，你是男人，身板结实，可还有韩冬呢，她也不累？"韩冬把锄头拄了，抹一把脸上的汗水说："累啥呢，不累。"

中午回到家里，二庆正坐在当院石板上拉二胡，大腿跷在二腿上，拉得扬扬自得，拉得神采飞扬，沉醉得像是刚刚喝过二两醇厚的老酒。大庆问："饭做好了，这么悠闲？"二庆这才从乐曲中醒来，扔下二胡钻进厨房。

饭后，大庆说："二庆，你知道太阳底下干活是啥滋味吗？你知道累了一晌回到家想的是啥吗？想吃口现成的，吃口热乎的！你可好，锅清灶冷，连口开水也喝不上，这样的日子有法过吗？""哥，是我不对，一拉二胡就把做饭这档事忘了，以后不会了。"大庆说："二庆，没有以后了。""我知道没有了，从你进门那刻起我就知道没有了。"

三

分家后，二庆依然我行我素，抱着二胡，拉得如痴如醉，犁地、耙地、收割、打场，一应农活全部撂给韩冬。往地里运粪的路上大庆截住了韩冬，大庆说："你也管管你家二庆，他那吊儿郎当的样子我看着就有气，还像个庄稼人吗？"韩冬说："哥，甘蔗没有两头甜，二庆是懒，不喜欢下地干活，不愿苦着累着，可我图他有能耐，二胡拉得好，三里五村找不出第二个。你说，他咋那么能呢？手指头轻轻一按，好听的曲子就出来了，流水一样。既然他喜欢，那就让他拉呗，这点地我一个人忙得过来。"

韩冬说话时，竟有几分骄傲和自豪，喜眉笑眼，显得相当惬意。

这个傻婆娘。大庆暗骂一声，有这么宠男人的？

大庆说："还有……"

"还有啥？"韩冬问。

大庆脸红着没了下文。二庆和亚雯的传闻早已沸沸扬扬，尽人皆知，傻乎乎的韩冬却一直蒙在鼓里。农历三月十八，有人在县城一条背街上发现了二庆和亚雯，挽着胳膊招摇过市，俨然一对亲密无间的小夫妻。他们从乐嘉超市出来，沿着索河路东行，拐进了挂有白底红字招牌的旅馆。干什么？还能干什么!四月初二,二庆和亚雯再次出现在县城,亚雯的手臂插进二庆的臂弯,脖子上那条粉色的纱巾,在风中飘荡着拂向二庆红光满面的额头……

这些,作为大伯哥,大庆如鲠在喉,没法出口,他佯装咳嗽,艰难地咽下一口唾沫。他说:"没事了让二庆在家里待着,别整天东游西逛在外面乱跑。"韩冬说:"我明白了。"

"你不明白!"大庆叹了口气,丢下韩冬走了,脚步夯得地面乱颤。

韩冬也走了,背着一袋化肥,脚步虚晃,像背负着不远处那座小山。

四

二庆在县城开了一家种子公司。别看二庆不会种地,懒得种地,做生意却是七窍玲珑。短短几年,二庆的生意已经风生水起,财源滚滚而来。

进城前,二庆把自家三亩地给了大庆,是白送,政府的补贴也不要。大庆说:"地我先替你种着,打下的粮食也给你存着,人在外面混难免有个山高水低,不行了你就回来。地是咱庄稼人的根本,是立身安命之所。"二庆不屑地一笑:"哥,你也太小看兄弟了,老实说,从踏出湖桥村这天起,不管天塌地陷,拉棍要饭,我也没想过再回来。不错,我是湖桥村生,湖桥村长的,是湖桥村把我养到30多岁。可说实话,我对这块土地怎么也热不起来,每分每秒,我都盼着从这里拔出脚来,走出这个到处是鸡屎猪粪、让人憋屈憋闷的破村子!"

至于韩冬，大庆的意思是把她也带到县城，地不种了，没理由让她留在村里，生意上好歹也有个帮手。二庆说："不种地就让她歇着，溜圈串门，打牌聊天，干啥都行，我养她。让她帮忙做生意？让人卖了恐怕还帮人数钱呢。"

"那……"大庆说，"可她毕竟是你老婆，带亚雯却不带韩冬，这不是拿话柄往别人嘴里喂吗？你知道村里人说你们什么吗？"二庆摆摆手止住大庆，说："我不聋不瞎，当然知道，可我不在乎。"

和韩冬在一起，对于二庆，是一种难以言说的痛苦，这种痛苦已经折磨二庆数年之久。二庆多么希望，那个与他在一起的女人，是他梦里寻她千百度的女人。可不是。

那年中秋节，二庆回家看望哥嫂，兄弟俩有过一场艰难的对话。大庆说："二庆啊，你现在的小日子过得可以呀，大块吃肉，大碗喝酒，身边还有个形影不离的相好。可你知道韩冬过的啥日子吗？"二庆掰一块月饼扔进嘴里，嚼着，却没吃出味儿来。二庆说："知道，咋会不知道，独守空房，以泪洗面，可这一切是谁造成的？你明明知道我喜欢亚雯，却硬把韩冬娶进门。我知道你是好意，娶个壮实的女人替我种地，替我喂猪、养羊，替我撑起这个家，可你替我这颗心想过吗？"

大庆说："把哥的好心当成驴肝肺了！拍着胸口问问你自己，除了会拉二胡，你还会干啥？良莠不分，苗草不辨，没韩冬顶着，地早撂荒了。"二庆说："不错，我承认你是为我好，可结果呢？弄得一圈人痛苦不堪，我、韩冬，还有亚雯。哥，从结婚那天起我这颗心就死了，多少次我都想在房梁上搭条绳子，一了百了……你说，不论过去的我还是现在的韩冬，日子都像浸在盐水里，划破点皮就疼得钻心哪……"

谈话不欢而散，二庆当晚便驾车离开湖桥村，摇摇晃晃开回了县城。而大庆则坐在夜露深重的庭院，直到东边冒出一缕微白。

五

湖桥村没几户人家了，有的搬进了县城，有的外出打工落户到郑城，最不济的也把家安到镇上。昔日热闹非凡的村街，如今已是空阔寂寥，偶尔，有几个老态龙钟的老头老太、牵着孩子的女人在村街上晃悠那么一下，神色落寞，了无生趣。

大庆和翠喜两口一直坚守在湖桥村，大庆觉得，这种日子其实也不错，轻松惬意，吃穿不愁。隔几天，两口子溜达到集上，掏出一张钞票，吩咐说："割两斤后臀肉，要瘦的，一点油星也别带。"春秋换季，大庆和翠喜走进琳琅满目的商场，旧衣进去，新衣出来，整得新郎新娘似的。回家路上，大庆抻抻新衣下摆，拍掉袖口上遗落的线头，说："我就是不明白，村里人都怎么了，放着如此安稳的日子不过，疯了似的往城里挤，外边能挣钱，在村里就不能挣了？打下的粮食不照样是钱？"翠喜鼻子里哼了一声："咱一年挣多少？仨瓜俩枣，能和人家比吗？"大庆不服："钱多咋了？钱多一天吃六顿饭？"翠喜撇撇嘴，把头扭向抽穗的麦田，有点轻蔑，有点不屑一顾。

回到家里，大庆直奔二楼的粮仓。大庆的粮仓整整占据了三间屋子，那些金黄的小麦，籽粒饱满的玉米，还有黄豆、绿豆、谷子，用编织袋装着，垛了两米多高，几乎挨着屋顶。大庆每天都要在夕阳西下时分检视他的粮仓，这时候，阳光从西边射进来，斜斜地照在粮垛上，装满粮食的编织袋显得格外沉实饱满，把大庆的心塞得满满当当。漫步下楼，翠喜正好把饭做好，小酒也已上桌。大庆夹一筷子炒鸡蛋，抿一口酒，舒坦，满足，皱纹里充满了生命的活力与意义。

二庆的日子似乎比大庆过得还滋润，每次回来，啪，甩出一沓子钱交与韩冬，说："去饭店叫一桌菜，拿两瓶好酒，还有，顺便捎两条芙蓉烟。"那钱仿佛是从路边捡来的。

要回县城了，二庆数出2000块钱，默默地递给韩冬，说："别省着，想吃什么买去。"韩冬默默接过，眼圈却慢慢湿了，红了。站在家门口，望着二庆的车子渐行渐远，韩冬抱住翠喜，哽咽着说："嫂，你说，我这过的算啥日子……"翠喜在她背上拍拍："韩冬，就算咱上辈子欠他的，认了吧。"韩冬止了哽咽，往翠喜手里塞了一沓钱，说："这是二庆给哥嫂花的，他不让告诉哥，怕他脸上挂不住。"

二庆回来一次，翠喜就发一次脾气，摔碟子打碗，没个好脸色。大庆问："你这是怎么了，谁惹你了？"翠喜说："我自己惹我了行不行？你也睁眼看看，人家过的啥日子，咱又过的啥日子！"大庆说："眼气了？咱不有一屋子粮食吗？那才是本钱，是命根子！前三皇后五帝，历朝历代，钱有不值钱的时候，可你听说过粮食有不值钱的时候吗？"

六

突如其来地，风就刮起来了，顿时天昏地暗，飞沙走石，对面不见人脸，胳膊粗的树枝咔嚓一声断成两截，世界末日来临似的。这时候，玉米刚刚冒出红缨，一缕缕，在绿如海洋的玉米林里显得格外抢眼，好看。

起风之前，大庆正蹲在玉米地边拔草，地边上那片抓地龙，是上次锄地时随手撂下的，竟然没有死透，粗硬的根须已经扎进硬实的泥地，冒出粉红色嫩叶。大庆嘟囔说："你个兔崽子，活得还怪滋润呢，咋不想想我们种田人的苦楚呢？"大庆拔一棵骂一声，拔一棵骂一声，拔到最后几棵，大风便刮了起来。大庆连忙起身，迎风展开双臂，似要护住刚刚冒出红缨的玉米……大庆被刮倒了，伏在地上，双手狠狠捶着带有腥味的泥地。

大庆下地后，翠喜打扫完院地，喂饱圈里两头哼哼唧唧的肥猪，顺脚爬上二楼，去抹走廊上的铁栏杆。来到粮仓门口，翠喜突然听到里面传出细碎的咀嚼声，还有老鼠吱吱的叫声。欢快恣意，肆无忌惮。这些赶不尽杀不绝的老鼠，又在糟蹋粮食了。这些龟孙，不种地，不下力，汗水不流一滴，吃起来却是毫不客气。这么想着，翠喜把自己逗笑了，普天之下，谁见过老鼠下田种地？岂不成了精怪？翠喜拿起笤帚，悄悄摸进粮仓。

听到脚步声，老鼠们停止了咀嚼，无声无息隐伏不动。翠喜偷偷一笑，在最靠里的粮食垛旁埋伏下来。正是这种近乎玩笑的举动，夺去了翠喜鲜活的生命，两米多高的粮垛毫无征兆地轰然倾倒，装满粮食的编织袋重重砸向翠喜……

七

几乎是一夜间，大庆头发白了，脊梁弯了，精明干练的圆脸瘦成窄窄一条。办完翠喜的丧事，大庆卖掉了粮仓里所有存粮。那些曾被大庆视若珍宝的上万斤存粮，籽粒饱满的小麦也好，金子般橙黄的玉米也罢，在大庆眼里，它们是仇人，是死敌，也是一把锋利无比的刀子，无声无息地戳进大庆的心窝，将知冷知热的老婆变成了一捧骨灰……

翠喜五七那天，大庆在村口截住收粮的牛姓贩子，把他领进二楼粮仓，对着粮食垛指一下："全拉走吧，一粒也别剩下！"牛姓粮贩说："急什么，价钱还没谈呢。"大庆瞪他一眼，不耐烦地摆摆手："还谈个鸟的价钱，你看着给吧。"

中午，大庆走进村头朱老大饭店，坐到桌前，大爷似的招手叫来朱老大，说："给我来盘酱牛肉，再炒一盘青椒肉丝，一碗米饭。"朱老大端来饭菜，狡黠一笑："大庆，就这么干吃，不弄二两润润喉咙？"大庆说："来二两就来二两，他娘的，我给谁省呢！"

吃着喝着，大庆的眼慢慢红了，几滴硕大的泪珠扑扑嗒嗒掉进盘子里，和着油腻的汤水一起吞下肚去。

大庆不种地了，曾经擦得明光耀眼的锄头，磨得锋利无比的镰刀，还有铁锹粪耙，都覆着层厚厚的灰尘，经了霉湿季节，原本青寒的刃口，被红赭色的锈迹取代。大庆的地韩冬种着，这个壮实的女人确是一把种地好手，小麦也好，玉米也罢，比在大庆手里长得还旺实。收获时候到了，韩冬在麻将摊上找到大庆，说："哥，麦子已经黄梢了，马上就要熟了，咱是自己割还是请台收割机？"大庆充耳不闻，看着面前的骨牌。韩冬又说："天气预报说了，过几天咱这里要下大雨，那可是一地的粮食，一季的心血，你忍心让它烂到地里？"

大庆身子猛地颤了一下，瞬间过后又平复如初，从排列整齐的麻将牌中拣出一张扔进牌池："二筒！"

现在的大庆心里，除了麻将还是麻将。村头老槐树下，二庆曾经苦练二胡的地方，留有二庆浪荡的痕迹，留有二庆的过去和历史。几个留守的老头老太太，在树下砌了个水泥方桌，铺上分不清颜色的毛毡，哗哗啦啦，搓出清脆悦耳的声响。这些百无聊赖的老头老太太，并不在意输赢，图的是乐呵，是聚在一起聊天说话，以消磨日暮途穷的无聊时光。

四十来岁的大庆竟然混迹其中。

过去，大庆对于这种风靡一时的娱乐活动嗤之以鼻，正儿八经的庄稼人谁干这个，只有闲极无聊的二流子才会如此消磨时光。大庆操心的，是地里的庄稼是否缺墒，是地里是否长了野草，该不该下锄侍弄，还有，镰刀快不快，是否要一把一把磨磨？

如今，大庆坐上牌摊了，麻将打得像模像样了。起初，大庆是看，坐在别人身后，伸长脖子，眼睛从左至右，再从右至左，全神贯注，聚精会神。不就是条、筒、万、白皮、红中、绿发的排列组合嘛，比农活铺排、计划种植轻松省劲多了。大庆推开一个牌友："让我试试。"牌友乐于让位，留守村里的人本来就少，多个牌友自然是一桩好事儿，免得玩儿时凑不齐人。渐渐地，大庆从中找到了乐趣，而且其乐无穷。大庆不笨，牌技在日积月累中日臻成熟，渐至娴熟自如，得心应手。牌摸到手里，大庆从来不看，拇指指肚在上面轻轻一按，二条还是三筒，抑或是红中、绿发、白板，早已了然于胸，哗啦啦推倒面前的牌，身子仰向椅背："自摸！"

八

二庆的生意做大了，短短几年，资产滚雪球般迅速膨胀，成为县里屈指可数的企业家。当别人发现经营种子利大可图、种子公司遍地开花之前，二庆和亚雯果断抽身，回到湖桥村，建起了良种种植基地。

呈现在二庆和亚雯面前的湖桥村，已远非往日可比，冷清、萧条，像一位行将就木的老者，透出一股日薄西山的暮气。在东岗高处，二庆和亚雯临风而立，望着死气沉沉的村庄，说不出心里是什么滋味。二庆发誓："我要让那些在外看别人脸色的打工者回来，回到自己家里，在自家门口挣钱。这样，湖桥村便会重新热闹起来！"亚雯说："会的，只要咱们的良种基地投入运营，就会需要大量的人手，随着大家的回归，湖桥村肯定还是过去那个兴旺热闹的湖桥村。"

回到湖桥村的当天晚上，二庆把大庆从牌摊上拉回家，将尚未从赢钱的兴奋中缓过劲、显得心神不宁的大庆按坐在沙发上，吩咐亚雯泡上两杯热茶。二庆说："哥，我要把村里的地包了，时兴的说法叫作土地流转，全部拿来种庄稼。对，是全部！也包括你那六亩三分地。"

大庆说："可我记得，你过去最讨厌种庄稼，怕日头晒，怕流汗，怕出力，锄把在你手里握不了三分钟。"二庆笑着，说："此一时彼一时，你种的是只能喂饱肚子的粮食，我种出来的是钱，是金子。"大庆说："那好，我那几亩地白送你了，也别签啥合同了，那些龟孙地我早种得烦烦的。"

说完，大庆竟有了些许难受，三十年河东，三十年河西，

　　　　　　　　　　　　　　　李培俊纪念文集

当初是二庆把地撂给他，一拍屁股走人；现在是自己把地给了二庆，真是绝妙的讽刺呀。

进入腊月，随着外出打工者的回归，村里多了些热闹气氛，多了些温馨和温情，年味也随之浓了起来。性急的孩子点燃零星鞭炮，四处撒满炸碎的鞭炮碎屑，花花绿绿，成为湖桥村冬末的点缀。

这时，韩冬正式向二庆提出离婚。她把二庆约到老宅，分别在两个矮凳上坐下，面前是两杯泡好的花茶，冒出袅袅热气。

韩冬说："你知道我为啥要提出离婚吗？"二庆说："知道。""你不知道！你发没发现，亚雯的眼角已经有了皱纹，她22岁跟了你，整整10年了，风言风语，戳脊梁骨，唾沫星子快把她淹死了。那年你被别人骗得血本无存，差点跳楼自杀。如果是别的女人早拍屁股走人，离你而去。亚雯没有，她拿自家房产做抵押，帮你咸鱼翻生……这才是好女人，这才是真爱。还有，这些年我过的是啥日子，你又过的是啥日子？你和亚雯明铺夜盖，村里人嘴上不说，背地里谁不恶心她？我这又是何苦呢？普天之下，除了你二庆好男人多的是，我为啥非要一棵树上吊死，弄得大家都不好看？"说完这番积在内心深处的苦处，韩冬仿佛卸下千斤重担，吐出一口长气，止了哭泣。

二庆垂头无语，不停抹眼泪。这番推心置腹的话，让二庆真正认识了韩冬，这个忠厚的女人，这个外表粗犷内心善良的女人，竟然处处为抛弃她的男人着想，为情敌亚雯着想。

"韩冬，是我对不起你……"

"你别猫哭耗子假慈悲了，说这些没油没盐的话有用吗？我之所以同意离婚，不是为了你这个无情无义的男人，而是为了我，也为了那个同样可怜的女人……"

九

二庆的离婚手续和土地流转手续几乎同时办完，湖桥村所有土地30年的使用权全部归于二庆名下。二庆和亚雯为各家办理了存款账户，一分不少把钱打到各家存折上。对于大庆和韩冬，二庆除正常的土地流转金外，一人多给20万元现金。哥嫂把他养大，供他上学，这钱，权当是养育之恩的报答吧，付出了，就应该得到回报。至于韩冬，从某种意义上说，是二庆和亚雯爱情的救星和恩人，经济上补偿一些也在情理之中。

接下来，二庆和亚雯要做的，便是具体安排土地连片和种植使用计划。亚雯突然提出："这个计划安排，少了大哥不行，他是种地的行家，熟悉地块肥瘦和土壤结构。这种实际经验，比理论有用得多，应该让大哥当咱们的顾问，每月发他一份工资。"二庆担忧地说："大哥现在迷上了麻将，这活他会接吗？"亚雯说："他会。还有韩冬，让她也进公司，每月多挣一份，让她过得滋润些。"二庆沉吟着没有点头。亚雯微微一笑："怕抬头不见低头见尴尬？难处？还是怕蹭膀子久了旧情复燃？我都不怕你怕什么？"

于是，二庆去找大庆。大庆不在，又听牌友说，有几天没见大庆的面了，他老往城里跑，不知做什么。问了韩冬，韩冬支支吾吾，没说出个子丑寅卯。二庆摇摇头，不会是有了钱到城里灯红酒绿吧。

腊月初十，二庆接到房屋中介电话，说是他要卖掉的房子找好了下家，价格与二庆的要价相差无几，让他带上一应证件，前去办理过户手续。

二庆走进中介公司，迎面碰上的却是大庆。二庆十分纳闷，问道："哥，你怎么在这儿？"大庆期期艾艾许久，才说："我想在城里买房，开间小卖店，过过城里人的日子。"

天下竟有如此的巧事儿？兄弟要卖的房，竟是哥哥来买！这不是开国际玩笑嘛。

二庆把大庆拉出中介公司，在车来人往的街道一侧站下，二庆说："哥，看来你和我还是隔着一层，想来城里住，你说呀，你明知道我那套房子闲着，为啥还要再买房子？"大庆说："这不是我的意思……"

二庆纳闷："不是你的意思？谁的？"

大庆不好意思地说："韩冬……"

二庆明白了，把房产证、钥匙掏出来，塞进大庆手掌心，把他五指扳拢，连说："好、好、好。"

回到村里，二庆给亚雯详细说了卖房，说了大庆和韩冬。亚雯说："这叫各得其所。这下好了，不用牵肠挂肚了吧，韩冬成了咱嫂子，你可没有旧情复燃机会了。"

两人正说笑，突然老戏台那边锣鼓铜镲齐鸣，跟着是广爷的板胡，老套的捧笙。二庆急了，说："这些人，排戏怎么也不打声招呼，没我的二把弦能算一台戏吗？"说着，二庆从墙上取下二胡，拂去上面的尘土，拔腿朝老戏台跑去。亚雯也急了，拽住二庆的袖子，说："等等我呀，戏台上少了我这个旦角，《朝阳沟》照样唱不好，银环不是谁想演就能演好的。"

（选自《奔流》2015年第6期）

纪念与回忆

畅想中国故事的人

徐法林

著名作家李培俊先生离开文坛已经三年了。时光之水冲刷着人们的记忆，但冲洗不掉我们对李培俊先生的怀念。缅怀李培俊先生为推动黄河两岸文学事业发展所做的贡献，是对李培俊先生的文学贡献表达敬意的最好方式。

李培俊先生，1949年出生在荥阳乔楼镇丁店村。高中毕业后参加中国人民解放军，在新疆服役，历任战士、班长、干事。转业后曾任荥阳市文化局协理员、郑州市作协常务理事、荥阳市作协名誉主席等职。1986年加入河南省作家协会。2013年加入中国作家协会，成为荥阳市本土第一个中国作家协会会员。

李培俊先生热爱文学创作，醉心于文学创作，笔耕不辍，是荥阳新时期文学的重要组织者、参与者。他作品立身，以其新颖的主题、犀利的笔法、个性化的语言、独特的架构在省内外产生了广泛的影响。1969年开始在《新疆日报》和《战胜报》发表小说、散文处女作。以中短篇小说创作为主，作品散见于《河南日报》《奔流》《百花园》《飞天》《莽原》《清明》《安徽文学》《山东文学》《传奇故事》《小说界》《延河》《小说选刊》《读者》《小说月刊》等上百家刊物，共计发表作品数百万字。出版有长篇小说《清水濯尘》《亡羊》，中篇小说集《银狐》，短篇小说集《黑马》《步伐的风度》，长篇报告文学《神话在这里诞生》。

李培俊先生的一生因显著的文学成就而光彩照人。他的短篇小说《楼角那边》等荣获郑州市第一、二、三、五届优秀文学艺术成果奖。长篇小说《清水濯尘》获郑州市第十届精神文明建设"五个一工程"奖、第十二届文学艺术优秀成果奖。中篇小说集《银狐》获郑州市第十三届文学艺术优秀成果奖。中篇小说《乡村音符》获《中国作家》绵山杯大赛二等奖。《两代狙击手》获2009—2010年度小小说优秀奖。《詹白衣》进入2013年小小说排行榜。《开在背上的牡丹花》获中国散文家学会2013年优秀奖。另有六篇作品入选山东、河南、陕西、黑龙江等省高考模拟题。

李培俊先生对荥阳新时期文学队伍建设做出了重大贡献。他重视自身素质提高与人才培养，担任荥阳市作协名誉主席20多年间，除了自己创作外，全力培养青年作者，为推动荥阳文学发展竭尽全力。其间，每月主持荥阳市文学沙龙活动，邀请知名作家和编辑，讲解文学创作知识。他本人也授课30多次，修改作者稿件500多篇，培养出省级作协会员14人，市级作协会员27人。

他还发起创办"黄河两岸当代作家创作研讨会"。参加研讨会的作者，最初只有荥阳市、温县27人参加，逐步发展到郑州、焦作、平顶山、漯河、许昌等地作者100余人参加。他开创性的举措和独特的人格魅力，加强了黄河两岸作者的文学交流，推动了黄河两岸的文学创作。

李培俊先生以深厚的文化修养、高尚的人格魅力、文质兼美的作品赢得尊重。岁月流逝，时代前进，李培俊先生的文学作品和精神品德将不朽于人世。中国已进入新时代，我市正积极打造郑西新城，建设和美荥阳，加快融入郑州国家中心城市建设，这是我们文艺工作者创作的强大动力和广阔空间。身处这一伟大的历史进程，我们要学习李培俊先生的崇高品德和艺术追求，以习近平新时代中国特色社会主义思想为指导，立足时代沃土，扎根人民群众，回应时代召唤，不负人民期待，坚持以人民为中心的创作导向，坚持为人民服务、为社会主义服务，坚持百花齐放、百家争鸣，坚持创造性转化、创新性发展，高擎民族精神火炬，吹响时代前进号角，把艺术理想融入党和人民的事业之中，做到胸中有大义、心里有人民、肩头有责任、笔下有乾坤，推出更多反映时代呼声、展现人民奋斗、振奋民族精神、陶冶高尚情操的优秀作品，为人民群众昭示更加美好的前景、描绘更加光明的未来，把荥阳、郑州、河南、中国镌刻在文学发展的历史丰碑上！

荥阳文坛的丰碑——李培俊

李军岭

我们见到的碑多以青石制作，名人撰文，工匠刻字，记载已故名人的事迹，以流芳后世。

文坛之碑不像通常之碑，它看不见，摸不着。只有在密密麻麻文字的排列组合里，认真地读懂了，悟透了，它才能竖立在你的心里面。

李培俊先生就是用他著作等身的文学作品，引领荥阳小说创作的文学水平和培育出来众多的文学新秀，在荥阳新时期文坛上筑造了一座不朽的丰碑。

20世纪80年代，他就开始文学创作，一生写了很多文学水平很高的书，说他著作等身一点都不过。出版长篇小说《清水濯尘》《魅惑》《亡羊》，中篇小说集《银狐》，短篇小说集《黑马》《步伐的风度》，长篇报告文学《神话在这里诞生》等，创作的小说很多都发表在《花城》《清明》《莽原》《奔流》《延河》《小说界》《小说月刊》《飞天》《百花园》等著名文学刊物上。

说到李培俊先生，就必然要说到他走上文学之路的老师——周西海先生。他俩的关系很好。我20世纪70年代末到文化馆工作时，就是因为李培俊经常去找周西海老师，才认识他的。周西海先生带出了李培俊、赵西岳、李贻涛、夏春海等好几个卓有成就的文学达人。周西海应该是荥阳文坛上，新中国成立以来的第一座丰碑。

李培俊先生很注重对文学新人的发现和培养。一旦发现个有灵气的新人，就如发现了宝贝一般。李志英尚在荥阳师范学校读书时，就热爱写作。经过接触和观察，李培俊先生认定这是一棵好苗子，就着重培养。志英也不负所望，不但聪颖悟性高，而且勤奋努力，小说、散文、诗歌样样俱佳。培俊和我都很喜欢她的文才，她分配到某中学当老师时，我们一心想把她挖到文化馆来，等到培俊退休以后，让她主管文化馆的文学刊物《荥阳文学》，作为荥阳文坛的传承人。当时，我是文化馆的馆长，但是单位进一个人谈何容易，我和培俊使尽浑身解数也是无果而终，只能扼腕叹息。

为了发展荥阳的文学事业，提高我市文学队伍的创作水平，我和李培俊骑摩托车跨越黄河到百里外的温县，和时任温县文化馆馆长的严双军先生商讨共同举办文学笔会。2003年夏，"黄河两岸当代作家创作研讨会"成功举办。自此，黄河两岸文学沙龙年年开，参加的作者由原来的两三个县，扩大到十几个县、市。李培俊生前是回回都到，找他交流的、请他指点的越来越多。毫不夸张地说，他就是会上的明星人物。

他对文学新人的辅导热心、细致，不但讲写作理论，而且手把手地教他们，从构思小说的框架，到字句的修改斟酌。市场经济的大潮，也冲击到了文学队伍。文学经济论的观点，在圈内一度泛滥，让新人们茫然。李培俊淡然地对大家讲："一个写文章的人，首先是一个眼中有光明的人，不管现实多么悲凉，

纪念与回忆

也要心怀温暖，才能写出好的作品。"

他的学生们没有让他失望，人人刻苦努力，写出了大量的佳作，成了文坛上的新星。有的出了专著，有的作品发表在著名的报刊上，有的在文学征文比赛中拿了大奖。李志英、吴培丽、王珂、马清贤等多名荥阳作家，还有温县的关心，都成了河南省作家协会会员。

常言说，长江后浪推前浪，世上新人超旧人。相信荥阳的文坛上，不断会有文学巨星的出现，会有一座又一座的丰碑矗立。

湖桥的作家和作家的湖桥

——纪念李培俊老师逝世三周年

李贻涛

其实，历史上和地理上并不一定存在湖桥这个地方。湖桥只不过是李培俊老师小说中虚构的一个所在。虽说是虚构，但在文学形象中都有着它现实的影子，这个影子就是李培俊老师的故乡丁店村。如果将李培俊老师笔下的湖桥人物三维或更多维还原起来，足以供今天的人们亲切地感受一下曾发生于此的故事，还一定能使众多的读者重新拾起对李培俊老师和他小说的美好回忆。因此说，要了解一个人，就要追问他的来处，每个人，尤其是小说家，一般有两个故乡，一个是确定存在的、真实可寻的、地理坐标上的故乡，另一个则是魂牵梦萦的精神意义上的故乡。两个故乡往往在小说家的心里是可以合二为一的。李培俊老师的精神故乡在他的小说里，在湖桥，在湖桥的人物身上，也在他的家乡丁店村。

李培俊老师是湖桥的作家。他生前曾对我说过，他笔下的湖桥，即是生他养他的故乡丁店村。丁店，古称丁铁店。据碑文记载，那里原本没有村庄，是通往荥、密、登等地必经的万山和石岗山夹口处，索水即从夹口里蜿蜒而下。后来有一打制铁器、钉牲口蹄的丁姓人家在那里留驻，外边村子的李姓等人家后来者居多，遂聚成村庄。中华人民共和国成立初政府在那里修水库，筑起大大的土坝，土坝成桥，故成就了李培俊老师笔下的湖桥村。李培俊老师后期的作品，多置以湖桥背景，就成了他笔下特有的湖桥文化现象。

李培俊老师是荥阳市的一名文化干部，是著名的小说作家。他以文名人，以人写文，体现了人文的最大融合，也使得他成为荥阳文学史上一盏永不灭的明灯。

有一种领导干部，为着工作默默无闻地干了一辈子，人走了也就走了，除了家人很少有人在以后的日子里会记起他；有一种文人，在浩繁的文学史中并没有彰显的声名，他们通常被人遗忘，只在好友记忆的某一页上，有他一个寂寞的名字，因为他在域内域外还不是特别重要的作家；而有的文人却别具特色，就如湖桥山地的背阴里孤独生长的一株棘针，每年里也挂满了果实，摘一颗品尝，酸酸的、甜甜的，开胃醒神，别有一番味道，使人不能忘怀，譬如李培俊老师就是这样的文人。

李培俊老师走了三年了。三年来，小说创作界没有了他的热闹，大家还真有点空寂。想当年他在世时，每年要生产出一大批高精的小说产品供读者享用，他走后的一段时间里，他的作品还在流传刊发着，供读者阅读着。如今，他走了三年了，刊物的新创栏目上再也见不到他的名字，再也读不到他的新作了。他走了三年，但他的音容笑貌还不时在文朋好友的心中映现，锥子一样锥着大家的心。

近年来，尤其是习主席在全国文艺工作座谈会上的讲话发表后，在现实的文学创作中，"以人民为中心"，以基层小人物为对象的创作成为导向，便让我们对人民性、对民族性、对民间地域性的理念有大兴味，实实在在地感到，我们的作家的作品中，人民性、地域性、小人物这样的论述多了起来。即便是我们在网上搜索，在书刊里查找，在我们编辑的来稿中翻阅，会发现这样的文字都多了起来。其实我们留心一下，回忆一下，会发现，李培俊老师生前一直在做着这样的努力，他的作品一直十分深入地反映着人民性、基层性，说白了，就是接地气。

我们回忆李培俊，找来李培俊生前的书籍，堆积在桌子上，一排一列，黄黄暗暗，有的纸页都有点发脆了，但翻开书页犹沉香扑鼻，有的纸屑散落，翻阅还须加倍地小心，但也加深了珍重和神圣的心绪，让人想到一种读书意象：譬如蝶之标本，珍贵而美丽，不能经人手沾摸。

在郑州、荥阳的文坛，论及当代文学创作，尤其是小说创作，绕不过李培俊老师。无论是八十年代、九十年代的创作，还是新世纪的创作，无论是《百花园》杂志系统，荥阳的文化馆系统、文联系统的小说创作，还是后来兴起的《大风》文学系统的小说创作，常常要拿李培俊老师和他的《清水濯尘》作标尺比照的。《清水濯尘》何平还给作了序，并给予了高度评介。后来的诸多评文也都从不同角度对他和他的作品进行评价，从出身、生平、创作道路到作品特色、艺术价值，周到细致，不厌其烦，推崇备至。

为什么？

要我说，除了他的作品多，作品精致细腻外，还有一个重要原因，就是他的真诚。他为人真诚，他的作品也真诚。在荥阳创作队伍中，大多作者禀赋并不出众，灵气并不活转，而李培俊老师是个例外，他不但灵气十足，而且还刻苦勤奋，是货真价实的、不矫揉造作的一个。他以荥阳为背景，以湖桥村为基地，忠实地记述了本域的工农商学等人文故事，真实地呈现了平民百姓的生存痛痒，其强烈的人民性和民间性、地域性，构成了历史性的书写和文学性的历史，是可以触摸的时代脉搏和现实情感。他的作品，既存史，又可育人，更益资政，对我们深刻地理解当代社会趋势和平民性格，体味历史经验和预测未来文学走势大有裨益。可以说，他的作品，是充满浓郁乡情的中原农村风俗画，更是一部荥阳现当代的历史文学和文学历史。

李培俊老师离开我们三年了，在他生前，尽管我们接触较多，但要想真正地了解李培俊老师，触摸到他精神灵魂的脉搏，还是需要走进他的作品，从他的作品中真正地理解他的思想的纯正，品味他质地的高贵。作家都是精神贵族，作家的精神是高贵的，作家的作品都是精神上的《圣经》，是治世的良药。我与李培俊老师是好友，三十多年的好友，应该说是相互了解的，但真正使我对他深层了解的是在他走了以后，在对他作品的研读中，在对他沉痛的哀悼中。

李培俊老师60多岁即离我们而去，他走得早，与他发奋创作、不惜身体有关。他原本军人出身，身体棒棒的，从未听他说有过大病，他把他的精力心血全部花费在了文学创作和文学事业上，包括他对青年文学作者的培养上。他除了当兵那几年在新疆外，一辈子基本上没有离开过故乡的土地，他工作的几十年都在距家不足十里的六〇厂。早年贫穷的生活练就了他的耐力、他的吃苦精神，也充实了他的创作素材。要说他上学时间不算长，文化底子不算深厚，早期的贫穷生活也容不得他把"多余的"情感往作家的宝座上贴附和投放，当兵也许是他那时最好的人生选择，因为对于他，对于他那样的家庭出身，剩下的优势，只有一个较好的家庭成分了。除外，别无他路可走。贫穷剥夺了他在农村进一步上升的机会，却剥夺不了他那灵慧的心智和情感。

所以，我认为李培俊老师的小说写作成就，与他的原有文化功底无关，与天分和才华稍有关系。他天资聪明，脑子好使，但促使文学成功的直接的诱因应该是稀释痛苦，倾吐块垒。三十年前，我听他多次说起他的童年，那是苦难的童年，他说起他母亲的辛劳，也说起他有了创作冲动时，吃不香，睡不好，憋得难受，阵痛几番，写出来了，心里才会轻松些。

他多次对我说起，他小时候，夏天的夜里，跟着母亲在老家的夜空下，母亲和邻居的婶嫂们在一起掐辫，他在一旁听她们唠嗑。他都睡着了，母亲还在掐辫。母亲掐辫钱是供应他上学的学费哩。那一时，他就仰望着天上的星星，星星给了他无限的遐想。苦难的母亲，苦难的童年，加上他望星空的遐想，给了他文学创作的想望。在他的人生中，作家和文学创作就成了他最理想的职业，亦即最便于他遐想的手艺儿。这也注定了他为生活为心情为理想为精神而歌唱的创作本色。一切都是以现实为依托，以切身的感受为驱动。因此，他作品的现实性、丰富内涵和那时代的人们共有的基本情感，在读者那里引起了共鸣。因为众多的平凡人都在隐忍和承受着，只是没有发泄的地方，他们渴望有人为他们发声，让声音在他们的感动中、倔强中保持自尊，以取得内心和谐，保持向上的心理。恰巧在这点上，李培俊老师成了这个时代的喉舌，他的作品成了现当代人的心声。

李培俊老师是人民的作家。

他在七八十年代也曾写过工业题材，但他写得最多的也最能代表他成就的，还是以写湖桥村为代表的农村题材。这与他受的抚育和成长的环境有关，他不需用华丽的词句，也不多用奇特夸张和无限想象的手法在幻觉中自我陶醉。他爱湖桥的历史、自然，爱湖桥的人，更爱生存在湖桥这块土地上的人物身上朴素而纯净的美。他并不游戏于书面口头上，而是跻身这块土地，融入这里的人的痛苦与欢乐。他了解以湖桥为代表的中原乡民的生活，懂得他们的感受，因而不粉饰、不夸张、不造作，虽然展示的是他们的日常生活，却自然而然地呈现出了生活的本质，揭示出了人的价值。李培俊老师的作品有着最可贵的"人民性"的存在，是靠天生禀赋所无法成就的作品。

我知道，他还有好多已构思好的作品要写。他去世前的几天还对我说，他这辈子，没别的世俗要求了，剩下的日子里，着手做几样好活儿，把心里谋划好的题材写出来，出几部有分量的作品。可老天没能眷顾他，不能不说这是天大的遗憾！

他人去了，虽山高路远，但我想，依他的性格，他的勤奋，他仍会笔耕不辍，在那边奋力地追求着他那不破灭的文学梦。

他人去了，他作为精神食粮的作品还在，这些作品有着无法估量的价值，这些作品将和他的人一同流芳百代，永久地为人们记存！因为他是人民作家，一生都在为人民歌唱。

他人去了，但他永远活在广大读者的心中。

又是一年朔风吹，

　　　　　　　　　　李培俊纪念文集

湖桥风花雪月随。

春秋笔法载人事，

文谊长伴未许归。

又是一年即将到头，又是一个新年即将到来，在李培俊老师去世三周年之际，我们怀念他，以我们无限的深情，以我们满腔的厚谊伴随他远行。

为万山脚下小说人歌

楚　惬

时日匆匆，如白驹过隙。倏忽间，李培俊先生离开我们三年了。

培俊先生是荥阳人，出身农民家庭，青年参军，退伍复员后来到工厂，后跻身文学队伍，并卓有建树。他质朴、直率、刚烈，做事有一股韧劲，有处处敢为人先的精神。他有自己的处世逻辑，对社会、人生，有自己的观察和思考，这也成就了他的文学创作事业。他靠着自己的探索与努力，逐渐攀登上了属于自己的创作顶峰，成为中国作家协会会员，而且极享盛名，令世人、同好刮目相看。只可惜天有不测风云，先生正值创作盛年，却溘然长逝，令业内人士无不扼腕叹息。

培俊先生的文学之路自当军人始，渐次崭露头角，其作品常常在县级、市级报刊上发表。后来受高层文友感染，当然还有自身努力，逐步驾轻就熟，成为县里、市里乃至省内外著名小说家。在世时，他的新作屡屡见诸省内外诸多报刊，而且出版十数部个人专著，得到世人仰视和行家青睐。诸多文化界朋友，对他赞扬有加！

自古文人多薄命，天不惜才奈若何！先生正处在极好的创作成熟年华，却匆匆归去。值培俊先生辞世三周年之际，我们作为他生前的文朋挚友，思前想后，最好的办法是拿文章——他的文章——来祭奠他。先生是位高产作家，除已经出版的多部专著外，临近辞世那些年份，他在省内外文学刊物上发表的作品令人目不暇接。三年来，他的夫人和孩子们整理他的书屋，收拾他的文囊，搜罗出不少刊登他的作品的报纸、杂志。我们细想，如果这些作品随时间流逝而湮没，不能不说是人生憾事。我们几位文友，假若袖手旁观、无动于衷，若干年后，也会抱憾终生。

于是，值先生辞世三周年之际，我们几位文友相商，分工合作，并与其家属携手，拟为他出版《李培俊纪念文集》，将近年本地、外埠报刊刊登的他的作品囊括其中。培俊先生，长天呼号挥热泪，对文当歌祭文翁。值此奠祭时刻，《李培俊纪念文集》算是我们对你的深沉缅怀吧！

掩卷伏案，不由得令人滋生诸多遐思。我想，人生在世不论从事什么职业，总得有一点精神。什么精神？质朴、直率的为人处世精神，坚韧不拔、执着追求的事业精神，敢于攀登、敢为人先的搏击精神，孜孜以求、不断探索的进取精神，不屈不挠、不向权贵世俗低头的硬骨头精神……细细思忖，回首培俊先生的人生步履，他是具备这些精神的。也正是这些精神，成就了他的文学，成就了他的事业。我们为先生的这些精神点赞，这也是我们对先生的颂歌。

李培俊先生在天有知，应该为他的人生道路和文学建树感到欣慰吧。

2018年12月26日